Barry Hughart

Die Insel der Mandarine

Roman

Aus dem Amerikanischen
von Waltraud Götting

Fischer Taschenbuch Verlag

22.–23. Tausend: Mai 1995

Deutsche Erstausgabe
Veröffentlicht im Fischer Taschenbuch Verlag GmbH,
Frankfurt am Main, Oktober 1992

Titel der Originalausgabe ›Eight Skilled Gentlemen‹

Umschlaggestaltung: Manfred Walch, Frankfurt am Main
Umschlagabbildung: Mark G. Harrison
Gesamtherstellung: Clausen & Bosse, Leck
Printed in Germany
ISBN 3-596-11280-X

Gedruckt auf chlor- und säurefreiem Papier

Für Derk Bodde,
Göran Aijmer und alle anderen,
auf dem Weg zur Weisheit

1

Es liegt mir fern, die widerwärtigen Einzelheiten um den Wirt Sechsten Grades Tu näher zu beschreiben. Ich sage nichts weiter, als daß ich zu dem Zeitpunkt, als wir ihn endlich erwischten, halbtot und Meister Li so schwer mitgenommen war, daß er sich tatsächlich als kaiserlicher Zeuge bei der Hinrichtung zur Verfügung stellte. Dergleichen hatte die Welt noch nicht gesehen, da es der alte Mann haßt, das offizielle Gewand eines Würdenträgers Ersten Ranges anzulegen, auch wenn er nach wie vor dazu berechtigt ist; im übrigen kann er den Lärm solcher Veranstaltungen nicht ausstehen.

In Peking sind Hinrichtungen öffentliche Ereignisse und finden auf dem Gemüsemarkt statt, der im Westen an die Brücke des Himmels angrenzt und das Verbrecherviertel der Stadt ist. Es findet sich stets eine große Zahl von Zuschauern ein, und an diesem speziellen Hinrichtungstag würde mit Sicherheit eine größere Menschenmenge als je zuvor herbeiströmen, denn Teufelshand wollte den bestehenden Rekord brechen. ›Teufelshand‹ ist eine Berufsbezeichnung, die von einem Obersten Henker Pekings zum nächsten weitergegeben wird. Vor ein paar Jahrhunderten war es einem Scharfrichter gelungen, in einer Folge 1070 Enthauptungen ohne einen zweiten Hieb seines mächtigen Schwertes durchzuführen. Unser derzeitiger Henker hatte bereits 1044 aufeinanderfolgende derartig »saubere« Hinrichtungen zu verbuchen, und da dreißig verurteilte Verbrecher zur Hinrichtung auf dem Programm standen, konnte der alte Rekord durchaus gebrochen werden, bevor der Tag zu Ende ging.

Es war der erste Tag des vierten Mondes im Jahr des Pferdes 3338 (640 n. Chr.), und jeder Spieler in der Stadt hatte sich auf den

Marktplatz gedrängt, wo die Stände der Buchmacher dicht umlagert waren. Meister Li meinte, seit der Kaiser Yang bei einem Kricketspiel um die Stadt Soochow gewettet hatte, hätten die Leute nicht mehr so mit dem Geld um sich geworfen. (Die Buchmacher sahen sich vor dem Ruin, da sie ursprünglich astronomische Summen dagegen geboten hatten, daß der Rekord gebrochen wurde. Ich selbst hatte eine kleine Wette abgeschlossen, jedoch gegen Teufelshand. Der Druck, unter dem er stand, war gewaltig und würde mit jedem Kopf, der rollte, größer werden, und es reichte ein Insektenstich oder ein Ausrutscher in einer Blutlache, um das Ziel zu verfehlen, und jedem, der es für einfach hält, einen bestimmten Punkt immer wieder mit einer schweren Klinge an der gleichen Stelle zu treffen, sei es anheimgestellt, einen Baum umzuschlagen.) Hinzu kam, daß alle Taschendiebe und Schwindler Pekings zur Stelle waren, und es stand zu erwarten, daß angesichts der außergewöhnlich festlich gestimmten Zuschauermenge jeder fliegende Händler, der sich ein Plätzchen ergattern konnte, seine Waren feilbieten würde. Unzählige geplatzte Trommelfelle waren die Folge. Es klang ungefähr so:

»Sha la jen la!«
»Hao! Hao! Hao!«
»Hao tao!«
»Boinngg-boinngg-boinngg-boinngg-boinngg!«
»Meine Geldbörse! Wo ist meine silberne Halskette!«

Unterdessen brüllte Teufelshand die rituellen Worte: »Ich habe meinen Mann!«, worauf die Menge heulte: »Gut! Gut! Gut!« und manche Kenner da, wo es angebracht war, ihre Anerkennung zollten, indem sie schrien: »Gutes Schwert!« Ein Haushaltswarenhändler schlich sich unbemerkt hinter mich, visierte mein linkes Ohr an und entfesselte das übliche Getöse, mit dem er seine Waren anpries: an Stöcken befestigte Holzkugeln, mit denen er heftig auf einen Messinggong eindrosch. Das gequälte Wimmern am Ende spricht für sich, und es war wirklich interessant, von meinem günstigen Standort aus hinunterzublicken und zu beobachten, wie das Opfer von Fu-po, dem Frettchen, seiner Wertsachen beraubt wurde.

Ich saß neben Meister Li auf der Ehrentribüne [illegible] der Uniform eines jungen Edelmannes, die zu tragen [illegible] bei solchen Anlässen zwingt, was mich eines schönen Tages noch in siedendes Öl bringen wird, da ich eigentlich nicht zu irgendwelchen Rangabzeichen berechtigt bin. Meister Li überließ das Protokollarische einem Untergebenen, bis der Wirt Sechsten Grades Tu an der Reihe war, das Schwert zu empfangen, und vertrieb sich die Zeit damit, seine Korrespondenz aufzuarbeiten. Er beugte sich herüber und schrie mir, bemüht, den höllischen Lärm zu übertönen, ins Ohr: »Etwas für dich, Ochse!«

Er wedelte mit einem Schreiben, das aussah, als wäre es mit den Fußabdrücken eines Huhns bedeckt, das zuvor vergorene Maische gefressen hatte.

»Ein literarischer Barbar!« brüllte Meister Li. »Ein Bursche namens Quintas Flaccus der Vierte, der von einem Ort namens Sabinerberge schreibt! Auf irgendeine merkwürdige Weise hat er einen deiner Berichte in die Hände bekommen!« Rasch überflog er die Hühnerspuren. »Die üblichen kritischen Kommentare!« schrie er. »Zähflüssige Handlung, ungenaue Bildsprache, mißlungene Metaphern und so weiter!«

»Nett, daß er geschrieben hat!« gab ich aus vollem Halse zurück.

»Sha la jen la!«
»Hao! Hao! Hao!«
»Hao tao!«
»Wer hat meine bronzene Gürtelschnalle und meinen Gürtel aus Pythonleder gestohlen?«

»Klongeling-klongeling-klongeling-klong!« Das war ein Schuster, der mein rechtes Ohr anvisiert hatte und Werbung für sich machte, indem er seinen Metallrahmen mit einem Hammer bearbeitete. Der Kopf, den Teufelshand soeben abgeschlagen hatte, rollte wie ein Ball über das Kopfsteinpflaster auf zwei kleine Mädchen zu, die sich gegenübersaßen und das Klatschspiel spielten: in beide Hände des anderen klatschen, die linken Hände aneinander klatschen, die rechten Hände aneinander klatschen, in die eigenen Hände klatschen und so weiter, und dabei sangen sie einen alten Spottvers. Sie betrachteten mit großen Augen den abgetrennten Kopf, der auf sie zu[illegible]en gleichzeitig ihre kurzen Beinchen, um ihn vorbeikullern zu lassen und nahmen ihr Klatschspiel wieder auf. Ihre hellen, fröhlichen Stimmen klangen während einer kurzen Pause in dem Getöse herüber:

»Kuang kuang cha,
Kuang kuang cha,
Miao li he shang
Mei yu t'ou fa!«

Sangen die Barbarenkinder in den Sabinerbergen etwas Ähnliches und klatschten dabei in die Hände?

»Zimbeln im Paar,
Zimbeln im Paar,
Der alte Tempelpriester
Hat keine Haar'!«

Meister Li beugte sich zu mir und schrie erneut: »Ochse, dieser Barbar ist ein erstaunlich fundierter Kritiker. Hör dir das an. ›Inceptis gravibus plerumque et magna professis purpureus, late qui splendeat, unus et alter adsuitur pannus, ut proicit ampullus! Parurient montes, nascetur ridiculus mus.‹ Ein bißchen weitschweifend, aber wunderschön formuliert, findest du nicht?«
Ich habe keine Ahnung, warum er solche Fragen stellt. Ich blieb mit schlaff herunterhängendem Kiefer sitzen, den Mund wie zum Fliegenfangen offen, während der nächste Gefangene die letzten Worte eines jungen Beamten über sich ergehen ließ und dann zum Hinrichtungsblock geschleppt wurde. Meister Li brachte seine Lippen wieder dicht an mein Ohr.
»Grob übersetzt heißt das: ›Oft werden einem vielversprechenden Werk, das in ehrbarer Absicht zustande kommt, ein paar leuchtend rote Tupfer aufgemalt, damit es farbiger wird, aber werft den Farbtopf weg! Die Wehen eurer Berge bringen lediglich eine lachhaft kleine Maus hervor.‹«
»Sehr hübsch formuliert«, sagte ich.
»Das ist noch nicht alles«, entgegnete Meister Li. »Es wird noch besser, wenn er auch nach wie vor mehr Worte gebraucht als nötig und wie alle ungebildeten Schriftsteller seine Prosa durch überflüs-

sige Interpunktion beeinträchtigt. Ich bin fast versucht, Freund Flaccus ein Nachschlagewerk über die chinesische Kunst der Kurzdichtung zu schicken. Kennst du Li Pos *Kurzes Lied*?

›Erde zu groß
Himmel zu fern
Reite sechs Drachen
Um den Nordstern
Irre Drachen sternhagelblau
Wohl bekomm's!‹

Denk nur, mein Junge, welchen Gewinn es für den Stil des Barbaren bedeuten würde, wenn er die Technik Li Pos studieren und sein Schreiben entsprechend abändern würde.

›Ehrbare Absicht
Versprechen hoch
Berge in Wehen
Noch und noch
Heraus kriecht Maus mit roter Nase
Wirf weg den Farbtopf!‹«

»Eine enorme Verbesserung«, sagte ich.
Ich habe vergessen, die Getränkeverkäufer zu erwähnen. Diese Zeitgenossen sind fast die einzigen, die ihre Ware nur mit ihrer Stimme anpreisen, und der Grund hierfür ist, daß jeder einzelne von ihnen überzeugt ist, ein verkannter Star der Peking-Oper zu sein. Einer dieser Kerle hatte sich hinter mich geschlichen und richtete sein weit aufgerissenes Maul auf meine Ohren. Zusammen mit dem übrigen Lärm klang das so:

»Sha la jen la!«
»Hao! Hao! Hao!«
»Hao tao!«

»Erfrischungssäfte eisekalt!
Trink einen Schluck, der zweite folgt bald!
Zehn bar auf die Hand und Hitze ade
Mit dem Geschmack so süß, aber kalt wie der Schnee-hee-hee.«

»Wer hat sich mit meinen seidenen Hosen aus dem Staub gemacht! Mein Lendentuch aus edelstem Samt!«

»Klong-klong-klong-klong-klong-klong-klong-klong!« Letzterer war ein Scherenschleifer. Sie preisen ihr Gewerbe an, indem sie Ketten aus Metallplättchen, die in den Säumen ihrer weiten Ärmel eingenäht sind, aneinanderschlagen, und das klingt so, als würde einem der Zahnschmelz abplatzen. Der soeben abgeschlagene Kopf rollte auf die kleinen Mädchen zu, die nicht einmal mehr aufblickten, sondern nur automatisch die Füße hoben und ihren süßen kindlichen Gesang fortsetzten, während sich der Kopf zu seinem körperlosen Kollegen gesellte. Mit einem Ruck beugte ich mich vor und begann zu zählen: »...vierundzwanzig, fünfundzwanzig, sechsundzwanzig.« Sechsundzwanzig, das bedeutete, daß Teufelshand soeben die alte Rekordmarke erreicht hatte, und bei dem nächsten würde er einen neuen Rekord aufstellen! Wenn nicht ein Wunder geschah, würde ich gleich meine Wette verlieren, aber es machte mir nichts aus. Im Gegenteil, zum ersten Mal an diesem Tag durchrieselte mich ein Gefühl des Wohlbehagens, weil ich den Gefangenen, der als nächster an der Reihe war, nur zu gut kannte. Wie wunderbar, daß der Rekord mit der Hinrichtung von Wirt Sechsten Grades Tu gebrochen werden sollte!

»Ochse, hier ist ein interessanter Kommentar von Flaccus dem Vierten!« brüllte Meister Li. »Er beginnt damit, daß er deine übertriebene Sensationslust beklagt, und dann fährt er fort: ›Ut turpiter atrum desinat in piscem mulier formosa superne – ‹«

Ich stieß ihn am Arm an und deutete nach vorn, worauf Meister Li sich erhob und seine Kleider zurechtzupfte. Als die Gerichtsdiener den Gefangenen herbeischleppten, trat er an den Rand der Tribüne, und ich konnte sehen, wie sich der alte Mann sammelte und anfing, sich angemessen würdevolle konfuzianische Bemerkungen zurechtzulegen, um es dem Wirt zu erleichtern, sich in sein unmittelbar bevorstehendes Ende zu fügen. Unseligerweise brachte Meister Li den rechten Tonfall würdiger Gelassenheit nicht zustande, da er sich gegen die Menge, die Händler, die Spieler und zwei händeklatschende kleine Mädchen durchzusetzen hatte, und das Ergebnis klang ungefähr so:

»Wirt Sechsten Grades Tu – – «

»Sechs zu fünf! Letzte Gelegenheit bei sechs zu fünf! Geld-Geld-Geld!« dröhnte Goldzahn Meng.
»Deine Verbrechen finden in ihrer Verderbtheit nicht ihresgleichen – – «
»Wamm-pong! Wamm-pong! Wamm-pong!«
Das war ein Hausierer mit Kämmen und Bürsten, der auf sich aufmerksam machte, indem er gleichzeitig auf eine Trommel und einen Gong einschlug.
»Und läge die Entscheidung in meiner Macht – – «
»Erfrischungssäfte eisekalt!«
»Halt, du Dieb! Gib mir meinen Nabelschmuck zurück!«
»Würde ich dich zum Tod der Tausend Schnitte verurteilen – «

»Kuang kuang ch'a,
Kuang kuang ch'a,
Miao li he shang
Mei yu t'ou fa!«

»Angefangen bei deinem Stinktierschwanz und deinen Pavianeiern, du elender Scheißhaufen!« schrie Meister Li aus vollem Hals.
Weiterer Worte bedurfte es nicht. Er gab den Gerichtsdienern einen Wink, worauf sie Wirt Sechsten Grades Tu zum Hinrichtungsblock zerrten und ihm die Beine unter dem Leib wegtraten. Teufelshand begann seine einleitenden Atemübungen und hob langsam sein Schwert zu dem Versuch, der den Rekord einstellen sollte, als das erste der außergewöhnlichen Ereignisse, durch die wir in die Geschichte mit den Acht Gelehrten Herren verwickelt werden sollten, seinen Lauf nahm.
Wenn mir einer gesagt hätte, daß irgend jemand laut genug schreien könnte, um die Menge auf dem Gemüsemarkt zum Schweigen und zum Zuhören zu bringen oder zu bewirken, daß der Oberste Scharfrichter Pekings mit hocherhobenem Schwert innehielte, so hätte ich ihm nicht geglaubt, aber genau das war es, was passierte. Alle Augen wandten sich den sechs Gestalten zu, die durch das Tor der Immerwährenden Rechtschaffenheit auf den Platz gestürmt kamen. Die fünf Männer, die vorneweg eilten, starrten mit weit aufgerissenen Augen aus entsetzensbleichen Gesich-

tern, und ihre Münder, denen sich ein ohrenzerreißender Schrei nach dem anderen entrang, klafften auf wie Kohlenkästen. Die Ursache der Aufregung aber war die sechste Gestalt, und ein einziger Blick genügte, um mir das Blut in den Adern gefrieren zu lassen. Seit meinem fünften Lebensjahr hatte ich von Tante Hua Geschichten über Leichenfresser gehört, hatte aber im Leben nicht erwartet, einem zu begegnen, und dieser *Ch'ih-mei* war, wie Meister Li später versicherte, ein so klassisches Exemplar, daß er zur Illustration der berühmten wissenschaftlichen Untersuchung durch den großen P'u Sung-ling, der Chronist Seltsamer Begebenheiten, hätte dienen können.

Er war über und über mit langem, grünlich-weißem Haar bewachsen, in dessen verfilzten Zotteln der Verwesungsgeruch hing. Seine riesigen roten Augen glühten wie feurige Kohlen, von seinen Aasklauen tropfte das Blut eines Opfers, und seine gewaltigen Tigerzähne funkelten im Sonnenschein. Das gräßliche Wesen bewegte sich mit großen, mächtigen Schritten voran und hätte die Fliehenden gewiß im Nu eingeholt, wäre es in gerader Linie gelaufen. Statt dessen wankte und torkelte es und hieb die Klauen in hilfloser Wut durch die Luft, bis es schließlich gegen den Karren eines der Händler prallte und mir klar wurde, was Meister Li sofort erfaßt hatte. Das Ungeheuer war blind und im Sterben. Wie Tante Hua mir immer gesagt hatte: »Nummer Zehn der Ochse, wenn ein Ch'ih-mei hinter dir her ist, lauf ins Tageslicht! Die Sonne ist Gift für die lebenden Toten!«

Die alte Dame hatte recht gehabt. Der Leichenfresser taumelte im Kreis herum, und als er sich dem Hinrichtungsblock zu nähern begann, fuhr Teufelshand so abrupt herum, daß er sich um ein Haar selbst halbiert hätte. Gerade hatte er sich angeschickt, das mächtige Schwert auf den Block sausen zu lassen, als er unwillkürlich mitten im Schwung innehielt, um die Klinge gegen das Unwesen zu richten, allerdings mit dem Erfolg, daß er den Hals von Wirt Sechsten Grades Tu um einen Meter verfehlte und das Schwert funkensprühend auf das Kopfsteinpflaster niedersauste.

»Zehntausendfacher Segen!« schrie Goldzahn Meng, und alle Buchmacher Pekings fielen in ein ohrenbetäubendes *»Geld-Geld-Geld-Geld-Geld!«*-Geheul ein, weil Teufelshand soeben seine Chance,

den Rekord zu brechen, vertan hatte und die Buchmacher vor dem sicheren Ruin gerettet waren. Sie machten sich unverzüglich auf zu den wohlhabenden Wettlustigen, denen sie Kredit gegeben hatten, und mischten sich unter die tobende Menge, die in wilder Flucht dem Tor des Friedens und der Harmonie zustrebte, um von dem Platz zu entkommen. Ich sah, wie eine junge Mutter die beiden klatschenden Mädchen griff, sie sich unter die Arme klemmte und auf das rettende Tor zurannte, wobei sie die abgeschlagenen Köpfe wie Kürbisse mit den Füßen zur Seite stieß. Die Karren und Stände der Händler flogen in alle Richtungen, zerborstene Bambusstangen und die in leuchtenden Farben bemalten Leinwandbespannungen wirbelten durch die Luft und regneten auf Waren aller Art herunter, mit denen der Platz übersät war. Nach einer erstaunlich kurzen Zeitspanne war auf dem Gemüsemarkt keine Menschenseele mehr anzutreffen außer Teufelshand, dem Wirt Sechsten Grades Tu, den Gerichtsdienern, die nicht fliehen konnten, weil sie an den Wirt gekettet waren und die Schlüssel fallen gelassen hatten und in dem Durcheinander nicht wiederfinden konnten, Meister Li, dem Ungeheuer und mir. Meister Li sprang von der Ehrentribüne und ging auf das Unwesen zu, als es auch schon gegen die Klagemauer hinter dem Hinrichtungsblock prallte und auf den Rücken fiel. Ich rannte hinter Meister Li her. Gerade, als ich ihn einholte, gab der leichenfressende Vampir ein gräßliches Zischen von sich, schlug noch einmal mit den Klauen durch die Luft, ein Zittern durchlief ihn, und dann lag er still da. Langsam erlosch das furchtbare Feuer in seinen starren blinden Augen, und es bedurfte keines Arztes, damit mir klar wurde, daß er tot war.

»Vom Sonnenlicht gebraten, das durch verwesendes Fleisch bis zu den lebenswichtigen Organen dringt«, erklärte Meister Li sachlich.

Verwesendes Fleisch, das konnte man wohl sagen. Es roch entsetzlich nach Fäulnis, und der Gestank wurde ebenso sehr von seinem eigenen Leib verursacht wie von den Fleisch- und Knorpelresten der Person, die er kürzlich verschlungen hatte und die noch an seinen Klauen und zwischen seinen Zähnen hingen.

»Ausgesprochen reizend«, bemerkte Meister Li ehrfürchtig. »Ein solches Exemplar hat man in Peking seit tausend Jahren nicht mehr gesehen, und ich möchte zu gern wissen, warum es den Schutz eines Grabes verlassen hat, um in der sengenden Sonne Selbstmord zu begehen.«

Die Antwort ließ nicht lange auf sich warten, denn jetzt stolperten sieben weitere abgekämpfte Gestalten durch das Tor der Immerwährenden Rechtschaffenheit. Ich erkannte in ihrem Anführer Hauptmann Hsienpo von der Stadtwache, gefolgt von sechs seiner Männer. Sie waren schweißgebadet, als sie uns erreichten, und hechelten wie abgehetzte Jagdhunde. Ganz offensichtlich war der Hauptmann erfreut über den Anblick des toten Ungeheuers und fast ebenso erfreut, einen hohen Beamten anzutreffen, in dessen Hände er die Verantwortung legen konnte. Schneidig salutierte er vor Meister Li.

»Hauptmann Hsienpo von der Kohlenhügel-Wache«, meldete er. »Erhielten einen Hinweis, daß sich verdächtige Männer an der Familiengruft der Lins herumtrieben. Überraschten fünf Grabräuber, die mit der größten Unverfrorenheit am hellichten Tag am Werk waren.«

Der Hauptmann gab sich keine Mühe, seine Bewunderung für die Diebe zu verheimlichen, die die patrouillierende Nachtwache umgangen hatten, indem sie eine Arbeitsanweisung für einen Entwässerungsgraben gefälscht hatten und mit einem fröhlichen Pfeifen auf den Lippen, Hacken und Schaufeln geschultert, den Berg hinaufmarschiert waren. Dort hatten sie gebuddelt wie Maulwürfe, und als der Hauptmann und seine Männer endlich vom Obergärtner alarmiert worden waren (er hatte Verdacht geschöpft, weil er das gewohnte Schmiergeld für Arbeitsaufträge am Kohlenhügel nicht erhalten hatte), hatten die Kerle bereits zwei Seitengänge vom Haupttunnel aus gegraben und Schmuck und Jade-Begräbnisgaben aus zwei Särgen entwendet. Sie hatten sich eben an einem dritten zu schaffen gemacht, als sich die Soldaten auf Zehenspitzen von hinten anschlichen.

»Der Kerl hebt also den Deckel an und erstarrt wie ein Eisblock, als sich diese scheußlichen Krallen über den Rand schieben, das gräßliche Etwas da sich im Sarg aufsetzt und ein Wutgeheul von sich gibt – – «

Der Hauptmann gab einen sehr anschaulichen Bericht. Die Grabräuber hatten die Beine in die Hand genommen, den Ch'ih-mei im Nacken, und der Hauptmann hatte seine Männer um sich geschart und die Verfolgung aufgenommen. Das Ungeheuer hatte den Räubern einen Gegenstand nachgeschleudert, der aber vom Rücken des einen abgeprallt war, ohne etwas auszurichten, und dann war es zu einem Wettlauf gekommen, den der Leichenfresser bei Nacht mühelos gewonnen hätte, doch das grelle Sonnenlicht hatte seine Wirkung getan und den Räubern die Flucht ermöglicht. Die Soldaten waren durch ihre schweren Winteruniformen am Vorankommen gehindert worden, aber nun waren sie endlich hier.

»Wirklich eine hervorragende Leistung, Hauptmann!« sagte Meister Li anerkennend. »Es gibt nicht viele Männer, die die Verfolgung eines Ch'ih-mei aufgenommen hätten, und wenn nicht eine Beförderung ins Haus steht, sollte mich das sehr wundern.«

Ich sah, wie der weise Mann mit der Versuchung rang, doch diesmal unterlag die Versuchung.

»Der Kohlenhügel ist allerdings nicht mein Bezirk«, bemerkte er bedauernd. »Er unterliegt der Zuständigkeit des Siegelbewahrers Han-shan – Ihr werdet im Leben keinen geneigteren Zuhörer für Eure Geschichte finden als Han-shan, dessen Großmutter von einem Wertiger gefressen wurde –, und wenn Ihr wieder durch das Familiengrab der Yins zurückgeht, so kürzt Ihr den Weg zu seinem Palast ab.«

Er verfolgte damit natürlich eine bestimmte Absicht. Die Soldaten fertigten aus Teilen von Verkaufsständen eine Trage für die Leiche des Ungeheuers, während Meister Li sich mit einer unglücklichen Tatsache konfrontiert sah, die einen glücklichen Herrn betraf: Der Wirt Sechsten Grades Tu konnte gegenwärtig nicht hingerichtet werden.

Teufelshand hatte das Schwert geschwungen und sein Ziel verfehlt, und nun mußten die Wahrsager bestätigen, daß das Ereignis kein vom Himmel bewirktes Wunder war. Danach mußte der Kaiser ein neues Todesurteil unterzeichnen, doch der Kaiser befand sich wieder einmal auf Banditenjagd in Korea. Daher schleppten Teufelshand und seine Gerichtsdiener den entsetzlichen Wirt zurück in das Verlies im Henkersturm, während Meister Li und ich

die Soldaten und das tote Ungeheuer zum Kohlenhügel zurückbegleiteten.
Wir machten uns an den langen Aufstieg zum Gipfel des Berges, wo das Anwesen der Familie Lin lag. In dem Grab, das der Leichenfresser bewohnt hatte, fanden sich Berge von abgenagten Knochen und einige frische Blutflecken, für die Meister Li sich interessierte.
»Ihr habt gesagt, das Wesen warf mit einem Gegenstand, der einen der Räuber im Rücken traf?« erkundigte er sich.
»Es sah so aus«, erwiderte Hauptmann Hsienpo. »Gleich da drüben.«
Sie suchten im hohen Gras, als einer der Soldaten einen lauten, gellenden Schrei ausstieß. Darauf bückte sich Meister Li, zog sein großes grünes Taschentuch hervor, und als er sich wieder aufrichtete, hielt er einen zur Hälfte aufgefressenen menschlichen Schädel in der Hand.
»Kein Wunder, daß das Ungeheuer verärgert war. Die Grabräuber haben ihn beim Essen gestört«, erklärte er freundlich.
Der Kopf war vom Körper abgerissen worden, und mit dem ekligen Gewirr von Sehnen und dem Stück Wirbelsäule, das herausbaumelte, sah er aus wie ein widerwärtiges Meeresgeschöpf. Niemand würde den armen Kerl identifizieren können, dessen Gesicht der Leichenfresser verspeist hatte, und ich habe selten einen unappetitlicheren Anblick ertragen müssen. Meister Li wies die Soldaten an, sich in der Gegend umzusehen, für den unwahrscheinlichen Fall, daß sich der Körper in der Nähe befand, dann legte er den Kopf zu dem übrigen Durcheinander und schickte die Soldaten, versehen mit einem Schreiben an den Siegelbewahrer, in dem die Leistung des Hauptmanns gepriesen wurde, zum Palast.
Der Kohlenhügel ist die Residenz der wohlhabendsten Familien von Peking, und als ich mit Meister Li am Rande des Friedhofs angelangt war, bot sich uns das herrlichste Panorama, das man sich vorstellen kann: Zu unseren Füßen breitete sich die ganze Stadt aus, und unmittelbar unter uns erblickte ich die rosenbewachsenen Mauern, das smaragdgrüne Blattwerk und die blauen, gelben und roten Dachziegel der Verbotenen Stadt. Der alte Mann wippte mit hinter dem Rücken verschränkten Händen auf den Fersen auf und

ab und pfiff unmelodisch vor sich hin. Ich stellte verwundert fest, daß er so fröhlich war wie ein Floh bei der Inspektion der kaiserlichen Hundehütten.

»Ochse«, verkündete er, »die Götter haben beschlossen, uns für die scheußlichen Erlebnisse bei der Verfolgungsjagd auf den Wirt Sechsten Grades Tu zu entschädigen.«

»Meister?« entgegnete ich.

»Besorge viele Pinsel, Tinte und Notizbücher«, fuhr er gutgelaunt fort. »Es wäre vielleicht eine nette Geste, Flaccus dem Vierten einen Bericht dessen, was sich demnächst ereignen wird, zukommen zu lassen.«

»Meister?« wiederholte ich.

Er langte unter seine vornehmen Gewänder, zog seine übelriechende Ziegenhautflasche hervor und entstöpselte sie, worauf mir ein solcher Alkoholdunst entgegenwehte, daß es mir den Atem verschlug.

»Ochse, irgend etwas an diesem angefressenen Kopf ist fast ebenso ungewöhnlich wie das Wesen, das ihn zwischen den Zähnen gehabt hat«, bemerkte Meister Li. »Die letzte Kritik unseres Barbarenfreundes aus den Sabinerbergen hatte etwas mit Fischen zu tun, und wenn ich mich nicht sehr irre, kommt ein neuer Fall wie ein mächtiger weißer Wal auf uns zugeschwommen.«

»Meister?« entgegnete ich.

Er schüttete einen halben Liter von dem Fusel in sich hinein, und ich machte mir flüchtig Gedanken, ob ein Leichenfresser das überlebt hätte.

»Ein bleicher Leviathan«, sagte er. »Mein Junge, die Fontäne schießt hoch bis zu den Sternen, und seine Kielwelle erschüttert küstennahe Inseln, während er uns entgegenschwimmt und heilige Meere mit der furchteinflößenden Unbeirrbarkeit eines Eisberges durchpflügt.«

»Oh«, sagte ich.

2

Früh am darauffolgenden Morgen bewegte sich eine mit weißen Trauertüchern verhangene Sänfte, hinter der die Rauchwolken aus den Opfergefäßen herwehten, die Kaiserliche Straße zum Tor des Untadeligen Betragens hinauf. Ein Bonze und ein Tao-shih gingen, auf einen Gong und einen hölzernen Fisch schlagend, dieser Sänfte voraus. Ich hatte keine Ahnung, warum ich, gekleidet wie für ein aristokratisches Begräbnis, neben Meister Li in dem Ding saß. Meine Erfahrung mit dem alten Mann hat mich jedoch gelehrt, den Mund zu halten, wenn sich die Falten um seine Augen zu konzentrischen Kreisen zusammenziehen, und so wartete ich, bis die Anspannung aus seinem Kopf und aus seinem Gesicht gewichen war, worauf er sich schüttelte und sich mir zuwandte.

»Ochse, warst du je in der Verbotenen Stadt?«

Natürlich nicht. Ich war, wie er genau wußte, alles andere als ein Mandarin oder ein Mitglied des kaiserlichen Gefolges.

»Das ist unser Ziel. Ich habe Gründe für die Annahme, daß dort etwas sehr Merkwürdiges vor sich geht«, erklärte Meister Li.

Er fuhr mit der Hand in sein Gewand und zog eine Feuerperle hervor. (Ich weiß nicht, wie sie von den Barbaren genannt wird. Es ist ein konvexes Stück Kristall oder Glas, mit dessen Hilfe Sonnenstrahlen gebündelt und Feuer entfacht werden, und außerdem kann man damit das Gesehene enorm vergrößern oder verkleinern. In meinem Dorf heißen sie ›Groß-Klein-Steine‹.) Dann griff er in eine andere Tasche, aus der er sein Taschentuch hervorzog, und als er es auseinanderfaltete, stellte ich fest, daß ich auf irgend jemandes linkes Ohr starrte.

Wo hatte er das Ohr her? Es war säuberlich abgetrennt und wies nicht die geringste Spur von Blut auf. Da fiel mir ein, wie Meister Li

am Vortag von der Grabstätte der Familie Lin jenen halb angefressenen Kopf aufgehoben hatte, und ich erinnerte mich, daß er allein zurückgeblieben war, während wir anderen nach dem Rest der Leiche suchten.
»Ja, ich habe mir die Freiheit genommen, ein Stück vom Opfer des Ch'ih-mei an mich zu nehmen«, bemerkte er ruhig. »Wirf einen Blick darauf und sage mir, ob du etwas Ungewöhnliches siehst.«
Eifrig nahm ich das Taschentuch und hielt die Feuerperle dicht an das Ohr.
»Die Haut ist so glatt, daß sie eigentlich nicht echt sein dürfte, sie ist es aber doch«, sagte ich nach einer Weile. »Irgend etwas füllt die Poren aus. Es ist wie Butter, aber nicht ganz, und es hat einen eigenartigen Schimmer.« Ich riskierte es, das Ding zu betasten. »Es ist weich und glatt, fast wie Speckstein, und das Zeug in den Poren ist ein ganz kleines bißchen fettig.«
Er verlangte die Feuerperle und das Ohr zurück.
»Ausgezeichnet«, sagte er. »Ich habe Spuren der Substanz an den Klauen des Dämons gesehen, und als wir den Kopf seines Opfers fanden, bestätigte sich mein Verdacht. Das ölige Zeug ist eine hauptsächlich aus ausgelassenem Ziegenfett hergestellte unvorstellbar teure Mixtur. Es handelt sich um eine Zeremonienseife, die über die besondere Eigenschaft verfügt, der menschlichen Haut einen samtigen Schimmer zu verleihen. Das Zeug wird fast ausschließlich von Eunuchen und Dienern benutzt, die mit der täglichen Aufwartung beim Kaiser betraut sind, und zwar in der Absicht, einen Abglanz der Aura, die vom Sohn des Himmels ausgeht, zu suggerieren.«
Es dauerte einen Augenblick, bis ich das soeben Gesagte begriffen hatte, und dann wurden meine Augen groß.
»Meister Li, wollt Ihr damit sagen, daß ein Staatsbeamter von einem Leichenfresser getötet und verspeist wurde?« fragte ich schockiert.
»Es sieht so aus«, antwortete Meister Li freundlich. »Und noch viel ungewöhnlicher ist die Tatsache, daß auch nicht der kleinste Hinweis auf eine Unregelmäßigkeit hinter den roten Mauern bekannt geworden ist. Nirgendwo auf der Welt ist man so versessen auf Klatsch und Tratsch wie in der Verbotenen Stadt, doch ich habe

gestern abend alle nur erdenklichen Quellen überprüft und konnte nicht mehr in Erfahrung bringen, als daß irgend etwas vor sich geht und daß es streng geheimgehalten wird. Mein Junge, ein Staatsbeamter kann unmöglich verschwinden, ohne daß es gewaltigen Staub aufwirbelt, und vergiß nicht, daß wir keine Spur seiner Knochen oder seines übrigen Körpers entdecken konnten. Haben seine Kollegen ihn etwa verschwinden lassen? Und wenn ja, was könnte Mandarine bewegen, das Verbrechen des Jahrhunderts zu vertuschen?«

Ja, wahrhaftig, was? Ein Skandal von solchem Ausmaß, daß er das Reich erschüttern könnte, schien nicht unmöglich, und als wir in die Kaiserliche Stadt einfuhren und zum Altar der Erde und des Korns hinauffuhren, begann mir ein Satzfetzen im Kopf herumzugehen: »... Monster, Mandarine und Mord ... Monster, Mandarine und Mord ...«

Die Priester am Altar verneigten sich in Ehrerbietung vor dem Toten, als unsere Sänfte vorüberzog, ihre Pendants am Obersten Tempel der Vorfahren taten es ihnen gleich (»... Monster, Mandarine und Mord ... Monster, Mandarine und Mord ...«), und konfuzianische Würdenträger tippten ehrerbietig an ihre Hüte. Die Kaiserstadt ist eine von Mauern eingefaßte Enklave von Verwaltungsgebäuden und aristokratischen Wohnsitzen, die rund um die Verbotene Stadt des Kaisers angesiedelt sind, doch wer annimmt, daß unser Leichenzug durch eine so erlesene Umgebung eine ernste und feierliche Angelegenheit gewesen wäre, hat noch nie in Peking eine Sänfte gemietet. Möglicherweise habe ich einen irreführenden Eindruck erweckt, ich will ihn also hier richtigstellen.

»Scheeeiße!« schrie Ratte-huscht-über-die-Straße von seinem Platz an der linken vorderen Trägerstange. *»Warum setzt sich der dicke schwere Knabe nicht in die Mitte und nimmt den dürren alten Vogel auf den Schoß? Die Kiste ist aus dem Gleichgewicht wie ein Floß, das von einer Ratte und einem Rhinozeros gerudert wird.«*

Viper-im-Gras hatte die entsprechende Position an der rechten Tragestange inne.

»Hör auf zu keifen, du Knallkopf! Du hast nicht genug Grips, um gleichzeitig zu reden und zu tragen, und wenn du deinen gottverdammten

Mund aufmachst, wippen deine Schultern wie Titten bei einem Ammentreffen!«

Nachttopf Chung und der Wurm, die Träger an den hinteren Stangen, zeigten wenig Verständnis.

»Sauft Essig, ihr Scheißer! Glaubt ihr, es gefällt uns, wenn uns der Geifer von zwei Stinktieren mit Maul- und Klauenseuche um die Ohren fliegt?«

»Ochse, von hier an sollten wir unseren Weg mit Würde machen«, erklärte Meister Li.

Ich hielt die Sänfte an, sprang hinaus, packte die vordere Tragestange, an der sich die Träger noch festklammerten und schleuderte sie mit solcher Wucht zu Boden, daß ihnen fast die Zähne aus dem Mund fielen.

»Hört mal her, ming t'e mao tsei! (Ein sehr nützlicher Satz für jemanden, der Peking besucht. Er bedeutet: ›Ihr kornfressenden Seidenspinnerraupendiebe!‹) Noch ein Muckser, und ich verfüttere eure gesammelten Überreste an eine Mücke.«

Ich kletterte in die Sänfte zurück, und wir setzten unseren Weg zwischen den Phönix-Türmen hindurch und über den Wallgraben in angemessenem Schweigen fort. Meister Li steht bei Hofe schon seit Jahren nicht mehr in Gnaden, aber er ist noch im Besitz des Ranges und der entsprechenden Papiere, und da die Palastwache keine Anweisung hatte, ihn aufzuhalten, passierten wir problemlos das Tor des Mittags, und die Verbotene Stadt lag vor uns.

»Jetzt brauche ich deine scharfen jungen Augen«, sagte Meister Li. »Wenn ich mich nicht irre, ist einer der oberen Mandarine Festmahl für einen Leichenfresser geworden, und aus unerfindlichen Gründen tun seine Kollegen alles in ihrer Macht Stehende, um die Sache zu vertuschen. Dennoch müssen sie dem Mann ein Begräbnis zukommen lassen, und unter den gegebenen Umständen können sie ihm unmöglich einen Pfahl verweigern.«

Ich verstand, was er meinte, bin aber nicht sicher, ob es unzivilisierten Lesern klar sein wird, daher will ich es kurz erklären.

Alle Menschen haben zwei Seelen. Die höhere *Hun*-Seele hat ihren Sitz in der Leber, und wenn jemand stirbt, wird genau über seiner Leber ein Loch in den Sarg gebohrt, damit die höhere Seele ein und aus fliegen kann, wenn sie es wünscht. Die niedere *Po*-Seele hat

ihren Sitz in der Lunge, und sie darf unter keinen Umständen hinausgelassen werden. In ihr wohnen die animalischen Instinkte und Verhaltensweisen des Menschen, und sie kann ohne weiteres schlecht werden und als böser Geist über die Erde wandeln. Die Hun-Seele muß in den neunundvierzig Tagen, in denen über sie gerichtet wird, zwischen der Leber und dem Gericht des Gottes der Mauern und Gräben in der Hölle hin und her wandern, doch wenn sie sich außerhalb ihres vertrauten Körpers befindet, kann sie leicht die Orientierung verlieren, und es ist ein furchtbares Unglück, wenn sich eine höhere Seele verirrt. Sie kann sich in ihrer heillosen Verwirrung in einem völlig ungeeigneten Körper niederlassen und verdorben werden, und wenn eine höhere Seele sich zum Schlechten wendet, dann wird sie *wirklich* schlecht. Auf diese Weise entstehen solche Wesen wie leichenfressende Vampire, und das ist auch der Grund, warum ein Leitsignal errichtet wird, das den wandernden Seelen hilft, nach Hause zu finden. Es ist eine hohe Stange, an deren Spitze eine leuchtend rote Flagge befestigt ist und die vor Häusern, in denen es einen Todesfall gegeben hat, aufgestellt wird: links von der Tür für einen Mann, rechts davon für eine Frau. Nach Meister Lis Überzeugung konnten es die Mandarine unmöglich riskieren, daß sich die Hun-Seele ihres Kollegen verirrte und in eben das gleiche Ungeheuer verwandelte, das ihn ermordet hatte, so daß ihnen nichts anderes übrigblieb, als eine Leitstange zu errichten.
Ich hielt nach einer roten Stange Ausschau, und das war eigentlich ein Jammer. Es war mein erster Ausflug in die Verbotene Stadt, und ich hätte mich nur zu gern umgesehen und Meister Li Fragen dazu gestellt, aber an diesem Tag erfuhr ich nicht mehr darüber, als daß man sie besser den Verbotenen Park genannt hätte. Nachdem wir die Hauptstraße verlassen hatten, befanden wir uns in einem Labyrinth von Bäumen, Büschen und Blumen, die so angelegt waren, daß sie immer wieder den Blick freigaben auf köstliche und überraschende Szenen wie in Elfenbeinrelief geschnitzte mächtige Drachen und Phönixe oder exotische Vögel, die aussahen, als würden sie Künstlern Modell stehen, wenn sie sich auf malerischen Felsen an türkisblauen Teichen niederließen. Einer dieser bunten Vögel war es, der meine Blicke von der Suche

ablenkte, und es dauerte einen Augenblick, bis ich merkte, daß das Leuchten nicht ausschließlich von seinem Gefieder ausging.
»Da!« rief ich.
Hinter einem Spalier von Granatapfelbäumen ragte eine hohe dünne Stange auf, an deren Spitze eine tiefrote Flagge hing. Meister Li ließ die Träger am Goldenen Fluß abbiegen und durch das Tor der Vereinten Harmonie auf den Gebäudekomplex zuschreiten, in dem er zwanzig Jahre seines Lebens vergeudet hatte, wie er es ausdrückte. Dann ließen wir die Halle des Literarischen Ruhmes, die Halle der Verkündeten Intelligenz und die Halle der Verehrung für den Meister (die nach Ch'ang-an die zweitgrößte Bibliothek der Welt ist) hinter uns, als wir dort, im großen Vorhof zur Halle der Literarischen Tiefe, links vom Eingang, den Seelenpfahl entdeckten, unter dessen roter Fahne das Banner eines hohen Gelehrten wehte, der berechtigt war, alle vierzehn Symbole akademischer Würde zu zeigen: Wunschperlen, Musikstein, Glückswolken, Rhombus, Rhinozeroshornbecher, Bücher, Bilder, Ahorn, Schafgarbe, Bananenblatt, Dreifuß, Kraut der Unsterblichkeit, Geld und den silbernen Schuh.
»Dieses Banner kürzt die Liste der möglichen Opfer erheblich ab«, erklärte Meister Li fröhlich. »Hat man auch nur einen Ton darüber gehört, daß einer der höchsten Gelehrten des Landes seinen letzten Atemzug getan hat? Nein, hat man nicht, und jetzt fange ich an, zu glauben, daß mein Verdacht Gewißheit wird.«
Als wir das Außentor durchquerten, sahen wir, daß es im Hof von Wagen und Sänften wimmelte, die wie unsere mit Trauertüchern verhangen waren. Ein Schwarm jüngerer Mandarine verneigte sich tief vor Meister Lis Hut und seinen Rangabzeichen, denn er hatte den ganzen Firlefanz, einschließlich der Symbole kaiserlicher Ämter, die er seit sechzig Jahren nicht mehr ausgeübt hatte, angelegt, und die Wirkung war beeindruckend. Er marschierte die Treppe hinauf, als wäre er der Hauseigentümer, und wir betraten eine Eingangshalle von so gewaltigen Ausmaßen, daß es fast schon grotesk war. Für die Felle, mit denen die Wände neben Wandteppichen und -behängen bedeckt waren, hatte man die Tierbestände etlicher Wälder vernichtet. Ein Teppich, der offenbar aus Hermelinfellen gefertigt war, erstreckte sich über einen Hektar Fußboden bis zu

einem marmornen Podest, und auf dem Podest stand ein mächtiger Sarg.
Ranghohe Mandarine schritten äußerst würdevoll über den Teppich, um ihrem Kollegen die letzte Ehre zu erweisen. Dann bemerkte irgend jemand Meister Li. Ein scharf eingesogener Atemzug, Köpfe drehten sich, und es war faszinierend zu beobachten, wie Augen nacheinander aufgerissen wurden und ein vornehmes Gewand nach dem anderen zurückzuckte, als gelte es, die Berührung mit einem Leprakranken zu vermeiden – fast wie ein Tanz, und Meister Li spielte seine Rolle, indem er jeden der Zurückweichenden mit breitem Lächeln begrüßte: »Wang Chien, lieber Freund! Welche Freude, daß diese unwürdigen Augen noch einmal in deinen göttlichen Strahlen baden dürfen!« Und so weiter. Zuerst sagte niemand sonst ein Wort, doch dann wurde das Schweigen gebrochen.
»Kao! Bei allen Göttern, es ist Kao! Warum ist es mir bloß nicht selbst eingefallen, dich in diesem Durcheinander zu Rate zu ziehen?«
Der Mann, der sich mit Hilfe von zwei Stöcken mühevoll zu Meister Li hinschleppte, war ausgedörrt, verhutzelt, von Arthritis verkrümmt und älter, als ich es je für möglich gehalten hätte. Ich hatte geglaubt, Meister Li hätte die Grenzen der menschlichen Lebensspanne erreicht, aber dieser Mann verschob diese Grenze noch um gut dreißig Jahre. Ich stellte fest, daß ihm im Vorübergehen tiefe Verneigungen folgten und Meister Li ihn mit aufrichtiger Freude begrüßte.
»Hallo, Chang! Wie geht's dir denn so dieser Tage?« erkundigte er sich teilnahmsvoll.
»Wie's mir geht? Senil bin ich natürlich«, antwortete das hutzelige Männlein. »Vor ein paar Tagen hatte ich eine lange Unterhaltung mit meinem ältesten Enkelsohn und wunderte mich, wieso er plötzlich so kluge Reden schwang, bis mir plötzlich einfiel, daß er seit zwanzig Jahren tot ist und ich merkte, daß ich mit dem Papageien sprach. Wer ist dieses Riesenbaby mit den dicken Muskeln und der eingedrückten Nase?«
Meister Li winkte mir, vorzutreten und mich zu verneigen.
»Gestatte, daß ich dir meinen ehemaligen Klienten und derzeitigen

Assistenten, Nummer Zehn den Ochsen, vorstelle«, sagte er. »Ochse, das ist der Strahlende Theokrat, der Oberste Herr der Östlichen Morgenröte und Erhabenen Klugheit, Träger des Zinnoberroten Zepters der Offenbarung aller Offenbarungen, oder, wenn es dir lieber ist, der Himmlische Meister.«
Nach meiner ehrlichen Überzeugung hinderte mich nur die Tatsache, daß sich mein Körper nicht entscheiden konnte, ob er nach vorne oder nach hinten umkippen sollte, daran, unsanft zu Boden zu stürzen. Dieser Mann war kein anderer als Chang-Taoling, der oberste Hohepriester des Taoismus und der einzige Mensch im Reich, der als lebendiger Heiliger anerkannt wird. In meinem Dorf wurde er ebenso vom Abt unseres Klosters wie von meinem atheistischen Onkel Nung verehrt. Es wurde behauptet, daß eine Liste seiner guten Taten vier der fünf heiligen Berge bedeckt hätte, und hier stand er nun leibhaftig vor mir. Irgendwie brachte ich eine linkische Verneigung zustande, ohne aufs Gesicht zu fallen.
»Kao, du bist genau der Mann, den wir brauchen, und ich bin froh, daß jemand so schlau war, darauf zu kommen«, sagte der Himmlische Meister. »Ich habe in meinem Leben selten etwas so Merkwürdiges gesehen, und das bedeutet, daß es wie für dich geschaffen ist.«
Der Himmlische Meister war fast taub, und so merkte er nicht, daß sein Reden eher als Brüllen zu bezeichnen war. Meister Li seinerseits mußte laut sprechen, um sich verständlich zu machen, so daß eine recht eigenartige Szenerie entstand: Hunderte von Menschen standen mit versteinerter Miene und schweigend in einem riesigen Saal und lauschten zwei Stimmen, die zwischen den Wänden hin- und hergeworfen wurden, bis ihr Echo über einem Sarg Fangen spielte.
»Du hast es gesehen, sagst du?« fragte Meister Li.
»Es passierte genau vor meinen Augen, und wenn etwas so Entsetzliches schon passieren mußte, ist es nur gut, daß jemand wie Ma Tuan Lin das Opfer war. Schrecklicher Idiot, weißt du, und eine Schande für den Gelehrtenstand«, schrie der Himmlische Meister.
Das plötzliche Aufblitzen in Meister Lis Augen ließ mich vermuten,

daß er die Meinung des Himmlischen Meisters über Ma Tuan Lin teilte, aber er bemühte sich, diplomatisch zu sein.
»Ach, ich weiß nicht. Auf dem Gebiet der Forschung hatte Ma etliche Qualitäten. Nur waren seine Schlußfolgerungen idiotisch.«
»Kao, du bist viel zu großzügig!« brüllte der Himmlische Meister. »Er war von Kopf bis Fuß ein Esel, und sein Selbstbewußtsein war ebenso aufgebläht wie sein Leib. Du hättest sehen sollen, wie sie sich abgemüht haben, diesen Fettklumpen in den Sarg zu quetschen.«
Der Heilige schwenkte mühsam auf seinen Stöcken herum und funkelte die Reihe schmallippiger Mandarine an.
»Verdammte Narren!« schrie er. »Hättet ihr dem toten Ma einen Einlauf gemacht, so hättet ihr die Reste in einer Walnußschale begraben können!«
Dann wandte er sich wieder an Meister Li.
»Also gut, für diese Dinge bist du zuständig, nicht ich. Du hast die Sache übernommen, also sage mir, was du willst, und ich werde versuchen, dir zu helfen«, meinte er schlicht.
»Fangen wir mit dem an, was du gesehen hast, aber laß uns zunächst aus diesem Mausoleum verschwinden«, entgegnete Meister Li gutgelaunt.
Eine strahlende Wärme umfing mich, als der Himmlische Meister auf eine Seitentür zustrebte. Was für ein phantastischer Glücksfall!
Wenn Blicke töten könnten, wäre Meister Li toter als Ma Tuan Lin gewesen, aber alles, was die Mandarine tun konnten, war, ihm finster hinterherzuschauen. Wir traten in einen Korridor, an dessen Ende sich ein Arbeitszimmer mit Blick auf einen kleinen Garten befand. Es war ein abgenutzter und schäbiger, aber gemütlicher Raum, vollgestopft mit Erinnerungsstücken aus der Zeit meines Ururgroßvaters, und der Himmlische Meister ließ sich mit einem Seufzer der Erleichterung auf eine gepolsterte Bank sinken und lockerte den Griff um seine Stöcke. Dann kam er unverzüglich zur Sache.
»Es war in der vorletzten Nacht, Kao, gegen Morgen, genauer gesagt, um die Doppelstunde der Schafe. Ich konnte, wie gewöhnlich, nicht schlafen, der Mond schien hell, und du weißt, wie heiß

es in letzter Zeit war. Ich stand auf, warf mich in ein Gewand, nahm meine Stöcke und ging zu meinem Boot an der Anlegestelle. Rudern ist der einzige Sport, den ich noch betreiben kann. Ich übe mit den Stöcken«, erklärte er und deutete mit den Stöcken schiebende Bewegungen an, die tatsächlich aussahen, als würde er rudern. »Ich ruderte zur Hortensien-Insel hinüber, wo ich einen Landungssteg und einen Weg habe anlegen lassen, den ich bewältigen kann. Ich machte einen Spaziergang durch den Wald und wünschte mir, während ich den Mond bewunderte, daß mein Kopf noch zum Dichten taugen würde, als ich einen furchtbaren Schrei hörte. Dann sah ich Ma Tuan Lin, der auf mich zugerannt kam.«
Der Heilige neigte den Kopf nach hinten, so daß er Meister Li von oben herab ansah, und ein verhaltenes Lächeln zuckte um seine Lippen.
»Jetzt kommt vermutlich der senile Teil der Geschichte. Ich weiß es nicht, Kao, ich weiß es einfach nicht. Ich kann dir nur erzählen, was ich gesehen habe oder glaube gesehen zu haben. Zunächst einmal wurde Ma von einem kleinen runzeligen Mann gejagt, der älter war als du, vielleicht sogar älter als ich, jedoch so leichtfüßig rannte wie ein Kind und dabei scharfe Laute ausstieß, die sich anhörten wie ›Pi-fang! Pi-fang!‹«
»Was?« fragte Meister Li.
Der Himmlische Meister zuckte die Achseln. »Keine Bedeutung, nur ein Laut. ›Pi-fang!‹ Ma hielt etwas in den Händen, das ich für einen Vogelkäfig hielt, einen leeren Vogelkäfig, und als er wieder einen Entsetzensschrei ausstieß, wurde ein Waldhuhnpärchen aus seinem Nest aufgescheucht. Ihre Flügel machten ›Flapp-Flapp-Flapp‹, als sie in die Dunkelheit hochschossen und genau vor meinem Gesicht aufflatterten, so daß ich hinterrücks ins hohe Gras fiel, was mir vermutlich das Leben rettete. Der kleine Mann sah mich nicht im Vorüberrennen. Er schwenkte die rechte Hand, in der gleich darauf etwas rot zu glühen begann, und dann schleuderte er eine Feuerkugel, die Ma Tuan Lin genau auf dem Rücken traf.«
Meister Li verschluckte sich und schlug sich auf die Brust. »Eine Feuerkugel?« fragte er, als er sich wieder beruhigt hatte.

»Ich weiß, ich weiß. Jetzt hat der alte Knabe das letzte bißchen Verstand verloren«, sagte der Himmlische Meister sarkastisch. »Ich erzähle dir, was ich glaube gesehen zu haben. Ma war tot, bevor er auf dem Boden aufschlug. Um das zu erkennen, brauchte ich keine Autopsie. Der kleine Alte rannte mit leichten Sprüngen, wie ein Blatt im Wind, an ihm vorüber, und dann wurde ich von einem grellen Blitz geblendet. Als mein Blick sich wieder klärte, war kein kleiner alter Mann mehr zu sehen. Ma lag am Boden, neben sich im hohen Gras das Käfigding, und sein Rücken qualmte. Ich sah mich nach allen Seiten um. Kein kleiner alter Mann. Dann hörte ich hoch über mir ein fernes ›Pi-fang!‹, und als ich aufblickte, sah ich vor der Mondscheibe einen großen weißen Kranich davonfliegen.«
Der Heilige atmete tief durch und breitete die Arme aus. »Du hältst das für verrückt? Ich habe noch nicht einmal richtig begonnen.«
»Ich kann es kaum erwarten«, warf Meister Li ein.
»Kao, neben dem Pavillon, den Ma auf der Hortensien-Insel bewohnte, befindet sich ein großer Erdhaufen, der von irgendeinem nicht ausgeführten Bauvorhaben stammt, und ich merkte erst, als ich den Haufen sah, daß ich in der Nähe des Pavillons war«, erklärte der Himmlische Meister. »Ein leises Geräusch, das von dem Erdhaufen ausging, zog meinen Blick an, und ich wußte endgültig, daß ich den Verstand verloren hatte, als sich eine gräßliche Klauenhand ins Mondlicht schob. Dann folgte eine zweite, die Erde brach auf, etwas Großes wuchtete sich im Mondschein hoch, und als die Erde von ihm abfiel, sah ich den schönsten Ch'ih-mei vor mir, den man in China seit einem Jahrhundert oder mehr gesehen hat. Ein klassischer Leichenfresser, Kao, und er blickte zu diesem Kranich am Himmel auf. Dann schrumpfte der Kranich zu einem winzigen Pünktchen und verschwand, worauf der Ch'ih-mei den Blick wieder senkte und Ma Tuan Lin entdeckte. Mit zwei Schritten war er bei ihm und riß ihm, so wahr ich hier sitze, ohne Umstände den Kopf ab! Er hob die blutige Beute an seinen Mund und nahm einen kräftigen Biß, aber dann sah ich nichts mehr! Ich kroch, indem ich mich irgendwie mit meinen Stöcken abstieß, rückwärts davon und hoffte, daß das Kauen des Ungeheuers alle Geräusche, die ich machte, übertönen würde, so daß ich in den Schutz der Bäume zurückgelangen konnte. Ich erreichte mein Boot, ruderte nach

Hause und schlug Alarm, und das ist alles, was ich dir berichten kann.«
Meister Li nickte mitfühlend.
»Wen hast du alarmiert?« wollte er wissen.
»Der Kaiser hat meinen Hausbediensteten einen Beamten zugeteilt. Als Kindermädchen, nehme ich an, aber gelegentlich ist er von Nutzen.«
»Und du hast ihm gesagt, was passiert ist?«
»Das mußte ich«, entgegnete der Himmlische Meister. »Er hat natürlich kein Wort davon geglaubt.«
»Ich dagegen schon.« Meister Li zwinkerte ihm mit Grinsen zu. »Ich habe nicht gesagt, daß ich *alles* glaube, wohlgemerkt, aber ich will unvoreingenommen an die Sache gehen, und wer weiß! Ich habe mir im Laufe meines Lebens angewöhnt, einige unglaubliche Dinge zu akzeptieren.«
Der Himmlische Meister erwiderte das Grinsen, dann stöhnte er auf und tippte sich an den Kopf.
»Müde, Kao, müde. Die Zeit, die mir noch bleibt, ist ungefähr so beschränkt wie mein restlicher Verstand, und wenn du heute noch irgend etwas von mir willst, dann verlangst du es besser jetzt«, erklärte er mit matter Stimme.
Meister Li beugte sich vor.
»Was ich will«, sagte er langsam und deutlich, »ist ein schriftlicher Auftrag, die Angelegenheit und alles, was damit im Zusammenhang stehen könnte, mit der uneingeschränkten Vollmacht und Unterschrift des Himmlischen Meisters zu untersuchen.«

*

Nicht lange danach folgte ich Meister Li durch eine Reihe von Seitentüren und durch die Gärten zum Hof und unserer Sänfte zurück. Er war merklich niedergeschlagen, obwohl er doch allen Grund zur Freude hatte, und ich warf ihm einen fragenden Blick zu.
»Tja, Ochse, das können wir vergessen! Einen Fall wie ein großer weißer Wal haben wir da nicht im Netz«, bemerkte er.
»Meister?«

»Ich muß mich bei den Mandarinen entschuldigen. Sie haben die Sache vertuscht und gehofft, den Leichnam unter die Erde schaffen zu können, bevor irgendein Übereifriger wie ich daherkommt, und zwar aus dem einleuchtenden Grund, daß Chinas größter lebender Heiliger soeben den Mord an Ma Tuan Lin gestanden hat«, sagte er wehmütig.

3

Meister Li wurde allmählich müde, und nachdem ich zur Hortensien-Insel hinübergerudert war und das Boot am Steg vertäut hatte, befahl er mir, mich zu bücken, damit er auf meinen Rücken klettern konnte. Er wiegt nicht mehr als ein Schulkind, seine kleinen Füße passen mühelos in die Taschen meines Kittels, und ich bin so daran gewöhnt, den alten Mann herumzutragen, daß ich mir ohne ihn fast nackt vorkomme. Ich lief über die Wege, die er mir zeigte, zu dem Pavillon, vor dem Ma Tuan Lin nach den Worten des Himmlischen Meisters den Tod gefunden hatte.
In der kurzen Zeit seit jenem Tage hat sich die Insel unvorstellbar verändert. Überall sind Gebäude im Entstehen, und es gibt kaum noch einen halben Hektar bewaldeten Bodens. Damals war sie fast völlig von Bäumen, Büschen und Gras überzogen, und außerhalb des Yu (über den ich an späterer Stelle ausführlicher berichten werde) gab es nur die Sammlung astronomischer Instrumente, die der große Chang Heng begründet hatte und weniger als zwanzig einsam gelegene Pavillons, die von bedeutenden Mandarinen als Ort der Besinnung genutzt wurden. Es war friedvoll und wunderschön dort, und wir sahen und hörten keine Menschenseele auf unserem Weg durch die Wälder. Als vor uns eine grasbewachsene Lichtung auftauchte, bat Meister Li mich, anzuhalten und ihn abzusetzen. Dann zog er seinen Weinschlauch unter dem Gewand hervor, goß den Inhalt trübsinnig in sich hinein und spuckte den dickflüssigen Bodensatz auf die Blumen. Ich wartete darauf, daß sie nach dieser Dusche reinen Alkohols welken und eingehen würden, aber aus irgendeinem Grunde taten sie es nicht.
»Ochse, ich muß dich zu deiner Selbstbeherrschung beglückwünschen. Nicht eine einzige Frage«, bemerkte er mit einem Zwinkern.

Meister Li weiß, daß er mich gut geschult hat. »Schauen wir uns einmal um. Ich wette, daß der Himmlische Meister gesehen hat, wie unser Leichenfresser Ma Tuan Lin den Kopf abriß, was Mas Erscheinung nur zum Vorteil gereichen konnte, und ich wäre enttäuscht, wenn ich mich irren würde.«
Wir wußten bereits, daß der Leichnam an eben dieser Stelle gefunden und von hier aus fortgebracht worden war, und nach ein paar Schritten sah ich die Umrisse des Pavillons vor mir. Daneben entdeckte ich einen großen Hügel frischer Erde, und schließlich fiel mein Blick auf etwas Schwarzes, das sich bewegte und sich deutlich vor dem grünen Hintergrund abhob. Es war ein Schwarm Fliegen, und sie summten um dunkle, ehemals rote Streifen, die sich klebrig durch das Gras zogen. Wir traten an den Erdhügel und entdeckten dort Anzeichen dafür, daß vor ganz kurzer Zeit die Erde aufgewühlt worden war, möglicherweise von einem Unwesen, das hier ins Freie gekrochen war. Unweit des Haufens entdeckte ich Sandalenspuren auf dem weichen Boden des Weges. Die Zehen hatten sich tief eingegraben und Erde hinter sich aufgeworfen, was auf eine Person hindeutete, die um ihr Leben gelaufen war. Kurze Zeit später entdeckte ich auf einer anderen weichen Stelle des Bodens einen riesigen Abdruck, den man gut und gerne einem Wesen wie dem Leichenfresser hätte zuschreiben können.
»Der Himmlische Meister hat keinen Grund, einen Gegenstand wie diesen Vogelkäfig zu erfinden. Suchen wir ihn also«, murmelte Meister Li.
Wir fanden den Käfig in der Nähe der Blutspuren im hohen Gras. Der Weise hob ihn auf, und als er ihn näher betrachtete, pfiff er anerkennend durch die Zähne. Selbst ich konnte erkennen, daß es ein vorzüglich gearbeitetes und sehr altes Stück war. Einen Vogel hätte man darin allerdings nicht gefangenhalten können. Die Stäbe waren in eigenartigen Abständen angeordnet, und es gab mindestens eine Lücke, durch die ein kleiner Vogel hätte entweichen können. Um die Gitterstäbe verlief ein merkwürdiges Gewirr von Drähten. Eine einzelne Perle war daran aufgezogen, die man mit etwas Geschicklichkeit in die eine oder andere Richtung bewegen konnte, doch Meister Li erklärte, daß eine Perle allein unmöglich genügend Funktionen erfüllen konnte, um als einfacher Rechen-

schieber zu dienen. Die Stäbe waren mit Symbolen aller Art, von Tieren über Instrumente bis zu astronomischen Zeichen, verziert, und Meister Li schüttelte mit einem Schulterzucken den Kopf.

»Keine Ahnung, wozu der Käfig gedient haben könnte, aber er ist wahrscheinlich sehr alt«, erklärte er. »Man kann von Ma Tuan Lin halten, was man will, aber er hatte einen Riecher für das Aufspüren wertvoller Kunstgegenstände. Er war ein bedeutender Sammler und hielt sich für eine Koryphäe. Vielleicht finden wir etwas darüber in seinen Unterlagen.«

Er befestigte den Käfig mit seiner langen gelben Schärpe an der Taille, dann blieb er einen Augenblick, die Hände in die Seiten gestemmt, stehen und blickte sich um.

»Mein lieber alter Freund und Lehrer ist hierher gerudert und im Mondschein spazierengegangen«, begann er langsam und mit wehmütiger Stimme. »Wie es das Schicksal wollte, kam er gerade rechtzeitig an, um zu sehen, wie ein Ungeheuer sein Abendessen, nämlich Ma Tuan Lin, jagte und ihm tatsächlich vor seinen Augen den Kopf abriß. Ochse, du hast den Himmlischen Meister gehört. Du weißt, daß er Ma Tuan Lin nicht leiden konnte. Er fühlte sich tief im Innern schuldig, weil er keine Trauer angesichts des schrecklichen Mordes empfand, und das Schuldgefühl wirkte auf seinen müden Geist und projizierte Bilder, die zur Folge hatten, daß er seine Geschichte von – hör mir gut zu – ›einem kleinen runzeligen Mann, der älter war als du, vielleicht sogar älter als ich, jedoch so leichtfüßig rannte wie ein Kind‹ tatsächlich glaubt. Nun gut, was für einen Hut trägt der Himmlische Meister?«

Ich dachte darüber nach. »Es ist ein weißer, hoher Hut, der spitz zuläuft«, sagte ich.

»Man nennt ihn den Neun Yang Donner Hut«, bemerkte Meister Li trocken. »Er soll einen Kranichschnabel darstellen. Ist dir seine Kleidung aufgefallen?«

»Er trug ein taoistisches Gewand und das Abzeichen des Höchsten Ranges«, antwortete ich.

»Und das wäre?«

»Ein Kranich.«

»Ganz genau, und hast du seinen Amtsring bemerkt?« erkundigte sich Meister Li.

»Irgendein großer roter Stein«, erwiderte ich.
»Es ist ein Granat, der ›Kugel des Vergeltenden Blitzes‹ genannt wird«, erklärte Meister Li.
»Oh-oh«, sagte ich.
»Das kann man wohl sagen«, gab Meister Li zurück. »Ochse, der Himmlische Meister hat sich selbst als kleinen alten Mann gesehen, der seine Stöcke wegwerfen und leichtfüßig rennen kann wie ein Kind, um Schweinehunde wie Ma Tuan Lin zu massakrieren, indem er sie mit seinem Amtsring attackiert und sich dann in den Kranich, den sein Gewand und sein Hut symbolisieren, verwandelt und sich vor dem Mond durch die rettenden Lüfte davonschwingt wie in einem Traum. Die Mandarine fürchteten, daß die falschen Leute diese Geschichte aufschnappen und einen furchtbaren Skandal auslösen könnten, aber wir beide werden nicht die falschen Leute sein.«
»Nein, Meister Li«, erwiderte ich.
»Wir werden eine offizielle Untersuchung in die Wege leiten«, erklärte der alte Mann. »Wir haben immerhin den vom Himmlischen Meister eigenhändig unterschriebenen Auftrag, der uns dazu ermächtigt, und das ist nichts, womit man Scherze treibt.«
»Ja, Meister Li«, sagte ich und hielt dann wohlweislich den Mund. (›Das‹, fuhr ich im stillen fort, ›ist die Untertreibung des Jahrzehnts. Wenn er es geschafft hat, ein Dokument wie dieses zu fälschen, hat er einen Passierschein, der es ihm erlaubt, mit vierzig Mauleseln, achtzig schaufelbewehrten Bauern und einem Lastkran in der kaiserlichen Schatzkammer ein- und auszugehen.‹)
Da es am Schauplatz des Mordes nichts mehr zu finden gab, folgte ich Meister Li zu Ma Tuan Lins Pavillon. Zu meiner Überraschung stellte ich fest, daß es sich um ein einfaches, schmuckloses Haus handelte: ein großer Raum und ein Bad, mit Blick auf einen kleinen, eingefriedeten Garten und über den See. Meister Li erklärte mir, daß es Mandarinen wie Ma nicht gestattet war, luxuriöse Behausungen auf der Insel einzurichten. Die Pavillons, die einer dem anderen glichen, waren der Meditation vorbehalten und Eigentum des Kaisers. Wir sahen die Papiere des Mandarins und seine Sammlung von Büchern und Schriftrollen durch, konnten aber nichts weiter finden als Anmerkungen in der Kurzschrift der Gelehrten,

die ich nicht lesen konnte und Meister Li als typisch Ma Tuan Lin bezeichnete: idiotischer Mist. Da mit der Suche nichts weiter bezweckt war, als herauszufinden, ob es irgendeinen Hinweis auf einen merkwürdigen alten Käfig gab, brachte Meister Li die Sache rasch hinter sich. Wir waren eben im Begriff, das Haus zu verlassen, als er in der Tür innehielt.

»Fast hätte ich es vergessen«, sagte er. »Vor fünfzig oder sechzig Jahren habe ich einmal für ein paar Wochen einen dieser Pavillons bewohnt, und da sie alle gleich sind …«

Er ließ den Satz unvollendet, während er kehrtmachte und auf den kleinen Holzaltar an der östlichen Wand zuging.

»Man hat mir gezeigt, wo ich Schmuck oder was auch immer unterbringen sollte, wenn ich dem Gärtner mißtraute«, erklärte er, indem er gegen eine Holzplatte drückte, sie beiseite schob und mit der Hand in ein kleines Loch griff. »Nicht zu fassen«, sagte er, und als er die Hand wieder herauszog, hielt er ein dickes, kleines Notizbuch darin.

Wir setzten uns an den Tisch, und er blätterte es durch. Nicht einmal Meister Li wurde aus den Eintragungen schlau, denn sie bestanden lediglich aus einer Reihe von Zahlen und Zeichen, die Prozente anzeigten, aber es fand sich keinerlei Hinweis darauf, wofür die Zahlen standen.

»Die Summe steigt in schwindelerregende Höhen und verdoppelt sich dann plötzlich, und ich kann nur sagen, wenn es sich um Mas Geld handelt, dann war er allmählich reich genug, einen Besitz auf dem Kohlenhügel zu erwerben«, bemerkte Meister Li. Dann blätterte er die letzte Seite um und zog etwas aus dem Büchlein hervor. »Ochse, sieh dir das an!« rief er begeistert aus.

Da war er, der Käfig, den wir gefunden hatten, in Gestalt eines Tinten-Reibedrucks, der offensichtlich von der Oberfläche eines alten Steins genommen worden war. Ich sage Stein anstelle von Metall, weil verschwommene, fleckige Stellen auf eine verwitterte, gesprungene Oberfläche hindeuteten, dennoch war deutlich erkennbar, daß es den Käfig darstellte. In der Hoffnung, auf der Rückseite erklärende Worte zu finden, drehte er den Druck um. Es standen dort nur ein paar Zeichen in Fliegende Weiß-Kurzschrift, die er für mich übersetzte:

»›Acht! Ich habe alle acht gefunden! Jetzt können sie mir den Hauptanteil nicht verwehren, und meine Knochen werden auf dem Weißen Drachengipfel liegen!‹«
»Meister, wißt Ihr, was das zu bedeuten hat?« wollte ich wissen.
»Eigentlich nicht, aber der letzte Teil ist interessant«, entgegnete er. »Der Weiße Drachengipfel ist das landschaftlich hervorstechendste Merkmal über einem großen, fruchtbaren Tal in der Nähe von Shensi, von dem Ma Tuan Lin, fälschlicherweise, wie ich immer angenommen habe, behauptete, daß es einst der Familienbesitz seiner Vorfahren gewesen sei. Das klingt, als hätte er gehofft, es wiedererwerben zu können, und dazu hätte es einer ungeheuren Menge Geldes bedurft.«

*

Bald darauf verließen wir das Haus, und ich ruderte das Boot ohne Zwischenfälle zur Stadt zurück. Dort machten wir in Meister Lis Hütte gerade lange genug halt, um den Käfig unter dem Podest zu verstecken, der unsere Matten vor Nässe schützt, wenn der Fußboden bei Stürmen unter Wasser steht. Dann ließ er sich von mir zur Kneipe des Einäugigen Wong tragen. (Ich habe Wongs Kneipe in früheren Bänden meiner Erinnerungen beschrieben, und da sie hier keine entscheidende Rolle spielt, sage ich nur soviel, daß es ein Wirtshaus im Verbrecherviertel an der Brücke des Himmels ist, in dem Meister Li manchmal nützliche Leute auftreiben kann, und das gelang ihm auch jetzt.) Er ließ von zwei Fälschern eilig Kopien von Ma Tuan Lins Reibedrucken des Käfigs fertigen und schickte dann eine Bande Straßenjungen damit zu allen namhaften Einbrechern, die ihm in den Sinn kamen.
»Weißt du«, wandte er sich an mich, während wir an seinem persönlichen Tisch das Abendessen einnahmen, »es besteht die Möglichkeit, daß sich Ma mit dem, was er auf die Rückseite des Reibedrucks geschrieben hat, eher auf Käfige als auf irgend etwas anderes bezog. Wenn ja, hatte er acht davon gefunden. Wo sind die anderen sieben?«
Ich zuckte die Achseln. »In seinen Arbeitsräumen, seinem Haus?«

»Vergiß nicht, Ochse, daß der Käfig, den wir haben, sehr alt und hervorragend gearbeitet ist. Es ist ein bemerkenswerter Kunstgegenstand, und wenn Ma Tuan Lin sich im Besitz von acht dieser Kostbarkeiten befunden hätte, so wäre diese außergewöhnliche Sammlung ohne Zweifel Anlaß für ihn gewesen, ein Bankett nach dem anderen zu veranstalten, um sich bei diesem Anlaß seines unfehlbaren Instinktes und scharfen Verstandes zu brüsten, die es ihm möglich machten, Schätze aufzuspüren, an deren Entdeckung Geringere gescheitert sind. Soweit ich weiß, hat er nichts dergleichen getan, und rufen wir uns die Formulierung in Erinnerung: ›Acht! Ich habe alle acht gefunden! Jetzt können sie mir den Hauptanteil nicht verwehren, und meine Knochen werden auf dem Weißen Drachengipfel liegen!‹«

»Das klingt, als hätte er irgendwelche Partner in einem Geschäftsunternehmen gehabt«, sagte ich zögernd. »Klingt, als wären die Käfige irgendwie wertvoll für sie, und zwar so wertvoll, daß sie ihm den Hauptanteil gebracht hätten, egal, um welche Geschäfte es ging.«

»Genau danach klingt es, und auf diese Weise hätte er seinen Partnern Käfige als Gegenleistung für Anteile am Geschäft gegeben. Vielleicht wurde die bloße Existenz der Käfige geheimgehalten, vielleicht aber auch nicht, und wenn nicht, sehen wir einer interessanten Möglichkeit ins Auge«, sagte der Weise. »Ma Tuan Lin hätte nicht im Traum daran gedacht, geschäftliche Beziehungen mit geringeren Sterblichen einzugehen. Seine Teilhaber müßten Mandarine seines eigenen oder gar eines höheren Ranges gewesen sein, und Männer dieses Schlages neigen dazu, ausgefallene Dinge zu sammeln und in ihren Häusern zum Neid der Besucher zur Schau zu stellen.«

Aus seinem Schweigen schloß ich, daß er mich dazu bringen wollte, zu sehen, wie weit mein siebähnlicher Verstand den Gedanken weiterspinnen konnte, und daher sagte ich: »Wenn Ma Tuan Lin seinen Geschäftspartnern Käfige gegeben hat, und diese Partner haben sie zur Schau gestellt, dann können uns die Einbrecher von Peking genau sagen, wo sich die Käfige befinden.«

»Braver Junge«, lobte mich Meister Li. »Jedes einzelne Herrenhaus der Stadt haben die Diebe unter Mithilfe des Gesindes wieder und

wieder ausgekundschaftet. Es wäre zuviel verlangt, wollten wir alle sieben finden, aber wenn wir auch nur einen einzigen aufspüren, werde ich meine Neugier ein wenig befriedigen und dem Besitzer ein paar Fragen stellen. Wenn nicht, vergessen wir die Sache mit den Käfigen und machen uns Gedanken darüber, was für einen Bericht wir dem Himmlischen Meister vorlegen sollen.«
Eine Stunde später bekamen wir Besuch von einem Herrn mit unstetem Blick und einem interessanten Narbenmuster an der Stelle, wo sich seine Nase einmal befunden hatte, und wieder eine Stunde später saßen wir erneut in einer vornehmen Sänfte und ließen uns den Kohlenhügel hinauftragen.

*

Es war Abend, ein riesiger Vollmond mit rötlichem Hof stand am Himmel, und der Kohlenhügel begann soeben zum Leben zu erwachen. Ich bin immer wieder fasziniert vom Schauspiel der Reichen, wenn sie es so einrichten, daß sie dabei gesehen wurden, wie sie Leute besuchen, die dabei gesehen wurden, wie sie Leute besuchten, die es wert sind, bei einem Besuch gesehen zu werden, wenn das so richtig ausgedrückt ist. Zuerst sieht man einen Lichtschein näherkommen, dann hört man ein rhythmisches *»Hat-chu, hat-chu, hat-chu!«*, dann taucht der Aufseher auf, dem im Laufschritt ein Heer von Dienern mit Fackeln in den Händen folgt. Darauf erneut ein Lichtschein, und ein anderer Ruf, *»Mi-chi, mi-chi, mi-chi!«*, intoniert von marschierenden Lakaien, die, gekleidet wie königliche Hoheiten und mit hellstrahlenden Laternen in den Händen, aristokratische Sänften und Equipagen umringen. *»Yi-cha, yi-cha, yi-cha!«* skandieren gelbgewandete Eunuchen, die neben der Hauptsänfte einhertrippeln und qualmende Räuchergefäße schwenken, und mit einigem Glück erhascht man einen Blick auf einen blitzenden Smaragd oder Türkis, funkelnde Juwelen und schimmernde Jade, golddurchwirkte Seide und bestickten Satin, den tiefroten Glanz eines langen lackierten Fingernagels, den schmelzenden Blick aus einem gelangweilten Auge; dann ertönt Trompetengeschmetter, *»Ta-ta-taaaaa! Ta-ta-taaaaa!«*, und Herolde stolzieren voran wie radschlagende Pfauen und biegen in die erwartungsvoll daliegende

Allee ein, aus der ihnen andere Trompeten antworten, *»Tum-teeeee! Tum-teeeee!«*, worauf wie durch einen Zauber Lichter aufflammen. Tausend Papierlampions erstrahlen in den Bäumen, denen im Winter künstliche Blätter angenäht sind, ein Orchester spielt auf einer Lichtung eine Willkommenshymne, Tänzer hüpfen und springen vor den Herolden her, eine Herde rosaroter Gänse zischt und kreischt und schnattert, und jene prächtigen Hausdiener in der Auffahrt verstreuen nicht etwa gelben Sand, der den erlauchten Fußabdruck des erhabenen Gastes aufnehmen soll – o nein, es ist echtes Gold, das da einen Pfad zur Tür des Hauses bildet.

Ich habe einen Vetter, der auf dem Kohlenhügel arbeitet. Er ist ein Fachmann und stolz auf die meisterliche Beherrschung seiner Kunst. Seine Aufgabe besteht darin, sich schwarz zu kleiden und Gesicht und Hände mit Ruß zu schwärzen, damit man ihn bei Nacht nicht sieht. Dann nimmt er eine lange spitze Nadel – viel länger als eine Stricknadel –, klettert in das Gehege, in dem die Gänse gehalten werden, und sticht sie genau im richtigen Augenblick, wenn Gäste nahen, in den Pürzel. Das Zischen und Schreien der Gänse gilt als glückliches Omen, und das Geheimnis besteht darin, den Gänsen in dem Moment ein Geschnatter zu entlocken, wenn die Reichen den Fuß auf die demütig geneigte Erde setzen, und darin ist er sehr gut. Ich habe ihn einmal gefragt, ob er erwägen würde, sein Gewerbe auf das Einfärben der Gänse zu erweitern (ebenfalls ein glückliches Omen), worauf er wütend wurde. Er ist ein Meister im Gänsepürzel-Stechen, und die unbedeutenden Gefieder-Maler gehörten kaum seiner Gesellschaftsklasse an! Abgesehen davon war es eine geschlossene Zunft, zu der man nur durch Vererbung Zutritt erlangen konnte.

Der Weg, in den unsere Sänfte einbog, war nicht für den Empfang von Gästen erleuchtet, aber unser Informant hatte uns versichert, daß der Eigentümer zu Hause war. Meister Li trat in seiner würdevollsten Pose neokonfuzianischer Überlegenheit auf und fegte niedere Dienstboten verächtlich beiseite, bis er den Haushofmeister vor sich hatte, dem ein flüchtiger Blick auf die Vollmacht des Himmlischen Meisters genügte, um unter unterwürfigen Verbeugungen die Treppe hinaufzueilen und den Herrn des Hauses zu suchen. Wir warteten in einem reich mit alten Kunstgegenständen

ausgestatteten, sehr gepflegten Raum, der Meister Li jedoch wenig beeindruckte.
»Neun Zehntel«, bemerkte er gleichgültig, »sind offensichtliche Fälschungen, und das eine Zehntel, das übrigbleibt, ist von geringem Wert. Die einzige Ausnahme ist diese Tropfkröte, deren Glasur das früheste Beispiel für eine Technik namens ›Hübsches Mädchen Himmelsklar‹ ist, das ich je gesehen habe.«
Tropfkröten sind Keramikkröten, in deren Innern sich eine kleine Kammer mit eingebautem Tropfer befindet. Man benutzt sie, um einen Tintenstein mit der exakten Menge Tinte zu befeuchten, die für einen vollkommenen Strich notwendig ist, und Meister Li besitzt eine sehr schöne Sammlung davon. Als er sich bückte und den falschen Absatz seiner linken Sandale beiseite schob, wich mir das Blut aus den Wangen.
»Meister... äh... ehrwürdiger Meister, glaubt Ihr nicht, daß es unklug wäre, hier zu... äh...«
Als er sich wieder aufrichtete, hatte er einen Dietrich in der Hand, und einen Augenblick später enthielt die Vitrine eine Tropfkröte weniger. Ich erwähne das, um zu erklären, warum ich bereits zermürbt war, als wir die Schreie hörten. Es waren hohe, erstickte Schreie, die unverkennbar aus dem Haus kamen, und ich bückte mich unwillkürlich, damit der alte Mann auf meinen Rücken springen konnte.
»Schnell! Wir machen uns auf die Socken!« rief ich.
Sobald ich sein Gewicht spürte, galoppierte ich in den Gang und zur Tür hinaus, und ich hatte den Außenhof bereits zur Hälfte überquert, als mir bewußt wurde, daß Meister Li mir mit den Fäusten auf Kopf und Schultern herumtrommelte und schrie: »Halt, du Idiot!« Ich kam schlitternd zum Stehen, worauf er auf meinem Rükken herumzappelte und ein gichtiger Finger an meiner Wange vorbei nach vorn deutete. »Dahin!«
Endlich dämmerte mir, daß ich zu dem Schreien hätte hin- und nicht vor ihm davonlaufen sollen, doch in gewisser Hinsicht war es ein Glück, daß ich die Nerven verloren hatte und ins Freie gerannt war. Meister Li zeigte zu einem höhergelegenen Stockwerk hinauf, wo wir hinter einem dünnen Vorhang die Umrisse eines Menschen erkennen konnten, der mit jemandem zu kämpfen schien. Ich

merkte mir die Lage des Zimmers, dann stürmte ich ins Haus zurück und die Treppe hinauf.

Die Schreie kamen vom Haushofmeister, ich bezweifle jedoch, daß er sich des Lärms, den er machte, bewußt war. Er stand wie versteinert vor einer offenstehenden Tür im ersten Stock, seine Augen waren geweitet und glasig vor Entsetzen, und sein Mund öffnete und schloß sich ohne sein Zutun. Ich schob ihn aus dem Weg. Meister Li rutschte von meinem Rücken herunter, und ich hörte das scharfe Klicken, als das Wurfmesser, das er in einer Scheide am rechten Unterarm trug, von der Rattanfeder im Ärmel getrieben, in seine Hand schnellte. Geduckt hechtete ich durch die Tür, rollte mich, als ich auf dem Boden aufkam, nach links ab und sprang, für einen Angriff gewappnet, auf die Füße, doch es folgte kein Angriff. Vielmehr stand ich da wie der Haushofmeister, festgewurzelt auf der Stelle, den Mund töricht offenstehend, und aus der Reglosigkeit hinter mir schloß ich, daß auch Meister Li dastand und auf das Schauspiel starrte, das sich uns bot. Es war eine komplizierte Szenerie, und ich brauchte eine Weile, um sie zu erfassen.

Im Vordergrund, das heißt in der Mitte des luxuriösen Raumes, stand ein Mann, dessen Gesicht unter der Kapuze eines altmodischen Umhangs verborgen war. Mit einem Klöppel bearbeitete er konzentriert das älteste aller Instrumente, ein steinernes Glockenspiel. Er stand auf einem Bein, weil er nicht mehr hatte: nur dieses eine Bein, das genau in der Mitte seines Körpers saß. Vor ihm tanzte ein Mann in der vornehmen Kleidung eines Mandarins zu den Klängen der Musik, aber es war ein Totentanz.

Unter seinen wilden Sprüngen und Hüpfern flogen seine Gewänder durch die Luft, mit der Kraft der Besessenheit verrenkte und verdrehte er sich, warf die Beine hoch über den Kopf, stampfte mit den Füßen auf den Boden, als gelte es, Löcher hineinzubohren. In seinen Augen stand der Wahnsinn, die Schmerzen hatten ihn um den Verstand gebracht, und er hätte gebrüllt, hätte er die Luft dazu gehabt. Mir stockte der Atem, und ich sprang zurück, als ich die weißen Knochensplitter sah, die sich durch seine seidenumhüllten Schenkel bohrten und das Blut, das ihm von den Knien tropfte. Dieser Mandarin hatte getanzt, bis beide Schenkel gebrochen waren, und er tanzte immer noch. Jetzt sprudelte ihm das Blut aus

Mund und Nase, und mir wurde klar, daß sein ganzes Inneres zu Brei gestampft sein mußte. Und noch höher wurden seine Sprünge. Zu der dumpfen Monotonie des steinernen Glockenspiels trommelten seine Füße immer härter auf den Boden, die Knochensplitter bohrten sich immer weiter heraus, und dann erlosch mit einem gewaltigen Blutschwall, der ihm über die Lippen schoß, der Funke wahnsinniger Pein in seinen Augen.

Das einbeinige Wesen ließ jetzt, indem es fortfuhr, das steinerne Glockenspiel anzuschlagen, einen Leichnam für sich tanzen. Dieser Mandarin war tot. Das wußte ich so sicher, wie ich wußte, daß ich selbst noch am Leben war, und doch sah ich, daß die Leiche tanzte wie eine Strohpuppe; der Kopf rollte und pendelte leblos auf den Schultern, Arme und Hände schlugen haltlos durch die Luft, die zerschmetterten Beine knickten da, wo es eigentlich unmöglich war, zwischen Knie und Hüfte, das Blut sprühte in feinem rotem Nebel aus seinem weit offenstehenden Mund durch den Raum.

Das, man stelle es sich vor, war nur die Szene, die sich im Vordergrund abspielte. Gleichzeitig strengte sich mein Bewußtsein an, den Hintergrund ebenfalls aufzunehmen, was sich aber als schwierig erwies, da sich derartig monströse Bilder, wenn man zu viele davon sieht, gegenseitig aufheben. Alles verschwamm mir vor den Augen; ich schüttelte heftig den Kopf – die erste Bewegung, deren ich überhaupt fähig war – und stellte fest, daß ich tatsächlich eine weitere unheimliche Gestalt vor mir hatte. Es war ein Mann, der jedoch das Gesicht eines abscheulichen Affen mit silbergrauer Stirn, einer scharlachroten Nase, leuchtend blauen Wangen und einem gelben Kinn hatte. Ich weiß nicht warum, aber ich wußte sofort, daß es keine Theatermaske war. Es war echt. Mit einem Blick auf Meister Li und mich bleckte der Affenmensch seine kräftigen weißen Zähne in einer Mischung aus Lachen und Grimasse, dann war er mit einem mächtigen Satz am Fenster, schwang sich mit einem zweiten mühelosen Sprung in den Garten hinunter und war fort, verschwunden in der Dunkelheit, nachdem ich gerade noch hatte erkennen können, daß er etwas im Arm trug.

Das unheimliche Wesen hatte einen Käfig davongetragen, der Meister Lis Käfig genau glich.

Meister Li war an meine Seite getreten und fuhr in dem Augenblick, als das steinerne Glockenspiel verstummte und der tanzende Leichnam schlaff zu Boden sank, als hätte jemand die Fäden einer Marionette durchgeschnitten, zur Mitte des Raumes herum. Die einbeinige, verhüllte Gestalt stand reglos da.

»Vorsicht, Ochse.«

Als ob es einer Warnung bedurft hätte. Während ich mich langsam vorwärts bewegte und dabei eine schwere Bronzefigur als Waffe an mich nahm, deckte Meister Li, das Messer angriffsbereit zum rechten Ohr gehoben, mein Vorrücken von der Seite. Der Glockenspieler rührte sich noch immer nicht von der Stelle. Ich stand so, daß ich ihm direkt ins Gesicht sehen konnte, und in den dunklen Schatten hinter der Öffnung der Kapuze glaubte ich den Schimmer eines einzigen Auges in der Stirnmitte zu erkennen.

Plötzlich wurde ich von einem grellen Blitz geblendet. Ich hob die Hand vor die Augen und wich mit angehaltenem Atem zurück, und als sich der rot und schwarz gefleckte Nebel lichtete, starrte ich in den Raum. Meister Li tat es mir unter Blinzeln und Augenreiben gleich: Es war nicht die Spur von einem einbeinigen Glockenspieler zu sehen. Er war weder im Raum noch draußen im Korridor, der Wind bauschte die Vorhänge vor dem Fenster auf, und als wir hinaus in den nächtlichen Himmel blickten, sahen wir einen großen weißen Kranich, der vor der Mondscheibe davonflog.

4

»Nun, Kao, hast du irgend etwas Interessantes herausgefunden?« erkundigte sich der Himmlische Meister.

»Sozusagen«, entgegnete Meister Li. »Zunächst einmal ist ein weiterer Mandarin ... ich nehme an, du kennst oder kanntest Mao Ou-Hsi?«

»Unangenehmer Kerl. Der drittgierigste Mann im ganzen Reich«, sagte der Himmlische Meister angewidert.

»Das wird den viertgierigsten interessieren, denn er ist gerade aufgerückt«, erklärte Meister Li. »Mao hat sich gestern abend auf ziemlich spektakuläre Weise vom roten Staub der Erde verabschiedet. Ochse und ich waren zufällig anwesend, als es geschah. Das Wesen, das ihn ermordet hatte, verschwand mit einem grellen Blitzstrahl, und das nächste, was wir sahen, war ein weißer Kranich, der vor der Mondscheibe davonflog.«

Der Himmlische Meister, der gerade eine Teetasse an die Lippen führte, erstarrte mitten in der Bewegung. Für einen kurzen Moment, in dem sein Blick durchdringend und hart wurde, erhaschte ich einen Anflug des scharfen Verstandes und der Unbeirrbarkeit aus längst vergangener Zeit, als er noch in dem Ruf gestanden hatte, der klügste Kopf im ganzen Reich zu sein.

»Wie praktisch«, bemerkte er trocken. »Hatte er ein Schild im Schnabel, auf dem geschrieben stand ›Rettet den Himmlischen Meister vor Mutter Mengs Irrenhaus‹?«

Meister Li warf den Kopf in den Nacken und lachte. »Ob du es glaubst oder nicht, genau so hat es sich zugetragen«, sagte er. »Nachdem wir uns umgesehen und nichts gefunden hatten, riefen wir die Untersuchungsbeamten und überließen ihnen den Fall, und am Morgen begaben wir uns dann, gleich nachdem die Tore geöffnet worden waren, in die Verbotene Stadt, verjagten die Ehrenwache von den sterblichen Überresten des verblichenen Ma Tuan Lin, und ich ließ den Sarg von Ochse öffnen. Erzähle du es ihm, Ochse.«

Ich schluckte nervös, als die lebhaften Augen des Heiligen zu mir herüberhuschten.

»Allerehrwürdigster Meister, die Leiche lag natürlich auf dem Rükken, aber ich schaffte es, sie aufzusetzen – «

»Das muß ein hartes Stück Arbeit gewesen sein«, bemerkte der Himmlische Meister mit aufrichtiger Teilnahme in der Stimme.

»Ja, Meister«, sagte ich. »Der Leichnam war mit Borneokampfer namens Drachenhirn eingerieben, und der Geruch schnürte mir die Kehle zu, und als ich es weggeschabt hatte, wurde mir vom Gestank der Leiche schlecht, und es war kein Kopf da, und das ganze sah abscheulich aus.« Nur von der Erinnerung daran mußte ich schon wieder würgen. »Die Leiche war so steif wie ein Baumstamm, und ich habe mir bei dem Versuch, sie aufzurichten, fast einen Bruch gehoben.«

»War er nicht ein widerlicher Fettkloß?« bemerkte der Himmlische Meister mitfühlend.

»Er hat sich beim Reis nicht sehr zurückgehalten«, entgegnete ich diplomatisch. »Ich mußte ihn nach Meister Lis Anweisung aufrecht hinsetzen, damit wir seinen Rücken untersuchen konnten.«

»Und?«

»Ehrwürdiger Herr, es war genau, wie Ihr es uns gesagt habt!« sagte ich aufgeregt. »Das Eintrittsmal der Feuerkugel war sehr klein und unter den Falten des Hemdes versteckt; doch Meister Li machte einen Schnitt durch Stoff und Haut, und gleich unter der obersten Hautschicht fanden wir ein großes Loch! Sein ganzes Inneres war verschmort!«

Der Heilige nippte an seinem Tee, dann stellte er die Tasse ab, lehnte sich zurück und rieb sich die Augen.

»Wie eigenartig«, sagte er. »Kao, ich hatte gerade herausgefunden, was mich zu diesen Halluzinationen von einem alten Mann und seiner Feuerkugel veranlaßt hat, und nun erzählst du mir, daß es gar keine Halluzinationen waren.«

Er neigte sich vor, und sein Blick war klar und durchdringend. »Ich werde dir zeigen, was möglicherweise meine senile Phantasie angeregt hat, aber zuerst interessiert mich eine Frage der Symmetrie. Du sagst, daß Mao Ou-Hsi auf spektakuläre Weise gestorben ist. Hatte ein Ungeheuer etwas damit zu tun?«

»Ja.«

»Erzähl mir davon.«

Meister Li berichtete einfach und ohne Umschweife, was er gesehen hatte, und während er sprach, wuchsen Verwunderung und Nachdenklichkeit in den Augen des Heiligen.

»Tja, Kao, ich habe am Anfang gesagt, daß dies ein Fall für dich sei, aber damals wußte ich noch nicht, wie recht ich hatte«, sagte der Himmlische Meister. »Bevor ich dir erzähle, was ich weiß, hast du noch irgend etwas hinzuzufügen?«

»Allerdings. Fangen wir hiermit an«, gab Meister Li zurück und zog den Käfig, den wir gefunden hatten, unter seinem Gewand hervor und stellte ihn auf den Tisch.

»Hübsch, und es sieht aus wie das Ding, das Ma mit sich herumschleppte, aber was ist es?« fragte der Himmlische Meister.

»Verdammt. Ich hatte gehofft, das könntest du mir erzählen, wenn du erst einmal einen Blick darauf geworfen hast«, sagte Meister Li. »Es ist tatsächlich der Käfig, den du gesehen hast, und wir haben ihn an der Stelle gefunden, die du angegeben hast. Interessant ist auch, daß Ma Tuan Lin einen Reibedruck von einem Steinrelief angefertigt hatte, auf dem ein solcher Käfig abgebildet ist. Auf der Rückseite stand verzeichnet, daß er möglicherweise acht von der Sorte aufgespürt hat. Ich zog die naheliegende Schlußfolgerung, daß er sie an Teilhaber in irgendeinem Geschäft weitergegeben hat und verfolgte die Spur eines der Käfige bis zu Mao Ou-Hsi, und das ist auch der Grund, warum wir hier sind. Zur gleichen Zeit, als der Mord geschah, wurde der Käfig gestohlen, und der Dieb war ein zweites Ungeheuer. Es war eine Art Affenmensch, ähnlich demjenigen im kaiserlichen Bestiarium, auf den der Kaiser so stolz ist: Das Fell oder die Haut auf der Stirn silbergrau, leuchtend blaue Wangen, eine scharlachrote Nase und ein gelbes Kinn. Tiefliegende, umschattete Augen und ein hochintelligenter Blick.«

Der Himmlische Meister nickte. »Ein Mandrill, wenn man einmal von der Intelligenz absieht. Warum nennst du ihn Affenmensch?« Meister Li zuckte die Achseln. »Soweit ich es beurteilen konnte, war sein Körper der eines mittelgroßen, aber sehr kräftigen und sportlichen Mannes, und sowohl die Art, wie er sich bewegte, als auch sein Augenausdruck waren menschlich.«

Mit einem Nicken sagte der Heilige: »Das Wesen weckt in mir keine Assoziation. Er hat sich mit Maos Käfig davongemacht, sagst du? Auch als Kranich?«

»Nein, er sprang einfach aus dem Fenster in den Garten hinunter, bevor wir beide uns rühren konnten. Ach, und da wir schon von Monstern reden, der Leichenfresser, der Ma Tuan Lin den Kopf abgerissen hat, ist tot, falls du es noch nicht gehört hast, und ich habe nicht die leiseste Ahnung, in welcher Beziehung er zu den übrigen Ereignissen steht. Ich versuche, den Besitzern der anderen Käfige auf die Spur zu kommen, denn wenn ich nicht herausfinden kann, warum irgendein Ungeheuer scharf darauf sein könnte, bin ich am Ende einer Sackgasse.«

Meister Li ließ sich zurücksinken, während der Himmlische Meister sich vorbeugte und ein Bündel Papiere aus einem lackierten Kasten nahm, der auf dem Tisch stand.

»Ich kann dir nicht sagen, warum die Käfige wertvoll sind, aber ich kann dir einiges Bedenkenswertes im Hinblick auf Ungeheuer erzählen«, erklärte er. »Als ich ein junger Schüler war – lange vor deiner Geburt, ob du es glaubst oder nicht –, hatte ich die übliche Phase der Begeisterung für den Schamanismus. Den Schamanismus der chinesischen Urbevölkerung meine ich natürlich; von Priestern praktizierte Glaubensrituale, die bis zu einem gewissen Maß in unseren Glauben eingegangen sind, und ich habe wiederholte, leider aber nur vage Hinweise auf eine kleine Gruppe von Schamanen gefunden, die die höchsten von allen gewesen zu sein scheinen: Oberschamanen, wenn du so willst, unnahbar und geheimnisvoll, anzurufen nur in allerhöchster Not. Ich konnte es nie beweisen, Kao, aber ich kam zu der Überzeugung, daß sie die an den Wänden des Yu abgebildeten geheimnisvollen verhüllten Gestalten sind.«

»Tatsächlich?« Meister Li machte einen überaus interessierten Eindruck. »Irgendwelche spezifischen Gründe dafür?«

»Einer ist spezifisch, einer nicht. Der nichtspezifische ist einfach die

Tatsache, daß man sie immer ehrfürchtig als Wesen beschrieben hat, die schweigsam waren und rätselhafte Zeremonien mit rätselhaften Dingen durchführten, die das menschliche Begriffsvermögen überstiegen – die allgemeine Atmosphäre des Yu, wenn du so willst, und es scheint so, als wären der Yu und die Schamanen derselben geschichtlichen Zeit zuzuordnen. Der spezifische Grund ist der, daß es acht waren, wie die acht Yu-Figuren, und tatsächlich nannte man sie *Pa Neng Chih Shih*.«

»Die ›Acht Gelehrten Herren‹«, murmelte Meister Li nachdenklich. »Klingt, als hätten sie sich neben ihren Priester- und Zauberpflichten auch noch mit Alchimie, Technik oder Astronomie beschäftigt.«

Der Himmlische Meister zuckte die Achseln. »Ich habe nie einen deutlichen Hinweis auf ihre eigentlichen Aufgaben gefunden, und ich bezweifle, daß es irgend jemandem gelungen ist. Dennoch gab es ein außerordentlich interessantes Detail im Zusammenhang mit ihnen, das ich damals als primitiven Aberglauben abtat, aber sonderbarerweise trotzdem in meinen Aufzeichnungen festhielt.«

Der Heilige hob das Bündel mit den Papieren auf und betrachtete sie mit einem nachdenklichen Kopfschütteln.

»Es ist lange her«, sagte er mit leiser Stimme. »Es war meinem Gedächtnis, was von ihm noch übrig ist, vollkommen entfallen, doch plötzlich, nachdem du zur Hortensien-Insel aufgebrochen warst, fiel es mir wieder ein, und zumindest herrscht in meinen Aufzeichnungen Ordnung. Vor langer, langer Zeit sollen die Acht Gelehrten Herren acht niedere Dämonengötter zu ihren Helfern gemacht haben, Geschwister, die jedoch von unterschiedlicher Erscheinung waren. Was sie von ihnen wollten, war längst vergessen, aber es blieb eine flüchtige Beschreibung eines jeden erhalten. Sieh dir das an, dann verstehst du, warum ich dir den Ursprung einer Halluzination zeigen wollte.«

Er schob ein Stück Papier über den Tisch. Die Zeichnung war alt und ziemlich verblichen, aber noch deutlich erkennbar, und ich hielt den Atem an. Vor vielen Jahren, als Schüler, hatte der Himmlische Meister einen kleinen alten Mann mit einer glühenden Feuerkugel gemalt und darunter geschrieben: »Dritter Dämonengott: *Pi-fang,* tötet mit etwas, das einem winzigen Kometen gleicht.«

Meister Li stieß einen scharfen Pfiff aus.

»Hebe dir dein Pfeifen auf«, sagte der Himmlische Meister mit einem Lächeln und schob ein zweites Papier über den Tisch. Diesmal entfuhr mir ein hörbarer Schrei, und ich wurde dunkelrot, als mich der Himmlische Meister mit einem Augenzwinkern bedachte.

Vor uns sahen wir ein einbeiniges Wesen, das so etwas wie ein steinernes Glockenspiel bearbeitete, und darunter stand fein säuberlich geschrieben: »Fünfter Dämonengott, *K'uei,* der Meister des Tanzes. Tötet, indem er seine Opfer zwingt, sich zu Tode zu tanzen.«

Meister Li hatte leuchtende Augen. Er nahm einen Tintenstock, einen Stein und einen Pinsel und machte sich ans Werk, die Zeichnungen und die kurzen Bemerkungen darunter zu kopieren. Alle diese acht Wesen waren insofern äußerst merkwürdig, als ein jedes von ihnen ein Mörder war, dessen Fähigkeit zu töten auf eine einzige Methode beschränkt war, die unmöglich geeignet war, einer großen Anzahl von Menschen das Leben zu nehmen, wie etwa unsere moderne Armbrust oder die Explosionskraft der Feuerdroge – anderseits aber mußte ich zugeben, daß gerade durch diese Einschränkung und Eigenart der gewaltsame Tod eine schreckliche Wirklichkeit bekam, wie das Erwürgtwerden mit bloßen Händen, verglichen mit einem Geschoß, das zufällig und unerwartet auf dem Schlachtfeld trifft.

»Ich sagte, daß es acht waren und daß es sich um Geschwister handelte, doch später behauptete ein unbekannter Schreiber in einer Anmerkung, die völlig unbedeutend war, es hätte noch ein neuntes Kind, einen Jungen, gegeben«, sinnierte der Himmlische Meister.

»Könnte es sein, daß er ein Gesicht wie ein angemalter Affe hatte?« erkundigte sich Meister Li gespannt.

Der Himmlische Meister lächelte. »Ausgeschlossen, Kao. Ich sagte, es war ein Junge, und genau das habe ich auch gemeint. Er war menschlich, woraus sich ergibt, daß ein Elternteil sterblich und einer göttlich war, und er soll von außerordentlicher Schönheit gewesen sein.« Der heilige Mann zuckte die Schultern. »Das ist der Grund, warum ich die Spur eines solchen neunten Kindes nie weiterverfolgt habe. Es riecht nach tausend Märchenerzählungen.«

»Wenn nicht gar einer Million«, murmelte Meister Li.

Ich betrachtete die Zeichnung, die er gerade anfertigte. Sie zeigte den vierten Dämonengott, eine riesige und höchst eigenartige Schlange. Zum Teil war sie schrecklich: zwei menschliche Köpfe mit Reißzähnen, der Körper glich einer gewaltigen Würgeschlange – die jedoch zwei alberne kleine Hütchen trug und eine Jacke, die ihr zu klein war. Irgendwie wirkte sie einsam und verloren, und der Himmlische Meister hatte daruntergeschrieben: »Die *Wei Schlange* hat Ruhm und Leid erfahren. Sie kann keinen Lärm ertragen, und wenn eine Kutsche vorüberrattert, hebt sie ihre Köpfe und zischt.«

Offensichtlich deutete der Himmlische Meister meinen Gesichtsausdruck richtig, denn er sagte: »Ich weiß, Ochse. Diesen Geschöpfen haftet etwas Trauriges und etwas Furchtbares an. Uns erscheinen sie uralt, aber sie müssen zu den letzten gehört haben, die die Ureinwohner unseres Landes verehrten, und die Götter – selbst die niederen Gottheiten – einer sterbenden Kultur sind oft mitleiderregende Wesen. Du mußt Meister Li einmal danach fragen.«

Meister Li hatte seine Arbeit beendet. Er faltete die Papiere säuberlich zusammen, steckte sie in seinen Geldgürtel und forderte den Käfig zurück.

»Ich habe dir alles erzählt, was ich weiß. Hast du mir noch etwas zu sagen?« erkundigte er sich.

»Wenn es so wäre, habe ich es vergessen«, erwiderte der Himmlische Meister. »Was hast du als nächstes vor?«

»Ich werde den Acht Gelehrten Herren zusammen mit Ochse meine Aufwartung machen«, sagte er. »Das heißt, ich gehe zurück zur Hortensien-Insel und zeige Ochse den Yu. Danach – nun ja, ich habe eine Theorie, die es wert ist, auf die Probe gestellt zu werden. Ich werde dir Bericht erstatten, wenn es etwas Lohnenswertes zu berichten gibt.«

Die Anstrengung, die Klarheit des Geistes aufrechtzuerhalten, hatte den Himmlischen Meister erschöpft. Er brachte nur noch ein Zwinkern und ein Winken zustande, als wir unter Verneigungen zur Tür zurückwichen und uns entfernten, aber Meister Li war so energiegeladen wie schon seit einem Jahr nicht mehr.

»Ha!« rief er aus, als wir in den Sonnenschein hinaustraten. »Was für eine erfreuliche Entwicklung! Ich nehme alles zurück, was ich über weiße Wale gesagt habe, die sich als Elritzen entpuppen. Wie lautete meine ursprüngliche Voraussage zu diesem Fall?«

Ich dachte darüber nach.

»Die Fontäne schießt zu den Sternen auf, und die Kielwelle erschüttert küstennahe Inseln, während er uns entgegenschwimmt und heilige Meere mit der furchteinflößenden Unbeirrbarkeit eines Eisberges durchpflügt.«

»Etwas übertrieben bildhaft, aber nicht schlecht«, bemerkte Meister Li.

5

Wir machten in Meister Lis Hütte in der kleinen Gasse halt, um bequemere Kleider anzuziehen und um den alten Käfig zu verstekken. Dann kochte ich Reis und ging hinaus, um einen Händler zu suchen, der die scharfe, vergorene Fischsoße verkaufte, die wir beide so mögen. Wir hatten seit dreißig Stunden nicht mehr geschlafen, waren aber so sehr mit unserem Fall beschäftigt, daß keine Müdigkeit aufkam. Kurze Zeit später legte ich mich bereits wieder in die Riemen und steuerte uns zur Hortensien-Insel zurück.

Ich war noch nie auf der Yu gewesen. Diese Insel ist Mandarinengebiet, und der Besuch, von dem ich zuvor berichtet habe, war mein erster dort gewesen. Doch bevor ich die Yu beschreibe, will ich einige Erläuterungen geben:

Die Geschichte Chinas verzeichnet einige große Überschwemmungen, und eine davon hatte – vor ein paar tausend Jahren – zur Folge, daß die Große Ebene von Peking unter einer dreißig Fuß dicken Schicht aus Schlamm und Schlick verschwand. Die Stadt, die Peking werden sollte, wurde in Etappen auf der verkrusteten Oberfläche errichtet, bis Geomantiker zu der Erkenntnis kamen, daß zu viel Gewicht auf das männliche Element des Yang und zu wenig auf das weibliche Element des Yin gelegt worden war, ein Ungleichgewicht, das es zu beseitigen galt. Der schnellste Weg, das Yin zu stärken, ist die Wassermethode, und so legte man den nördlichen, den mittleren und den südlichen See an, indem man die verkrustete Erdoberfläche aufgrub und die Vertiefungen mit Wasser füllte, das über Kanäle von den Flüssen Hun und Sha herübergeleitet wurde. (Eigentlich werden sie Meere genannt, aber ich finde das irreführend und bezeichne sie darum auf den folgenden Seiten als

Seen.) Der Aushub aus diesen Seen wurde aufgehäuft und zum Kohlenhügel festgestampft, und auf diese Weise entstand der kostbarste Erdhügel der Welt. Während der Grabungen für den nördlichen See stießen die Arbeiter auf einen massiven Felsen, den sie so ließen, wie er war. Um ihn herum stieg das Wasser an, und nach einiger Zeit war er von Erde bedeckt, und schöne, rot und blau blühende, von der Kannibalenküste (Japan) importierte Sträucher wurden angepflanzt. So entstand die Hortensien-Insel.

Eines Tages, als der Wasserstand einen ganz bestimmten Pegel erreicht hatte, geschah etwas Außergewöhnliches. Vom nördlichen See her war plötzlich ein mächtiger Ton zu hören: bezaubernd schön, jedoch ohne erkennbare Melodie. Es war wie der Klang eines riesigen Horns, nur hatte er in seinem Wechselspiel zwischen *Huang-chung* und *Ying-chung,* der tiefsten und der höchsten Note der pentatonischen Tonleiter, einen rauhen Beiklang. Der unheimliche Ton hielt ungefähr eine Minute an. Dann verklang er und war erst sechs Monate später wieder zu hören, woraufhin einige Gelehrte aufgeregt verkündeten, daß der Ton offensichtlich genau zum Zeitpunkt der Sommer- und Wintersonnenwende zu vernehmen war.

Die Suche nach der Ursache des Phänomens führte zu einer Höhle auf der Hortensien-Insel, gelegen in einem Felsen, der auf der stadtwärts gerichteten Südseite aus dem Wasser ragte. Die Höhle war bis dahin nur für ihre Felsmalereien und Reliefs bekannt gewesen, aber nun verkündete ein junger Musikstudent, daß die Arbeiter, die die Höhle freigelegt hatten, ein Musikinstrument gefunden hätten, das von den Ureinwohnern des Landes als Sonnenwendanzeiger konstruiert worden war. Wozu sie etwas Derartiges brauchten, wußte er allerdings nicht zu sagen. Durch eine hundert Fuß dicke, massive Felsschicht führte ein Loch vom Höhlenboden in eine tiefergelegene Kammer, die nach der Vorstellung des Studenten so etwas wie eine Windlade sein mußte. Wenn das Wasser einen bestimmten Stand erreicht hatte und Temperatur und Sonneneinfall entsprechend waren, entstand ein Druck, der dazu führte, daß große Mengen Luft angesaugt wurden. Die Luft entwich durch ein Netzwerk winziger Gänge nach oben durch die Höhlendecke.

»Kurzum, die Tunnelöffnungen über der Wasseroberfläche des Sees sind Windkanäle zum Ansaugen der Luft, die tiefergelegene Höhle ist die Windlade, und die oberen Löcher sind die Pfeifen. Es ist eine Orgel, nur daß sie vorwiegend durch Einatmen, nicht durch Ausatmen funktioniert«, erklärte der Musikstudent, doch niemand schenkte seinen Ausführungen Beachtung; daraufhin baute er ein Miniaturmodell und verdiente damit genug Geld, um fürstliche Besitztümer zu erwerben.

(Seine Orgel wurde *Sheng* genannt und ist seither ein Standardinstrument der Orchestermusik. Sie strapaziert die Lunge außerordentlich, weil die Töne durch Einatmen erzeugt werden. Einem Gerücht zufolge soll noch kein großer Sheng-Meister älter als vierzig Jahre geworden sein. Ein Spieler erhält schon allein dadurch heftigen Beifall, wird beworfen mit Blumenbuketts von reizenden Damen, die nicht selten hinterherfolgen, wenn er nur im Spiel innehält, um zu husten und sich dann mit einem rougegetränkten Taschentuch über die Lippen zu wischen. Und wenn es die übrigen Orchestermitglieder schließlich nicht mehr ertragen, werfen sie ihre Instrumente von sich und stürzen sich mit Klauen und Krallen auf den Bastard.)

Die Höhle wurde als Yu bekannt, zuerst im Volksmund und schließlich auch in der offiziellen Sprache, denn Yu ist ein legendärer Kaiser, von dem es heißt, daß er die Musikinstrumente erfunden hat, die Fu-hsi nicht erdachte. Sie gab die Sonnenwenden weiterhin mit unglaublicher Genauigkeit an, da aber niemand hinter den Sinn und Zweck kam, gehörte das Phänomen bald zu Peking wie die Bottiche mit den süß-sauren Marinaden, der rote Ziegelstaub, die gelben Sandstürme und der Mandarindialekt. Nun legten wir im Schatten des Felsens mit der berühmten Höhle an, der wie eine Riesenhand vor uns aus dem Wasser ragte. Ich folgte Meister Li auf dem Pfad, der durch dichtes Buschwerk zum Eingang der Höhle führte. Als er stehenblieb und das Schilfrohr beiseite schob, sprang ich mit einem lauten Schrei zurück.

»Verblüffend, nicht wahr?« bemerkte er.

»Ich finde, unheimlich wäre das passende Wort«, sagte ich, als ich die Sprache wiedergefunden hatte.

Es war nur eine alte Steinstatue, doch im ersten Moment wirkte sie lebendig. Sie stellte ein Wesen dar, das halb Mensch, halb Echse war, geduckt und fauchend, am offenstehenden Maul die gezackten Reste einer langen Zunge, die abgebrochen war. Das Gesicht war wutverzerrt und haßerfüllt. Auf dem Weg hinauf zeigte mir Meister Li zehn weitere dieser bizarren Figuren, von denen auch die menschlichste noch unvorstellbar scheußlich war.

»Ochse, seltsamerweise gibt es Kunstliebhaber, die diese Statuen als überaus schön empfinden«, erklärte Meister Li. »Ob ihre Schöpfer sie für schön oder häßlich hielten, ist nicht zu sagen, aber im Grunde spielt das auch keine Rolle. Es sind Abbildungen von niederen Gottheiten, von Dämonengöttern, und wenn wir und der Himmlische Meister nicht Opfer außergewöhnlicher Sinnestäuschungen geworden sind, haben wir Geschöpfe dieser Art mit eigenen Augen gesehen.«

Ich dachte an den einbeinigen Glockenspieler, den affengesichtigen Räuber und den kleinen, flammenwerfenden Greis des Himmlischen Meisters, aber besonders an das leichenfressende Ungeheuer. »Kann ein solches Wesen wirklich schön sein, Meister?« fragte ich.

»Schön und furchtbar«, antwortete er. »Unsere Vorfahren zogen durch dieses Land und vernichteten ein Volk und seine Kultur. Dabei eigneten sie sich alles an, was sie interessierte und formten es um. Von den Theologen wirst du erfahren, daß zur gleichen Zeit im Himmel ein Umsturz stattfand, in dessen Verlauf alte Götter unbarmherzig gestürzt und neue Platz nahmen, während die gefährlichsten und mächtigsten unter ihnen besänftigt wurden mit Titeln und Ehrungen und in das Pantheon aufgenommen wurden.

Ich hatte nicht annähernd das Wissen und die Erfahrung, um die Aufregung zu verstehen, die Meister Lis Gesicht um vierzig Jahre verjüngten, aber etwas von seiner Spannung übertrug sich auf mich.

»Ochse, hier auf der Hortensien-Insel und an einigen wenigen Orten haben die letzten großen Künstler eines ausgestorbenen Geschlechts noch einmal ihre Meißel zur Hand genommen. Man nimmt an, daß sie sich mit Fasten geißelten, wie dies bei unseren Vorfahren üblich war«, sagte Meister Li wehmütig. »Man nimmt an, daß sie schon in Trance ihren Göttern noch huldigten und sie im Todeskampf in Stein verewigten. Du siehst hier das Seelenbildnis eines ausgestorbenen Geschlechts mit Parallelen zu unseren jüngsten Erlebnissen. Einige der alten Götter mußten natürlich überleben. Sie machen sich bemerkbar! Sie erwachen aus ihrem langen Schlaf, und du und ich, wir stecken mittendrin im Geschehen! Ochse, ich komme mir vor wie einer, der sich immer darüber beklagt hat, daß er für das Zeitalter der Riesen zu spät geboren ist, bis eines Tages die Luft unter einem Grunzen erzittert, ein Erdbeben sein Haus zum Einstürzen bringt und er feststellt, daß das Tal, in dem sein Dorf liegt, eine große Ähnlichkeit mit einem gewaltigen Nabel hat.«

Ich deutete auf eine Lücke im Buschwerk vor uns.

»Ehrwürdiger Meister, seht Euch das an«, rief ich.

Ein abscheulicher Kopf ragte aus dem Blattwerk. Er sah aus, als hätte ein Bildhauer mit weichem Ton das Gesicht eines Mannes modelliert und dann seine Finger grausam in das Werk gebohrt und es verzerrt.

»Ist es nicht möglich, daß die Künstler neben den Göttern auch schreckliche Kreaturen schufen?« fragte ich. »Ich glaube nicht, daß irgend jemand dieses Gesicht schön findet.«

Der häßliche Kopf starrte mich an. Dann öffnete sich der Mund, und eine wohlklingende Stimme ertönte: »Laß dir sagen, mein Junge, daß Heerscharen von reizenden Damen diese Züge gepriesen haben.«

»Huch!« oder so ähnlich rief ich aus und sprang mit einem Satz in das dornige Rosengestrüpp.

»Ha!« sagte Meister Li, dem die Sache Spaß zu machen schien.

Bevor ich den Verstand zu verlieren glaubte, blitzte es in den Augen des entstellten Gesichts auf, das Buschwerk teilte sich, und ein kräftig gebauter Mann in mittleren Jahren trat auf den Weg. Mit einer anmutigen Bewegung, die wie ein übertriebenes Schulterzukken aussah, fügte er hinzu: »Das war allerdings, bevor der Gott der Schönheit verrückt wurde vor Eifersucht, ich werde dir also deine Unverschämtheit vergeben.«

Ich sah zum ersten Mal ein Lächeln, wie ich es noch oft erleben sollte, so warm und strahlend wie die aufgehende Sonne, begleitet von einer Verbeugung, die so meisterhaft war, wie sie kaum ein Schauspieler zustande bringt.

»Meine Wenigkeit nennt sich Yen Shih, dessen unbedeutende Beschäftigung darin besteht, Puppen auf einer Bühne tanzen zu lassen, und es ist ihm eine Ehre, den legendären Meister Li, den Ersten unter den Wahrheitssuchenden, sehen und begrüßen zu dürfen.«

Dann wandte er sich an mich.

»Du bist sicher Nummer Zehn, der Ochse. Ich hoffe, daß du dich nicht so unbehaglich fühlst, wie du aussiehst.« Der ungewöhnliche Mann bedachte mich mit einem Zwinkern, das mich uneingeschränkt aller Schuldgefühle enthob. »Kürzlich erst habe ich zu meiner Tochter gesagt, daß sie sich die Kosten für eine Beerdigung sparen könnte, wenn sie meine Leiche einfach zu den Statuen stellte, da niemand den Unterschied bemerken würde.«

Der Gott der Schönheit war wirklich eifersüchtig gewesen. Was ich für die künstlerische Darstellung einer gequälten Seele gehalten hatte, war in Wirklichkeit das verheerende Werk der Pocken, und ich habe selten eine solche Verwüstung im Gesicht eines Menschen gesehen. Es war ein Wunder, daß ihm die Sehkraft erhalten geblieben war, und was seine Kunst betraf – wer hätte nicht schon von Yen Shih, dem größten aller Puppenspieler gehört?

Meister Lis Verbeugung geriet nicht ganz so anmutig, aber sie war sehr gelungen.

»Die Ehre ist ganz auf meiner Seite, denn man erzählt sich, daß Yen Shih der für einen vorübergehenden Urlaub vom Himmel herabgestiegene Puppenspieler der Götter ist, und auch Yen Shihs Tochter hat den Neid der einfachen Sterblichen auf sich gezogen.« Darauf ließ Meister Li den gekünstelten Ton der feierlichen Rede fallen und ging zu lockerer Mundart über. »Ich habe deine Vorstellungen drei- oder viermal gesehen. Wenn du noch um einen Deut besser würdest, würde man dich der Hexerei bezichtigen, worin, wie ich gehört habe, deine Tochter unübertroffen sein soll.«

An mich gewandt, erläuterte Meister Li mit einem Lachen: »Nein, sie ist keine Hexe. Sie ist eine Schamanin, die sich mit den alten Ritualen beschäftigt, und es wird nur Gutes über sie erzählt.« Damit richtete er das Wort wieder an den Puppenspieler. »Ochse war

noch nie im Yu. Ich habe ihn hergebracht, damit er sich einmal umsehen kann.«
Das war eine geschickte Art, um Informationen zu bekommen, ohne direkt danach zu fragen. Yen Shih mochte zwar berühmt und geachtet sein, aber als Puppenspieler war seine gesellschaftliche Stellung ganz tief unten. Er hatte nicht das Recht, den Fuß auf ein derartiges Gelände wie die Hortensien-Insel zu setzen – noch weniger Recht sogar als ich, wäre ich nicht in Meister Lis Begleitung gewesen –, aber auf der anderen Seite mußte er sich nicht gedrängt fühlen, seine Anwesenheit zu erklären. Er entschloß sich, es freiwillig zu tun.
»Ich komme oftmals kurz vor dem allmonatlichen Opferfest hierher. Und zwar mit dem Vorsatz, etwas zu stehlen«, bemerkte er sachlich. »Ich habe immer wieder darum gebeten, das Zeug kaufen zu dürfen, wurde aber jedesmal abgewiesen. Es wäre mir eine Ehre, Euch als Zeugen für mein Verbrechen zu haben.«
»Die Ehre ist ganz auf unserer Seite«, entgegnete Meister Li würdevoll.
Zu dritt setzten wir also unseren Weg fort. Meister Li hatte nicht das geringste dagegen, daß der Puppenspieler die Führung übernahm. Nach kurzer Zeit schob Yen Shih das Blattwerk beiseite, duckte sich und verschwand in einem Felsentunnel. Gleich hinter dem Höhleneingang stand ein Faß, in dem sich ein Bündel Fackeln befand. Ich folgte Yen Shihs Beispiel und zündete eine davon an, dann stiegen wir ins Innere des berühmten Yu.
Ich weiß nicht, was ich erwartet hatte. Was ich weiß, ist, daß ich enttäuscht war. Es war praktisch nichts zu sehen, nichts als eine vom Wasser glattgewaschene Felsenhöhle, auf deren Boden sich in der Mitte ein kleines rundes Loch befand und durch deren Decke ein Labyrinth kleiner Gänge nach oben führte. Selbst der alte Altar war nichts weiter als eine große Steinplatte, die seit Tausenden von Jahren das Feuer geschwärzt hatte, und ich muß zugeben, daß mich die Spuren der modernen Zeit mehr interessierten als die aus grauer Vorzeit. Es waren dies eine Anzahl von Körben, die die Zeremoniengegenstände für die nächsten Mondfeiern enthielten, da der Yu seit alters diesem Zwecke diente. Yen Shih trat an einen der Körbe,hob den Deckel an und blickte lächelnd hinein.

»Welcher Dieb könnte da widerstehen?« fragte er.
Ich starrte den Inhalt ungläubig an. »Ton?« fragte ich.
»Ein ganz besonderer Ton«, erklärte der Puppenspieler. »Er stammt vom Ufer eines Flusses in der Nähe von Kanton und wird, mit Räucherwerk vermischt, zu duftenden Opfertierchen geformt. Ich habe mich erfolglos bemüht, ihn zu kaufen, weil es die ideale Modelliermasse für die Puppen ist, denen ich schließlich eine dauerhafte Gestalt gebe.«
Staunend sah ich zu, wie er ein Stück Ton mit flinken Fingern zur Kugel knetete. Ein fabelhaftes komisches, lachendes Gesicht entstand, eine fröhliche Frau, die sich plötzlich, mit einer flüchtigen Bewegung der Finger, in das leidvolle Antlitz eines weinenden alten Mannes verwandelte.
»Ich brauche nicht viel davon, aber es ist ein zerbrechliches Material, und ich muß jedes Jahr ein bißchen mehr davon stehlen«, sagte Yen Shih mit einem Achselzucken. Dann wickelte er einen Klumpen Ton sorgfältig in ein Stück Öltuch, das er an der Taille unter seinem Gewand befestigte.
»Ich will sehen, daß ich eine Genehmigung für dich erwirken kann.« Mehr sagte Meister Li nicht dazu. Dann wechselte er das Thema. »Ich möchte Ochse die Felsbilder zeigen. Einer unserer Freunde hat eine interessante Theorie dazu, wen sie darstellen könnten, obwohl er nicht die geringste Ahnung hat, was sie eigentlich bewirken sollen.«
Wieder ging Yen Shih mit seiner Fackel voraus, und ich muß aufrichtig sagen, daß ich auch dieses Mal enttäuscht war. Das berühmte Relief befand sich in einem langgestreckten Seitengang, der sich zu einem kleinen, den See überblickenden Loch verjüngte, und im ersten Moment konnte ich überhaupt nichts sehen. Erst als Meister Li mich aufforderte, meine Fackel dicht an die Felsenwand zu halten, wurden die Bilder sichtbar, und selbst dann noch konnte ich nicht viel erkennen.
Acht verhüllte Männer waren immer wieder, offensichtlich in den verschiedenen Stadien einer Zeremonie, abgebildet. Der Fels war mit der Zeit fast glattgeschliffen, so daß keine Einzelheiten mehr zu erkennen waren. Jeder der Schamanen – sofern es solche waren – schien einen Gegenstand zu tragen, doch davon war keine Spur

mehr zu erkennen. Soweit ich es beurteilen konnte, hätten sie alles mögliche tun können, von der Getreideaussaat bis zur Trauungszeremonie, und die wenigen noch vorhandenen Symbole über ihnen, in denen Meister Li Vögel irgendwelcher Art erkannte, halfen uns auch nicht weiter.

»Es ist ein Jammer, daß es keine genaueren Aufzeichnungen gibt«, sagte Meister Li bedauernd. »Man sollte meinen, es müßte weitere Abbildungen der acht Gestalten geben, aber soweit ich weiß, sind bisher keine entdeckt worden.«

Mir fiel auf, daß Yen Shih reglos dastand und Meister Li unverwandt ins Gesicht blickte. Ich sah ihm an, daß er verschiedene Punkte gegeneinander abwog, und schließlich kam er zu einem Entschluß.

»Ich war nicht ganz aufrichtig. Ich komme auch zur Insel, um noch etwas anderes mitzunehmen, und ich glaube, es wäre interessant für Euch, einen Blick darauf zu werfen«, sagte er, an Meister Li gewandt.

Wir folgten dem Puppenspieler in den Sonnenschein hinaus. Er wandte sich nach links und stieg einen schmalen Pfad zur Spitze der Klippe hinauf, wo sich die Sammlung astronomischer Instrumente befand, die dazu dienten, die vorausgesagten Sonnen- und Mondfinsternisse im kaiserlichen Jahreskalender zu bestätigen.

»Unglaubliche Verschwendung«, sagte Yen Shih, indem er auf die riesige Metallplatte deutete, auf der die Instrumente standen. »Das ist zum Teil kostbare Bronze und zum Teil Drachennerv, das heißt eine Legierung aus einer kleinen Menge Kupfer, der doppelten Menge Antimonit und einem hohen Anteil an Zinn. Es kostet ein Vermögen, und ich brauche eine Menge davon, um die fast unsichtbaren Drähte für meine Puppen herzustellen. Glücklicherweise könnte ich das Zeug hier noch jahrhundertelang ausgraben.«

Neben der Platte lag ein länglicher, flacher Stein, und als Yen Shih ihn anhob, kam ein tiefes Loch zum Vorschein, groß genug, daß ein Mensch hindurchschlüpfen konnte. Genau das tat Yen Shih jetzt und nahm die Fackel, die er noch immer trug, mit sich. Bevor er wieder ans Licht kletterte, ließ er die Fackel unten zurück, deren Schein eine kleine Höhle erleuchtete.

»Es ist nicht genug Platz da unten für zwei, aber es könnte sein, daß ihr meine Drachennerv-Mine recht interessant findet«, sagte er rätselhaft.
Als erster stieg Meister Li hinunter. Ich hörte einen überraschten, scharfen Ausruf, dann hob er fröhlich die Stimme. »Yen Shih, alles, was ich besitze, gehört dir!«
Wenige Minuten später ließ er sich von mir aus der Höhle helfen, und dann stieg ich hinunter. Die Fackel steckte in einem Felsspalt. Das erste, was ich sah, war die ›Mine‹ des Puppenspielers. Die Arbeiter hatten mit verschwenderischer Nachlässigkeit Drachennerv vergossen, der sich in großen, hartgewordenen Pfützen gesammelt hatte, und Yen Shih hatte sich seinen Teil fein säuberlich von den Rändern weggeraspelt. Ich folgte der schimmernden Spur des Metalls und sah, daß sie zu einer massiven Felsplatte führte.
»Laus mich der Steinerne Affe!« japste ich, und gleich darauf hörte ich Meister Li über mir lachen.
Yen Shih hatte uns nicht nur zu seiner privaten Mine, sondern auch zu seiner ureigensten Galerie geführt. »Acht! Ich habe alle acht gefunden!« hatte Ma Tuan Lin geschrieben, bevor ihm ein Dämon ein Loch in den Rücken gebrannt hatte, und hier hatten wir, in Stein gehauen, die acht Schamanen aus dreitausendjähriger Vergangenheit vor uns, und die Einzelheiten waren nicht von der Zeit verwischt. Sie trugen acht Käfige, und alle glichen dem bei Meister Li versteckten aufs Haar.

6

Kurze Zeit später saßen wir auf der Bronzeplattform neben den astronomischen Instrumenten und tranken Wein – das heißt, Meister Li und Yen Shih leerten den Weinschlauch, während ich Pflaumensaft mit Essig aus meinem eigenen Schlauch trank. Die Innereien des Puppenspielers waren wohl aus purem Kupfer, denn der Alkohol zeigte bei ihm nicht die geringste Wirkung. Yen Shih verstand sich glänzend mit Meister Li, der in überschwenglicher Stimmung war.

»Yen Shih, mein Freund, wenn du zu dieser Insel hier kommst, wirst du deine Anwesenheit gewiß kaum herausposaunen«, sagte Meister Li. »Wäre es möglich, daß du zufällig in der vorletzten Nacht um die Doppelstunde der Schafe herum hier warst?«

»Nein, da lag ich zu Hause in tiefem Schlaf«, entgegnete Yen Shih.

Meister Li wies mit der Hand zu Ma Tuan Lins Pavillon hinüber. »Merkwürdige Dinge haben sich dort drüben ereignet«, fuhr er fort. »Du hast sicher von dem Leichenfresser gehört, durch dessen Erscheinen Teufelshand der Rekordversuch mißlungen ist? Nun, wenige Stunden zuvor, um die Doppelstunde der Schafe herum, war dieser selbe Ch'ih mei ohne Frage bei dem Pavillon, auf den ich jetzt zeige.«

Der Puppenspieler folgte Meister Lis ausgestrecktem Finger, dann wanderte sein Blick zum nördlichen See, dessen Wellen hinter dem Pavillon ans Ufer schwappten und weiter zum anderen Ufer über Peking hinweg zum Gemüsemarkt, wo der Ch'ih mei tot umgefallen war. Die furchtbaren Pockennarben im Gesicht des Puppenspielers ließen kein Mienenspiel zu, doch seine rechte Augenbraue hob sich höchst beredt zur Schädeldecke.

»Aber wie ...«
»Ah! Du hast es erfaßt. Das dachte ich mir«, rief Meister Li zufrieden aus. Er wandte sich an mich. »Ochse, das ist der Hauptgrund, warum wir noch einmal zur Insel gekommen sind. Wir sind jetzt ganz sicher, daß der Leichenfresser wenige Stunden bevor er in seinen Sarg am Kohlenhügel kroch, hier vor Ma Tuan Lins Pavillon war. Schön, und wie ist er vom Pavillon zum Friedhof gelangt?«
»Na ja, ich nehme an, er ist einfach ...«
Ich stockte mitten im Satz. Zwischen dem Pavillon und dem Kohlenhügel befand sich der nördliche See, und konnte ein Ch'ih mei etwa schwimmen? Die Vorstellung, daß ein solches Ungeheuer gelassen, einen abgerissenen Kopf ordentlich zwischen die Füße geklemmt, in einem Boot über den See rudern würde, war absurd, und Tante Huas Ausführungen zum Thema Ch'ih mei klangen mir in den Ohren: »Ochse, wenn du nicht in die Sonne fliehen kannst, dann lauf zum Wasser! Die Untoten fürchten es und würden sich nur in allerhöchster Not in seine Nähe wagen.«
Meister Li teilte den letzten Schluck Wein mit dem Puppenspieler und warf den Ziegenlederschlauch dann ins Wasser hinunter.
»Ich nehme an, daß du irgendwo hier eine Hacke und eine Schaufel hast«, bemerkte er, an den Puppenspieler gewandt. »Unsere Begegnung war so fruchtbar, daß ich unser Zusammensein verlängern möchte, und wenn du nicht etwas Dringenderes zu tun hast, könntest du uns vielleicht helfen wollen, die Spur des Vampirs zu verfolgen.«
Yen Shih hatte Augen, die sehr ausdrucksvoll sein konnten, und jetzt sprühten sie Funken. »Mit Vergnügen! Und wenn es nur darum wäre, daß mir die Geschichte Gesprächsstoff und Einladungen zum Essen für einen Monat einbringt«, erklärte er.
Meister Li sprang auf meinen Rücken, und wir beeilten uns, zum Pavillon zu gelangen. Wir hielten nur an, um Hacke und Schaufel aus dem Graben zu holen, in dem Yen Shih sie versteckt hatte, und schon bald standen wir dort, wo die Fliegen noch immer das Stück Gras umschwirrten, das vom Blut des Mandarins verkrustet war. Ich dachte, Meister Li würde uns nach Klauenspuren suchen lassen, doch er hatte sich etwas anderes in den Kopf gesetzt und

deutete auf den Erdhaufen, aus dem das scheußliche Wesen offensichtlich hervorgekrochen war.
»Das soll Erde sein, die für ein Gebäude ausgehoben wurde«, sagte er. »Auf der Hortensien-Insel wird nur selten gebaut, und mir ist nichts von derartigen Plänen zu Ohren gekommen. Seht nach, ob ihr die Grube finden könnt, aus der das Zeug stammt.«
Wir arbeiteten uns rings um den Erdhügel durch das Gestrüpp. Schließlich hatten wir, immer weitere Kreise ziehend, die äußerste Stelle erreicht, von der aus es möglich war, die Erde bis zu dem Hügel zu werfen, und wir waren immer noch auf kein Loch gestoßen. Nun blieb nur noch die Möglichkeit, daß die Arbeiter die Erde so aufgehäuft hatten, daß die Hälfte davon wieder heruntergerutscht war. Wir gruben also eine Reihe von Löchern in den Hügel selbst, stießen aber mit der Schaufel immer wieder auf festen Boden oder braunes zerdrücktes Gras.
»Ehrenwerter Meister«, erklärte ich schließlich, »die Erde stammt nicht von hier. Sie muß von woanders hierhergebracht worden sein.«
»Das«, entgegnete Meister Li zufrieden, »ist genau, was ich erwartet habe, und ich wette hundert zu eins, daß sich diese Stelle auf der anderen Seite des Sees in der Nähe des Kohlenhügels befindet. Vampire entfernen sich nie weit von ihrem Sarg. Unser Ch'ih mei ist entweder in einen Erdhaufen in der Nähe des Friedhofs gefallen oder hat dort ein Schläfchen gemacht, jedenfalls wurde er durch Zufall hierhergebracht, und sein Heimatinstinkt machte es ihm möglich, den Weg zu finden, den die Erde genommen hatte. Wenn aber ein Ch'ih mei diesen Weg finden konnte, so können wir es auch.«
Nun, da wir wußten, wonach wir suchten, dauerte es nicht lange, bis wir es gefunden hatten. Yen Shih trieb die Hacke mit Schwung in das dichte Unterholz vor einer nahegelegenen niedrigen Uferklippe und hätte um ein Haar sein linkes Bein aufgeschlitzt, als er plötzlich auf keinen Widerstand mehr stieß. Wir schoben die Zweige auseinander und sahen vor uns eine große, dunkle Öffnung, und als wir auch noch lockere Erdklumpen und die Spuren von großen, schwer beladenen Rutschen entdeckten, waren alle Zweifel ausgeräumt. Ich rannte zum Yu zurück, um Fackeln zu ho-

len, und dann machten wir uns auf den Weg durch den Tunnel, der in östlicher Richtung zur Kaiserlichen Stadt und dem Kohlenhügel verlief.

Es ging lange Zeit abwärts, bis der Weg schließlich eben wurde. Nervös hob ich die Fackel, um die Felsendecke über uns näher in Augenschein zu nehmen. Dieser Tunnel war nicht erst vor kurzem gegraben worden. Er war alt, vielleicht ebenso alt wie der Yu, und ich konnte an der Decke schwarze Flecken erkennen, die sich wie riesige Spinnen bewegten. Ein bedrohliches ›Blopp-blopp-blopp‹ deutete auf tropfendes Wasser hin. Wir befanden uns jetzt unter dem See, und ich schob den Gedanken an einbrechendes Gestein von mir. Unsere Schritte waren das einzige Geräusch hier unten.

»Halt mal hoch«, sagte Meister Li.

Er hatte sich zur Seite gewandt und schwenkte die Fackel zu einer Felsennische hin, die sich nach Norden öffnete. Sie war ungefähr dreißig Fuß breit und zehn Fuß tief, und der Boden war mit Gesteinsbrocken übersät. Die Felsenoberfläche war augenscheinlich vor nicht allzu langer Zeit behauen worden, und Meister Li fand Spuren alter Meißelarbeiten auf einigen der Trümmerstücke am Boden.

»Sieht fast so aus, als hätte jemand ein altes Relief entdeckt und in Stücke geschlagen, bevor ein anderer es sehen konnte«, sagte er. »Ochse, erinnerst du dich an den Reibedruck, den wir in Mas Pavillon gefunden haben? Ich frage mich, ob er hier gemacht wurde. Immerhin hat man durch diesen Tunnel Erde transportiert und in seinem Garten abgeladen, und ich bezweifle, daß er nichts davon gewußt hat.«

Da es nichts weiter zu sehen gab, setzten wir unseren Weg fort. Ich war sehr nervös. Wenn ich mich nicht irrte, war hier unten die gesamte Sippschaft des Ch'ih mei versammelt, und der Schein unserer Fackeln verhieß ein bevorstehendes Mahl. Ich packte die Hacke wie eine Streitaxt, aber nichts geschah. Der Weg begann wieder anzusteigen, und in der Ferne vor uns schimmerte Licht. Schließlich erreichten wir eine Treppe, die zu einer Felsenplattform hinaufführte. Dort sahen wir uns einer großen zweiflügeligen Tür in einem massiven Holzrahmen gegenüber. Durch den Mittelspalt der Türen, die ein klein wenig offenstanden, drang der gedämpfte

Lichtschein in den Tunnel. Meister Li gab uns ein Zeichen, die Fakkeln zu löschen.
»Ich glaube, wir befinden uns jetzt zu ebener Erde«, flüsterte er, »und außerdem im Innern des künstlich angelegten Kohlenhügels, was uns die Erklärung dafür liefert, warum die Erde weggeschafft und zur Insel gebracht wurde, wo niemand sich den Kopf darüber zerbrechen würde. Das hier ist eine Höhle, die erst vor kurzem heimlich gegraben wurde, und zwar genau unter den Palästen der reichsten Mandarine.«
Leise schlüpften wir durch die Türe in einen großen Lagerraum, in dem Kisten bis fast an die Decke übereinander gestapelt waren. Auf der gegenüberliegenden Seite war eine Flügeltür, und das Licht, das den Raum erhellte, drang durch ihre seitlichen Schlitze. Es war jedoch kein künstliches Licht, sondern Sonnenschein, und als wir durch den breitesten Spalt lugten, blickten wir auf Wasser.
»Ha!« flüsterte Meister Li. »So ist das. Das hier ist der Umschlageplatz für Schmuggler, und es müssen Mandarine von höchstem Rang darin verwickelt sein. Vor uns liegt der Kanal, der unterhalb des Kohlenhügels verläuft. Ihre Dschunken passieren den Zollhafen von Ta Kao Tien, vorzugsweise zu nächtlicher Stunde, und dann setzen sie sich langsam, Meter für Meter, zur Exportschleuse von Shou Huang Tien in Bewegung. Auf halbem Wege kommen sie hier an dieser Stelle vorüber, wo sie von einer gutgeschulten Mannschaft erwartet werden: Die Tore werden geöffnet, die Ladung wird ausgetauscht, und dann setzt die Dschunke ohne Aufenthalt ihren Weg zur Exportschleuse fort, wo die Ladung automatisch abgestempelt wird, weil sie gerade erst überprüft wurde.«
Er hielt inne und fügte dann hinzu: »Sie müssen damit eine doppelte Absicht verfolgen: Sie bezahlen kaum nennenswerte Einfuhrsteuern für eine Ware, die praktisch wertlos ist, und tauschen sie dann gegen Güter aus, die teuer und Ausfuhrbeschränkungen unterworfen sind, das heißt, sie betreiben verbotenen Export. Wenn es sich dabei um Waren handelt, die bei den reichen Barbaren begehrt sind, müssen sie einen unvorstellbaren Gewinn damit machen.«
Er kehrte der Tür den Rücken, und wir schlichen uns auf Zehenspitzen zur anderen Seite des Raumes, wo sich eine andere große

Tür befand, die nur einen einzigen Flügel hatte. Als wir näher herankamen, hörten wir Stimmen, und Meister Li drückte die Tür einen Spalt weit auf. Wir sahen ein alchimistisches Labor mit einer Unmenge an Flaschen und Gläsern, die neben Brennern, Mörsern und rätselhaften Instrumenten auf Arbeitstischen angeordnet waren. Fünf Menschen befanden sich in diesem Saal.

Einer von ihnen war die beherrschende Gestalt im Raum, auch wenn er am leisesten sprach. Er war in kostbare Seide gekleidet, und mit den Ringen und übrigen Schmuckstücken, die er trug, hätte er ohne weiteres den einen oder anderen König freikaufen können. Er war ungeheuer fett und bewegte sich mit der tänzerischen Grazie, die manchen dicken Menschen eigen ist – zum Teil vermutlich in der Phantasie des Betrachters, weil man Schwerfälligkeit geradezu erwartet. Die drei Nächststehenden waren dem Dikken offensichtlich untergeordnet. Ich habe selten unangenehmere Menschen gesehen als diese drei, die mir der Welt der Tiere näher schienen als der menschlichen. Ihr Anführer war ein Kerl, der aussah wie ein Wildschwein, und so würde ich ihn von jetzt an auch nennen. Der zweite und der dritte hätten Brüder sein können, hinterhältige, finstere, gemeine Brüder, denen ich die Namen Hyäne und Schakal verpaßte.

Dem vierten stand der Buchhalter ins Gesicht geschrieben. Er kniete mit hinter dem Rücken gefesselten Händen auf dem Boden, ein Pinsel steckte in seinem Haarknoten, und sein ärmlicher Kittel war mit Tinte befleckt. Er zitterte vor Angst, als der Dicke das Wort an ihn richtete.

»Wie ich von meinen Informanten erfahren habe, hast du in einem Weinlokal verlauten lassen, daß ich bald eine Reise in wichtiger Angelegenheit antrete«, sagte er milde, und ich stellte fest, daß er ein wenig lispelte, so daß seine Stimme einen katzenhaft schnurrenden Ton bekam.

»Ich habe nichts über Ziel und Zweck gesagt!« jammerte der Buchhalter. »Euer Exzellenz, ich schwöre, daß ich – «

»Aber mein Lieber, ich zweifle keine Sekunde daran«, schnurrte der Dicke. »Warum solltest du dir die Mühe machen, etwas zu sagen, was du auch zeigen konntest?«

»Zeigen? Aber ich habe nichts gezeigt!« heulte der Buchhalter.

Der Dicke zog eine juwelenbesetzte Pillendose aus der Tasche und klappte sie auf. Dann nahm er etwas heraus, das ich aus der Entfernung nicht erkennen konnte und hielt es prüfend hoch.

»Nein? Wie eigenartig, daß meine Mittelsmänner das hier von deinem Tisch im Weinlokal mitgenommen haben, wo du es törichterweise liegengelassen hattest«, bemerkte der Dicke.

Wildschwein, Hyäne und Schakal beugten sich über den Gegenstand und leckten sich die Lippen; ich muß sagen, daß ich zur Fütterungsstunde in der Kaiserlichen Tigergrube angenehmere Anblicke gesehen habe.

»Euer Exzellenz, ich schwöre, ich hatte vergessen, daß ich etwas Derartiges bei mir hatte!« heulte der Buchhalter. »Es war ein Versehen, und ich habe zuverlässig und hart gearbeitet. Ich bitte Euch inständig um die Gelegenheit, diesen Augenblick törichter Vergeßlichkeit wiedergutzumachen!«

»Diese Gelegenheit sollst du bekommen, und es wird mehr als nur ein Augenblick sein«, erklärte der Dickbauch mit seiner schnurrenden, katzenweichen Stimme. »Ich gewähre dir Wiedergutmachung bis in alle Ewigkeit, es sei denn, die Hölle hätte vorrangigere Angelegenheiten mit dir zu regeln.«

Damit schleuderte er dem Buchhalter den Gegenstand, den er aus der Pillendose genommen hatte, ins Gesicht, machte auf dem Absatz kehrt und entfernte sich mit würdevollen Schritten zu einer letzten Tür im Hintergrund des Labors, durch die er verschwand.

In dem Augenblick, als er sich abgewandt hatte, waren die übrigen drei nach vorne gestürmt, und das Geräusch, mit dem sich die Tür hinter dem Eunuchen schloß, ging in entsetzlichem Gebrüll unter.

Ich will hier nicht in die Einzelheiten gehen. Die drei waren genauso bestialisch, wie sie aussahen – einschließlich ihres menschlichen Erfindungsreichtums –, und sie ließen sich Zeit damit, den Buchhalter umzubringen. Es war entsetzlich. Am Ende hatten sie ein blutiges Bündel vor sich auf dem Boden, und sie rissen ihre Witze darüber, während sie zu einer Abstellkammer gingen, um Lappen zum Aufwischen zu holen.

Bevor ich wußte, was geschah, war Meister Li durch die Tür geschlüpft. Auf Zehenspitzen ging er über den Ort des blutigen Geschehens, um keine Spuren zu hinterlassen, stocherte in den grausigen Überresten des verblichenen Buchhalters herum und richtete sich schließlich mit einem Fund, der ihm einen befriedigten Seufzer entlockte, auf. Auf Zehenspitzen kehrte er zu uns zurück, worauf wir leise die Tür schlossen und uns wieder in den Verladeraum begaben. Meister Li wies uns im Flüsterton an, eine offene Kiste zu suchen. Wir trennten uns und schritten die Reihen der übereinandergestapelten Lagerbehälter ab. Auf meiner Seite war es vergeblich. Jede Kiste war numeriert, zugenagelt und mit Wachs versiegelt, das mit sehr echt aussehenden Zollstempeln versehen war. Das heißt, das Wachs war an manchen Stellen geschmolzen, an anderen über den Stempelabdruck gequollen, und hin und wieder saß der Stempel auch auf einem vollkommen unpassenden Fleck: einfach echt.

Meister Li stieß pausenlos unterdrückte Flüche aus, und als ich den Weg des Puppenspielers kreuzte, verdrehte er die Augen gen Himmel und zuckte die Achseln. Nicht eine Kiste war zu öffnen, ohne daß wir unsere Visitenkarten in Form von erbrochenen Siegeln hinterlassen hätten, und schließlich mußten wir uns geschlagen geben.

Rauhes Gelächter näherte sich. Die Tür ging auf. Meister Li zuckte zusammen und deutete zum Gang hinüber, worauf Yen Shih und ich dem weisen Alten, hinter Kistenstapel geduckt und mucksmäuschenstill, zum Tunneleingang folgten. Wildschwein, Hyäne und Schakal waren zu sehr damit beschäftigt, sich über das Gejammer des kleinen Buchhalters zu amüsieren, um uns zu bemerken. Vermutlich hätten wir, jeder mit einer Kiste beladen, hinausmarschieren können, aber Meister Li wollte nicht riskieren, daß ein aufmerksamer Kontrolleur Alarm schlagen würde, und so winkte er uns, weiterzugehen. Wir gelangten ohne Schwierigkeiten in den Tunnel zurück. Ich spürte, daß Yen Shih im Begriff war, Fragen zu stellen, darum legte ich die Hand auf seinen Arm und gab ihm mit einem Fingerdruck ›nein-nein-nein‹ zu verstehen. Im letzten Lichtschein, bevor die Dunkelheit über uns zusammengeschlagen war, hatte ich gesehen, daß sich die Runzeln um seine Augen zu konzentrischen Kreisen zusammenzogen, und das war für mich ein sicheres Zeichen, daß der Meister Ruhe zum Nachdenken brauchte.

Als wir tief genug in den Tunnel vorgedrungen waren und ich es leid war, mich blind voranzutasten, zündete ich eine Fackel an, ohne daß Meister Li Einspruch erhoben hätte. Vielmehr nahm er sie mir, als wir die Felsennische erreichten, aus der Hand und betrachtete erneut eingehend und mit unterdrückten Flüchen sowohl den Fels als auch das zertrümmerte Gestein am Boden. Schließlich fuhr er aus seiner Versunkenheit auf und wandte sich an den Puppenspieler.

»Nun, Yen Shih, ich habe dich in etwas hineingezogen, womit wir alle nicht gerechnet haben«, sagte er. »Aber wenigstens bist du nicht entdeckt worden.«

Yen Shihs Züge leuchteten in seinem herrlichen, überraschenden Lächeln auf. »Mir hat es Spaß gemacht«, entgegnete er unumwunden. »Könnt Ihr sie verhaften lassen?«

»Das möchte ich eher bezweifeln«, sagte Meister Li. »Der fette Kerl, der den Mordbefehl gab, ist der zweitmächtigste Eunuch im Reich. Er wird allgemein als Li die Katze bezeichnet, und er hat ein Ministerialamt inne. Ich würde einen vom Sohn des Himmels unterzeichneten Haftbefehl benötigen, und bis ich den in Händen hielte, wäre die Schmuggelware verschwunden, die Höhle wäre ein Heim für unglückliche Waisenkinder, und die alte Mutter des Buchhalters würde jeden Eid darauf schwören, daß ihr geliebter Junge im Alter von vier Jahren an Typhus gestorben ist.«

Er griff nach dem Weinschlauch und stellte fest, daß er leer war. »Ich muß sie des Schmuggels bezichtigen, nicht des Mordes, und das wird nicht einfach sein. Deswegen.« Meister Li zog einen winzigen Gegenstand hervor und hielt ihn ins Fackellicht.

»Ein Teeblatt?« rief Yen Shih.

»Allerdings, und noch dazu ein miserables Teeblatt«, bestätigte Meister Li. »Guter Tee unterliegt natürlich den Ausfuhrbeschränkungen, und darum kann mit dem Schmuggel in die Barbarenländer ein Vermögen verdient werden, aber dieses Zeug hier kann man tonnenweise aus dem Land schaffen. Es ist ta-cha, die billigste aller Teesorten, und darüber hinaus verdorben, vermutlich durch eine Überschwemmung. Ein solcher Tee ist nicht mehr wert als zehn Käsch das Pfund, und doch ist es dieses Blatt, das Li die Katze dem Buchhalter ins Gesicht geschleudert hat, und offensichtlich

war es von so großer Bedeutung, daß sein Besitz außerhalb der Schmugglerhöhle den Buchhalter das Leben gekostet hat. Mach du dir einen Reim darauf.«
»Nein, danke«, erwiderte Yen Shih. »Ich möchte Euch allerdings um einen Gefallen bitten.«
»Wenn es in meiner Macht steht, wird er Euch erfüllt«, erklärte Meister Li großzügig.
»Bedenkt, daß ich jetzt auch ein Interesse an dieser Angelegenheit habe und so verfügt zu jeder Tages- oder Nachtzeit über mich, wenn meine Hilfe notwendig wird.« Kleine Lichtpünktchen funkelten in den Tiefen von Yen Shihs Augen, sie tanzten und leuchteten, und wieder strafte der Sonnenaufgang seines Lächelns sein zerstörtes Gesicht Lügen. »Es wird einem manchmal langweilig«, bemerkte der Puppenspieler.

Wieder auf der Insel angelangt, ließen wir Yen Shih zurück, und ich ruderte zur Stadt hinüber. Meister Li hatte sich einiges vorgenommen und wollte keine Zeit verlieren. Er wies mich an, eine Sänfte zu mieten, und dann gingen wir von einer Amtsstube zur nächsten, sammelten hier ein paar Informationen, schnappten da ein paar Gerüchte auf, bis wir uns, lange nach Sonnenuntergang, wieder auf den Heimweg machten. Ich kam schon fast um vor Hunger, Meister Li jedoch war es gelungen, eine ganz andere Art von Hunger zu stillen.
»Es ist amtlich«, bemerkte er mit fester Stimme. »Li die Katze hat sich den Schutz des Wolfsregiments gesichert und plant, nach Yenmen in Shansi zu reisen, um dort mit dem Großen Statthalter zu verhandeln. Ochse, ich würde einiges darum geben, eine Fliege an der Wand zu sein, wenn sie zusammentreffen. Der arme Buchhalter hat sein Todesurteil durch die bloße Andeutung bewirkt, daß Li die Katze sich auf eine Reise begeben könnte, und ich frage dich, was ist so geheim an einer Unterredung mit dem Großen Statthalter von Yen-men?«
Darauf wußte ich natürlich keine Antwort. Ich konzentrierte mich auf meinen knurrenden Magen, bis wir endlich die Sänfte bezahlt, die schmale verwinkelte Gasse zu Meister Lis Behausung zurückgelegt und uns umgezogen hatten, bevor wir uns zum Abendessen

in die Kneipe des Einäugigen Wong begaben. Wieder einmal schien der Mond sehr hell, und die alte Großmutter Ming aus dem Nachbarhaus erwartete uns schon.
»Auch noch Menschenaffen«, keifte sie vom Fenster aus und schüttelte die Faust in unsere Richtung.
»Hä?« gab Meister Li zurück.
»Alles mögliche Gesindel war hier! Taschendiebe, Halsabschneider, Getreidediebe und Räuber gehen hier Tag und Nacht ein und aus! Säufer, Pilzköpfe, Huren, Piraten, Galgenvögel und Schwindler – alles schön und gut – aber Affen – das geht zu weit!« kreischte Großmutter Ming.
Meister Li stand reglos da.
»Ist es möglich, daß dieser spezielle Affe ein farbenfreudiges Gesicht hatte?« erkundigte er sich.
»Was wird das schon für ein Affe sein, der *dich* besucht?« brüllte die alte Dame. »Ich will hier keine großen Affen mit roter Nase, blauen Backen und gelbem Kinn mehr sehen!«
Mit einem Satz hechtete ich in die Hütte, doch es war bereits geschehen. Das ganze Haus war durchstöbert worden, und der geheimnisvolle alte Käfig war verschwunden.

7

Bisher hatten wir den Himmlischen Meister in seinem Amtssitz besucht, aber diesmal nahm mich Meister Li bei Tagesanbruch mit zum Haus des Heiligen. Der alte Knabe, erklärte er mir, pflegte mit dem Morgenstern aufzuwachen. Eine alte Dienerin ließ uns ein. Meister Li war ihr wohlbekannt, und sie führte uns, ohne Fragen zu stellen, durch ein schlichtes, ärmliches Haus, in dem zahme Rehe mit Hunden spielten, Wellensittiche auf Katzen einplapperten und eine große alte Eule verschlafen die Augen aufschlug und gurrte: ›Huhuu!‹ Dann traten wir durch eine Hintertür in den berühmtesten Garten des Reiches hinaus. Durch das Gebüsch konnte ich den nördlichen See sehen, der in den ersten Strahlen der Sonne leuchtete, und die kleine Anlegestelle und den eigens angelegten Weg, der es dem Himmlischen Meister ermöglichte, zu seinem Boot hinunterzuhumpeln. Es ist unmöglich, den Garten selbst zu beschreiben, obwohl unzählige Poeten den Versuch gemacht haben. Die Schwierigkeit liegt darin, daß er so schlicht ist. Ich zählte drei kleine Fischteiche, einen Felsenhügel, zehn Bäume, die so alt waren, daß selbst kleinste Äste mit Moosbärten und Schlingpflanzen bewachsen waren, ein kleines Rasenstück, auf dem eine Statue von Laotse stand, zahllose struppige Sträucher und unendlich viele Blumen. Das war alles, und nichts davon erklärt das Gefühl der Zeitlosigkeit, das jeden Besucher wie eine Decke umhüllt; die Vorstellung von Beständigkeit ohne Anfang und Ende. Am zutreffendsten hat es vielleicht Yuan Mei in seinem berühmten Lied *Des Meisters Garten* umschrieben, und selbst er gesteht ein, daß er, abgesehen von den einleitenden Versen, gescheitert ist:

Ein Wind aus Urzeiten singt,
In dem lau der Duft von Sommer und Frühling schwingt,
Komm nah heran, komm nah heran!

Zehntausendfaches Gestern umfängt dich dann.

Der Himmlische Meister saß an einem Tisch, der aus einem kleinen Mühlstein gefertigt war und trank eben den letzten Schluck seines Morgentees, als wir zu ihm traten. »Hallo, Kao!« rief er vergnügt, doch ich hatte das Gefühl, daß er seinen munteren Tonfall durch einen Vorhang tiefer Müdigkeit zwingen mußte. »Einen strahlenden guten Morgen auch dir, Ochse. Wieder irgendwelche absonderlichen Morde?«

»Einen einzigen, aber obwohl er außerordentlich abstoßend war, kann ich ihn eigentlich nicht als absonderlich bezeichnen«, erklärte Meister Li und schickte sich an, Schritt für Schritt zu erzählen, was wir gesehen hatten, wobei er gelegentlich innehielt und Einzelheiten wiederholte, wenn er den Eindruck hatte, daß die Aufmerksamkeit des Heiligen nachließ.

»Li die Katze, wie?« bemerkte der Himmlische Meister am Ende. »Das sind schlechte Neuigkeiten, Kao. Er ist mächtig, und er ist aalglatt, und ich bezweifle sehr, daß du ihn eines Mordes wirst überführen können.«

»Das habe ich schon unserem Puppenspielerfreund gesagt«, pflichtete Meister Li mißmutig bei. »Ich glaube, daß unsere einzige Chance sein wird, herauszufinden, was sie wirklich schmuggeln. Wir könnten dann Druck auf einige ihrer Handlanger ausüben, die Mandarine zu Recht oder zu Unrecht mit dem Mord in Verbindung bringen, die wiederum gezwungen wären, den mächtigen Eunuchen in die Sache hineinzuziehen. Nicht sehr schön und vermutlich auch ungesetzlich, aber ich sehe keine andere Möglichkeit.«

»Bleib in den Grenzen des Gesetzes, Kao«, mahnte der Himmlische Meister sanft.

»Ja, Meister«, antwortete Meister Li wie ein Schuljunge, und wie ein Schuljunge hatte er die Finger der linken Hand hinter dem Rükken gekreuzt. »Um die Wahrheit zu sagen, interessiere ich mich wenig für Eunuchen und Mandarine und ihre Händel und Morde, denn ich wette um alles, was du willst, daß ihre Beteiligung in wirklich wichtigen Angelegenheiten völlig unbedeutend ist, wenn sie überhaupt existiert. Alter Freund und Lehrer, wie erklärst du dir das Wiederauftauchen alter Käfige, die möglicherweise einmal den Acht Gelehrten Herren gehört haben? Und das Auftauchen untergeordneter Dämonengötter aus einer vergangenen Religion? Und was ist mit diesem affengesichtigen Wesen, das sich möglicherweise an Mandarinmorden beteiligt, ganz sicher aber Käfige stiehlt, unter anderem auch meinen?«

Der Himmlische Meister kratzte sich an der Nase und zuckte die Achseln. »Woher soll ich das wissen? Kao, bist du ganz sicher, daß das bunte Gesicht des Affenmenschen echt ist? Nicht die Maske eines geschickten Schauspielers?«

»Es ist echt«, entgegnete Meister Li entschieden. »Ochse?«

»Ja, Meister, es ist echt«, bestätigte ich. »Der Mond schien sehr hell, als ich ihn sah, und auch die Lampen im Raum brannten. Ich konnte fast die Poren in seiner Haut erkennen und keine Spur von Farbe.«

Einen Augenblick lang saß der Himmlische Meister schweigend da. Dann sagte er mit matter Stimme: »Ich kann mich nicht mehr konzentrieren. Ich bin wie ein alter Baum, der von der Krone her abstirbt, und ich will euch etwas sagen: sechs Nächte hintereinander hatte ich jetzt denselben Traum. Er beginnt mit meiner Mutter, die seit fünfzig Jahren tot ist, und er endet damit, daß ich versuche, die Schuhe meines Vaters zu finden. Ich werde in diesem Jahr nicht mehr erleben, wie sich die Blätter färben, Kao, und ich kann nicht klar genug denken, um vernünftige Vorschläge zu machen. Was willst du tun?«

Ich stellte fest, daß die Haut des Heiligen fast durchsichtig war, und selbst die Anstrengung, aufrecht zu sitzen, ermüdete ihn. Tränen brannten mir in den Augen. Von Verstorbenen und von Schuhen zu träumen, sind untrügliche Zeichen dafür, daß man im Begriff steht, sich zu den ersteren zu gesellen, denn das Wort für ›Schuhe‹ und ›Wiedersehen‹ ist ein und dasselbe: *hsieh*.

»Den Schlüssel zu der ganzen Angelegenheit haben wir offenbar in den Käfigen zu suchen«, erklärte Meister Li. »Beide Käfige befanden sich im Besitz ermordeter Mandarine, und wir dürfen annehmen, daß sie dem Schmugglerring angehörten. Es kann kein Zufall sein, daß der Tunneleingang so praktisch vor Ma Tuan Lins Hintertür gelegen war, und seine Notizen auf der Rückseite des Reibedruckes deuten auf eine Verbindung zwischen den Käfigen und einem Geschäftsunternehmen hin. Eine einleuchtende Annahme wäre, daß die restlichen Käfige im Besitz der übrigen Bandenmitglieder sind, so daß das Auffinden der Käfige gleichbedeutend wäre mit der Entdeckung der Verschwörer, und im übrigen hoffe ich, in Erfahrung zu bringen, was zum Teufel an den Käfigen so besonders ist. Li die Katze begibt sich nach Yen-men, um dort eine Unterredung mit dem Großen Statthalter zu führen, und ich hielte es für eine gute Idee, wenn Ochse und ich bei dem Treffen anwesend wären.«

Das müde alte Haupt fuhr in die Höhe. »Aber wie?« fragte der Himmlische Meister mit einem Hauch wiedererwachenden Lebens. »Um nach Yen-men zu gelangen, müßt ihr drei verschiedene Banditengebiete durchqueren. Natürlich steht euch auch der Seeweg offen, aber könnt ihr euch Kriegsschiffe zur Begleitung und zum Schutz gegen Piraten leisten? Und wie wollt ihr euch, wenn ihr erst einmal dort seid, Zutritt zu dem Treffen verschaffen?«

Meister Li grinste. »Li die Katze nimmt den zeitraubenden Seeweg, und das Wolfsregiment begleitet ihn. Wenn alles nach Wunsch geht, reisen Ochse und ich gemütlich über Land, erfreuen uns an der schönen Landschaft und lassen uns von Banditen keine schlaflosen Nächte bereiten.«

Das war mir neu, und als ich mich gespannt vorbeugte, zwinkerte Meister Li mir zu.

»Du hast gehört, was Yen Shih gesagt hat, Ochse. Er hat Blut geleckt und möchte, soweit ich ihn verstanden habe, den Fall weiter mit uns verfolgen. Nun ja, hast du je von einem Banditen gehört, der so schwachsinnig wäre, sich mit einem reisenden Puppenspieler anzulegen?«

Er hatte natürlich recht. Niemand legte sich mit einem Puppenspieler an. Puppenspieler sorgten für Lachen und Vergnügen bei Banditen wie Soldaten gleichermaßen, und sie reisten unter dem Schutz so vieler Götter, daß die meisten Priester sie nicht hätten zählen können. Meister Li wandte sich mit einem Augenzwinkern an den Himmlischen Meister.

»Außerdem ist Yen Shihs Tochter trotz ihrer Jugend eine berühmte Schamanin. Unter dem Schutz eines Puppenspielers und einer Schamanin würde ich mich in die Höhle des Erhabenen Schweines wagen«, erklärte er. »Und was das heimliche Belauschen des Gesprächs betrifft, warten wir ab, was auf uns zukommt. Es hängt natürlich alles von Yen Shihs Entscheidung ab und davon, ob seine Tochter uns begleitet.«
Der Heilige nickte. »Bring sie her, damit ich ihnen meinen Segen geben kann, wenn sie es wünschen«, sagte er und fügte dann mit einem Nicken in meine Richtung hinzu: »Das gilt auch für dich, Ochse. Du wirst keinen brauchen, Kao, denn mir ist schon vor langer Zeit klargeworden, daß es der Erhabene Jadekaiser sich selbst vorbehält, dich zu segnen, sobald er genügend Blitze gesammelt hat.«
Am nächsten Morgen standen wir mit dem Morgenstern und dem ersten Tageslicht zu viert vor der Tür des Himmlischen Meisters. Zu fünft, wenn man das Geschenk mitzählt.
Yen Shih hatte Meister Lis Worten aufmerksam gelauscht, und als er von den Tieren hörte, die im Hause des Heiligen frei herumliefen, wollte er wissen, ob ein weiteres Haustier ein angemessenes Geschenk wäre. Nachdem Meister Li einen Blick darauf geworfen hatte, bejahte er die Frage mit Nachdruck. Es war ein kleines Äffchen mit wachen Augen und grünlich-seidigem Fell, und ich hatte noch nie ein so wunderbar kluges Tier gesehen. Es hatte gelernt, auf Befehl Gegenstände herbeizubringen, und Yen Shih hatte ihm beigebracht, drei erkennbare Melodien auf der Pipa zu zupfen (obwohl es dazu neigte, von einer unvermittelt in die andere zu wechseln). Darüber hinaus war es ein großartiger Imitator menschlicher Gesten. Yen Shih führte das Äffchen, das mit einer kleinen Kappe und einer Jacke bekleidet war, an der Hand ins Haus, und als er seine Stirn berührte und fragte: »Wo bleiben deine Manieren?«, verneigte sich das Tier anmutig vor dem Heiligen, der entzückt war.
»Yen Shih, ja? Ich habe dich einmal gesehen, inkognito natürlich, weil du ›Bauer Hong‹ auf dem Programm hattest. Ich habe so sehr gelacht wie seit dem Tag nicht mehr, als der Abt Nu eines dieser neumodischen Zeremoniengefäße mit einem soghdischen Nachttopf verwechselte und seine Altardiener mit dem Inhalt salbte«,

verkündete der Himmlische Meister munter. »Und das ist deine reizende Tochter? Meine Liebe, sehr zum Mißfallen der Theologen haben ein Tao-shih und eine Schamanin vieles gemein, und sofern ich mich bei eurer Rückkehr ein wenig kräftiger fühle, müssen wir uns einmal zu einer langen Unterhaltung zusammensetzen.«
Er segnete uns und betete für eine sichere und erfolgreiche Reise. Die alte Dienerin hatte die Liste der Befehle bereits gelernt und brachte den kleinen Affen dazu, uns zum Abschied zu winken. Ich kann unseren Aufbruch nicht ausführlicher beschreiben, weil ich unentwegt auf die Tochter des Puppenspielers starrte.

Ihr Name war Yu Lan. Schamaninnen lernen ihre Kunst in sehr jungen Jahren, und ihre Lehrerin war ihre Mutter gewesen. Ich kam mir außerordentlich unreif und unwissend vor, als mir klar wurde, daß Yen Shihs Tochter – obwohl nicht älter als ich – bereits eine anerkannte Priesterin des alten Wu-Kults war und sich auf schamanische Geheimnisse und Zauberkünste verstand, von denen ich nicht einmal zu träumen gewagt hätte. Sie lebte in einer unerreichbar viel höher gelegenen Welt als ich, auch wenn wir physisch denselben Raum und dieselbe Umgebung teilten, doch es war nichts Unfreundliches an ihr. Großgeschrieben und als Name bedeutet Yu Lan ›Magnolie‹, aber kleingeschrieben und in einem anderen Zusammenhang kann yu lan ›verstohlen lächeln‹ heißen, und so begann ich sie zu sehen: still, würdevoll, unerreichbar wie eine vorüberziehende Wolke, niemals jedoch hochmütig, nie vorwurfsvoll, immer verstohlen lächelnd.
Sie arbeitete mit allen anderen zusammen, um ihren Vater bei seinen Vorstellungen zu unterstützen, aber an ihrem eigenen, ganz persönlichen Tun konnte niemand teilhaben. Ich erinnere mich noch, wie wir ein Gebirge erreichten, in dessen dunklen Schluchten die Menschen eines fremdartigen, wilden Volkes lebten. In jener Nacht erhob sich Yu Lan plötzlich im Schein unseres Lagerfeuers und ging hinüber zum Rande der Dunkelheit, wo ein Junge wie durch Zauberwerk aufgetaucht war. Er hatte braune Haut und hohe, scharfgeschnittene Wangenknochen in seinem ausdruckslosen Gesicht. Schweigend hielt er Yu Lan einen rindenlosen Zweig hin, in den Kerben geritzt waren. Sie betrachtete die Kerben ein-

gehend, dann forderte sie den Jungen auf zu warten, und wenige Minuten später war sie in ein Gewand aus Bärenfell gekleidet und verschwand, einen Behälter mit verschiedenen heiligen Dingen unter dem Arm, mit dem Jungen in der Dunkelheit.

Ihr Vater hatte die ganze Zeit über nichts gesagt. Erst als sie fort war, bemerkte Yen Shih: »Ihre Mutter verschwand manchmal tagelang, aber sie fand immer wieder zu mir, wenn sie dazu bereit war.« Dann wechselte er das Gesprächsthema.

Sie hatte sich jedoch nicht weit entfernt. Später, als wir Vorbereitungen trafen, uns schlafen zu legen, hörten wir von einer Anhöhe über uns klagende Gesänge, und dann rief eine hohe, klare Stimme: »Hik!«

Meister Li murmelte gähnend vor sich hin: »Der nächste Ton, den wir hören werden, lautet: ›Phat‹.«

»Meister?« fragte ich.

»Phat!« hallte es vom Berggipfel herunter.

»Es ist tibetanisch. Sind dir die tibetanischen Züge des Jungen nicht aufgefallen? Jemand ist gestorben, und sie haben Yu Lan gebeten, die Seele sicher ins Jenseits zu geleiten«, erklärte er. »Als erstes muß sie die Seele aus dem Körper befreien, was dadurch geschieht, daß sie ein Loch in die Schädeldecke bohrt, durch das sie hinausschlüpfen kann. Schamanen üben an sich selbst mit einem Strohhalm.«

»Wie bitte?«

»Schau her.«

Er zog ein Stück Stroh aus seiner Matte und legte es sich sorgsam auf den Kopf. »Hik!« rief er dann, und ich starrte gebannt und mit hervorquellenden Augen auf den Strohhalm, der zu beben und zu rutschen begann, als würde das untere Ende in ein Loch gleiten. »Phat!« schrie er, und der Strohhalm richtete sich kerzengerade auf. Theatralisch zog er das Ding aus dem Loch in seinem Schädel und warf es weg.

»Ganz netter Trick, was?« sagte er. »Yu Lan muß die Seele jetzt durch wilde Gegenden führen, in denen Dämonen und Bestien hausen, und ihr dabei durch Gebete und Gesänge Kraft geben. Sie wird die ganze Nacht damit beschäftigt sein, leg dich also schlafen.«

Er drehte sich zur Seite und fing bald darauf an, zu schnarchen, ich aber blieb noch Stunden wach und hantierte wie blödsinnig mit einem Strohhalm herum. Ich habe nie gelernt, wie es gemacht wird.
Aber ich greife mir selbst voraus. Eigentlich wollte ich von unserem ersten Abend unterwegs erzählen, obwohl sich überhaupt nichts ereignete. Bei Sonnenuntergang schlugen wir unser Lager auf einer Anhöhe auf. Yen Shihs großer Puppenspielerkarren war in rosiges Licht getaucht, und ich war im Begriff, mit dem Puppenspieler die Zeltplane aufzuspannen, die als Taufänger über unseren Schlafmatten diente. Wir schwangen die Hämmer und rammten Metallfassungen für die Bambusstangen in den Boden, an denen die Plane befestigt werden sollte, während Meister Li den Takt der Schläge vorsang und Yu Lans reine, klare Stimme in einer Improvisation im Stil Liu Chus zu den blutroten Wolken emporstieg.

»Fünf
sitzende Krähen
vier
tiefhängende Wolken
drei
Wildgänse
zwei
Reihen Weiden
ein
Aufflammen der untergehenden Sonne.«

»Stange!« rief Meister Li, und die Hand der Puppenspielertochter streifte zufällig meine, während sie dem Weisen half, die Stange in die Halterung zu stecken.
»Ehrwürdiger Meister«, begann ich später an diesem Abend, als wir uns niedergelegt hatten, »ist es wahr, daß Schamaninnen etwas gegen anmaßende Männer haben?«
»Mphsshh«, murmelte er, oder irgend etwas in der Art.
Ich suchte in den Sternen nach Vorzeichen. »Meister, ist es auch wahr, daß eine zornige Schamanin ebenso gefährlich ist wie ein Tigerweibchen mit Jungen?«
Er drehte sich zu mir um. »Vielleicht hast du recht, mein Junge«,

murmelte er schlaftrunken. »Ich kannte mal einen großen, kräftigen Mann. Halb aufbäumender Hengst, halb wütender Stier. Er wurde Tong der Ständer genannt. Eines Tages legte er die Pranken an eine hübsche kleine Schamanin, worauf sie ihm einen ihrer Blicke zuwarf und ein paar Worte in einer fremden Sprache sagte.«

Das war es offenbar. Schnarchen tönte von Meister Lis Lager herüber, dann hörte ich ein Räuspern, und der alte Mann sagte unter Gähnen: »Jetzt nennt man ihn Yang-wei.«

Das Schnarchen setzte wieder ein, und ich brauchte eine Weile, um Tong den Ständer in Verbindung zu bringen mit Yang-wei, was soviel wie ›Hängendes Geschlecht‹ bedeutet.

»Oh«, murmelte ich.

8

Da Li die Katze den zeitraubenden Seeweg nahm, konnten wir es uns leisten, Yen Shihs Truhen unterwegs durch Puppenspielerdarbietungen aufzufüllen. Ich glaube, ich habe bereits erwähnt, daß wir alle unseren Teil dazu beitrugen. Yu Lan spielte verschiedene Instrumente und sang wunderschön, Meister Li gab, je nach Laune, Vorstellungen als Zauberer, Wahrsager oder Medizinmann, während ich eine schwarze Kapuze und ein gefährliches Grinsen aufsetzte und im Ringkampf gegen die Lokalgrößen antrat, die für diese Ehre zahlen mußten und im Falle ihres Sieges einen ansehnlichen Preis in Empfang nehmen konnten. Ich hatte Leute aus dem Ring geworfen, seit ich zehn war, daher hatte ich keine Bedenken zu verlieren, und ich tat niemandem weh. Ich habe zu viele wichtige Dinge zu berichten, um mich lange mit der Beschreibung jener Tage aufzuhalten, auch wenn ich es gern tun würde. Daher beschränke ich mich auf drei kurze Szenen. Die erste spielte sich an einem warmen Nachmittag auf dem Marktplatz eines kleinen Städtchens ab. Der Puppenspieler und seine Tochter bereiteten sich im Zelt auf ihren Auftritt vor, ich hatte meinen Ringkampf beendet und kippte mir mit einer Schöpfkelle Wasser über den Kopf, und Meister Li war mit seiner Vorstellung an der Reihe. Er trug einen brettartigen flachen Hut mit Quasten, an deren Enden rätselhafte Sachen baumelten, und sein Gewand war mit Symbolen bedeckt, die die 101 Krankheiten und ihre Götter darstellten. Er stand auf einem Podest und untersuchte einen örtlichen Würdenträger mit Schmerbauch, dunkelroter Nase und bläulichen Wangen.

»Mit der Leber, mein irregeleiteter Freund, treibt man keine Scherze«, sagte Meister Li sanft und wedelte warnend mit dem Zeigefinger vor dem Gesicht des Mannes. »Die Jahreszeit der Leber ist der Winter, ihre Himmelsrichtung ist der Norden, ihr Element ist das Wasser; ihr Geruch ist faulig, ihr Geschmack salzig und ihre Farbe schwarz; ihr Tier ist die Schildkröte, ihr Berg ist Hang-shan, und ihre Gottheit ist Hsuanming; ihre Tugend ist die Weisheit, ihr Gefühl ist die Angst, und sie bringt den tiefen, klagenden Ton *yu* hervor; der Kaiser der Leber ist Chuan-hsu, sie bezieht den Geist von Hsuan Yen – dem zweiköpfigen Hirsch, der allgemein als Schwarze Finsternis bezeichnet wird –, und von allen Körperteilen ist sie der nachtragendste. Was hast du mit diesem großartigen und gefährlichen Organ gemacht?«

Meister Li hat scharfe, kantige Knöchel, die eher wie Meißel wirken und gewaltige Schnellkraft im rechten Arm, wenn es gilt, rasche knappe Hiebe auszuteilen.

»Du hast sie im Shaoshing-Wein von Chekiang ersäuft!«

»Oouuaaargh!«

»Im Hundert-Blumen-Wein von Chen-chiang!«

»Oouuaaargh!«

»Im Orchideenbach-Wein von Wuhsi!«

»Oouuaaargh!«

»Im Tröpfeltropfen-Wein von Taiming!«

»Oouuaaargh!«

»Im Goldwellen-Wein von Chining!«

»Oouuaaargh!«

»Im Paradieskorn-Wein von Hunan!«

»Oouuaaargh!«

»Im Duftschnee-Wein von Mauchou!«

»Oouuaaargh!«

»Im Altes-Faß-Wein von Changyang!«

»Oouuaaargh!«

»Im Pfeffergelb-Wein von Luancheng!«

»Oouuaaargh!«

»Im Doppelweiß-Wein von den Liuchiu-Inseln!«

»Oouuaaargh!«

»Im Dezemberschnee-Wein von Kashing!«

»Oouuaaargh!«

»Im Faßdeckel-Wein von Kwangtung!«

»Oouuaaargh!«

»Im Frühling-Am-Tungting-See-Wein von Tschangscha!«
»Oouuaaargh!«
»Im Doppelpfeffer-Wein von Chingho!«
»Oouuaaargh!«
Der Weise trat nach vorne an den Rand des Podests und wandte sich mit feierlicher Stimme an das Publikum, während sich der Patient die schmerzende Seite hielt und mitleiderregend stöhnte.
»Meine Freunde, bedenkt das wunderbare Wesen der Leber und die Großmut der Götter, die sie uns geschenkt haben«, rief Meister Li salbungsvoll. »Die Leber ist es, die das Knochenmark produziert und die Milz hervorbringt. Die Leber verwandelt die Säfte des Körpers in Harn, sie bringt die Haare hervor und nährt sie. Die Leber ist Träger der Körperkraft, und darum ist das obere Paar dem Herzen zugeordnet. Die Leber ist Träger der Intelligenz, und darum windet sich das untere Paar durch das Becken und steigt durch die Wirbelsäule ins Gehirn auf. In der Leber sind die Keimanlagen gelagert, die den Willen bestimmen, ihr Lied ist die ›Dunkle Schwermut‹, ihr Tanz ›Zeugung des Lebens‹, und wenn sie schlecht behandelt wird, schwillt sie an, wird empfindlich und tut sehr, sehr weh.«
»Oouuaaargh!«
»Glücklicherweise«, verkündete Meister Li, indem er einen großen Kasten öffnete, in dem eine Unmenge kleiner Phiolen aufgereiht waren, »ermächtigt mich die Kaiserliche Ärzteakademie, eine sehr beschränkte Menge von Pao Puh Tsis erstaunlichem Nierentonikum, das als Neun-Feen-Elixier bekannt ist, abzugeben, und ich muß euch wohl kaum daran erinnern, daß es dieses Elixier war, das dem Kaiser Wen das Leben gerettet hat. Die Bestandteile sind Zinnober, Schwefelblüte, Weihrauch, Myrrhe, Kampfer, Drachenblut, Kupfersulfat, Moschus, Alaunerde, Bärengalle, gelbes Blei, Hundertfüßer, Regenwürmer, Seidenraupen, Pflaumenblüten, Magenstein von der Kuh, Krötenspeichel, weißer Jadestaub, Borax, Borkenkäfer und Schnecken, und wenn auch einige Leute den Preis etwas erhöht finden mögen, so wird der kluge Mensch doch bedenken, wie die Alternative aussieht.«
»Ooouuuaaaargh!«
Da Yen Shih der Verantwortliche für die Vorstellung war, nicht Meister Li, hinderte er den alten Mann freundlich, aber bestimmt

daran, die armen Tröpfe bis aufs Hemd auszuziehen. »Immerhin«, betonte er, »muß ich Jahr um Jahr hierher zurückkommen, und es ist schwierig, Leute zu unterhalten, die danach gieren, dich zu lynchen.«

Wie ich gerade sagte, war Yen Shih verantwortlich für unser Unternehmen, und um die nächste Begebenheit aufzuzeichnen, muß ich etwas eingehender auf das Thema eingehen. Gleich von unserer ersten Begegnung an hatte ich im Wesen des Puppenspielers zwei starke Elemente gespürt. (Wenn man einmal von der Tragödie der Pockenerkrankung absieht, die ihn für immer entstellt hatte; es mußte ein unvorstellbarer Schock für ihn gewesen sein, denn seine Art, sich zu bewegen sowie seine Gestik deuteten auf einen gutaussehenden Jüngling hin, der sich zu einem attraktiven Mann entwikkelt hatte.) Das erste war der Funke, der tief in seinen Augen blitzte, wenn Gefahr drohte, und mir fiel plötzlich der Junge aus meinem Heimatdorf ein, den wir Otter gerufen hatten – seine glühenden Augen, wenn er sich anschickte, wie ein Pelikan in das flache Wasser der Grube tief unter ihm am Fuße des Berges Entwurzelter Baum einzutauchen – eine Heldentat, von der wir anderen nicht einmal zu träumen gewagt hätten. In Yen Shihs Gegenwart fühlte ich mich manchmal, als würde ich mich zu nah bei einem brennenden dicken Stück Bambus aufhalten, was bedeutet, daß die Flammen jeden Augenblick eine von weichem Pflanzenmark umhüllte Luftkammer erreichen können und man von der Wucht der Explosion wie ein Feuerball durch die Wand seiner Hütte katapultiert wird. Und das bringt uns zum nächsten Merkmal des Puppenspielers. Er war ein Aristokrat, und das meine ich nicht als bloße Redensart.

»Aus einer vornehmen Familie? O ja, das nehme ich zumindest an«, erwiderte Meister Li, als ich ihn danach fragte. »Er riecht geradezu nach einer besonderen Erziehung. Im Konfuzianismus ist der fortlaufende Adel einer Familie festgeschrieben, gleichgültig, ob ihr die kaiserliche Gunst erhalten bleibt oder nicht, und es wimmelt von stolzen Adelssöhnen im Reich, die unerkannt als Fischer oder Wildhüter arbeiten, warum also nicht als Puppenspieler? Vielleicht beschließt Yen Shih eines Tages, uns seine Geschichte zu erzählen, aber bis dahin können wir immerhin soviel Höflichkeit walten lassen, den Mund zu halten.«

Die Szene, die ich beschreiben möchte, ist folgende: Wir waren bei einem Gasthof am Rande einer Stadt angelangt, wo wir durch den Regen, der die Straßen völlig aufgeweicht hatte, festgehalten wurden. Yen Shih hatte, allein an einem kleinen Tisch in der Ecke der geräumigen Schankstube sitzend, schon früh am Morgen zu trinken begonnen. Am Nachmittag trank er immer noch langsam und beständig vor sich hin, ohne daß der starke Wein eine Wirkung gezeigt hätte. Er versank lediglich immer tiefer in seiner eigenen Welt. Yu Lan hatte sich (Buddha sei Dank!) in unserem Wagen zur Ruhe begeben. Plötzlich flog die Tür auf, und eine Gruppe von Edelleuten kam hereinstolziert. Sie trugen Jagdkleidung und waren bis auf die Haut durchnäßt. Alle schwänzelten unterwürfig um den Anführer herum, der ein gerötetes, mißmutiges Gesicht und jähzornige, unstete Augen hatte. Er schrie nach Wein und einem größeren Feuer, schickte uns Bauern barsch hinaus und befahl beinahe im selben Atemzug dem Bauern, der ihm am nächsten war, den stinkenden Fußboden so sauber zu kehren, daß vornehme Füße darüber wandeln konnten. Zufällig war der am nächsten Sitzende Yen Shih, der sich ohne Hast erhob und einen Besen ergriff, der an der Wand lehnte. Er musterte den Edelmann mit forschendem Blick.
»Großer Gott, die Ähnlichkeit ist verblüffend«, nuschelte er. »Sind Eure Herrlichkeit zufällig mit dem strahlenden Herrn Yu Yen verwandt?«
Angesichts der bloßen Anmaßung eines solchen Wurms, einen Tiger anzusprechen, verschlug es dem Edelmann die Sprache. Übrigens, ›Yu Yen‹ bedeutet ›Fischauge‹.
»Nein? Wie seltsam. Ich hätte darauf geschworen, daß Ihr Brüder seid«, fuhr Yen Shih fort. »Meister der Jagd, Legenden des Krieges – Herr Yu Yen zum Beispiel wurde, nachdem er es heldenhaft zu hohem Rang, Orden und Befehlshaberschaft auf dem Felde des Erstgeburtsrechts gebracht hatte, die Ehre zuteil, den Sohn des Himmels auf einem Banditenjagdzug begleiten zu dürfen, und wie es das Schicksal wollte, erhielt er früh die Gelegenheit, seine Qualitäten unter Beweis zu stellen, als seine Leute auf eine Bande räuberischer Miao-chia stießen.«
Der Edelmann hatte endlich die unglaubliche Tatsache, daß diese

gemeine Kreatur in vertraulichem Ton mit ihm sprach, erfaßt, und mit einem Wutgebrüll zog er sein Schwert aus der Scheide. Ich wollte hinzuspringen, doch Meister Li packte mich an der Schulter und hielt mich zurück. Yen Shih balancierte den Besen so sorglos auf dem rechten Zeigefinger, als hätte er die scharfe Klinge nicht bemerkt, die kalt in der Nachmittagssonne funkelte.

»Was war er doch für ein Held!« sagte der Puppenspieler bewundernd. »›Schick deinen besten Kämpfer her!‹ rief der tapfere Herr Yu Yen. ›Er gegen mich! Mann gegen Mann und Hand gegen Hand!‹ Das war schicklich gesprochen, doch bedauerlicherweise muß berichtet werden, daß das Gesindel, an das die Worte gerichtet waren, abscheulich betrunken war.«

»Typisch Miao-chia«, bemerkte Meister Li.

Der Edelmann schrie wütend auf und holte zu einem Schlag aus, der den Kopf des Puppenspielers von den Schultern fegen sollte, doch mit einer lässigen Bewegung des Besenstiels wehrte Yen Shih die Klinge ab, und sie flog harmlos zur Seite, wo sie eine Kerze in zwei Stücke hackte und eine Blechschüssel vom Tisch schmetterte.

»Ja, so war es«, bemerkte der Puppenspieler bedauernd. »Die Schweine steckten die Köpfe zusammen und johlten und kicherten betrunken durcheinander. Sie zeigten mit schmierigen Fingern auf Herrn Yu Yen, und dann schickten sie die Köchin.«

Der Edelmann brüllte auf und holte wieder aus, und diesmal knallte der Besenstiel hart auf sein Handgelenk. Yen Shih schien gar nicht zu bemerken, daß sein Gegner zu Boden ging und mit unsicheren Fingern nach dem Schwert tastete.

»Die Köchin war eine ziemlich wuchtige Frau«, sagte er mit klagender Stimme. »Sie hatte dicke, fleckige Arme und einen bösen Blick. ›Ich kämpfe nicht gegen eine Frau!‹ brauste der ritterliche Herr Yu Yen auf, doch schon krallte sich das Weib in seinen prächtigen Locken fest, riß seinen Kopf nach vorn und biß ihm die edle Nase ab.«

»Typisch Miao-chia«, bemerkte Meister Li.

Der Edelmann versuchte es mit einem Stich ins Herz. Yen Shihs Parade drehte ihn um seine eigene Achse, und ein paar Blutstropfen sprühten durch die Luft, als der Besenstiel seine Nase traf.

»Herr Yu Yen«, fuhr Yen Shih fort, »beschloß – ein wenig spät, mögen manche sagen –, das Schwert zu ziehen, und die alte Vettel mißhandelte seine Finger aufs Übelste in dem Bemühen, es ihm wegzunehmen. Dann hackte sie ihm die aristokratischen Arme an den Ellbogen ab.«

»Typisch Miao-chia«, bemerkte Meister Li.

Der Edelmann holte gewaltig aus, und der Schwung wirbelte ihn im Kreis herum, als Yen Shih mit dem Oberkörper zurückwich. Die Klinge sauste durch die Luft, ohne Schaden anzurichten, und dann zuckte der Besenstiel herunter. Der Edelmann stieß einen schrillen Schrei aus und fuhr sich, während sein Schwert wieder zu Boden klirrte, mit den Händen an beide Ellbogen.

»Der tapfere Herr Yu Yen war jetzt ein wenig im Nachteil, aber immer noch unverzagt!« verkündete der Puppenspieler stolz. »Er trat vor, holte zu einem gewaltigen Tritt aus und hätte vielleicht sogar noch einen zweiten gewagt, hätte ihm die alte Hexe nicht beide Beine an den edlen Knien abgesäbelt.«

»Typisch Miao-chia«, bemerkte Meister Li.

Der Edelmann straffte sich und versuchte, den Besenstiel mit seinem Schwert abzuwehren, doch gleich darauf hüpfte er im Zimmer umher und hielt sich die schmerzenden Knie.

»Was für ein Kämpfer war doch Herr Yu Yen!« sagte Yen Shih bewegt. »Es gelang ihm großartig, auf dem Bauch voranzukriechen und die Dame schmerzhaft ins linke Fußgelenk zu beißen, und gewiß hätte er auch dem rechten eine ernsthafte Verletzung zugefügt, hätte die alte Schlampe nicht sämtliche Regeln zivilisierter Kriegsführung mißachtet, was sich an der Art zeigte, wie sie sich anschickte, seine Ehren aller Zähne zu berauben.«

»Typisch Miao-chia«, bemerkte Meister Li.

»Der Edelmann war jedoch kein Schwachkopf. Als sich der Besenstiel seinem Gesicht näherte, sprang er vier Fuß zurück und hob den linken Arm schützend vor seinen Mund.«

Yen Shih wischte sich eine Träne aus dem Auge. »Seiner Zähne, Beine und Nase verlustig, lieferte der tapfere Herr Yu Yen dennoch einen großartigen Kampf. Er beantwortete den Frevel mit harten Worten, die ihm aus der Seele kamen und erwog sogar zu spucken, als das lose Weib so darauf reagierte, daß man die Einzelheiten

ihres schändlichen Tuns höchstens in Tibet weitererzählen könnte.«
»Das«, bemerkte Meister Li, »ist typisch Miao-chia.«
Der Edelmann hob wieder sein Schwert, dann hielt er zögernd inne.
»Wir suchten das ganze Schlachtfeld nach einem Stück von unserem Helden ab, das groß genug gewesen wäre, es in einen Schrein in der Militärakademie zu legen, von wo aus der tapfere Herr Yu Yen noch ungeborene Generationen beflügeln sollte. Aber ach! Es war nichts übrig als ein Fettfleck im Gras«, sagte Yen Shih schwermütig. Doch dann leuchteten seine Augen auf. »Aber wartet! Vielleicht würde auch ein Doppelgänger genügen, und wir brauchen nur ein kleines Stück!«
Ein dünnes, hartes Lächeln entblößte seine Zähne, als er auf den anderen zuging, und der Besenstiel zuckte in seiner Hand vor und zurück wie der Kopf einer Kobra. Mit einem spitzen Schrei stürzte der Edelmann zur Tür hinaus und verschwand, ohne sich um sein Schwert zu kümmern.
Von den anderen Mitgliedern der Jagdgesellschaft war die ganze Zeit über nicht ein Mucks gekommen. Der Puppenspieler wandte sich um und ließ den Blick über sie schweifen, dann stieß er ein Knurren aus. Das war alles. Nur das tiefe, kehlige Knurren eines Bären, der im Begriff ist, die Geduld zu verlieren, und in weniger als fünf Sekunden war kein einziger Edelmann mehr zu sehen. Ich war wie versteinert, ganz im Gegensatz zu Meister Li.
»Ochse, pack zusammen. Wir brechen sofort auf«, sagte er. Dann wandte er sich an den Puppenspieler, und seine Stimme klang scharf und mißbilligend. »Ganz nett, aber selbstgefällig. Ich hoffe aus tiefstem Herzen, daß du so etwas gestern nicht gemacht hättest, und im übrigen wären wir besser da, wo wir meiner Vermutung nach sind.«
Yen Shihs Blick veränderte sich ganz allmählich, während die tanzenden Lichtfunken in seinen Augen erloschen. Er atmete tief durch und senkte den Kopf in einer kleinlauten Geste, die halb gespielt und halb echt zu sein schien.
»Ihr habt natürlich recht, und ich bin kein solcher Narr, daß ich das gestern getan hätte«, entgegnete er. »Wir befinden uns an der

Grenze zum Banditengebiet, und innerhalb von zwei Stunden würde es kein Edelmann mehr wagen, uns mit seinem Privatheer zu folgen.«

Meister Li murmelte etwas Unverständliches, und dann wurde die Angelegenheit mit keinem Wort mehr erwähnt, doch ich wäre nicht ganz aufrichtig, würde ich verschweigen, daß ich beim Sammeln von Feuerholz viel Zeit darauf verwendete, einen Ast im Kampf gegen einen unsichtbaren Edelmann zu schwingen.

Die dritte Szene ist weder besonders hübsch, noch besonders ruhmreich, und ich würde sie überhaupt nicht erwähnen, wenn sich nicht herausgestellt hätte, daß sie folgenreich für uns war.

Genau wie Meister Li vorausgesagt hatte, trafen wir auf dem Weg durch das Banditengebiet auf keinerlei Schwierigkeiten. Ein Puppenspieler ist bei jedermann willkommen, und abgesehen davon begegnen die Gesetzlosen allen Wundertätern, schöne junge Schamaninnen nicht ausgeschlossen, mit abergläubischer Ehrfurcht. Ich gewöhnte mir bald an, mir keine Sorgen um Yu Lan zu machen, und ihr Vater zeigte gewiß keinerlei Anzeichen dafür, daß er es getan hätte. Am fünften Tag unserer Reise durch das Banditengebiet (das offiziell nicht existiert), stolperten wir unverhofft über einen dieser Zufälle, von denen Menschen, die keine Ahnung vom Leben haben, behaupten, daß es sie nur in Büchern gibt. Es stellte sich heraus, daß im Lager des Räuberhauptmanns, vor dem wir unsere Vorstellung geben wollten, der Mann als Ehrengast weilte, den aufzusuchen wir im Begriff waren, nämlich der Große Gouverneur vom Gänsetor (Yen-men).

Bald erfuhren wir, daß er sich mit gutem Grund dort aufhielt, da er sich vor kurzem mit der Tochter des Räuberhauptmanns verheiratet hatte, was nach Meister Lis Worten von einem klugen Kopf zeugte. Überdies kam uns zu Ohren, daß seine junge Frau, die in Yen-men zurückgeblieben war, an einer geheimnisvollen Krankheit litt, die kein Arzt bisher hatte heilen können. Es gelang uns, bei der Ankunft im Lager den Eindruck zu erwecken, als wären wir zwei verschiedene Gruppen, die nur miteinander reisten, um sich Gesellschaft zu leisten: Yen Shih und Nummer Zehn der Ochse als Puppenspieler mit seinem Assistenten, Meister Li und Yu Lan als Schamane und Schamanin, deren besondere Fähigkeit auf dem Ge-

biet des Heilens lag. Sie hatten keine Mühe, den Großen Gouverneur zu beeindrucken, und so kamen sie überein, daß sie den Versuch unternehmen sollten, seine junge Frau gesund zu machen.
Die Szene, die ich zu beschreiben habe, ist überaus demütigend. Ich mußte die Zuschauer ohne Meister Lis und Yu Lans Hilfe in Stimmung bringen. Zu diesem Zweck tat ich ein paarmal so, als sei ich im Begriff, im Kampf zu unterliegen, nur um dann zum Schein sowohl die Nerven als auch meinen gesunden Menschenverstand zu verlieren und den Einsatz zu verdoppeln. Die Stimmung im Publikum wurde immer hitziger, und der Lärm lockte vornehme Zuschauer an. Als ich aufblickte, erkannte ich, begleitet von einem Schwarm von Edelleuten und einem bürgerlich gekleideten Mann, den Großen Gouverneur von Yen-men, der mich mit einem Grinsen betrachtete.
»Professioneller Ringkämpfer, wie?« sagte der Gouverneur leutselig. »Trittst wohl als Mopp Mopp der Muli oder so was auf, he? Buddha, seht euch diese schwellenden Dinger an! Mopp Mopp der Muskelprotz-Muli, he?«
Sein Gefolge tat so, als wären seine Worte der Gipfel des Humors, doch mir entging nicht, daß seine Augen nicht mit dem Mund lachten, und in seiner Stimme war etwas Feiges und Brutales, als er sich erbot, mir einen seiner Freunde als nächsten Gegner in den Ring zu schicken. Der Freund erwies sich als der Mann im Bürgergewand, und innerhalb einer einzigen Minute kam ich zu zwei Erkenntnissen. Die erste war die, daß das vertrauliche Gebaren des Bürgers auf eine Beziehung zu dem Großen Gouverneur hindeutete, die weit über eine Freundschaft hinausging, die zweite war die, daß er nicht menschlich war.
Er war ein ganzes Stück kleiner als ich, aber ich schätzte, daß er schwerer war. Sein Kopf schien ohne die schmückende Beigabe eines Halses in die Schultern eingelassen. Man hat mir manchmal gesagt, daß ich so ähnlich aussehe, aber an dieser Kreatur suchte man eigentlich auch erkennbare Schultern, Taille, Hüften und Schenkel vergebens. Der Kerl war aus einem Stück gegossen, ein einziger sehniger Muskelstrang vom Kinn bis zu den Knien, der sich nur zu den Füßen hinunter ein wenig verjüngte. Als er sich bis auf einen Lendenschurz ausgezogen hatte, setzte sich eine Biene

auf seine linke Schulter, und anstatt sie mit der Hand zu verscheuchen, zuckte er nur mit dem entsprechenden Muskel wie ein Esel; ein müheloses Beben der Hautoberfläche, gesteuert durch vollkommene Muskelbeherrschung.

»Nummer Zehn der Ochse«, sagte ich leise für mich, »da sitzt du ganz schön im Schlamassel.«

Der Kerl musterte mich mit glitzernden, ausdruckslosen Augen, dann glitt er, von einer geschmeidigen Wellenbewegung der Muskeln getrieben, zum Platz des Herausforderers im Ring. Ich nannte ihn für mich die Schlange. Der Gouverneur hatte zum Zeichen seines Ranges die Schiedsrichterfahne an sich genommen. Nun ließ er sie ganz plötzlich heruntersausen, um mich zu überrumpeln. Aber genau das hatte ich erwartet, und so war ich bereit. Ich hatte beschlossen, daß es sinnlos war, bei einer Schlange nach einer Schwäche Ausschau zu halten, daher flog ich in dem Augenblick, als die Flagge nach unten zu zucken begann, durch die Luft, drehte mich im Sprung und trat mit wuchtigem Schwung nach dem Fußgelenk des Reptils. Er hatte nicht damit gerechnet. Er ließ einfach die Hand fallen und schlug so mächtig auf meinen ausgestreckten Fuß, daß ich wie ein schnurloser Papierdrachen um meine Achse kreiste und dann in einer Staubwolke zu Boden krachte. Ich brachte einen Salto rückwärts zustande und landete abwehrbereit in geduckter Stellung, aber er dachte gar nicht daran, mich anzugreifen. Er wartete darauf, daß ich kam und ihm die Zeit vertrieb. Diesmal war er so herablassend, daß er nicht einmal den Versuch machte, mich aufzuhalten, als ich mich auf ihn stürzte und an der Taille packte. Das war der Augenblick, in dem ich entdeckte, daß der ölige Glanz seiner Haut keine optische Täuschung war. Meine Hände rutschten hilflos ab, und mit einem weiteren mühelosen Muskelzucken katapultierte er mich von sich.

Was für ein Wesen läuft denn mit einer Schicht Öl auf dem Körper herum?

Mir blieb keine Zeit, darüber nachzudenken. Die Schlange schnellte vor, und im nächsten Augenblick, bevor ich wußte, wie mir geschah, flog ich den Wolken entgegen, dann konnte ich sie kopfüber betrachten, und gleich darauf kam ich mit einem Schlag, der mir schier das Hirn aus dem Kopf drosch, wieder auf den Boden zurück. Er hätte mir ohne weiteres auf der Stelle den Rest geben können, aber er glitt schlangengleich um den Ring, um den Applaus des Gouverneurs und seines Gefolges entgegenzunehmen. Ich nutzte die Gelegenheit, um Erde locker zu scharren und mir damit die Hände einzureiben. Dann sprang ich vor, während er mir noch den Rücken zukehrte. Es gelang mir, ihn um die Taille zu fassen. Jetzt bot mir die Erde festen Stand, und bevor sie sich in glitschigen Schlamm verwandeln konnte, wuchtete ich ihn mit aller Kraft so hoch ich nur konnte in die Luft. Die Schlange schwebte über meinem Kopf, und so stolzierte ich um den Ring, bevor ich ihn dem Gouverneur mit Schwung vor die Füße schleuderte.

Manchmal frage ich mich, wieso ich mit den zwei Kiebitzeiern, die sich als mein Gehirn ausgeben, so lange überlebt habe. Da verneigte ich mich nun, aufgebläht wie ein Kugelfisch in meiner Eitelkeit, vor den Banditen, aber seit wann macht man ein Reptil unschädlich, indem man es zu Boden schleudert. Man verärgert es, das ist der ganze Effekt, und als ich wieder in der Lage war, einen Gedanken zu fassen, hatte ich das dumpfe Gefühl, von einem Orkan überrollt worden zu sein. Ich wurde hierhin und dahin katapultiert, überschlug mich wieder und immer wieder, und dann lag ich flach auf dem Rücken, und die Schlange saß behaglich hinter mir. Er hatte mir die Arme nach hinten gezogen und festgeklemmt, seine Beine waren um meinen Hals geschlungen. Langsam, ganz langsam drückte er sie zusammen, wie eine Würgeschlange sich immer enger um ihr Abendessen zusammenzieht.

Der Große Gouverneur vom Gänsetor beugte sich über mich, um besser zu sehen. Seine Zunge schnellte hervor, und er leckte sich die Lippen. Leise keckernde Laute kamen aus seiner Kehle, während er darauf wartete, daß ich ein Lied für ihn vortrug. Es sollte dies das Trommeln meiner Fersen auf den Boden sein, wenn mir die Luft ausging, erst immer schneller, dann immer langsamer, und dann Stille. Ich hörte nichts mehr als den gedämpften Schlag eines Gongs in meinen Ohren. Aber plötzlich ließ der Druck nach, so daß ich ein wenig Atem holen konnte, und ich bemerkte, daß sich der Gouverneur von mir abgewandt hatte und nach oben blickte. Dann sah ich eine wunderschöne und schreckliche Gestalt, die sich schemenhaft über mich beugte. Es war Yu Lan, die die

Aura ihres Priesteramtes um sich gelegt hatte wie eine schimmernde Rüstung, und ihre Augen blitzten vor Zorn.
»Willst du die Krankheitsdämonen, die den Körper deiner Frau bedrängen, erzürnen?« fuhr sie den Gouverneur an, und jedes ihrer Worte war schneidend wie ein Peitschenhieb. »Du hast um Hilfe nachgesucht und Beistand durch die Geheimnisse von Wu erbeten und Reinheit geschworen, bis eine Heilung vollbracht ist. Und nun wagst du es, zu töten?« Ihre Haare standen wahrhaftig wie das Fell einer Katze zu Berge, und hätte ich mich in einer anderen Lage befunden, so hätte ich mich geduckt wie ein getretener Hund. »Weißt du nicht, daß du die Gefahr heraufbeschwörst, die Drei Leichname und die Neun Würmer in deinem eigenen Leib zu erzürnen und den Geist des Todes, den du anstachelst, auf dich selbst zu lenken? Laß von ihm ab und bete zu den Göttern um Vergebung.«
Sie machte eine herrische Handbewegung. Die Schlange sah den Gouverneur ratsuchend an, und der Gouverneur sah die Schlange an – ein Blick unter Verbündeten –, dann nickte der Gouverneur. Der Druck wurde von mir genommen, und ich konnte meine Arme wieder frei bewegen. Ich setzte mich mühsam auf, rieb mir den Nacken und sah dem Gouverneur nach, der, gefolgt von der Schlange und seiner übrigen Anhängerschar, davonschritt. Yu Lan machte ebenfalls kehrt und entfernte sich durch ein Spalier von Banditen, die ängstlich beiseite sprangen, um ihr den Weg freizumachen.
Meister Li war im selben Augenblick herangekommen wie Yu Lan, und für den Fall, daß Ehrfurcht und moralische Überlegenheit ein wenig Nachhilfe brauchten, hatte er einem der Banditen eine Armbrust abgenommen und die Schlange damit ins Visier genommen. Jetzt beugte er sich über mich und untersuchte meine Verletzungen.
»Nichts gebrochen«, verkündete er munter. »Das einzige, was gelitten hat, ist dein Stolz, und das würde mir an deiner Stelle keine schlaflosen Nächte bereiten. Der Kerl ist einfach kein Mensch.«
»Dassamakla«, keuchte ich, die nächste Entsprechung von ›Das war mir auch klar‹, die ich zustande brachte.
Es war alles vorbereitet für unsere Ankunft in Yen-men. Meister Li

und Yu Lan wurden als willkommene Gäste im Palast erwartet, um die kranke Frau des Großen Gouverneurs zu behandeln, Yen Shih war als Puppenspieler ohnehin gern gesehen, ich galt als sein Assistent, mit uns würde Li die Katze eintreffen, die Schlange würde auf uns warten, und ich fühlte intensiv, daß diese Konstellation interessant werden würde.

9

Der Palast von Yen-men war ein mächtiges, düsteres Gebäude mit Zugbrücke und Burggraben, um den Belagerungen während der Kriege der Drei Königreiche viele Jahrhunderte zuvor standzuhalten. Ich fand es interessant, zu beobachten, daß Meister Li und Yu Lan das Ganze prüfend betrachteten, sodann zu einer stillen Übereinkunft kamen und Vorbereitungen trafen, die kranke Frau des Großen Gouverneurs unverzüglich aufzusuchen. Als sie aus dem Krankenzimmter traten, sagte Meister Li: »Parasiten?«, worauf Yu Lan antwortete: »Mit ziemlicher Sicherheit.« Als nächstes befragten sie eingehend die Zofen der Hausherrin, dann folgte eine Untersuchung der Zierteiche, die hier und da im Garten angelegt waren. Schließlich bereiteten sie eine Phiole mit einer wohlriechenden Flüssigkeit, achteten darauf, daß die kranke Frau davon trank, worauf Meister Li bemerkte: »Das müßte reichen.«

»Ihr meint, das war alles?« erkundigte ich mich.

Yu Lan sah mich an, und ein leises Lächeln zuckte um ihre lieblichen Lippen. Meister Li lachte.

»Ochse, nach den Begriffen der herkömmlichen Medizin wäre die Antwort ja«, erklärte er. »Nach schamanistischen Maßstäben haben wir gerade erst den Anfang gemacht, und ich glaube, daß du die nächsten beiden Schritte zur Heilung recht interessant finden wirst.«

Seine Worte erwiesen sich als Untertreibung, auch wenn ich zuerst etwas enttäuscht war, weil ich mich ausgeschlossen fühlte. Sie steckten die Köpfe mit Yu Lans Vater zusammen. Yen Shih schrieb hastig so etwas wie einen Szenenentwurf nieder, dem er ein paar eigene Vorschläge hinzufügte, und dann verkündeten sie, daß die Frau des Gouverneurs von ungewöhnlich bösartigen Dämonen heimgesucht wurde, die ihre höhere Seele stehlen wollten. Der Sonnenaufgang des folgenden Tages wurde als Zeitpunkt für den entscheidenden Kampf gegen die Mächte der Finsternis angesetzt. Ich erhielt die Anweisung, einen Beutel Reis und einen Sack Bienen zu besorgen (ohne die geringste Ahnung zu haben, wozu sie gebraucht wurden), dann in die Berge zu reiten und riesige Mengen Mohn zu sammeln. Ich durfte Yen Shih helfen, im Audienzsaal des Gouverneurs verschiedene Puppenspielervorrichtungen zu installieren, doch danach beschränkte sich meine Aufgabe darauf, die Trommeln zu schlagen, und ich muß zugeben, daß es gut so war. In einer verantwortungsvolleren Position hätte ich sicherlich den Kopf verloren und etwas Dummes getan. Zu meiner Rechtfertigung will ich folgende Beschreibung liefern:

DIE DOKTOREN UND DIE DÄMONEN

SZENENBILD. *Der Audienzsaal des Palastes in der Morgendämmerung; die Vorhänge zugezogen, die Luft zum Schneiden, tiefe Schatten. Fackeln brennen um einen Tisch herum, der auf einem Podest am Ende des Raumes steht. Er ist von drei Seiten mit schweren Teppichen verhängt. Aus Räucherschalen steigen schwere, duftende Rauchschwaden auf, und der Geruch von Mohn ist atemberaubend. Eine Fledermaus torkelt ziellos durch den Raum, prallt gegen ein Räuchergefäß, flattert auf dem Rücken umher und landet auf dem Fußboden, wo sie sich – in der Überzeugung, daß es sich um die Decke handelt – kichernd an einem Stuhlbein festklammert. Eine Trommel ertönt in langsamem, eintönigem Rhythmus, und ein Zug von Würdenträgern betritt, angeführt vom Großen Gouverneur vom Gänsetor, den Saal. Stille, abgesehen von den Trommelschlägen. Husten und Füßescharren. Wieder Stille. Erneut Husten und Füßescharren. Die Trommel verlangsamt ihren Rhythmus: da-dum, da-dum, da-dum… dum… dum… dum… Totenstille, plötzlich springen der Gouverneur und seine Würdenträger drei Fuß hoch in die Luft.*

STIMME AUS DEM NICHTS: Bringt… die… Leidende… zu… mir…

Die Gattin des Großen Gouverneurs wird auf einer seidenen Sänfte her-

eingetragen, und die Würdenträger springen zur Seite, um eine Gasse freizugeben. Sie ist eine junge Frau von recht gutem Aussehen, kräftig gebaut, mit einer beeindruckenden Ausstrahlung, aber unverkennbar krank. Die Sänfte wird die Stufen zum Podest hinaufgetragen und den Anwesenden zugewandt auf dem Tisch abgestellt. Die Träger verneigen sich und ziehen sich durch die Seitenvorhänge zurück. Stille.

STIMME AUS DEM NICHTS: Als die Dämonen der Krankheit als Männer und Frauen auf dieser Erde lebten, begingen sie die 9999 Sünden. Dafür sind sie an die Neun Finsternisse gekettet. Ihre dunklen Seelen sind den Qualen der Tausend Menschenalter anheimgefallen, und um Wärme und Licht zu gewinnen, suchen sie reine Seelen, die ihnen im Reich der Ewigen Finsternis als Lampen und Feuerstellen dienen sollen. Ihr, die ihr die Seele dieser Frau rauben wollt, ich befehle euch, zeigt euch jetzt!

Stille. Dann ertönt ein leises Kichern, boshaftes Gelächter, und helle Lichtpunkte flackern in der Dunkelheit zur Rechten der Trage auf. Ein Kindergesicht erscheint, aber es ist ein bösartiges Kind, das Zähne hat wie eine Ratte und schreckliche Augen. Immer mehr Kinder tauchen auf, bis es ihrer sieben sind. Unter drohendem Gelächter nähern sie sich dem Podest.

STIMME AUS DEM NICHTS: Die Hexe der Neun Ausgehöhlten Berge schickt ihre Enkelkinder, fürchtet sich aber, sich selbst zu zeigen? So sei es.

Auf einen grellen Blitz folgt ein lauter Donnerschlag und eine Rauchwolke. Sie löst sich auf, und sichtbar wird Meister Li, der zur Linken der Sänfte steht. Er trägt einen hohen, mit Sternen übersäten Flügelhut, der darauf hinweist, welchen Weg er einschlägt, wenn er die Götter um Rat fragt. Mit der Rechten hält er das Pferd der Nacht, das er reitet, wenn er die Unterwelt besucht. Wenn es nicht gebraucht wird, nimmt das Pferd die Gestalt eines Stockes an, mit eisernem Pferdekopf als Knauf und eisernem Huf am unteren Ende. In der Linken trägt er das Magische Tambourin: die Oberseite zeigt den Sonnenaufgang, zwei Amseln, zwei Pferde und den Bärenzahn, auf der Unterseite sind die Birke, zwei Frösche, sieben Nester, sieben Jungfrauen und die Mutter des Feuers zu sehen. Sein Gewand ist mit Glöckchen, Puppen, Knochen, Heiligenbildern und den achtundzwanzig Metallplättchen behangen, die die Häuser des Mondes symbolisieren. Er richtet seinen Stock auf die Dämonen.

MEISTER LI: Im Namen des Höchsten Chaos-Geborenen Herrn des Tao von den Fünf Übersinnlichen und den Sieben Erleuchteten befehle ich euch, hebt euch hinweg!

Die grausamen Kinder lachen den Schamanen aus. Ihre Münder öffnen sich weit, weiter, unglaublich weit. Eine dichte Wolke giftiger Bienen quillt heraus hervor und schwirrt mit tödlichem Summen auf Meister Li zu. Er reißt seinen Mund weit auf, und als die Bienen hineinfliegen, verwandelt er sie in Reiskörner und spuckt sie wieder aus. Immer mehr Bienen greifen an, bis seine Füße unter Bergen von Reis verschwunden sind. Doch plötzlich muß der Schamane nach zwei Seiten hin kämpfen, denn wieder zuckt ein greller Blitz auf, ein lauter Donner ertönt, eine Rauchwolke erscheint, und neben den dämonischen Kindern steht die Hexe der Neun Ausgehöhlten Berge. Ihr Gesicht ist blau, ihre Flügel sind schwarz, ihre Arme enden in Raubvogelkrallen, und sie schleudert die vergifteten Pfeile, die ihr Gefieder bilden, nach Meister Li. Der Schamane fängt die Pfeile ab, doch er ist nicht imstande, gleichzeitig die Kranke zu schützen, die jetzt von den Dämonen bedrängt wird.

MEISTER LI: Oh, Unsterbliche Frau von den Höchsten Mysterien, Blume des Mittleren Ursprungs, Trägerin des Schwertes und des Gürtels der Höchsten Reinheit, erhöre den Ruf deines Dieners und komme herbei in deinem Zorn und deiner Herrlichkeit!

Ein dritter Blitz, ein dritter Donnerschlag, eine dritte Rauchwolke, und Yu Lan steht hinter der Sänfte. Sie ist einfach atemberaubend. Ihr Haar ist zu einer Wolke verwoben über der dreigezackten Silberkrone Nachtmond im Ersten Tagesanbruch, und fließt dann wie ein ebenholzschwarzer Wasserfall lose über ihren Rücken hinunter. Ihr Umhang aus Eisvogelfedern ist mit den Sieben Saphirblauen Blüten geschmückt. Ihren zinnoberroten Seidenkaftan ziert das Große Band der Phönixzeichnung, und um ihre Taille ist der Feuerjade-Gürtel der Sechs Gebirge geschlungen. In einer silbernen Scheide trägt sie das Schwert des Flüssigen Gelb und des Fluoreszierenden Phosphors, und auf ihre Stiefel sind die Rösser aufgestickt, mit denen sie in die Finsternis oder das Sonnenlicht reitet: das Blutpferd des Tages, das Perlenpferd der Nacht.

YU LAN: Zurück in deine Höhle, Hexe! Keine unschuldige Seele soll die Finsternis erhellen oder die Eiseskälte erwärmen in der Tiefe, in die du von der Himmlischen Ehrwürdigkeit der Geheiligten Juwelen und Neun Atemzüge verbannt wurdest!

HEXE DER NEUN AUSGEHÖHLTEN BERGE: Oh, ihr Geflügelten! Ihr Scharfgezähnten! Ihr Krallenbewehrten und Gehörnten! Fliegt herbei! Fliegt! Fliegt!

Eine schreckliche Horde von Dämonen mit Flügeln, die scharfgeschliffen sind wie Schwerter, und spitzen, speerartigen Schnäbeln und Hörnern stürzen sich kreischend auf Meister Li und Yu Lan, die sie mit Schwert und Eisenstock abwehren. Das ›Tsching-terassa-schepper-klirr‹ klingt wie sechs Hufschmiedversammlungen gleichzeitig. Die Dämonen schwingen sich hoch in die Luft und stoßen dann zum plötzlichen Angriff hinab. Meister Li reckt seinen Stock in die Luft, schüttelt ihn und ruft mit lauter Stimme Worte in einer unbekannten Sprache, und plötzlich steht ein mächtiges Pferd neben ihm. Während er auf seinen Rücken springt, stampft Yu Lan mit dem linken Stiefel auf und stößt geheimnisvolle Silben aus, und siehe da, ihr Fuß ist bloß, und schon schwingt sie sich behende auf das Blutpferd des Tages. Der Schamane und die Schamanin schwingen sich in die Lüfte auf, wo der schreckliche Kampf seinen Lauf nimmt. Meister Lis Tambourin gibt die raubtierhaften Pferde, den furchtbaren Bären, die augenpickenden Amseln und die giftigen Frösche frei. Yu Lan bekämpft die Dämonen, die sie umschwärmen, mit Hilfe der saphirblauen Blüten, die sich in blaue Tiger verwandeln, des Großen Bandes, das zum Drachen wird und des Feuerjade-Gürtels, der in Flammenwänden und brodelnden Lavaströmen auseinanderbirst.

HEXE DER NEUN AUSGEHÖHLTEN BERGE: Kämpft, meine Schönen! Kämpft!

Die Hexe aber ist so klug, ihren eigenen Rat nicht zu befolgen. Sie stiehlt sich heimlich aus dem Schlachtgetümmel und gleitet zu der Sänfte hinunter, auf der die Kranke liegt. Als sie sich wieder in die Lüfte schwingt, hält sie etwas Warmes, Schimmerndes in den Krallen. Meister Li schlägt die Dämonen in die Flucht, indem er sein Tambourin umdreht, das jetzt die Bäume, die Nester, die Jungfrauen und die Mutter des Feuers freigibt. Yu Lan reißt ihr mächtiges Pferd herum und erspäht die Hexe. Die Schamanin reißt sich die dreigezackte Krone vom Kopf, und als sie sie mit aller Kraft von sich schleudert, ist es der herrliche volle Mond, der auf die angstvoll kreischende Hexe zuwirbelt. Das kleine schimmernde Seelenlicht gleitet ihr aus den Krallen, trudelt heftig zuckend davon und verschwindet dann. Meister Li und Yu Lan nehmen die Verfolgung der Hexe und der noch übrigen Dämonen auf, dann verschwinden sie ebenfalls, und ihre Stimmen hallen von hier und da und von überall.

MEISTER LI: *Oh, Seele, komm zurück!*
Im Osten lauern Riesen, fünftausend Ellen lang,
Und zehn Sonnen, die Metall und Steine schmelzen.

YU LAN: *Oh, Seele, komm zurück!*
Im Süden haben die Menschen tätowierte Gesichter und geschwärzte Zähne;
Die Schlangen dort verschlingen Menschen mit Genuß.

MEISTER LI: *Oh, Seele, komm zurück!*
Im Westen erstreckt sich der Treibsand meilenweit;
Du wirst in des Donners Schlucht hinabgerissen und zerfetzt;
Und dahinter liegt eine Wüste, in der die roten Ameisen so groß wie Elefanten sind.

YU LAN: *Oh, Seele, komm zurück!*
Im Norden liegt der Gefrorene Berg des Fackeldrachen,
Seine Augen glühen rot, und er bleckt seine Sägezähne in irrem Gelächter,
Und der Himmel ist weiß und glitzert in starrer Kälte.

MEISTER LI: *Du kannst nicht zum Himmel aufsteigen, oh, Seele,*
Denn Leoparden und Tiger bewachen die Tore,
Und schlitzäugige Wölfe trotten auf und ab.

YU LAN: *Du kannst nicht hinabsteigen ins Land der Finsternis,*
Denn dort liegt neunfach zusammengerollt der Dämon,
der drei Augen hat in seinem Tigerkopf
und den Körper eines Stieres.

Rauch steigt um die Sänfte auf. Als er sich lichtet, stehen Meister Li und Yu Lan, Hände und Köpfe zu den Sternen erhoben, zu beiden Seiten des Podestes.

MEISTER LI: *Oh, Seele, wir wollen dich geleiten, wir wachen bei deinem Körper, um dir den Weg hinein zu zeigen.*
In allen Himmelsrichtungen der Erde lauern Gefahren,
Aber hier, an deinem alten Wohnsitz, gibt es hohe Hallen und weite Gemächer,
Stufenterrassen und mehrstöckige Pavillons.
In warmer Brise neigt sich der Honigklee, wiegen sich die schlanken Orchideen,
Und Düfte schweben durch Räume aus poliertem Stein mit zinnoberroten Decken und Fußböden.

YU LAN: *Gar viele seltene und kostbare Dinge erwarten dich in deiner Kammer;*
Bänder und Borten, Brokat und Satin,
Bettdecken aus Eisvogelfedern, mit Perlen übersät,
Darüber spannt sich der Himmel aus Damast,
Im hellen Schein der Kerzen aus Orchideenduft, verströmendem Wachs.

MEISTER LI: *Oh, Seele, dein Mahl ist gerichtet.*
Reis, Zuckermais, Sommerweizen mit Hirse vermischt,
Rippen von gemästeten Ochsen, zart und saftig,
Geschmorte Schildkröte und gebratenes Zicklein in einer Soße aus Süßkartoffeln,
Süßsauer bereitete Gänse, gesottene Ente, geröstetes Fleisch vom großen Kranich,
Gebackenes Huhn, in der Suppe von Wu gegarte Wasserschildkröte,
Ausgebackene Honigkuchen und Malzzucker.
Dazu füllt jadegleicher Wein mit dem Aroma von Honig deinen Kelch,
Von allen Unreinheiten geläutert, kühl und erfrischend.

Ein flimmerndes Licht erscheint oben in den Schatten des Deckengewölbes.

YU LAN: *Hör doch, wie die Musikanten ihre Plätze einnehmen, oh, Seele,*

Wie sie ihre Glockenspiele aufstellen, die Trommeln ausrichten, die neuesten beliebten Weisen anstimmen:
›Den Fluß überqueren‹, ›Sterndisteln pflücken‹ und ›Das sonnige Ufer‹.
Tänzer erwarten dich in ihrem Gewand aus geflecktem Leopardenfell.
Glöckchen klirren in ihrem bebenden Rahmen, die
Saiten der Zither werden angeschlagen,
Pipa und Laute steigen auf zu wilden Harmonien, der hallende Schlag der Trommel schwillt
klangvoll an und ab.

Größer und heller werdend sinkt das schimmernde Licht auf das Podest hinunter; Meister Li und Yu Lan lenken es zu der Leber der Kranken hin, die alles mit riesigen Augen beobachtet hat.

MEISTER LI: *Dein Haus erwartet dich, oh, Seele!*
YU LAN: *Liebende erwarten dich, oh, Seele!*
Das Leben erwartet dich, oh, Seele!
Komm zurück! Komm zurück! Komm zurück!

Das Licht verlöscht, wenn der Schamane und die Schamanin die Seele in die Leber der Kranken zurückgeleiten. Meister Li drückt ihr die Augen zu und befiehlt ihr mit leiser Stimme, sich hinzulegen und zu schlafen. Yu Lan tritt an den Rand des Podests vor und spricht in die Richtung, in der der Große Gouverneur steht, ist aber immer noch von der Aura mystischer Unerreichbarkeit umgeben.

YU LAN: Die Krankheit ist besiegt. Das Leben und die Liebe wartet, aber vergeßt das Tao nicht. Verrichtet eure Gebete und Opferzeremonien mit großer Sorgfalt, denn die Kräfte des Bösen gehen stets dahin zurück, wo sie einmal waren. Den Drei Ehrwürdigkeiten müßt ihr neun Bahnen grüner, bestickter Seide darbieten. Die Diener des Wu verlangen nichts, ihnen genügt die Spannung des Kampfes und die Freude des Sieges. Kehr nun zum roten Staub der Welt zurück.

Türen fliegen auf, Sonnenlicht flutet herein, und das Publikum stolpert hinaus. Die Sänfte wird zum Schlafgemach der Dame zurückgetragen, während das Mohnräucherwerk in süßen schweren Schwaden zu den Wolken emporschwebt.

Ich raffte mich vom Fußboden auf (wo ich neben der kichernden Fledermaus lag) und sog gierig die frische Luft ein. Yu Lan und Meister Li schütteten sich aus Krügen Wasser über ihre Köpfe, während Yen Shih von seinem Hochsitz auf den Balken heruntersteig und ächzend, keuchend und blinzelnd seine Arme und Beine ausstreckte.

»Das verlief nicht schlecht, wenn man bedenkt, daß wir keine Zeit für eine ausführliche Probe hatten«, bemerkte Meister Li.

»Ich habe Schlimmeres gesehen«, bestätigte Yen Shih.

Yu Lan schwieg dazu, wie es ihre Gewohnheit war. Sie ging an mir vorüber und verließ den Saal: still, würdevoll, unnahbar wie eine schwebende Wolke, leise lächelnd.

»Du siehst, Ochse«, erklärte Meister Li einige Zeit später, als wir durch die Parkanlage des Palastes wanderten, »für einen Schamanen ist das Erkennen eines medizinischen Problems und seine angemessene Behandlung nur der Anfang. In diesem Fall war dem Problem leicht auf die Spur zu kommen. Es waren Kaulquappen.«

»Kaulquappen?« fragte ich.

»Ganz genau«, fuhr er fort. »Du hattest eine ziemlich unglückliche Begegnung mit dem Großen Gouverneur, daher findest du vielleicht Verständnis für seine junge Frau. Sie ist die Tochter eines Banditenchefs, sozusagen auf dem Rücken eines Pferdes geboren und glücklich draußen in den Bergen, wo sie aufgewachsen ist. Hier nun sitzt sie in einem düsteren Steinhaufen, und man erwartet von ihr, daß sie sich die Zeit mit Nähen und Plaudern vertreibt. Und sie soll ihrem Gatten auch noch Kinder schenken, und man kann sich wohl denken, was sie von ihrem Vater hält.«

Meister Li blieb an einem der Zierteiche stehen, der sich in einem Hof vor einer hohen grauen Mauer befand, unter deren hohen Fenstern ein Balkon verlief.

»Kaulquappen«, sagte er, indem er in das grüne Wasser hinunter deutete. »Eine der ältesten aller Altweibergeschichten besagt, daß eine Frau, die am dritten Tag nach der Menstruation vierzehn lebende Kaulquappen verschlingt und am vierten weitere zehn, fünf Jahre lang vor Empfängnis geschützt ist. Also hat die arme junge Frau die Tiere hinuntergewürgt. Sie sind harmlos. Weniger harm-

los dagegen sind die Plattwürmer, die von den Kaulquappen in den Magen gelangen und einem so zusetzen, daß man sich so elend wie ein gelber Affe fühlt. Wir haben der Dame ein starkes Wurmmittel gegeben und bis auf weiteres den Verzehr von Kaulquappen verboten, und da sie sehr kräftig ist, ist sie schon fast wieder gesund.«
Nachdenklich betrachtete er die Kaulquappen, dann holte er eine kleine Phiole mit einem Stöpsel aus der Tasche.
»Damit«, sagte er, »ist die klassische Medizin am Ende, und die Aufgabe des Schamanen beginnt. Was nützt es, den Körper zu heilen, wenn die Seele zerstört ist. Denk nur, was für eine Demütigung es für die Tochter eines Banditenchefs sein muß, wenn sie sich gezwungen sieht, Kaulquappen hinunterzuschlingen! Daher haben Yu Lan und ich – mit der unschätzbaren Unterstützung von Yen Shih – der Dame das Gefühl gegeben, daß sie der wichtigste Mensch der Welt sei, um deren Seele die Kräfte des Guten und des Bösen streiten. Der letzte Schritt im Heilungsprozeß wird sein, die Notwendigkeit für Kaulquappen aus der Welt zu schaffen. Sie wird eine Lösung zum Problem ihrer Mutterschaft finden, aber kein ehrbarer Schamane würde die Möglichkeit eines Rückfalls riskieren, solange sie auf der Suche danach ist.«
Mit diesen Worten zog er den Stöpsel aus der Phiole, zupfte vorne an meinem Kittel und ließ einen lebendigen Skorpion hineinfallen. Solange nicht ein offizieller Entkleidungswettbewerb in allen großen Provinzen veranstaltet wird, halte ich diesen Rekord. In genau drei Sekunden war ich aus den Kleidern und im Teich.
»Wa-wa-wa--«, sagte ich, oder etwas ähnlich Intelligentes, während ich blindlings nach dem Skorpion schlug.
»Entschuldige, Ochse. Ich versichere dir, daß ich ihm zuerst das Gift entnommen habe. Ich dachte, es wäre ein gelungener Scherz. Ich muß weiter auf der Straße der Senilität fortgeschritten sein als der Himmlische Meister. Du meine Güte, meine Güte«, plapperte er vor sich hin und schlenderte fröhlich davon.
Es stellte sich heraus, daß der Teich nicht einmal zwei Fuß tief war, und so gab ich ein nicht allzu sittsames Bild ab, als ich mich bemühte, meine Kleider zu entwirren und wieder anzuziehen. Ich wollte eben den linken Fuß in meine rechte Sandale zwängen, als ein sehr eleganter Lakai auftauchte und mir mitteilte, daß im Hause

nach mir verlangt wurde. Er übergab mich der Obhut einer Dienerin, die mich unter viel Gekicher die Treppe hinaufführte. Dann wurde ich durch eine prunkvolle Tür in ein luxuriöses Schlafgemach mit hohen Fenstern und einem Balkon davor geschoben, und die Fenster gaben den Blick frei auf einen flachen Teich, in dem Kaulquappen schwammen und sich zwischen den Riemen meiner dort liegenden zweiten Sandale tummelten.

»Ti-hi!« bemerkte die Gattin des Gouverneurs.

Das war eigentlich nicht ihre Art, und so ließ sie die Schüchternheit fallen und krümmte ihren Zeigefinger zu einem herrischen Wink.

»Komm her, du«, grollte die Tochter des Banditenchefs.

Später erfuhr ich, daß sie neun Monate darauf einen Sohn (6300 Gramm) zur Welt brachte, dem sie den ersten Namen Liu Niu gab. Es wurde allgemein angenommen, daß sie dabei an eine niedere Gottheit namens Liu-hai dachte und daß der Name folglich ›Glückliches Kalb‹ bedeutete. Wenn sie jedoch zufällig eine andere untergeordnete Gottheit namens Liu-lang im Sinn hatte, so hieß der Name nichts anderes als ›Scharfer Ochse‹, und mehr will ich dazu nicht sagen.

10

Als ich am selben Abend wieder am Kaulquappenteich vorüberkam, hockte Meister Li auf meinem Rücken, und diesmal glitt ich leise hinter das Gebüsch und begann zu klettern. Weit entfernt, von der Zugbrücke her, schmetterten die Trompeten, und Soldaten hatten Habachtstellung eingenommen. Der Weise hatte sich vorgenommen, die Sache mit der Frau des Gouverneurs zu erledigen, bevor wir uns ernsteren Geschäften zuwandten, und wir hätten den Zeitpunkt nicht besser wählen können, denn soeben traf Li die Katze, eskortiert von den Elitesoldaten des Wolfsregiments, in einer mit kaiserlichen Drachen geschmückten Sänfte ein.
Die Kletterpartie war lächerlich einfach. Die gewaltigen Steine der Mauer waren unregelmäßig aufeinandergesetzt und boten so meinen Füßen und Händen reichlich Halt. Außerdem vermochte ich mich daran seitwärts zu hangeln, so daß ich die Privatgemächer des Großen Gouverneurs erreichte, ohne auch nur ein einziges Mal den Schutz hervorspringender Brüstungen und Balkone verlassen zu müssen. Als ich mich über den Rand des letzten Balkons schob, blickten wir durch ein Fenster in einen Gang und die äußeren Arbeitszimmer und konnten genau erkennen, wo die Wachen postiert waren. Durch ein zweites Fenster gelangten wir in die Privaträume des Gouverneurs.
»Warum hängen sie nicht ein Hinweisschild für Diebe draußen auf: ›Selbstbedienung!‹«, flüsterte Meister Li mißbilligend.
Es sollte noch besser kommen. In einer dunklen Ecke, aber noch nahe genug an dem Versammlungstisch mit den seidenen Sitzkissen, stand ein Wandschirm und davor ein Wandschrank, aus dem Meister Li sich mit einem Krug ausgezeichneten Weins versorgte, mich dagegen mit den besten eingelegten Algen, die ich je geges-

sen hatte. Wir machten es uns bequem, mußten uns aber nicht lange gedulden, denn nach nicht einmal einer Stunde kündigte das Waffengerassel der Wachen das Herannahen des Großen Gouverneurs an. In seiner Begleitung befanden sich Li die Katze und zwei Bedienstete, die sich unter Verneigungen zurückzogen und die Tür fest hinter sich schlossen, sobald sie eine Kohlenpfanne vorbereitet und einen Topf Wasser daraufgestellt hatten.
»Ich kann es kaum erwarten, daß ein Kenner diese Probe begutachtet«, bemerkte Li die Katze geziert. »Nach meinem Geschmack ist es eine Verbesserung um mindestens fünfzig Prozent, aber ich nehme nicht für mich in Anspruch, ein Experte zu sein.«
»Ich ebensowenig. Ich kenne mich lediglich mit den Redensarten der Experten aus«, gab der Große Gouverneur mit einer spöttischen Verneigung zurück, worauf beide in munteres Gelächter ausbrachen.
Li die Katze öffnete seinen Geldgürtel und zog einen kleinen runden Gegenstand hervor, der offenbar das kaiserliche Siegel trug. Er war hellgrün mit blaßroten Schattierungen und offensichtlich so hart wie ein Holzklotz. Meister Lis Finger bohrten sich in meine Schulter.
»Ochse, das ist Tribut-Tee«, flüsterte er. »Wie, zum Teufel, ist dieser schmierige Eunuch in den Besitz von Tribut-Tee gekommen?«
Da die Frage natürlich rein rhetorisch war, sagte ich nichts darauf. Der Eunuch schabte mit einem Silbermesser dünne Splitter von dem harten Stück ab, dann zerrieb der Große Gouverneur die Stücke mit einem silbernen Stößel in einem silbernen Mörser zu Staub. Feierlich passierten sie den Staub dreimal durch ein silbernes Sieb und füllten ihn dann zu gleichen Teilen in zwei große, flache *Chien*-Schalen. Das Wasser in dem Topf (der eigentlich kein Topf war, sondern eine ›Suppenflasche‹) kochte inzwischen, und der Große Gouverneur goß es vorsichtig in die Chiens. Dann rührten beide kräftig mit Bambusstöckchen darin. Zuerst war die Flüssigkeit weiß, dann wurde sie bläulich grau, schließlich bläulich golden. Das Aroma, das mir in die Nase stieg, war der köstliche zarte Duft eines Tees von allerhöchster Qualität. Die beiden Männer verneigten sich voreinander, hoben die Schalen an die Lippen und

nahmen einen Schluck. Gleich darauf verzog der Gouverneur das Gesicht und spuckte das Zeug in die glühenden Kohlen.
»Es schmeckt immer noch wie Kamelpisse«, sagte er mürrisch.
»Nun, ich habe nicht behauptet, daß er vollkommen ist, und er schmeckt wirklich besser«, protestierte der Eunuch. »Versucht noch einen Schluck, und erwartet keine Wunder.«
Der Große Gouverneur trank zögernd einen weiteren Schluck, den er diesmal bei sich behielt.
»Na schön, er ist ein bißchen besser«, sagte er mißmutig. »Aber man würde damit trotzdem nicht einmal ein Kind zum Narren halten.«
»Wer hat denn die Absicht, Kinder zum Narren zu halten? Wir hauen Barbaren übers Ohr«, gab der Eunuch mit einem Kichern zurück. »Seht Euch die Blätter an, bevor sie gepreßt werden und sagt mir, daß mit *ihnen* irgend etwas nicht in Ordnung ist!«
Er zog ein paar winzige Schnipsel aus seinem Geldgürtel, und der Gouverneur beugte sich bewundernd darüber.
»Buddha, das ist ja großartig. Ihr habt denselben Posten benutzt?«
»Genau, und überdies noch die schlechtesten daraus. Wir beherrschen die Technik jetzt perfekt, und ich garantiere eine fünfundneunzigprozentige Erfolgsquote. Wie entwickeln sich die Dinge auf Eurer Seite?« erkundigte sich Li die Katze.
»Vier weitere Barbarenkönige haben ein starkes Interesse gezeigt, zwei davon sind uns als Kunden sicher«, entgegnete der Große Gouverneur lebhaft. »Rom wäre der eigentliche Markt, aber der Seeweg ist äußerst unsicher, und jede Karawane läuft Gefahr, irgendwelchen ehrgeizigen Landherren in die Hände zu fallen, die das Zeug als *Tribut-Tee* nach China zurückschicken. Könnt Ihr Euch das vorstellen?«
Li die Katze schauderte. »An so etwas solltet Ihr nicht einmal denken«, sagte er. »Irgendwelche Änderungen in bezug auf das Verkaufsargument?«
Der Gouverneur zuckte die Achseln. »Warum sollten wir es ändern? Wir müssen erklären, wie wir an die Waren herangekommen sind, und die Geschichte von den Banditen, die eine Karawane überfallen und dann feststellen, daß die Fracht für den Kaiser be-

stimmt war, ist eigentlich nicht zu verbessern. Meine kürzliche Einheirat in eine Banditenfamilie verschafft mir Glaubwürdigkeit, und es ist leicht zu erklären, daß mein erlauchter Schwiegervater seine Beute nicht innerhalb der zivilisierten Welt loswerden kann und sich darum an mich wenden muß, um die Märkte außerhalb ihrer Grenzen zu erreichen. Warum sollten wir etwas vergolden, das bereits glänzt?«

In diesem Augenblick nahm die Geschichte eine überraschende Wendung. Der Gouverneur hatte eine große Landkarte hervorgeholt, und die beiden begannen, sich über Transportwege und neue Märkte zu unterhalten, als ein hoher, schriller, aber nicht unangenehmer Ton durch den Raum hallte. Es war wie das aufgeregte Klingeln eines kleinen Silberglöckchens, und beide Männer waren augenblicklich auf den Füßen. Der Gouverneur eilte zur Westwand und schob einen mit Schriftzeichen bedeckten Bogen in einem Bambusrahmen beiseite. Dahinter kam eine kleine Geheimtür zum Vorschein. Leider versperrte mir dann sein Rücken die Sicht, so daß ich nicht erkennen konnte, wie er sie öffnete, doch als er sich wieder umdrehte, konnte ich nur mit Mühe einen lauten Ausruf unterdrücken. In den Händen hielt er einen alten Käfig, der den anderen beiden genau glich, und der Ton schien aus seinem Innern zu kommen. Der Gouverneur ging zum Tisch zurück und stellte den Käfig darauf. Dann sah ich einen winzigen Lichtpunkt, der in seiner Mitte glühte und im Rhythmus des Glockentons pulsierte. Der Gouverneur hantierte an der Vorderseite des Käfigs herum, doch ich konnte nicht erkennen, was er tat, da seine Schulter mir die Sicht versperrte. Das Glockenläuten hörte unvermittelt auf. Der kleine Lichtpunkt dehnte sich aus, bis das Leuchten den Käfig fast ausfüllte, und dann sprangen mir fast die Augen aus den Höhlen. Menschliche Züge nahmen hinter den Gitterstäben Gestalt an, und es formte sich das Gesicht eines der ranghöheren Mandarins, den ich bei Ma Tuan Lins Trauerfeier gesehen hatte! Meister Lis Finger bohrten sich wie Messer in meine Schulter, und die Falten um seine Augen hatten sich zu so engen Kreisen zusammengezogen, daß ich mich fragte, wie er überhaupt noch etwas sehen konnte. Dann öffnete sich der Mund des Mandarins, und wir hörten seine Stimme so deutlich, als befände er sich leibhaftig mit uns im Raum.

»Verehrte Kollegen, eine unglaubliche Entwicklung hat stattgefunden! Unglaublich!« stieß er hervor und spuckte dabei vor Aufregung. Er rang sichtlich um Fassung. »Alle unsere Hoffnungen und Träume, die obersten Ziele, die wir uns gesetzt haben und an deren Erfüllung wir schier verzweifelt sind, sind nun vielleicht in erreichbare Nähe gerückt! Man würde mir keinen Glauben schenken, wollte ich es selbst erklären. Ich fühle mich zutiefst geehrt und bin außer mir vor Freude, Euch die Botschaft von der Quelle zu überbringen. Weitere einleitende Worte wären eine grobe Anmaßung.«

Sein Bild flimmerte und löste sich auf wie eine Wolke, die auseinanderreißt, und dann begannen sich die Stücke wieder zusammenzufügen. Unverkennbare Züge füllten den Käfig aus, und ich unterdrückte einen Aufschrei. Es war das Gesicht des Himmlischen Meisters.

»Ihr seid also die Kumpane dieser Kreatur, wie?« ließ sich der Heilige milde vernehmen. Dann rötete sich sein Gesicht, und seine Stimme wurde zu einem Donnergrollen. »Ihr törichten Esel! Ihr verweichlichten Ohrwürmer! Ihr idiotischen Affen, die nichts weiter können, als aus ihren eigenen Fäkalien ein Abendessen zu bereiten! Steckt euch die kotverschmierten Finger in die Ohren und pult die Mistkäfer heraus, denn ich bin im Begriff, euch die Fehler eures schwachsinnigen Unternehmens vorzuführen!«

Der Große Gouverneur war wie erstarrt, Li die Katze dagegen bedauerlicherweise nicht. Er packte den Gouverneur am Arm und deutete aufgeregt zur Tür. Schließlich begriff der Gouverneur die einfache Botschaft, daß in Palästen Lauscher so gut gedeihen wie die Ratten in Kornspeichern, worauf er den Käfig schnappte und, gefolgt von dem Eunuchen, zur Südseite des Raumes rannte. Sie öffneten eine kleine Tür, eilten hindurch, und als die Tür mit einem lauten Schlag hinter ihnen zufiel, verstummte das wütende Grollen des Himmlischen Meisters abrupt.

Meister Li stieß seinerseits einen Schwall ätzender Worte aus, während er hinter dem Wandschirm hervorstürzte und zur Tür hastete. Sie gab nicht nach, und als ich mich bückte und durch einen winzigen Spalt spähte, erkannte ich, daß auch ein Dietrich nicht helfen würde. Auf der anderen Seite war ein schwerer Riegel vorgeschoben, und das einzige, was uns weiterbringen würde, wäre ein Rammbock gewesen.

»Wir müssen hören, was der Himmlische Meister vorhat«, sagte Meister Li finster. »Er ist schon zu lange fern von den schmutzigen Geschäften der Welt, und er hat keine Ahnung, wie gefährlich es ist, Männer überlisten zu wollen, denen die Strafe der Tausend Schnitte droht, wenn sie erwischt werden. Ochse, wir gehen über das Fenster zurück.«

Er sprang auf meinen Rücken, und ich setzte über die Balkonbrüstung und schwang mich die Mauer hinunter, bis wir die Ebene des Empfangssaales erreicht hatten, der eigentlich eher einem Thronsaal glich. Auf einer Empore, die dem Mittelturm vorgebaut war, stand der hohe, vergoldete Sitz des Großen Gouverneurs. Ich habe vergessen, zu erwähnen, daß der Palast im sogenannten Pinienbaum-Stil erbaut war, das heißt, von einem in der Mitte aufragenden Steinturm gingen Stützbalken aus, die sich wie Äste zu den Außenmauern spannten.

»Ochse, der Weg, den sie genommen haben, schien zum Turm hin zu führen, und in fast allen Pinienbaum-Palästen dient der Innenturm als Ort für geheime Konferenzen sowie als Quelle für Licht und Luft«, sagte der Weise.

Auf sein Geheiß durchquerte ich den Saal, eilte zu der Empore und zog die Vorhänge hinter dem Gouverneurssitz beiseite. Hinter dem dritten Wandteppich stieß ich auf das, was er erwartet hatte: eine schmale, lackierte Tür, hinter der eine Wendeltreppe zum Vorschein kam. Ich stürmte, immer zwei Stufen auf einmal nehmend, hinauf, in der Hoffnung, daß der Himmlische Meister immer noch laut genug schimpfte, um das Klappern meiner Sandalen auf dem Steinboden zu übertönen. Als wir aber das Stockwerk erreichten, in dem sich das Arbeitszimmer des Gouverneurs befand, stellten wir fest, daß es dort nicht nur einen Raum, sondern deren zwei gab, und um in den zweiten zu gelangen, mußten wir den ersten durchqueren. Ich ahnte die Gefahr in dem Augenblick, als Meister Li von meinem Rücken herunterrutschte und eine goldbeschlagene Tür öffnete. Er deutete auf die gegenüberliegende, ebenfalls goldbeschlagene Tür und flüsterte: »Wenn mich mein Orientierungssinn nicht täuscht, müßten sie dort drinnen sein.«

Ich glaubte, eine undeutliche Stimme zu hören, die dem Himmlischen Meister hätte gehören können, aber im Augenblick interessierte mich mehr der Raum, den wir zu durchqueren hatten, um an unser Ziel zu gelangen.
Wir bewegten uns über einen Hermelinteppich, der ungefähr zehn Zentimeter dick war. Die Wände des Raumes waren mit Samt bespannt, und den Mittelpunkt bildete ein gewaltiges Bett mit Überwürfen aus glänzendem Satin. Überall hingen schmeichelhafte Porträts derselben Kreatur. Es waren Abbildungen der Schlange, und ich war nicht in der Stimmung, den Gouverneur zu dem Einfall zu beglückwünschen, sowohl seinen Konferenzsaal als auch seinen Lustknaben in erreichbarer Nähe seines Arbeitsraumes unterzubringen. Ich schluckte geräuschvoll, und während ich auf Zehenspitzen Meister Li über den dicken Teppich folgte, versuchte ich mich, so gut es ging, unsichtbar zu machen. Aber es nützte mir nichts.
Kaum hatte ich einem drachenverzierten Wandschirm den Rücken gekehrt, da traf mich ein fliegender Baumstamm oder etwas, das sich genauso anfühlte. Ich glaube, ich flog immer noch durch die Luft, als die Schlange Meister Li aufhob und fein säuberlich in eine große Malachitvase stopfte. Die Samtbespannung dämpfte den Schlag, als ich gegen die Wand prallte. Mühsam raffte ich mich von dem Hermelinteppich auf, um mich auf das Reptil zu stürzen, das fröhlich zischende Laute von sich gab. Da ich vorwitzig genug war, mit dem Kopf voran anzugreifen, kickte er mein Kinn von der linken Sandale zur rechten und wieder zurück, als würde er mit dem Gummiball eines Kindes spielen. Als ich wieder auf dem Teppich landete, bemerkte ich ein merkwürdiges Zucken in seinem Gesicht. Die Schlange lächelte über den braven kleinen Ochsen, der gekommen war, ihn zu unterhalten, indem er sehr langsam das Zeitliche segnete. Sein Schlag mit der Handkante war beinahe gutmütig, jedenfalls nicht fest genug, um mir das Genick zu brechen. Ich schaffte es, mich herumzurollen und kraftlos nach ihm zu treten, und als die Schlange es zuließ, daß ich wieder auf die Füße kam, war klarer denn je, daß er sein Spielchen mit mir trieb.
Hinter ihm reckte sich eine runzelige Greisenhand aus der Vase hervor und hielt ein Wurfmesser umklammert. Meister Li konnte

seinen Arm nur wenige Zentimeter bewegen, er war außerstande zu werfen, aber er konnte versuchen, mir das Messer zu geben. Doch wie sollte ich an der Schlange vorbeigelangen, um es mir zu holen? Mir blieb nichts weiter übrig, als anzugreifen und zu beten, und fast wäre es mir gelungen, ihn von den Füßen zu heben und aus dem Gleichgewicht zu bringen. Unseligerweise erweckte ich damit seinen Zorn. Er fauchte mich an und hörte augenblicklich auf zu spielen. Seine Arme schnellten in die Höhe und fegten meine Umklammerung mühelos auseinander. Dann nahm er mich in seinen Würgegriff und drückte mit solcher Macht, daß meine Knochen bald zu Brei gequetscht sein würden, und ich keuchte, solange ich noch Luft hatte: »Werft! Werft!«

Ich hatte gehofft, die Schlange abzulenken, und das gelang mir auch. Meister Li warf das Messer, so gut er konnte. Es drehte sich einmal in der Luft, bevor es in den Rücken der Schlange fuhr. Vermutlich fühlte es sich an wie der Biß einer Ameise. Er warf einen Blick über die Schulter zurück und sah die Hand aus der Vase ragen. Laut fauchend suchte er sein Gleichgewicht zu halten, dabei lockerte er seinen Würgegriff. Ich riß mich mit allen mir noch verbliebenen Kräften los und hob die Schlange hoch. Es brach mir fast das Kreuz, aber es gelang mir, ihn mit den Füßen vom Teppich zu heben. Mir blieb gerade noch genug Energie für einen verzweifelten Gedanken: Meine einzige Chance war, ihn mit dem Rücken auf die scharfe Kante eines schweren Marmortischs zu schmettern. Ich gab mir alle Mühe, doch in dem Augenblick, als ich ihn nach unten schleuderte, merkte ich, daß ich versagt hatte. Sein Rücken verfehlte die Kante, und die Schlange donnerte auf die glatte Tischplatte. Seine kalten Reptilienaugen waren starr auf mich geheftet. Ich versuchte, zu einem Genickschlag auszuholen, doch ich hatte keine Kraft mehr in den Armen. Er machte sich nicht einmal die Mühe, mit den Augen zu zwinkern. Meine Beine waren ohne Gefühl, und als ich nach hinten wegrutschte, klammerte ich mich hilflos an ihm fest. Er verfolgte mich mit den Augen, kalt, hart, gefühllos, ungerührt, dann stürzte ich zu Boden, und die Schlange landete neben mir.

Er lag auf der Seite, die reglosen Reptilienaugen immer noch starr auf mich gerichtet, und mir wurde endlich klar, daß ein kleines

Wunder geschehen war. Meister Lis Messer war nur durch den Stoff und ein winziges Stück in die Oberhaut seines Rückens gedrungen und dort harmlos auf und ab gewippt, aber irgendwie war es in genau die richtige Position gefedert, als die Schlange auf die Tischplatte geprallt war. Er hatte es sich bis übers Heft hinaus in den Rücken gerammt, mitten ins Herz, und neben mir lag eine Leiche.

11

Als ich in die Vase spähte, sahen mich Meister Lis ungläubige Augen an: »Du lebst?« fragte er.
»Meister«, entgegnete ich, »ist uns irgendeine Gottheit noch etwas schuldig? Wenn nicht, werden wir bald bankrott sein, da wir Räucheropfer für das gesamte Pantheon zu entrichten haben.«
Ich schaffte es, ihn aus der Vase zu befreien, ohne sie zu zerbrechen, und nachdem ich seine Beine massiert hatte, konnte er bald wieder leidlich umherhumpeln. Als ich ihm berichtet hatte, was geschehen war, betrachtete er die tote Schlange und schüttelte verwundert den Kopf. Dann machte er mich auf einen unangenehmen Aspekt aufmerksam, den ich bis jetzt nicht beachtet hatte.
»Es ist ausgeschlossen, die Wunde in seinem Rücken so herzurichten, als hätte es sich um einen Unfall gehandelt«, sagte er. »Wir sehen Unannehmlichkeiten entgegen, aber der erste Schritt steht fraglos fest: Wir müssen dafür sorgen, daß die Leiche verschwindet.«
Ich setzte ein paarmal zu einem Vorschlag an, schwieg dann aber lieber. Der Große Gouverneur würde notfalls das ganze Schloß Stein für Stein abtragen, er würde den Burggraben leeren und Taucher in die Brunnen hinunterschicken, und wenn Meister Li sagte, daß die Schlange verschwinden mußte, dann meinte er *verschwinden*.
»Als erstes müssen wir ihn aus diesem widerwärtigen Liebesnest fortschaffen, und das zumindest ist einfach«, erklärte Meister Li bestimmt.
Ich legte den Weg über die Treppe und die Außenmauer in den Garten hinunter zweimal zurück, einmal mit Meister Li, das zweite Mal mit der Schlange auf dem Rücken. Die Leiche paßte in eine

große Schubkarre (eine Erfindung, die ich für die Barbaren unter den Lesern in einem früheren Band meiner Erinnerungen beschrieben habe), und mit einer Plane aus Sackleinen deckten wir sie zu. Dann ließ sich Meister Li bequem darauf nieder, und ich schob ihn an den Wachen vorbei, während er unter Schluckauf seinen Weinschlauch schwenkte und unflätige Lieder grölte. Der Hauptmann der Wache verbeugte sich nur. Nach einem Kampf, wie ihn der alte Schamane ausgefochten hatte, um die Frau des Großen Gouverneurs zu retten, konnte man nichts anderes erwarten, als daß er sich sinnlos betrank, und niemand dachte auch nur im Traum daran, dagegen einzuschreiten. Ich schob Meister Li zum Wagen des Puppenspielers, wo ich die Schubkarre mit der Leiche darin stehenließ, überzeugt, daß sich niemand allzu nahe an das Gefährt des alten Mannes heranwagen würde. Nichts ist gefährlicher als ein betrunkener Schamane. Im Wagen wurden wir von Yen Shih begrüßt. Im Wageninnern herrschte drangvolle Enge, weil jeder Zentimeter mit Puppenspielerrequisiten zugestellt war.

»Wir haben ein Problem«, sagte Meister Li.

Yen Shih zog eine Augenbraue hoch.

»Da draußen in der Schubkarre liegt eine Leiche«, fuhr Meister Li fort.

Yen Shih zog die andere Augenbraue hoch.

»Es ist die Leiche dieses Schlangenmenschen, der Ochse beinahe umgebracht hätte, und wir müssen annehmen, daß der Große Gouverneur jeden Tropfen Wasser und jedes Staubkorn durchsuchen wird, bis er diesen Sohn einer Schlange gefunden hat«, erklärte Meister Li.

Yen Shih nickte.

»Im Augenblick habe ich zwei Vorschläge zu machen«, sagte Meister Li. »Der erste wäre, die Leiche so herzurichten, daß sie wie eine deiner größeren Marionetten aussieht.«

Yen Shih deutete auf den Mond und machte kreisende Bewegungen, um zu demonstrieren, daß die Zeit verging, dann hielt er sich die Nase zu und zeigte damit Gestank an.

»Der zweite wäre der, eine Erklärung dafür zu suchen, wie ein Tiger den Wassergraben und die Palastmauern überwinden und den miesen Kerl fressen konnte«, sagte Meister Li.

Yen Shih zuckte die Achseln und breitete die Arme aus – ja, wie?
»Laß uns nachdenken«, sagte Meister Li, und die Runzeln um seine Augen zogen sich zusammen, während Yen Shih zu der Leinwanddecke aufblickte und vor sich hin summte. Dann hörte er plötzlich auf zu summen.
»Für morgen«, begann der Puppenspieler bedächtig, »hat der Große Gouverneur ein Festmahl zur Feier der Genesung seiner Frau angesetzt.«
»Und bei dieser Gelegenheit wird ein Tiger die Schlange fressen?« warf Meister Li ein.
»Bei dieser Gelegenheit wird der Große Gouverneur vom Gänsetor die Schlange verspeisen«, sagte Yen Shih.
Ich hielt das für einen schlechten Scherz, im Gegensatz zu Meister Li. Er betrachtete den Puppenspieler mit unverhohlener Bewunderung.
»Mein Freund, du bist ein Genie!« rief er.
»Aber das meint er doch nicht ernst«, wandte ich ein. Dann wanderte mein Blick von Yen Shih zu Meister Li und wieder zurück zu Yen Shih. »Oder doch?« fügte ich unsicher hinzu.
Ich würde das, was dann folgte, lieber nicht beschreiben, aber wenn es mir darum geht, einen ehrlichen Bericht über Meister Lis Abenteuer abzugeben, bleibt mir keine andere Wahl. Ich will also auch den Teil der Geschichte nicht auslassen, die mich in einem noch törichteren Licht erscheinen läßt als gewöhnlich. Während der folgenden schrecklichen Stunden klammerte sich mein Geist beharrlich an ein Bild, das überhaupt nichts mit der Sache zu tun hatte. Ein Bild, das sich in mir während der Szene geformt hatte, mit der ich diese Erzählung begonnen habe, und ich weiß wirklich nicht, warum es mir jetzt wieder in den Sinn kam und wie eine Klette im Kopf klebte, aber da war es nun einmal. Ständig sah ich vor mir einen widerwärtigen Barbaren mit steinernem Gesicht und Augen wie Eiszapfen, der an einem Ort namens Sabinerberge in Sack und Asche ging und schreibenderweise seinen Pinsel in Viperngift tauchte, um danach seine schwachsinnige Literaturkritik bis nach China zu schicken.
Na schön, Flaccus, sagte ich zu mir, während ich eine Riesenla-

dung Gemüse zur Schloßküche karrte, was soll ich deiner Meinung nach tun? Behaupten, es läge keine Leiche unter den Rüben, weil Leichen übertrieben melodramatisch sind? Bah, Freund Flaccus. Bah! Bah! Bah!

In einem großen Palast gibt es immer eine kleine Extraküche, in der die Opferspeisen zubereitet werden, die den Geistern und Göttern dargebracht werden. Man erwartet es geradezu von einem Schamanen, daß er den Göttern, die ihm beigestanden haben, ein Opfer zu bringen wünscht und daß er seinen verehrten Gastgeber einlädt, an dem Festmahl teilzunehmen. Meister Li hatte keine Schwierigkeiten, die Küche unter seine Obhut zu bringen, und wenig später hatte er die Leiche mit Yen Shihs Hilfe auf den Küchentisch gelegt, und gemeinsam trennten sie die Kleider auf. Um die Wahrheit zu sagen, glaubte ich immer noch nicht recht, was ich mit eigenen Augen sah.

»Ochse, siehst du nach, ob wir Schweinefußsülze haben?« wandte sich der Puppenspieler an mich. Dann drehte er sich wieder zu Meister Li um. »Mir scheint, daß es das beste wäre, die Schenkel in einer Marinade aus Schweinefußbrühe, Honig und Weinsatz einzulegen, dann mit eingedickter Erdnußpaste zu bestreichen und knusprig zu braten.«

»Ein Feinschmecker!« bemerkte Meister Li.

»Grgllgh!« sagte ich.

»Ochse, wenn du schon dabei bist, sieh doch nach, ob eingelegte Quallenhaut da ist!« rief mir Meister Li nach, als ich in die Speisekammer wankte. »Ich habe entdeckt, daß sie wunderbar zu Bärentatzen paßt«, fuhr er, an Yen Shih gewandt, fort. »Und da Bärentatzen meiner Meinung nach schmecken, als würden sie zu sechzig Prozent aus Leim bestehen, ist sie vielleicht eine gute Beilage zu den klebrigeren Teilen dieses Ekels.«

»Grgllgh!« sagte ich.

In einem der Regale fand ich die Schweinefußsülze, und aus einem Wandschrank zerrte ich ein Glas Quallenhaut zutage. Als ich zum Tisch zurückkehrte, schickte sich Meister Li eben an, den Schädel mit einer Säge zu öffnen, und Yen Shih nahm an Schien- und Wadenbeinen Maß für die geplanten Beilhiebe.

Verstehst du, Flaccus, in dieser Welt geschehen mehr Dinge, als sich der Nichtzivilisierte überhaupt vorzustellen vermag, sagte ich im Geiste.

Pock! Pock! Pock!

»Grgllgh!«

»Yen Shih, sollen wir das Hirn in einer traditionellen Zwiebelsoße dünsten, oder würdest du Austernsud vorziehen?« brüllte Meister Li, um die Beilhiebe des Puppenspielers zu übertönen.

»Nun ja, Hirn pochiere ich eigentlich am liebsten in Kokosnußmilch, sofern Ochse welche finden kann«, gab Yen Shih sinnierend zurück.

»Ausgezeichnet!« rief Meister Li bewundernd aus. »Ochse, sieh nach, ob sie hier Kokosnüsse haben. Weißt du übrigens auch, warum unser belesener Freund diesen Vorschlag macht? Vor langer, langer Zeit, so lautet die Überlieferung, wurde der große König Nam Viet von Menchelmördern erdolcht, und als er merkte, daß es ans Sterben ging, riß er sich den Kopf ab und spießte ihn als eine letzte Gabe an sein Volk an einem Baum auf. Der Kopf verwandelte sich in eine Kokosnuß, und weil der König zu jenem Zeitpunkt betrunken war, ist die Flüssigkeit darin der gärungsfreudigste Stoff der Welt.«

Ritsch! Ratsch!

»Grgllgh!« sagte ich.

»Ich will noch einmal deinen unschätzbaren Rat einholen, bevor ich möglicherweise etwas verderbe«, wandte sich Meister Li an den Puppenspieler. »Sollen wir die Zunge ganz lassen und vielleicht in einem Walnußpastemantel backen, oder schneiden wir sie in Scheiben und braten sie in Butter und Knoblauch?«

»Ich bin für Butter und Knoblauch«, entgegnete Yen Shih.

»Ochse, könntest du hier das Mark herausholen?«

»Grgllgh-grgllgh-grgllgh!« sagte ich.

»Laß sein, ich mache es selbst. Wie wäre es mit einem Eintopf aus Zehen und Ohren?«

»Mit etwas Brustfleisch verfeinert, vielleicht«, fügte Meister Li hinzu. »Langsam mit Bohnengallerte, Fagara, rotem Pfeffer geschmort und am Schluß viele Pilze hinzugefügt.«

»Klingt phantastisch«, bemerkte Yen Shih. »Bleibt uns genügend Zeit, noch ein paar Würstchen zu machen?«

»Aber sicher. Schauen wir uns einmal an, wie sein Innenleben beschaffen ist.«
»Grgllgh!«
»Ochse, sieh nach, ob du von dem Senf aus dem Süden findest, der so gut zu Würstchen schmeckt!« rief Yen Shih in meine Richtung. »Ich kannte mal einen Burschen namens Meng Kuan, der behauptete, er hätte Senf aus Tan gekauft und ihn dann zu Hause vergessen«, wandte er sich dann an Meister Li. »Das Zeug begann zu wachsen, ein Torso, ein Kopf, ein Schwanz und vier Beine sprossen heraus, und dann, so behauptet Meng Kuan, biß ihn das Biest, galoppierte zur Tür hinaus, und er hat es nie wieder gesehen.«
»Was pflegte er zu trinken?«
»Lösungsmittel, nehme ich an. Ach ja, dabei fällt mir ein, gibt es eine Möglichkeit, seine Züge unkenntlich zu machen, das Gesicht aber ganz zu lassen und dem Großen Gouverneur knusprig gebackene Freundesbäckchen zu servieren?«
»Grgllgh!« sagte ich.
Mit dem Senf und der Kokosnuß in den Händen taumelte ich in die Küche zurück. Siehst du, Flaccus, sprach ich in mich hinein, es gibt Zeiten, da müssen edle Männer Dinge tun, die sie normalerweise –
»Sieh dir nur die Nieren und die Bauchspeicheldrüse dieses Kerls an!«
»Prächtig! Und die Leber!«
»Auberginen! Ochse, wir brauchen Auberginen, Tomaten, Zwiebeln, grüne Paprika und mindestens zwei Sorten Fruchtmark!«
Ich warf Knochen in große Kessel und kochte sie für den Fond, dann zerstampfte ich sie zu grobem, grauem Mehl, das ich mit Getreideschrot und Melasse vermischte. Aus der Masse formte ich kleine Bälle, dann beugte ich mich aus dem Fenster, warf sie in den Burggraben und sah zu, wie die Fische danach schnappten. Die Kleider der Schlange gingen in Flammen auf. Seine unbrennbaren Besitztümer wurden bis zur Unkenntlichkeit geschmolzen, bevor sie sich zu den Knochenbällchen gesellten und, begleitet vom Rülpsen und Gurgeln der Fische, langsam auf den Grund sanken.
Von der Schlange blieb nichts übrig als eine Fülle köstlicher Speisen, die am folgenden Abend zum Festmahl des Großen Gouver-

neurs in festgelegter Reihenfolge aufgetragen wurden. Meine gesellschaftliche Stellung brachte mir natürlich keine Einladung ein, und für Yen Shih galt das gleiche. Meister Li und Yu Lan jedoch waren als Ehrengäste geladen, und es war mir eine große Erleichterung, zu wissen, daß Yu Lan niemals Fleisch aß. Wie ich schon sagte, nahm ich nicht an dem Essen teil, hörte aber zufriedene Bemerkungen der Gäste beim Abschied, unter anderem das Urteil zweier überaus lebhafter Herren.

»Ein bißchen fett für meinen Geschmack, aber recht gute Küche«, bemerkte der Oberste Priester von Yen-men, und sein konfuzianischer Kollege ergänzte:

»Ein saftiger Genuß.«

»Grgllgh!« war mein Kommentar.

12

Meister Li und Yu Lan schützten Müdigkeit vor, und die beiden empfahlen sich, bevor das Festmahl mit ermüdenden Ansprachen zu Ende war. Yu Lan stahl sich davon, legte, um sich ungehinderter bewegen zu können, Männerkleider an und schwärzte Gesicht und Hände. Sie machte sich bereit, ihrem Vater zu helfen, während ich mit Meister Li auf einer kleinen Brüstung der Schloßmauer saß und hinunter in den Burghof blickte, wo der Sessel des Großen Gouverneurs vor Yen Shihs Wagen aufgestellt worden war. Wie Meister Li berichtete, hatte sich der Große Gouverneur nicht auf das Essen konzentrieren können, weil ihm die Suchtrupps, die das Schloß durchkämmten, immer wieder Bericht erstattet hatten, und es würde sicher nicht mehr lange dauern, bis seine Besorgnis so groß war, daß er selbst die Führung übernahm. Dann, sagte der Weise, würde unsere Stunde gekommen sein.

»Ochse, wir müssen den Käfig des Gouverneurs an uns bringen«, drängte Meister Li. »Diese unglaublichen Dinger können offensichtlich Bilder und Töne durch halb China übertragen, vielleicht sogar noch weiter, und wenn wir rechtzeitig herausfinden können, wie sie funktionieren, gelingt es uns möglicherweise, mit dem Himmlischen Meister in Verbindung zu treten, bevor man ihm die Kehle durchschneidet.«

»Würden sie das wagen?« fragte ich erschrocken.

»Aus den aufgeregten Worten des ersten Mandarins, dessen Gesicht auftauchte, können wir nahezu sicher schließen, daß der Himmlische Meister irgend etwas vorhat, um sie zu Unvorsichtigkeiten zu verleiten, aber ich bezweifle, daß er sich der Gefährlichkeit seines Unternehmens bewußt ist«, erklärte er finster. »Einem Mandarin, der fürchtet, sein Geld zu verlieren, ist alles zuzutrauen,

und in diesem Fall müssen sie sogar damit rechnen, daß ihnen das Fell über die Ohren gezogen wird.«
Bei dem Gedanken, daß Menschen wie Li die Katze und seine Helfer Wildschwein, Hyäne und Schakal den frommen alten Herrn belauerten wie tollwütige Ratten, jagte mir ein Schauer über den Rükken.
»Ehrwürdiger Meister, ist Euch je von etwas Ähnlichem wie diesen erstaunlichen Käfigen zu Ohren gekommen?« erkundigte ich mich.
Er kaute nachdenklich an seinem schütteren Bart.
»Ich weiß nicht recht«, sagte er dann. »Su O beschreibt in seinem *Tu Yang Tsa Pien* den Spiegel der Unsterblichen, den er im Land Lin gesehen hat. Er spricht von einem von den Ärzten benutzten Kristall. Wenn ein Patient davorstand, wurde er durchsichtig, so daß der Arzt seine inneren Organe untersuchen oder Knochenbrüche feststellen konnte. Nun ist Su O natürlich nicht der allerzuverlässigste Zeuge, doch in diesem Fall wurde sein Bericht durch eine angesehene Quelle, das *Hsi Ching Tsa Chi* bestätigt, in dem die Beschreibung wiederholt und durch die zusätzliche Information ergänzt wird, daß der Kristall vier Fuß breit und fünf Fuß, neun Zoll hoch ist. Su O versichert darüber hinaus, daß es kleinere, tragbare Ausgaben gibt, die Perlen der Wahrnehmung genannt werden, und das ist die nächste Verbindung zu den Käfigen, die ich mir denken kann. Mir scheint, daß das Funktionsprinzip des einen sich nicht allzu sehr von dem des anderen unterscheiden kann. Es ist allerdings möglich, daß ich völlig auf dem Holzweg bin.«
Wie ich schon sagte, blickten wir in den Hof und auf Yen Shihs Wagen hinunter, vor dem sich die Festgäste versammelt hatten. Den Wagen selbst habe ich allerdings noch nicht in allen Einzelheiten beschrieben. Er war riesig, und eine Seite konnte heruntergelassen werden, so daß eine Bühne entstand, die durch Schiebevorrichtungen noch zu vergrößern war. Auch die Leinwandüberdachung konnte ausgezogen werden, und ein Schnürboden verlief von einer Seite der Bühne zur anderen. Dort vollführte Yen Shih Kunststücke, die an Zauberei grenzten. Der Schnürboden war ein Gewirr von Drähten und Zügen, Hebeln und Rädern, Rollen und Pendelgewichten, und der Puppenspieler schwang sich mit der Behendig-

keit einer Katze über das Bambusgestänge, drehte mit der einen Hand hier und zog dort, während die andere eine Unzahl von Drähten bediente, die so dünn waren, daß sie kaum zu erkennen waren. Und unten auf der Bühne wirbelte die Hauptpuppe herum und vollführte Sprünge und Drehungen des Drachentanzes, während im Hintergrund ein ganzer Marionettenchor in Pirouetten kreiste. (Es ist tatsächlich wahr, daß ein geistesverwirrter Adelsmann Yen Shih einmal verhaften ließ, weil jener eine Puppe so wirklichkeitsgetreu geschaffen hatte, daß die Dame Wu ihren Verführungskünsten unterlag, und nur der Fürsprache der Fürstenmutter war es zu verdanken, daß kein größerer Skandal daraus entstand.) Durch eine Vielzahl von Bambusrohren, die zu verschiedenen Teilen der Bühne hinunterführten, leitete der Puppenspieler die Stimmen der darstellenden Puppen nach unten. In komplizierten Stücken half Yu Lan hinter einem Wandschirm verborgen mit, indem sie die Stimmen von Frauen und Kindern lieferte und das Bühnenbild betätigte: der Hintergrund war auf Leinwandkulissen aufgemalt, die vier verschiedene Blickwinkel suggerieren konnten, wenn man sie drehte. Außerdem brachte Yu Lan wahre Wunderwerke mit Laternen zuwege.
Meister Li erklärte mir im Brustton der Überzeugung, daß Yen Shih der größte Puppenspieler war, den er je gesehen hatte, vermutlich sogar der bedeutendste, der je gelebt hatte. Ich erwähne das in einem Anfall von Selbstmitleid. Als Höhepunkt des Abends würde Yen Shih sein Meisterstück in Szene setzen, und ich mußte es mir entgehen lassen.
Zimbeln schlugen an, die Zuschauer brachen in Jubelrufe aus, und der Vorhang teilte sich. Auf der hell erleuchteten Bühne war eine berühmte Kulisse zu sehen: zur Linken Haus und Palast des Siegelbewahrers Po, zur Rechten Mutter Hsiens Freudenhaus, das Bordell der Stadt. Das Jubelgeschrei schwoll an, als die ersten beiden Puppen Fu-mo (der Korrekte) und Fu-ching (der Clown) erschienen, die das Publikum in Stimmung bringen würden, bevor sie ihre Rollen in dem Stück übernahmen. Ihre traditionelle Aufgabe ist es, in raschem Wortwechsel lokale Würdenträger auf die Schippe zu nehmen und aktuelle Skandale spöttisch zu beleuchten, wobei sie jede Spitze mit lärmend gespielter Empörung begleiten und sich

gegenseitig Schweineblasen um die Ohren hauen. Große Teile des Dialogs, der zu uns heraufwehte, ergaben keinen Sinn für mich, aber schallendes Gelächter aus dem Publikum deutete darauf hin, daß Yen Shih gute Arbeit geleistet hatte. Dann entwickelten Fu-mo und Fu-ching die Rollen, die ihnen in dem Stück zugewiesen waren: sie bejammerten die Tatsache, daß ängstliche Hausbesitzer sich wieder auf Schlösser, verriegelte Türen und scharfe Wachhunde besannen, daß durch den Einsatz von Wildhütern das Wildern gefährlich geworden war, daß es kaum Geldbörsen zu entwenden gab und daß der letzte leicht zu schröpfende Dummkopf vor einem Monat in der Stadt gewesen war. Während sich diese Szene abspielte, versuchte ich, den Großen Gouverneur zu beschwören.
»Bleib, bleib«, flehte ich leise bei mir. »Sieh es dir bis zum Ende an, bevor du anfängst, selbst auf die Suche zu gehen.«
Yu Lan schlug die Pipasaiten an, und mir stiegen die Tränen in die Augen, als ich die ersten Zeilen des berühmtesten Liedes auf der ganzen zivilisierten Welt hörte, gesungen in einem so unverfälscht bäuerlichen Tonfall, daß man Schlamm und Mist beinahe riechen konnte.

»Ich bin ein armer Bauer, der keine Sorgen hat,
Pfeif auf die feinen Pinkel, drüben in der Stadt,
Was brauch' ich Opern mit Kreischen und Applaus,
Hör ich doch lieber die Kröten im Teich, hinterm Haus!«

Auf die Stimme folgte der Auftritt des Sängers. Als ich diese Marionette sah, kamen mir wirklich die Tränen. Es war ein so wirklichkeitsgetreuer Bauer, da stimmte alles! Jede Bewegung, jedes Aufklatschen der Sandale, jedes Kratzen des verlausten Kopfes, jede grobschlächtige Gebärde war so vollkommen, daß ich einen Augenblick lang geschworen hätte, wieder in meinem Dorf zu sein, und das Heimweh schlug über mir zusammen wie eine tonnenschwere Brandung. Der Bauer trug ein Schwein, das er zum Markt bringen wollte, unter dem Arm, und Fu-mo und Fu-ching waren so verblüfft über dieses Geschenk der Götter, daß sie wie gelähmt rückwärts fielen.
In dem unvorstellbar verwickelten Stück ›Bauer Hong‹ geht es um die Bemühungen des Landmannes, sein Schwein von den zwei Ha-

lunken zurückzubekommen, und Yen Shih ließ im Verlauf der Geschichte jede Puppe auftreten, die er besaß. Ich ließ mich gerade zufrieden zurücksinken, um das Geschehen weiter zu verfolgen, als Meister Li mich unsanft in die Rippen stieß.
»Gehen wir«, sagte er.
Der Große Gouverneur hatte sich, der Teufel soll ihn holen, von seinem Platz erhoben und seine Leibwächter um sich versammelt. Jetzt kam er auf uns zu, und mir blieb nichts anderes übrig, als mich zu bücken, damit Meister Li auf meinen Rücken klettern konnte. Dann eilte ich um die Ecke der Mauerbrüstung und verlor somit das größte aller Puppenspiele, dargeboten vom größten aller Puppenspieler, aus den Augen. Das Leben kann manchmal sehr ungerecht sein.
Der Große Gouverneur eilte mit seinem Suchtrupp durch Gänge, Säle und Kammern, während wir ihm geräuschlos über die Balkone an der Außenmauer folgten. Dieser Palast hatte mehr Räume als ein Ameisennest Schlupflöcher, und es ging nur langsam voran. Wir mußten jedoch ganz sichergehen, daß wir bei unserer Suche nach dem Käfig ungestört bleiben würden, und was mich an der ganzen Sache schier wahnsinnig machte, war der Umstand, daß wir immer wieder Balkone überquerten, die den Blick auf den Wagen im Hof freigaben. Ich sah Bruchstücke der Handlung, wie zum Beispiel die Szene, in der Fu-mo und Fu-ching Bauer Hongs preisgekröntes Schwein für einen seltenen, unvorstellbar kostbaren Diamanten aus dem kalten Norden erstanden (Bauer Hong aus dem Süden hatte noch nie einen Eiskristall gesehen). Dann mußte ich weiter, und als ich wieder einen Blick auf die Bühne erhaschen konnte, hatte sich der Bauerntölpel auf den Heimweg gemacht und gerade beschlossen, seinen Diamanten hervorzuholen und zu bewundern.
»Schweinereiii! Die Hurensöhne haben mir in die Tasche gepißt und sich verdrückt!«
Hier mußte ich wieder den Standort wechseln, so daß mir die Stelle entging, an der die Gauner den zurückkehrenden Bauern mit Wein begrüßten, dem sie ein Betäubungsmittel beigemischt hatten, und sich dann mit seinen Kleidern aus dem Staub machten. Ich sah den Bauern Hong erst wieder, als er durch ein Fenster in das Schlafzimmer der Gattin des Siegelbewahrers Po plumpste.

»Hilfe! Ich werde von einem nackten Wüstling bedrängt!«
Der Siegelbewahrer Po stand an einem anderen Fenster und bewunderte in geziemender neokonfuzianischer Weise den Mond.
»Bist du wohl still, Weib? Der erhabene Mann ist taub gegen sündhafte Rede und blind gegen ungebührlichen Anblick.«
Das nächste entging wieder meinen Augen und Ohren, da ich einen weiteren Turm umrunden mußte, dann hatte ich wieder freien Blick auf die Bühne.
»Ich werde von einem nackten Wüstling bedrängt, der gar nicht so schlecht aussieht!«
»Weib, ich brauche Ruhe! Die Ohren des erhabenen Mannes sind unbefleckt von anstößiger Rede, so wie seine Nieren und Leber unberührt sind von Faulheit und Nachlässigkeit, Falschheit und Lasterhaftigkeit.«
Ich hatte den Großen Gouverneur aus den Augen verloren, was mich zwang, durch ein Fenster einzusteigen und auf Zehenspitzen die Korridore entlangzuschleichen, bis ich ihn wieder gefunden hatte. Dann mußte ich eiligst kehrtmachen und auf einen der Balkone hinausspringen, bevor seine Männer uns entdeckten.
»Ich werde von einem nackten Wüstling bedrängt, der gar nicht so schlecht aussieht und ein Gehänge wie ein Pferd zu haben scheint!«
»Schweig, Weib! Der erhabene Mann hört nur die wahren Gesänge, begleitet von Flöte und Zither, so daß sich die vier Jahreszeiten durch die Herrlichkeit seiner vollkommenen Tugend in harmonischer Übereinstimmung miteinander drehen und die rechte Ordnung aller Dinge herstellen.«
An dieser Stelle ereignete sich einer jener Zwischenfälle, die Menschen dazu treiben können, sich einen Stein um den Hals zu hängen und sich in einen Brunnen zu stürzen. Der Große Gouverneur war wieder einmal verschwunden, und ich kletterte ein zweites Mal durch ein Fenster ins Innere des Palastes, um den Anschluß nicht zu verlieren. Als wir ihn erspähten, führte er seine Leute gerade in den Audienzsaal. Meister Li brummte zufrieden vor sich hin, als er sah, wie der Gouverneur die Tür hinter seinem thronartigen Sessel öffnete und mit seinen Männern die Treppe hinaufstieg. Jetzt brauchten wir nichts weiter zu tun, als außen an der Mauer zu seinen Privatgemächern hinaufzuklettern und zu warten, bis er

durch die Tür trat, die aus dem Mittelturm dorthin führte. Wenn er dann wieder wegging, konnten wir sicher sein, daß er die Räume, auf die wir es abgesehen hatten, durchsucht hatte. Meister Li würde genügend Zeit bleiben, das Geheimfach zu öffnen, und wenn der Käfig dort nicht war, konnten wir mit Sicherheit annehmen, ihn im Besprechungsraum im Turm zu finden. Ich stieg durch ein Seitenfenster auf eine schmale Brüstung, die durch ein großes irdenes Abflußrohr geteilt war, schob mich an dem Rohr vorbei und näherte mich einem anderen Fenster, als ein Soldat den Kopf herausstreckte und sich mit den Ellbogen auf die Fensterbank stützte. Ich konnte mich gerade noch in den Schatten hinter dem Abflußrohr außer Sichtweite bringen. Der Wachsoldat blickte zwar nicht in meine Richtung, aber solange er sich dort befand, konnte ich mich keinen Zentimeter von der Stelle rühren.

»So ein verdammtes Pech«, hörte ich ihn knurren.

»Was beschwerst du dich? Wir haben doch immer so ein Glück, zum Teufel noch mal«, fiel eine zweite mißmutige Stimme ein. Gleich darauf streckte ein weiterer Soldat den Kopf zum Fenster heraus.

»Man sollte meinen, wir könnten nur ein einziges Mal zum Dienst auf der angenehmen Seite eingeteilt werden«, fuhr der erste fort. »Ist es zu fassen? Hier stehen wir und glotzen den Mond an, und was sehen die Kameraden auf der anderen Seite? ›Bauer Hong‹, das sehen sie, und wir können es nicht mal hören.«

»Na und? Wir werden jede Menge *darüber* hören. Wieder und wieder, und jeder wird sagen, daß es das größte Spektakel aller Zeiten war.« Der zweite Soldat spuckte zornig in die Tiefe, dann griff er unter sein Hemd. »Hier. Wir haben es verdient.«

Ich stöhnte innerlich. Er brachte einen Weinschlauch von beachtlicher Größe zum Vorschein, und wenn sie sich entschlossen, hier im Mondschein am Fenster stehenzubleiben ...

Genau das taten sie, und da saßen wir nun fest. Stunden schienen zu vergehen. Der Mond bewegte sich in die falsche Richtung, so daß der Schatten, den das Abflußrohr warf, immer schmaler und schmaler wurde, bis ich beim Hinschauen merkte, daß ich meine Sandalen nicht mehr aus einem dünnen milchweißen Lichtstreifen zurückziehen konnte. Nur noch wenige Minuten, dann würde

Meister Li vor einer sehr schweren Entscheidung stehen, denn wenn uns die Soldaten entdeckten, blieb uns kaum eine andere Wahl, als sie zu töten, um Gefahr von uns abzuwenden. Glücklicherweise blieben ihm derartig drastische Maßnahmen erspart. Seine Stimme bebte vor Erleichterung, als sie endlich den Weinschlauch wegwarfen und sich durch den Raum zum Korridor hin entfernten.

»Gehen wir«, flüsterte der alte Mann. »Wenn das Geheimfach ein einfaches Schloß hat, bleibt uns vielleicht noch genügend Zeit.«

Ich eilte zurück, so schnell ich konnte, und als ich um die südliche Mauerecke bog, hätte mich das tosende Gelächter um ein Haar von den Füßen gerissen. Ich blickte hinunter in den Hof, wo ich den Wagen deutlich erkennen konnte und feststellte, daß wir uns dem Ende der ersten Hälfte des Stückes näherten. ›Bauer Hong‹ ist ziemlich lang und in zwei Akte aufgeteilt, damit sich der Puppenspieler in der Pause dazwischen ausruhen kann. Das Ende des ersten Teils ist möglicherweise die berühmteste Theaterszene überhaupt, und es kommt darin nicht eine einzige Zeile eines Dialogs vor, obwohl es ein Drittel des ersten Aktes einnimmt.

Der Schauplatz hat sich in Mutter Hsiens Freudenhaus verlagert, wohin Fu-mo und Fu-ching das erbeutete Schwein gebracht haben. Der Siegelbewahrer Po hatte endlich begriffen, daß mit seiner Frau irgend etwas nicht in Ordnung ist, hat sich in das Bordell aufgemacht, um sie dort zu suchen. Sie verfolgt den Bauern Hong, der wiederum sein Schwein verfolgt, und die Szene spielt sich in einem langen Korridor ab, der zu beiden Seiten mit Türen gesäumt ist.

Der Siegelbewahrer Po bückt sich, um durch ein Schlüsselloch zu spähen. Er weicht, den Unterarm vor den Augen, die andere Hand von sich gestreckt, entsetzt zurück. Im selben Augenblick öffnet sich hinter ihm eine Tür, aus der Fu-mo und Fu-ching mit dem Schwein unterm Arm hervorstürzen. Sie rasen über den Gang und zur gegenüberliegenden Tür hinein, während Po sich zum nächsten Schlüsselloch hinunterbeugt. Aus dem Zimmer, das die beiden Halunken gerade verlassen haben, kommt Bauer Hong, verfolgt von der Gattin des Siegelbewahrers, ihnen auf den Fersen ein Kunde, bei dem es sich zufällig um einen gottesfürchtigen Bonzen handelt, der von einer reizenden, unter dem Namen Kleines Verlorenes Hühnchen bekannten jungen Dame begleitet wird. Keiner von ihnen hat Kleider am Leib, und die beiden bleiben im Korridor stehen und starren mit tellergroßen Augen um sich, während Bauer Hong und jene Gattin durch die gegenüberliegende Tür hasten. Den Unterarm vor die entsetzten Augen geschlagen, weicht der Siegelbewahrer Po von dem Schlüsselloch zurück, da geht hinter ihm eine Tür auf, und heraus kommen sie, die beiden Gauner, das Schwein, der Bauer und die Frau des Siegelbewahrers, gefolgt von einem frommen Tao-shih und einer jungen Dame, die prompt den treffenden Namen P'o-shen (›Die zu Deflorierende‹) trägt, beide unbekleidet und mit weit aufgerissenen Augen. Kunden und Damen verharren im Gang, während der Siegelbewahrer sich zu Schlüssellöchern hinunterbeugt, Türen auf und zu gehen und Leute hin und her rennen. Allmählich füllt sich der Korridor von Mutter Hsiens Freudenhaus mit allen wichtigtuerischen, frömmelnden, selbstgerechten Vertretern der Männlichkeit, die das Kaiserreich aufzubieten hat, und alle sind sie nackt (abgesehen von ihren Hüten oder Kappen, an denen man sie erkennen kann) und beteiligen sich am Ende an der Jagd nach Bauer Hongs Schwein.

Ich wollte diese Szene etwas ausführlicher beschreiben, um eine Vorstellung von dem Lärm zu vermitteln, der uns entgegenschlug, als wir um die Ecke bogen, und auch noch als Echo zwischen den Türmen hin- und hergeworfen wurde: Gelächter, gemischt mit höhnischen Zwischenrufen und Pfiffen. Erst als ich mich fast auf gleicher Höhe mit den Privatgemächern des Großen Gouverneurs befand, vernahmen wir andere Geräusche, und selbst dann dauerte es noch eine Weile, bis uns dämmerte, daß die Schreie kein ausgelassenes Freudengeheul waren. Meister Li umklammerte krampfhaft meine Schulter, ich hielt mich an einer Balustrade fest und zog mich daran hoch, so daß wir durch das hohe Fenster in jenen Raum blikken konnten, in dem wir Li die Katze belauscht hatten. Im selben Augenblick kam der Große Gouverneur genau auf uns zu, aber er sah uns nicht. Seine Augen waren blicklos vor Angst und Entsetzen, und er schrie sich die Lunge aus dem Leib. Als ich sah, was ihm auf den Fersen war, schluckte ich schwer.

Auf der zweiten Abbildung der Dämonengötter, die der Himmlische Meister uns gezeigt hatte, war *Chu-K'uang*, ›Wahnsinniger Hund‹, als Hund ohne Kopf zu sehen gewesen, und jetzt war er da. Der Große Gouverneur machte im letzten Augenblick kehrt und rannte zur Zimmermitte zurück, und als die gespenstische Bestie ihm hinterherfolgte, konnte ich sie mir genauer ansehen. Der kräftige, dicke Hals war mit dichtem Fell bewachsen und endete unvermittelt, gerade so, als wäre das Wesen ohne Kopf geboren, und doch hörte ich es bellen. Wie konnte es ohne Kopf bellen?

Und im übrigen, wie konnte es beißen, kauen, reißen und zerfetzen ohne Kopf? Denn als ich weiter in den Raum hineinspähte, sah ich die Leibwächter des Großen Gouverneurs, die wie von einem Tiger zerfleischt dalagen. Überall waren Blutlachen, und die meisten der toten Männer hatten aufgerissene Kehlen. Das Bellen wurde lauter. Plötzlich erkannte ich, daß das kopflose Wesen den Großen Gouverneur nicht jagte, sondern in die Enge trieb. Es drängte ihn mit seinem Bellen zu einem langen, dichten Vorhang an einem der Fenster zurück, und plötzlich teilte sich der Stoff. Ich starrte auf einen körperlosen, riesigen Hundekopf mit weit aufgerissenem Maul und triefenden, roten Zähnen. Der Kopf schnellte vor, die Zähne schnappten zu, und der Große Gouverneur vom Gänsetor verließ den roten Staub der Erde auf höchst unappetitliche Weise.

Es war noch irgend etwas im Raum. Eine dunkle schemenhafte Gestalt stand am gegenüberliegenden Fenster. Sie schwang sich auf die Fensterbrüstung, wandte sich, nunmehr vom Mondlicht beschienen, um und sah uns direkt in die Augen. Wieder einmal hatten wir das Wesen vor uns, das halb Mann, halb Affe war, grotesk, aber ohne Zweifel wirklich, mit silbergrauer Stirn, leuchtend blauen Wangen, roter Nase und gelbem Kinn. In der Hand hielt es den Käfig, den Meister Li so dringend begehrte, und mit einem behenden Satz hatte es sich über die Brüstung hinunter geschwungen und war verschwunden.

Ein greller Blitz blendete mich. Als mein Blick allmählich wieder klar wurde, war kein Hundekörper und kein Hundekopf mehr zu sehen, nur schallendes Gelächter stieg gen Himmel, wo ein großer weißer Kranich vor der Mondscheibe davonflog.

13

Meister Li ließ sich von mir über die Balkonbrüstung heben, dann glitt er von meinem Rücken herunter und betrat den Raum, wobei er den Blutlachen auswich, so gut es ging.

»Meister, der Käfig ist weg!« sagte ich drängend. Es war seltsam, schreien zu müssen, obwohl ich viel lieber geflüstert hätte, aber bei dem Gelächter, das vom Hof heraufdrang, konnte ich mit Flüstern nichts erreichen. »Ich kann das Wesen unmöglich einholen! Es klettert so schnell an Mauern herunter, wie ich über ebenes Feld laufe, und im übrigen, wie soll ich in die Luft fliegen und einen Kranich einfangen?«

»Ochse, hör auf zu faseln«, fuhr er mich an. »Ich weiß, daß der Käfig weg ist, aber irgend etwas wird uns das Ganze doch einbringen.«

Er blieb auf einem trockenen Fleckchen stehen, das vom Fußboden noch zu sehen war wie eine kleine Insel in einem zähen und klebrigen roten Meer, dann wandte er sich um und streckte die Hand aus.

»Hol die Vorhänge herunter und lege sie bis zum Tisch auf den Fußboden, damit unsere Sandalen keine Spuren hinterlassen.«

»Ja, Meister.«

Ich tat, was er mir gesagt hatte, und der alte Mann schritt über einen Pfad aus grünen Damastdrachen, die sehr hübsch aussahen vor dem blutroten Hintergrund, den silbernen Strahlen des Mondes und dem golden schimmernden Kerzenlicht. An dem niedrigen, mit Jade eingelegten Tisch suchte er Zentimeter für Zentimeter den dicken Fellteppich unter der Seite ab, auf der die Feuerschale für den Tee stand. Dann klaubte er mit einem zufriedenen Grunzen ein paar winzige Gegenstände auf.

»Als der Glockenton eine Nachricht ankündigte, sprangen der Große Gouverneur und Li die Katze auf wie zwei Hasen«, erklärte er. »Ich war fast sicher, daß der Gouverneur irgend etwas fallen ließ, und ich hatte recht. Dem Himmel sei Dank, daß hier so nachlässig geputzt wird.«

Er hatte ein paar Teile des Teeplättchens und eines der ungepreßten Blätter gefunden und verstaute sie in einem Fach seines Geldgürtels. Die Runzeln um seine Augen zogen sich zusammen, bis sie aussahen wie die Linien auf der Daumenkuppe, wenn man sie durch eine Feuerperle betrachtet, und wie gewöhnlich beschäftigte er sich mit Problemen, die ich erst wahrnehmen würde, wenn es längst zu spät war.

»Über einen solchen Mord geht niemand hinweg, wenn es sich bei dem Opfer um den Großen Gouverneur vom Gänsetor handelt«, bemerkte er, laut denkend. »Li die Katze ist kein Problem. Er weiß sehr gut, daß zwei weitere Geehrte unter den Mandarinen auf höchst ungewöhnliche Weise ermordet und ihrer Käfige beraubt wurden. Also wird er sicherlich schnurstracks nach Hause eilen, um dafür Sorge zu tragen, daß mit seinem eigenen Käfig oder den anderen Beteiligten dieses ehrenwerten Unternehmens nicht irgend etwas Unheimliches passiert. Schwierigkeiten werden uns dagegen die leitenden Beamten des Großen Gouverneurs bereiten, die ihre Treue und Tüchtigkeit unter Beweis stellen müssen, wenn sie auf Weiterbeschäftigung hoffen wollen. Sie werden eine Untersuchung in die Wege leiten, die uns drei Monate hier festhält, und wenn wir uns davonmachen, bevor die Leichen gefunden werden, beschuldigen sie uns des Mordes und hetzen uns das ganze Heer auf den Hals.«

Die Falten zogen sich noch enger zusammen, und seine Züge entspannten sich, als er einen Entschluß faßte. Er deutete zur Wand und sagte: »Es muß also doch ein Tiger her. Hol das herunter und paß auf, daß du nicht mit den Sandalen ins Blut trittst.«

Die Wände waren mit Tierfellen behangen. Eines stammte von einem mächtigen Tiger, und man hatte Kopf und Klauen nicht entfernt. Meister Li wies mich an, die Tatzen säuberlich abzuschneiden und das Fell wieder aufzuhängen, damit die Veränderung so unauffällig wie möglich blieb.

»Niemand sieht sich diese Dinge genau an. Die vornehmeren Leute sagen ›Ah, ein Tigerfell‹, und damit hat sich's, und auf jeden Dienstboten, der fragt ›Hatte das Ding nicht Krallen?‹ kommen zwei, die darauf antworten ›Du bist ja verrückt‹«, bemerkte Meister Li zuversichtlich.

Er breitete weitere Vorhänge aus, bis ein Pfad zu der kleinen Tür entstanden war, die zum Mittelturm führte. Als er feststellte, daß die Tür nicht verriegelt und mit einem Dietrich leicht zu öffnen war, stieß er einen tiefen Seufzer der Erleichterung aus.

»Ochse, tunke die Tatzen in Blut und zeichne damit gut sichtbare Spuren eines mörderischen Katzentiers«, befahl er. »Sorge dafür, daß es so aussieht, als hätte der Tiger die Vorhänge heruntergerissen, als er die Männer im Raum herumjagte und mach Fußspuren darauf. Vergiß die blutigen Abdrücke auf den Leichen nicht und arbeite dich dann bis zu dieser Tür hin. Ich bin so bald wie möglich wieder zurück.«

Während ich seine Anweisungen befolgte, grübelte ich darüber nach, wie es sein konnte, daß er glaubte, mit dieser Geschichte davonzukommen. Tiger durchschwimmen weder Wassergräben, noch erklimmen sie senkrechte Mauern oder bahnen sich einen Weg durch Höfe und Paläste, in denen es von Menschen wimmelt. Dennoch war ich nicht so dumm, zu behaupten, daß es unmöglich war. Wenn Meister Li es für machbar hielt, dann war es machbar. Es gelang mir, mich mit diesem Gedanken ein wenig aufzuheitern, aber ich hätte zu diesem Zeitpunkt doch nicht geglaubt, wie einfach es in Wahrheit sein und welch eine glückliche Wendung der Dinge es herbeiführen würde.

Ich bewunderte gerade mein Werk, als die kleine Tür zum Mittelturm aufging und wie erwartet Meister Li auftauchte, und mit ihm jemand, den ich ganz sicher nicht erwartet hatte. Der alte Mann hatte die Tochter des Banditenchefs mitgebracht. Man hatte sie für zu schwach gehalten, um sich ein Schauspiel anzusehen, das ohne weiteres drei Stunden dauern mochte. Jetzt weiteten sich ihre Augen beim Anblick der blutigen Szenerie. Dann zog sie mit einem Fauchen blitzschnell einen äußerst gefährlich aussehenden Dolch aus dem Gewand, und im nächsten Augenblick spürte ich ihn an meiner Kehle.

»Ein Liebhaber sollte nicht allzu anmaßend werden«, knurrte sie. »Ich habe dir ein paar Minuten in meinem Bett gewährt, aber keinen Anspruch auf das Amt des Gouverneurs von Yen-men!«
»Verehrte Dame, Ochse ist zwar stark, aber *so* stark nun auch wieder nicht«, warf Meister Li beschwichtigend ein. »Ein Ungeheuer, das zufällig ein Freund von uns ist, hat die Beherrschung verloren, nicht Ochse. Wir dachten, es wäre keine schlechte Idee, einem Tiger die Schuld in die Schuhe zu schieben. Hübsche Tatzenabdrücke, findet Ihr nicht?«
Die Dolchspitze entfernte sich ein Stück weit von meinem Hals, aber nicht weit genug. Die Augen der Witwe waren mißtrauisch auf Meister Li geheftet.
»Mir wollte scheinen, verehrte Dame, daß ein Tiger in mehr als einer Hinsicht nützlich wäre«, fuhr Meister Li fort. »Während ich Euch behandelte, ist mir Euer Amulett aufgefallen. Ihr seid im Jahr des Tigers geboren, und die Götter sind nicht unbedingt von vornehmer Zurückhaltung, wenn sie ihren Willen deutlich machen wollen. Sehr wahrscheinlich wünschen sie, daß Ihr Euch mit einem anderen Mann verheiratet und Helden großzieht.«
In seiner Stimme schwang halb die Beschwörung des Schamanen, halb die Weisheit des klugen Ratgebers, und aus irgendeinem Grund wirkten seine Worte vor dem Hintergrund des ausgelassenen Gelächters nicht makaber, sondern eher bedeutungsvoll.
»Jetzt, da Ihr keinen Gatten mehr habt«, bemerkte er weiter, »wird man von Euch verlangen, daß Ihr Euch zwischen frommer konfuzianischer Witwenschaft und einem priesterlichen Dispens entscheidet, dem eine Heirat wie die vorherige folgen würde: eine Geschäftsverbindung, die der Vermehrung des Vermögens Eures Vaters dient. Dagegen ist natürlich nichts einzuwenden, sofern die Braut die Möglichkeit hat, sich ihren zukünftigen Ehegatten selbst auszuwählen. Entscheidend für diese glückliche Voraussetzung ist unsere freie und unbehelligte Abreise.«
Ich wußte, daß er gewonnen hatte, als sie den Dolch wegsteckte, aber ihre folgenden Worte hatte ich ganz und gar nicht erwartet.
»Auf einen Mord war ich nicht gefaßt, aber ich muß zugeben, daß ich das Ungeheuer gesehen habe. Als es über die Mauer kletterte, kam es dicht an meinem Fenster vorbei.« Sie warf einen Armvoll Bambus

ins Feuer. »Der Mond beleuchtete sein buntes Gesicht, das wirklich unverwechselbar ist. Es ist zwar gefährlich für euch, Neids Freund zu sein, aber ich denke, es ist nichts Unehrenhaftes daran.«
Ich hätte vielleicht eine törichte Bemerkung gemacht, aber Meister Li war nah genug, um mir gegen den Knöchel treten zu können.
»Ah, ihr kennt ihn!« rief er in freudiger Überraschung aus. »Das kann man nur von den wenigsten sagen. Außer natürlich von den Besitzern der Käfige.«
Sie beachtete den ausgeworfenen Köder nicht, sondern schüttelte abwehrend den Kopf. »Ich habe nicht gesagt, daß ich ihn kenne. Ich habe die alten Abbildungen im Land meines Vaters gesehen, und man hat mir die Verse vorgelesen, das ist alles. Und jetzt will ich Genaueres darüber hören, was ihr im Schilde führt«, sagte sie mit fester Stimme.
Meister Li erzählte es ihr also, und ich machte klebrige rote Tigerspuren, die die Turmtreppe hinunterführten und durch verschiedene Räume, auch einen Gang entlang, der nur der jungen Witwe und einigen höheren Beamten bekannt war. Ich vermute, daß die Geschichte inzwischen die Runde in allen Dörfern von hier bis zu den Sabinerbergen gemacht hat: Wie eine schöne Prinzessin gegen ihren Willen verheiratet und in ein ihr verhaßtes Land verschleppt wurde, wie ein Tiger mit übernatürlichen Kräften den geheimen Fluchtweg aus dem Palast des Bräutigams geöffnet hatte (die Tür wurde später offen vorgefunden, und blutige Tatzenspuren führten ins Freie), und wie er den nichtswürdigen Gesellen und all seine Männer zerfleischt hatte; wie die Prinzessin beim Erwachen die Hälfte eines in merkwürdiger Form entzweigerissenen Ehevertrages mit dem blutigen Abdruck einer Tigertatze auf ihrem Kopfkissen fand, wie ein großer Schamane aus Schafgarbenblättern gelesen und erklärt hatte, daß die Prinzessin als Kind vom Geist ihres Großvaters einem Tigergeist versprochen worden war und wie ihre kurze Witwenschaft durch das Erscheinen eines Prinzen (dessen breite Brust vor lauter Orden gar nicht zu sehen war) beendet wurde, eines Prinzen, der bei seiner Geburt ein in merkwürdiger Form entzweigerissenes Pergament in der Hand gehalten hatte, und – man höre und staune – es war die Hälfte eines Ehevertrages mit einer Tigertatze darauf...

Es spielt keine Rolle, daß die Dame den Glücklichen noch nicht erwählt hat (jedenfalls ist mir nichts davon zu Ohren gekommen), denn nicht einmal ihr Vater würde es wagen, einen Tigergeist zu verärgern. Sie kann sich so viel Zeit lassen, wie sie will, um die Anwärter einer genauen Prüfung zu unterziehen. Ich hoffe, daß sie ihren Spaß hat, und nehme an, daß die Geschichtenerzähler, denen es im Gegensatz zu den Historikern erlaubt ist, zu streichen, klug genug sind, die Sache mit den Kaulquappen auszulassen.
Wir hatten keine Schwierigkeiten. Die trauernde Witwe nahm sich aller notwendigen Maßnahmen an, erteilte Anweisungen nach allen Seiten, und Neokonfuzianer, die sich ob dieser Anmaßung eines niederen Weibes empörten, erhielten weiße, hölzerne Visitenkärtchen, auf die eine Tigertatze aufgedruckt war, worauf die Proteste verstummten. Am nächsten Vormittag rollte Yen Shihs Wagen ungehindert über die Zugbrücke. Ich saß neben dem Puppenspieler auf dem Bock, während Meister Li und Yu Lan uns auf Eseln folgten, die mit Geschenken beladen waren. Wir hielten uns an die Erklärungen der Tochter des Banditenchefs, in dessen Gebiet wir uns bald wieder befanden.

Wir kletterten eine enge Schlucht hinunter, in der das helle Sonnenlicht wie in einem langen, schlitzartigen Mund zu verschwinden schien. Zikaden gaben sich alle Mühe, zu demonstrieren, warum sie ›Scherenschleifer‹ genannt werden, und Eidechsen mit Augen wie Korallen, Achate und Türkise richteten sich auf, um zuzusehen, wie Yu Lan das *feng-shui* (›Wind und Wasser‹) der Gegend zu erfassen suchte. Die totemistische Anordnung zweier aufragender Steinquader beunruhigte sie sichtlich.
»Eurer Beschreibung nach ist das Wesen namens ›Neid‹ maskulin, aber diese Stelle hier ist von Yin beherrscht und nicht von Yang«, erklärte sie uns mit Verwunderung in der Stimme. »Die Totems sind nicht stolz und phallisch, sondern eher demütig und gebeugt, und sie scheinen mit Absicht so entworfen zu sein. Aber warum sollte das Grab eines Affenmannes nahelegen, daß man auf Knien an weiblich geprägtem Ort herumrutscht?«
Meister Li musterte prüfend die Karte, die ihm die Frau des Großen Gouverneurs gegeben hatte.

»Das hier ist die Stelle, eindeutig«, sagte er. »Yen Shih?«
Der Puppenspieler lächelte und machte eine elegante Geste, wie einer, der den Kelch weiterreicht. »Meine Tochter ist die Expertin, ich kann nur eine Vermutung äußern, die sich mir unwillkürlich aufgedrängt hat.« Er vollendete die Handbewegung mit zu den Totems erhobenem Zeigefinger. »Auf mich machen sie den Eindruck, als seien sie nicht ausschließlich symbolisch oder ausschließlich gegenständlich zu verstehen, sondern als irgend etwas, das dazwischen liegt. So etwas wie eine primitive Schrift zum Beispiel.«
Meister Li grinste. »Mein Freund, ich fange an zu glauben, daß unser Verstand sich im Gleichschritt bewegt«, sagte er. »Ich vermute, daß es eine Art Piktogramm ist, genauer gesagt, das Piktogramm eines Trauernden, der mit gesenktem Kopf neben einem Leichnam kniet, was in der frühesten uns bekannten Schrift der Shang-Dynastie ein Wort darstellt. Das Wort ist ›Tod‹. Yu Lan, was meinst du?«
»Ja, das wäre möglich«, erklärte sie. »Mit dem Land der Schatten sind viele Göttinnen verknüpft, was das weibliche Übergewicht in der Geomantik erklären würde. Das sagt allerdings noch nichts über einen Mann mit dem Gesicht eines bemalten Affen.«
Mich interessierte vor allem, ob der tödliche Einfluß auf uns gerichtet war oder nicht, aber ich brachte es fertig, den Mund zu halten. Als wir ausschwärmten, um nach den Merkmalen zu suchen, die uns die Witwe des Großen Gouverneurs genannt hatte, verloren wir die Tatsache nicht aus den Augen, daß sie seit zehn Jahren nicht mehr hier gewesen war und Überschwemmungen oder Felsstürze das Erscheinungsbild der Umgebung erheblich verändert haben konnten. Sie hatte sich jedoch an eine Felsfläche erinnert, die von einer weißen Narbe gezeichnet war, und als ich mich mit einer Hacke durch hohes Distelgestrüpp arbeitete, sprang mir diese Stelle plötzlich ins Auge. Der bleiche Strich, entstanden dadurch, daß Schiefer von dem rötlichen Gestein abgebröckelt war, sollte fast genau auf den Eingang deuten, den wir suchten. Ich rief die anderen herbei, nahm einen größeren Stock und hieb damit eine Schneise in das Gestrüpp. Es dauerte keine zehn Minuten, bis wir den kleinen runden Einstieg in der Seitenwand der Schlucht entdeckten, genau wie es uns beschrieben worden war. Schon wollten

wir die Fackeln, die wir mitgebracht hatten, entzünden, als wir zu unserer Überraschung feststellten, daß wir sie nicht benötigten. Ungefähr fünfzehn Fuß hinter dem Eingang der kleinen Höhle befand sich ein natürlicher Schacht, durch den Tageslicht hereinfiel. Die Höhle war erleuchtet wie die Gänge einer Galerie, und zu beiden Seiten befanden sich Felsenreliefs. Ungefähr ein Drittel der Reliefs bestand aus Bildern, der Rest waren Piktogramme. Meister Li war begeistert.

»Es ist eine frühe Form des Buchs der Oden!« erklärte er strahlend. »Es kommt den schamanischen Abschnitten, die man die Neun Lieder nennt, sehr nah, erzählt jedoch seine Geschichte mit ganz anderem Schwerpunkt als alle später gefundenen Versionen.«

Von dem Weisen übersetzt, entfaltete sich die alte Bilderschrift zu einer Geschichte, die in manchen Teilen sehr wirklichkeitsnah war. Es waren Worte eines Mädchens, das von einem Gott verführt worden war:

»Sein Geist stieg herab wie eine dichte Wolke,
Erhellt durch eine Stimme voll flammender Kraft:
›Schönheit trifft unfehlbar den für sie Bestimmten,
Denn so ein zauberhaftes Wesen kann nicht ohne Liebsten sein!‹
So kam er mit süßen Worten, ohne Worte ging er davon,
Flog hoch empor, schwebte auf reinem Nebel, ließ unter sich zurück
Einen beschmutzten Rock in liederlich sich bauschenden Falten.
›Eilig, Herr, will ich dir folgen!
Will mit dir über die K'ung-sang-Berge gehn!
Zeig mir das blühende Volk der Neun Länder!‹
Doch mein Herr reitet auf dem Wirbelwind, von Wolkenbannern umweht.
›Ich will deinen Leib im Himmelsteich baden!
Ich will dein Haar am Sonnenufer trocknen!
Ich will süße Blumen pflücken, um Kränze für den Geliebten zu binden!‹

Wild schreie ich mein Lied in den Wind,
Da stehe ich und drehe langsam einen Kassiazweig in der
Hand.«

Die Bildreliefs waren nicht so gut erhalten wie die scharf eingeritzte alte Schrift. Die Zeit hatte ihr Werk verrichtet, aber in dem, was übriggeblieben war, konnte man die Kinder, die die traurige Sängerin geboren hatte, noch erkennen. Wenn man sie überhaupt Kinder nennen konnte, waren es doch die Dämonengötter, die uns der Himmlische Meister beschrieben hatte.
Ich hielt den Atem an und trat unwillkürlich einen Schritt zurück, als ich das alte, flammenschleudernde Männlein, den mörderischen Tanzmeister und den körperlosen Hundekopf erblickte. Jedoch nicht die acht monströsen Kinder waren Gegenstand der Verse, sondern das neunte, der Junge, der mit menschlicher Gestalt geboren war und dessen einzige gottähnliche Eigenschaft seine Schönheit war. Mit funkelnden Augen las Meister Li die Strophen, die das Heranwachsen und die Triumphzüge des Jungen beschrieben, bis er als junger Mann zum Gefährten eines Königs berufen wurde. Kein Held war dem tapferen Edelmann gewachsen, keine Frau konnte ihm widerstehen. Eines Tages ritt er in die K'unlun-Berge, wo eine mächtige Göttin hausen sollte, und das nun sind seine Worte:

»Bambusduft erfüllt diesen einsamen Ort;
Langhaariges Gras weint Tau.
Hohe Bäume bilden einen verschlungenen Tunnel,
Die Sonne zu verhängen mit roten Rosen,
Deren Dornen sich in den Wolken verfangen.
Trunkenes Schilf tanzt im Spiegel des Teichs,
Neckt die Schatten des Himmels;
Dracheneier brechen sprudelnd durch die Fluten empor –
Oder spucken die Fische Perlen? –
Und in der Tiefe liegt die Königin auf ihrem meergrünen
Kissen.
›Königin, leg deinen Mantel aus Feigenblättern an und deinen
Hasenflaumgürtel,
Steig auf zu deinem Reich in den Spalten der Felsengipfel,

Komm mit Kämmen aus Regenbögen und Augen strahlend vor Lachen,
Des Nichtstuns überdrüssig, auf der Suche nach einem Traum –
Oh, Königin der Seen, Herrin der Berge, komm und suche mich!‹«

Der Edelmann wurde noch nie abgewiesen und wird es auch diesmal nicht. Müßig, gelangweilt, begierig nach Zeitvertreib, antwortet ein Wesen, bei dessen Anblick weise Männer vermutlich kopflos die Flucht bis in den verstecktesten Winkel der Welt ergriffen hätten, dem vorwitzigen Sterblichen:

In einer Kutsche aus Magnolienblüten, das Banner aus Kassia gewebt,
Der Mantel aus Steinorchideen, der Gürtel aus Haselwurz
Und mit dreiblütiger Iris gesäumt,
Treibt sie lohgelbe Leoparden, führt große gestreifte Luchse –
Donner knurrt und grollt! Blitze spalten den Himmel!
»Ich werde ein weiches Bergnest bauen
Für einen hübschen Knaben mit der Pfirsichröte vor Stolz.
Die Wände aus Iris, die Kammer aus purpurnem Stein,
Aus Pfefferblüten wird der Eingang sein,
Pfeiler aus Kassia, aus Wildpflaumen die Balken, Lilienbaumschwellen,
Ein Raum aus Lotosblüten, mit weißen Ziegeln gedeckt,
Und ein Wandschirm aus Honigklee.
Ein süßer Hauch aus Chrysanthemen auf dem Boden,
Herbstorchideen mit Blättern, die aus grünen und roten Stengeln sprießen.
Und tausend andere Blumen werden den Garten erfüllen.«

Wie überall, wohin er kommt, gewinnt er ihre Gunst, und schließlich gestattet ihm die Göttin, ihren Wagen zu benutzen, um die Pfirsiche der Unsterblichkeit für ein Festmahl zu holen. Auf dem Heimweg kommt er mit seinem Gespann feuriger Drachen an Jupiter vorüber, um den unaufhörlich der Ring aus Schädeln kreist, die die Zeit messen.

Der Kopfschmuck des edlen Jünglings ist mit Mondperlen
übersät,
Sein Regenbogengewand läßt den Himmel erstrahlen;
Ein Umhang, aus Kometen gewoben, ein Gürtel aus verlorenen
Sternen,
In seiner Scheide blitzt hell ein Sonnenstrahl.
»Wer nichts wagt, kommt um!« ruft er dem Stern der Zeit
entgegen
Und streift mit seinem Schwert einen Schädel:
»Es vermodert, wer nicht nach oben strebt!«
Der Jüngling ißt vom Pfirsich der Königin
Und gewinnt das Leben, so ewig wie Himmel und Hölle.

Der junge Mann ist geblendet von seinem Neid auf die Unsterblichkeit, und als die Natur vor Entsetzen schaudert, sieht er darin einen Freudentanz. Er ist betäubt, und als der *Chiao-ming*-Vogel seinen warnenden Ruf ausstößt, hört er darin einen Lobgesang. Er ist irrsinnig geworden, und während er die Drachen zu immer rasenderer Jagd antreibt, erhebt er die Peitsche gegen jeden kleinen Stern, der ihm im Weg sein könnte.

Einsam auf dem Gipfel ihres Reichs
Steht die Königin der Seen und Berge.
Schwere Wolken knien vor ihr,
Grau und finster drohend
Ersticken sie silberne Mondstrahlen,
Während die Königin dem Donner befiehlt,
Mit seinem Grollen ein Pfad für ihre Füße zu sein,
Tigeraugen wandern zu einem Streifen am Himmel;
Tigerzähne werden gebleckt, Tigerkrallen kratzen,
Tigerbrüllen dringt zu Jadedrachen empor,
Die sich aufbäumen in ihrem Geschirr, bocken und
ausschlagen:
Tigerlachen begleitet eine kleine Gestalt,
Die kopfüber purzelt durch Sternenlicht und Mondenschein,
Durch den Himmel hinabstürzt in den Schmutz der Erde.

Der Jüngling landet unbeschadet in einem Sumpf, von wo aus er einen Weg einschlägt, der ihn zu einem Schrein der Königin bringt. Dort findet er die Früchte seines Lebens mit einer Göttin. In zwei Kästchen findet er zwei kleine Kinder und zwei Amulette, auf denen ihre Namen stehen. Der Junge ist ein verwachsenes, kümmerliches kleines Wesen, und auf seinem Amulett steht *Huai-I*, ›Bosheit‹. Das Mädchen ist sehr schön, hat aber furchterregende Augen, und auf ihrem Amulett steht *Feng-lo*, ›Wahnsinn‹. In einer dritten Schachtel findet der junge Mann einen Spiegel und ein Amulett, auf dem *Chi-tu*, ›Neid‹, zu lesen ist. Als er in den Spiegel blickt, stellt er fest, daß die Göttin wahrhaftig einem hübschen Jüngling das Gesicht des Neides gegeben hat. Er reißt Bosheit und Wahnsinn an sich, flieht in wilden Sprüngen in die Wälder, und dann endet seine Geschichte mit einer höchst eigenartigen Strophe:

»Blaue Waschbären weinen blutige Tränen,
Und zitternd sterben die Füchse,
Eulen mit tausendjährigem Leben
Lachen hysterisch.
Ein weißer Hund, der den Mond anbellt,
Ist der Hahnenschrei des Toten;
Auf seinem Grab singt ein grauer Geist
Das Lied eines Götterboten.«

Wir traten von der letzten Inschrift zurück und sahen uns ratlos an.
»Gütiger Buddha, das klingt wie ein schwachsinniger Kindervers«, bemerkte Yen Shih.
»Entweder das oder wie Li Ho mit einem schrecklichen Kater«, ergänzte Meister Li.
Er hatte darauf bestanden, uns jedes Wort der Inschrift zu übersetzen, bevor wir weitergingen zu dem Kunstwerk, von dem uns die Tochter des Banditenchefs berichtet hatte. Jetzt zwängten wir uns durch eine schmale Öffnung und wandten uns nach links, wo uns eine weitere von einem Sonnenstrahl erleuchtete Höhlenkammer erwartete. Der sonst so unerschütterlichen Yu Lan stockte der Atem, und ich stieß einen unterdrückten Schrei aus.

Vor uns sahen wir unseren Dieb, vor Jahrhunderten an die Wand gemalt und immer noch in fast allen Einzelheiten deutlich zu erkennen. Um den Hals des Affenmannes hing das Amulett mit der Aufschrift ›Neid‹, und in den Armen hielt er die schrecklichen Kinder Bosheit und Wahnsinn. Er hatte den Kopf gesenkt, und im nächsten Augenblick sollte ich erfahren, warum dieser Ort dem Yin gewidmet war und nicht dem Yang. Meister Li nahm mir die Fackel aus der Hand, zündete sie an und schwenkte sie zu der Wand hinüber, die dem verwandelten Edelmann gegenüber in tiefem Schatten lag. Meine Leber gefror zu Eis.

Niemand rührte sich oder sprach ein Wort. Wir blickten auf ein Bild, das doppelt so groß war wie das von Neid, und ich habe selten etwas Beängstigenderes gesehen.

»Neid muß der tollkühnste Abenteurer aller Zeiten gewesen sein«, sagte Meister Li mit ehrfürchtiger Stimme. »Das ist Hsi Wang Mu, die mächtige und furchtbare Königin des Westens, in ihrer ganzen Größe, die sie besaß, bevor wir Chinesen versuchten, sie zu zähmen, um sie unserem Götterhimmel einverleiben zu können. Nun wundert mich das Totem draußen vor der Höhle nicht mehr. Die Dame ist die Patronin der Pest, und ihre Diener sind die Raben der Vernichtung.«

Meister Li folgte Yu Lans Beispiel, die auf die Knie gefallen war und ihre Verneigungen und Kotaus zelebrierte, und Yen Shih und ich taten es ihr nach. Dann erhoben wir uns schweigend, und ein Schauder überlief uns beim Anblick des Bildes. Die Göttin war wunderschön, wenn man davon absah, daß aus ihrem Mund Tigerzähne hervorragten, ihre Hände in Tigerkrallen übergingen und ihr Unterleib die Herkunft aller Göttinnen aus dem Wasser dadurch symbolisierte, daß er sich zu einem mächtigen, schuppenglänzenden und geringelten Drachenschwanz verjüngte. In ihren Augen war kein Wissen von der Vergänglichkeit der Zeit, sie kannten keine Schwäche und kein Mitleid, und plötzlich verstand ich die Verszeile des großen Dichters Li Ho, die Meister Li einmal erwähnt hatte: »Wenn der Himmel Gefühle hätte, würde auch der Himmel altern.«

Meister Li brach den Bann, indem er sich wieder zu dem verzauberten Edelmann wandte.

»Entweder geistert er nach 3000 Jahren immer noch durch die Welt, oder Ochse und ich haben den größten Imitator der Welt gesehen«, bemerkte er. »Man fragt sich, was aus seinen reizenden Kindern geworden ist und welches Ziel er eigentlich im Auge hat.«
Yen Shih betrachtete das Bild mit lodernden Blicken. Waren es die Flammen der Bitternis, die darin brannten? Ich wußte es nicht, aber an seiner Stelle wäre es mir vielleicht so gegangen. Hier hatten wir einen einstmals schönen Jüngling, dem man das Gesicht eines bemalten Affen gegeben hatte, und Yen Shih selbst war sicherlich einmal ein gutaussehender Mann gewesen, bevor die Pocken aus seinem Gesicht eine Fratze gemacht hatten. Die Göttin der Seuchen hatte also beide verstümmelt. Gerade, als mir diese Gedanken durch den Kopf gingen, erinnerte mich der Puppenspieler daran, daß er ein Aristokrat war, und Aristokraten verschwenden keine Zeit mit Selbstmitleid. Ein Lächeln wie ein Sonnenaufgang brach sich unvermittelt Bahn und erfüllte diese Landschaft der Pockennarben mit Schönheit.
»Ich kann nicht für die anderen sprechen, aber ich finde das wunderbar!« erklärte er gutgelaunt. »Immer, wenn ich mir selbst leid tue, kann ich an diesen munteren Burschen denken, und wenn mich unangenehme Bälger wie Bosheit und Wahnsinn bedrängen, kann ich den Arm um Yu Lan legen.« Hier erstarb sein Lächeln. »Dabei fällt mir ein, daß das alles nicht leicht sein kann für sie«, bemerkte er leise. »Als Wu-Priesterin ist sie der Königin ergeben, und alle Diener der Herrin des Westens leben in Angst und Schrekken vor ihrer Gebieterin.«
Ich hatte nicht bemerkt, daß Yu Lan sich nicht mit uns anderen erhoben hatte. Sie kniete immer noch reglos und mit bleichem Gesicht vor der Göttin. Der Puppenspieler zog seine Tochter sanft hoch, legte einen Arm um sie und führte sie aus der Höhle hinaus in den Sonnenschein.

14

Flimmernde Hitze ließ alles vor meinen Augen verschwimmen, so daß es mir schwerfiel, mich zu orientieren. Ich sah einen See neben unserer Hütte und wußte, daß er nicht wirklich dort sein konnte. Ich kniff die Augen fest zusammen, und als ich sie wieder öffnete, war der See verschwunden, doch die Hütte schien, am unteren Rand schimmernd und nebelhaft, drei Fuß hoch in der Luft zu schweben.

»Was sollen wir dagegen tun, Nummer Zehn Ochse?« fragte meine Mutter.

Mein Vater schwieg wie gewöhnlich, der zusammengesunkene Körper sagte alles. Ich versuchte mich zu erinnern: Wogegen etwas tun? Etwas stimmte nicht, das wußte ich, ebenso wie ich wußte, daß meine beiden Eltern seit Jahren tot waren. Aber was war es, das nicht stimmte?

Mein Vater hatte einen der Käfige in der Hand. Dann sah ich, daß es kein altes, sondern ein modernes Stück war, ein einfacher Vogelkäfig aus Bambus, in dem dichtgedrängt Schwalben saßen, und mein Vater stand am Ufer des Flusses, der an meinem Dorf vorüberfließt. Jetzt wußte ich, was nicht stimmte. Ich blickte zum Himmel auf und sah, daß er wolkenlos war. Dann trat ich neben meinen Vater und schaute auf den Fluß hinunter.

Das Flußbett war ausgetrocknet. Ich starrte auf die harte, rissige Erde, die welkenden Schilfgräser und ein paar Eidechsen. Wie konnte mein Vater Schwalben opfern und um Regen bitten? Jedes Jahr verwandeln sich die Schwalben in Austern und wieder zurück (die genauen Zeiten hierfür sind im Kaiserlichen Almanach verzeichnet), und Austern sind die Lieblingsspeise der *lung*-Drachen. Doch die Drachen, die über das Wasser gebieten, waren geflohen, oder sie hatten sich tief in die Erde eingegraben, und ich wußte, ohne eine Frage zu stellen, daß auch die Brunnen ausgetrocknet waren.

»Was sollen wir dagegen tun, Nummer Zehn Ochse?« fragte meine Mutter noch einmal.

Hinter mir hörte ich leises Weinen, und als ich mich umdrehte, stand Tante Hua mit einem Arm voller Papierschiffe vor mir. Es mußte der fünfte Tag des fünften Mondes sein, der Drachenboot-Tag, an dem echte Schiffe um die Wette segeln und Papierschiffe, genannt *chu-yi*, die Seuchen forttragen, die die Zeit der Hitze mit sich bringt. Aber wie sollten die Boote fahren, wenn kein Wasser da war? Neben der alten Dame stand Onkel Nung mit vor Angst versteinertem Gesicht und rang die Hände. Ich glaubte die Glocken des Klosters zu hören, die vom Berg herüber Alarm schlugen, und rannte darauf zu. Die flimmernde Hitze stieg um mich auf wie eine dichte Wolke. Jetzt veränderte sich das Geläute, wurde höher und schriller; es rührte nicht von Glocken her, sondern kam aus den Mündern ausgelassener Kinder.

Die Hitze wurde davongeweht, und vor mir sah ich eine Stelle, die nicht ausgetrocknet war, ein grünes Fleckchen Gras, auf dem Kinder spielten. Es waren sieben, die sich an den Händen hielten und im Kreis um ein achtes Kind tanzten. Alle acht waren außergewöhnlich häßlich: plumpe, gedrungene Leiber, auf denen unnatürlich große Köpfe thronten; ihre Gesichtszüge waren alles andere als ebenmäßig. Von Lautenspiel begleitet, sangen sie mit hohen, schrillen Stimmen einen Abzählvers.

»Ziege, Ziege, spring über den Wall,
Rupf Gras und füttere dein Mütterlein;
Ist sie nicht auf dem Feld und im Stall,
Gib es deinen hungrigen Brüderlein:
Eins... Zwei... Drei... Vier... Fünf... Sechs... Sieben... Acht!«

Bei acht riß das achte Kind in der Mitte des Kreises eine Handvoll Gras aus und stürmte geduckt und drohend los. Ich kam zu dem Schluß, daß es eine Variante von Schwein am Berg war, ein Spiel, das nichts für zarte Gemüter ist. Den Kindern im Kreis schien nur das Treten, Stoßen und Abdrängen erlaubt zu sein, während die Ziege Hände, Zähne und alles, was ihr in den Sinn kam, gebrauchen durfte. Es war ein wüstes Geraufe, bis am Ende die Ziege durchbrach und die anderen Kinder kreischend und lachend auseinanderstoben. Als die Ziege ihre Verfolgung aufnahm, vermutete ich, daß dasjenige Kind, das als erstes gefangen wurde, die nächste Ziege sein mußte, doch ich verlor das Interesse an dem Spiel, als ich die Musikerin entdeckte, die ihr Lied begleitet hatte.

Yu Lan trug einen der alten Käfige in der Hand und schlug die Gitterstäbe an wie Saiten. Ein greller Blitz ließ mich erstarren, und als ich blinzelnd die Augen wieder öffnete und klar sehen konnte, hob die schöne Schamanin die rechte Hand und berührte in einer einzigen fließenden Bewegung ihre linke Braue, ihre rechte Braue und die Nasenspitze. Dann gab sie mir mit einem Nicken zu verstehen, daß ich ihrem Beispiel folgen sollte. Ich ahmte ihre rituellen Handbewegungen nach. Lächelnd hob Yu Lan die Hand und öffnete die zur Faust geschlossenen Finger, als wollte sie mir einen Schatz zeigen: ein winziger Gegenstand aus Metall, der einer Heugabel ähnelte, aber nur zwei Zinken hatte.

Ich trat ganz dicht an sie heran. Langsam hob sie das kleine Ding an die Lippen, und als sie durch die Zinken blies, schwebte mir eine kühle Brise entgegen. Wunderbar zarter Nebel hüllte uns ein, feiner Sprühregen nieselte auf uns herab, Regenbogen leuchteten auf, der Duft von feuchtem Gras, Erde und Blumen war so stark, daß man darauf gehen konnte. Die fruchtbaren Yin-Einflüsse waren so überwältigend, daß ich nicht anders konnte, als die Arme nach ihr auszustrecken, sie zu umfangen und ihren Namen zu flüstern; die Tochter des Puppenspielers verharrte reglos, dann hob sie mir ihre Lippen entgegen.

»Das ist mir entsetzlich peinlich«, sagte ich.

»Ach, ich weiß nicht«, entgegnete Meister Li. »Du hast noch ein Paar Hosen zum Wechseln dabei, und feuchte Träume haben einiges für sich. Auf diese Weise treffen die meisten Männer auf sonst unerreichbare Frauen, und die finanzielle Ersparnis ist enorm. Abgesehen davon, sind deine Träume wirklich *gut*. Bist du ganz sicher, daß du das Kinderlied nie zuvor gehört hast?«

»Ja, Meister«, erklärte ich. »Ich habe solche Lieder mein Leben lang gehört, aber dieses bestimmt nicht.«

»Du hast ein sehr gutes Gehör«, sagte er sachlich. »Die meisten Leute, die Kinderlieder erfinden, in denen es ums Kämpfen geht, verwenden ein kämpferisches Vokabular. In den wirklichen Kinderreimen kommen diese Worte jedoch nicht vor, sondern sie halten sich an Dinge wie Ziegen, Gras, Mütter und Brüder. Ist dir eigentlich aufgefallen, daß die Kinder eine erstaunliche Ähnlichkeit mit den Statuen der Urgötter hatten, die du auf der Hortensien-Insel vor dem Yu gesehen hast?«

Es war mir nicht aufgefallen, aber jetzt stellte ich fest, daß er recht hatte, auch wenn mir nicht in den Kopf wollte, warum mein Unterbewußtsein im Schlaf aus abstoßenden Statuen tanzende Kinder machte.

»Es ist kein Rätsel, daß dein Traum mit einer Trockenheit begann, aber etwas, das ich noch nicht ganz fassen kann, macht mich neugierig«, sagte er. »Laß es mich wissen, wenn du wieder einmal im Traumland herumwanderst.«

Was er mit der Bemerkung über die Trockenheit zu Beginn meines Traumes meinte, war, daß wir gerade durch eine von Dürre gezeichnete Landschaft zogen. Wohin man den Blick wandte, überall waren Bauern damit beschäftigt, Brunnen tiefer in die Erde zu treiben und jeden Tropfen Wasser aus den austrocknenden Flüssen zu sammeln. Kein Wölkchen stand am Himmel, es herrschte drükkende Hitze, und Bonzen wie Tao-shih arbeiteten Tag und Nacht an Regengebeten und -ritualen. Wenn Yu Lan des Nachts gerufen wurde, ging es fast immer um Regenzeremonien. Von Reisenden erfuhren wir, daß die Lage dort, wo sie herkamen, ähnlich war, und als wir uns Peking näherten, nahm die Hitze und Trockenheit sogar noch zu.

Unterwegs erstand Meister Li alchimistische Ingredienzen und Gerätschaften und einen Ballen gräßlichen, billigen Tees. Dann machte er sich ans Experimentieren, um eine Methode zu finden, wie man aus wertlosem *ta-cha* einen *choo-cha* machen konnte, der mit seiner Vollkommenheit einem Kaiser zur Freude gereichen würde, und eines Nachts, als wir gerade unser Lager aufschlugen, schrie er: »Kommt herbei, meine Kinder, dann will ich euch ein Wunder zeigen!«

Yen Shih legte einen Rost über das Lagerfeuer, wie Meister Li ihn angewiesen hatte, und Yu Lan holte die größte Bratpfanne herbei. Die Teeblätter, die Meister Li auf einen Tisch häufte, waren wirklich von der übelsten Sorte, groß, hart und am Rand zerfasert, und der Geruch war gleichermaßen unangenehm. Meister Li erhitzte die Pfanne, warf Teeblätter hinein und fügte eine geringe Menge gelben Pulvers hinzu.

»Tamarinde«, erklärte er. »Es ist aus der Frucht eines großen Baumes, deren harte Kerne sehr viel Weinsäure und Pottasche enthalten, und es kostet ein Vermögen. Aber man braucht nur winzige Mengen davon. Der Name ist arabisch und bedeutet ›Indische Dattel‹, was eigentlich merkwürdig ist, weil der Baum weder aus Arabien noch aus Indien stammt, sondern aus Ägypten importiert worden sein muß.«

Während er den Inhalt aus zwei Gläsern in einen Mörser schüttete, erklärte er: »Eisenprussiat und Calciumsulfat oder, wenn es euch lieber ist, Preußischblau und Gips. Seht ihr, wie das Prussiat die Farbe wechselt?«

Indem er die Substanzen mit einem Stößel vermischte, wurde das Blau heller und nahm eine leichte Schattierung von Grün und Violett an. Yu Lan rührte indessen in der Pfanne, wo sich die Blätter mit der Tamarinde vermischten und von häßlichem Schwarz in ein wunderschönes Gelborange übergingen. Als die blaue Färbung ganz verblaßt war, schüttete Meister Li das Gemisch in die Pfanne, nahm Yu Lan den Löffel aus der Hand und rührte und schüttelte heftig, bis sich vor unseren Augen etwas Aufsehenerregendes ereignete.

»Hol mich der Teufel!« rief Yen Shih aus.

Die jämmerlichen Blätter färbten sich grün wie echter Haisan. Außerdem nahm der Geruch, der aus dem Tiegel aufstieg, ein immer köstlicheres Aroma an, und dann geschah das Allerunglaublichste. Die Blätter des echten Vor-den-Regenfällen, des besten Frühlingstees, müssen, da sie sehr zart sind, sorgsam mit der Hand gerollt und gedreht werden, und diese Blätter taten das von selbst und ohne irgendwelches Zutun! Die Blätter rollten und strafften sich, ihre vorher grobe Form wurde anmutig und fein, die ausgefransten Ränder glätteten sich, und wir blickten auf einen vollkommenen Tee von allerhöchster Qualität. Gut genug für einen Kaiser, und genau darum ging es.

»Es ist in Aussehen und Geruch vollkommener Tribut-Tee«, erklärte Meister Li fröhlich. »Er hat tatsächlich nur den einen Fehler, daß er zu vollkommen ist: er zeigt ein einheitliches Blaugrün, während der echte Tee schwach gelbliche Unregelmäßigkeiten aufweist. Für den Transport würde man ihn zu kleinen Platten pressen und mit dem Kaiserlichen Siegel versehen, genau wie das Zeug, das die Mandarine an leichtgläubige Barbaren verkaufen, und sie können es tonnenweise auf den Markt werfen. Ich würde die Gewinnspanne auf 10000 Prozent schätzen. Ein großartiges Geschäft!«

Der Geschmack war wieder eine andere Sache. Wir brachten einen Topf Wasser zum Kochen, und als wir den Tee kosteten, spuckten wir ihn prompt wieder aus. Er war gräßlich. Meister Li äußerte die Überzeugung, daß die Mandarine einen gewissen Anteil anständigen Tee beimischen mußten, um ihn genießbar zu machen.

Der Dampf, der von meiner Schale aufstieg, ließ die Bilder vor meinen Augen verschwimmen, und ich hatte den Eindruck, daß Yen Shih mich böse anstarrte, doch als ich in den Dampf blies, sah ich, daß er lediglich den Teegeschmack mit einer Grimasse bedachte. Yu Lan räumte den Tisch ab: still, würdevoll, unerreichbar wie eine vorüberziehende Wolke, verstohlen lächelnd.

Mein Dorf zerfloß in der Hitze, als wäre es aus weichem Wachs geformt, und von allen Seiten erscholl Gelächter – rauhes, harsches, gezwungenes Gelächter. Ich spähte durch eine Lücke zwischen zwei Hütten und sah den Abt unseres Klosters, dessen Blick auf irgend etwas gerichtet war. In seinen Augen stand Mitleid, und seine Miene war traurig. Ich lief weiter, bis ich die Hauptstraße sehen konnte, und dort entdeckte ich meine Mutter, die lachte, und meinen Vater, der sich bemühte, zu lachen. Alle bemühten sich. Ein Hochzeitszug war im Gange, und mir sank das Herz in die

Knie. »Über den Hund lachen« ist der letzte Ausweg in Zeiten der Dürre. Wenn es nichts nützt, den Wasserdrachen Schwalben zu schicken und die Statuen unserer Schutzgötter in die sengende Sonne hinauszustellen, bleibt nur noch die Möglichkeit, einen kompletten Hochzeitszug mit blumengeschmücktem Wagen, Gongschlägen, Glocken und Trommeln auszurichten, nur, daß die Braut ein Hund ist. Eine Hündin im Hochzeitskleid eines Mädchens. Dann zeigen alle mit dem Finger auf sie, lachen und lärmen und hoffen, daß sie damit den Kleinen Jungen in den Wolken dazu bringen, herunterzuschauen und über den albernen Anblick zu lachen, bis ihm die Tränen kommen. Und seine Tränen sind Regen.
Ich ging auf meine Eltern zu, doch die Hitzeschwaden flimmerten wieder wie Wolken in der Luft, so daß ich nichts klar erkennen konnte. Das Lachen wurde schriller und höher. Ich sah, daß sich etwas in einem Kreis bewegte, und dann stellte ich fest, daß es keine Tänzer um einen Hochzeitswagen waren, die ich sah und keine lachenden Stimmen, die ich hörte.

»Ziege, Ziege, spring über den Wall,
Rupf Gras und füttere dein Mütterlein;
Ist sie nicht auf dem Feld und im Stall,
Gib es deinen hungrigen Brüderlein.
Eins ... Zwei ... Drei ... Vier ... Fünf ... Sechs ... Sieben ... Acht!«

Gerade als ich aus dem Hitzeflimmern heraustrat, durchbrach die Ziege den Kreis und jagte den anderen Kindern nach. Die Laute, die ihr Lied begleitet hatte, spielte noch. Ich wandte mich dem Klang zu, doch plötzlich blendete mich ein greller Lichtblitz, und als ich wieder klar sehen konnte, stand Yu Lan mit einem Käfig in der Hand vor mir. Sie hob die andere Hand zu der rituellen Bewegung, und ich ahmte ihr Beispiel nach: linke Braue, rechte Braue, Nasenspitze. Die Schamanin öffnete die Faust, und ich erblickte wieder eine kleine zweigezackte Heugabel. Aber diesmal hob sie sie nicht an die Lippen. Sie sah mich ernst an, ging dann zu einem Brunnen mit niedriger Steineinfassung und deutete auf einen riesigen Eimer, der an einer Winde hing. Durch Zeichen machte sie mir klar, daß ich uns beide in den Brunnen hinunterlassen sollte.

Der Eimer war gerade groß genug. Ich band das Seil los und ließ uns langsam in die Dunkelheit hinunterschweben. Die Winde quietschte laut, aber das Seil war dick und stark. An den Brunnenwänden konnte ich ein eingemeißeltes Muster erkennen: lauter Frösche, die, Kopf an Schwanz, sich in endloser Spirale drehten. Von unten stieg ein fürchterlicher Gestank nach verwesendem Fleisch auf, und etwas grollte dort unten wie gedämpfter Donner. Ich versuchte, Yu Lan zu überzeugen, daß wir umkehren sollten, aber sie deutete unbeirrt in die Tiefe.

Ich ließ den Eimer immer weiter hinunter. Yu Lan musterte aufmerksam die Wände. Sie strengte ihre Augen an, um in dem schwachen Lichtschein von oben etwas zu erkennen. Ich hörte jetzt ein Gurgeln, das von unten kam, und die Hitze wurde so sengend wie in einem Backofen. Wieder drang ein tiefes, drohendes Grollen aus der Tiefe zu uns herauf. Der Gestank war jetzt fast unerträglich.

Yu Lan berührte meine Schulter und zeigte mir etwas. In der Brunnenwand war ein dunkler Kreis zu sehen, den ich aber nicht erreichen konnte. Also begann ich, den Eimer in schwingende Bewegung zu setzen, indem ich an dem Seil hin und her schaukelte. Wir schwangen in immer größeren Kreisen. Meine Hände waren schweißnaß, und ich befürchtete, daß mir das Seil entgleiten würde und wir in die Tiefe stürzten. Doch ich hielt fest und schwang immer weiter aus, bis ich mit der linken Hand den Kreis erreichen konnte. Es war ein Loch in der Wand. Als ich zum dritten Mal darauf zuschwang, bekam ich einen hervorspringenden Stein zu fassen, und es gelang mir, uns bis zum Rand des Lochs heranzuziehen. Yu Lan sprang leichtfüßig in den schmalen Tunnel dahinter, und ich folgte ihr, nachdem ich den Eimer an dem Stein festgebunden hatte.

Die Schamanin führte mich auf einen sanft schimmernden Lichtschein zu. Es war eine Kammer, deren moosbedeckter Boden wie ein dicker Teppich war. Durch Löcher in der hohen Decke drang das Licht herein. Die Tochter des Puppenspielers lächelte mir zu und hob die Hand an die Lippen. Sie blies durch die zwei Zacken der winzigen Gabel, und die heilende und fruchtbare Kraft des Yin erfüllte den Raum mit Nebel, leichtem Sprühregen und Regenbögen. Yu Lan schmiegte sich in meine ausgebreiteten Arme.

»Außerordentlich erotisch«, bemerkte Meister Li, wobei er das Wort ›erotisch‹ genießerisch auf der Zunge zergehen ließ. »Der Tatsache, daß die Liebe in den Zuständigkeitsbereich der Frauen fällt, wird durch die Yin-Metapher, die wir dafür verwenden, Rechnung getragen: ›Wolken und Regen‹, was den Nebel und die Regenbögen erklärt, aber mußt du wirklich jedesmal, wenn Yu Lan vorbeigeht, rot werden wie eine reife Tomate und deine Zunge sich verheddern?«

»Ich kann's nicht ändern«, entgegnete ich kläglich. »Ich weiß, es ist albern, aber ich kann nichts dagegen tun.«

»Und jedesmal, wenn ihr Vater in deine Richtung sieht, mußt du wie ein ängstliches Karnickel zusammenzucken?«

»Versetzt Euch in meine Lage!« wimmerte ich.

»Wie könnte ich? Ich habe das Wolke-Regen-Spiel nicht mehr gespielt, seit ich neunzig war.«

Der Weise schlenderte davon, um seinen Weinkrug zu holen, und pfiff dabei *In meiner Jugend suchten die Schönen mein Bett, aber ein alter Mann ist ein Bett voller Knochen*. Ich rupfte ein Bündel Binsen aus, um sie als Trockentücher zu benutzen, dann drehte ich mich auf die Seite und schlief wieder ein.

Als wir Peking erreichten, war noch immer nichts von einem Nachlassen der furchtbaren Trockenheit zu spüren. Die Stadt stöhnte unter der Hitze und erstickte in dem beißenden roten Ziegelstaub, für den sie berühmt ist. Dazu kam, daß der Himmel verhangen war vom Gelben Wind, wie man die Wolken feinen gelben Sandes nennt, die aus dem mongolischen Wüstenland herübergeweht werden. Gewöhnlich sind die Sandstürme im vierten Mond vorüber, doch als Yen Shihs Wagen am Abend des zweiten Tages im fünften Monat durch die Tore der Stadt rollte, gruben seine Räder Furchen in die hartkörnige gelbe Decke, und der Wind fauchte in der Plane wie eine Katze, die zum Sprung ansetzt.

Meister Li vereinbarte mit Yen Shih, daß er uns am nächsten Morgen auf der Hortensien-Insel treffen sollte, dann lenkten der Puppenspieler und seine Tochter den Wagen zu ihrem Haus. Ich mietete eine Sänfte, mit der Meister Li und ich uns zum Hause des Himmlischen Meisters begaben. Wir erreichten die Verbotene Stadt, die im Licht der untergehenden Sonne funkelte wie eine juwelenbesetzte Krone, gerade, als die Trommeln das Schließen der Tore verkündeten, wurden jedoch augenblicklich hereingelassen. Aber an der Tür zum Arbeitszimmer des Heiligen verstellte uns eine alte Frau, die seit vielen Jahren im Dienste des Himmlischen Meisters stand, den Weg.

»Es geht ihm nicht gut heute«, erklärte sie. Ihre Miene war besorgt und müde. »Er hat viel Kraft, aber irgend etwas stimmt nicht mit ihm, und ich muß Euch bitten, morgen wiederzukommen. Gewöhnlich geht es ihm besser, wenn er geschlafen hat.«

Die Tür zum Arbeitszimmer stand einen Spalt offen, und ich hörte, wie der Himmlische Meister drinnen mit jemandem sprach. Er bediente sich einer archaischen, zeremoniellen Sprache, die fast wie ein priesterlicher Gesang anmutete, und nach dem, was ich von ihm wußte, so wenig das auch sein mochte, war das ganz und gar nicht seine Art.

»Wenn es sich weiterhin krank fühlt«, intonierte der Himmlische Meister mit würdiger, klangvoller Stimme, »dann reib es mit dem ausgelassenen Fett vom Bein eines Schneeleoparden ein. Gib ihm den mit drei Prisen gemahlenen Rhinozeroshorns vermischten Saft des Zimtapfels aus den Eierschalen der Singdrossel zu trinken. Leg ihm gescheckte Blutegel an, und wenn es dann immer noch darniederliegt, dann erinnere dich daran, daß kein Geschöpf unsterblich ist und auch du sterben mußt.«

Die Tür ging auf. Für kurze Zeit konnte ich den Heiligen sehen, der mit geschlossenen Augen und wie zum Segen ausgebreiteten Armen neben seinem Schreibpult stand, dann schloß sich die Tür hinter einer jungen Dienstmagd. Sie trug einen kleinen Hund auf einem seidenen Kissen. Der Hund, der flach hechelte, war offensichtlich krank, und das Mädchen war so um das Tier besorgt, daß es uns völlig übersah. Die junge Frau hatte ein reizloses, einfaches Gesicht, und ich wäre jede Wette eingegangen, daß sie ihre Pantoffeln selber machte: Sie hatten ein Muster aus rosigen Hörnchen, die durch gelbe Blumen hüpften.

»Hat dein Herr das oft?« erkundigte sich Meister Li bei der alten Frau.

»Nein, Ehrwürdiger Meister. Nur hin und wieder, aber dann ruht er sich aus und ist danach wieder ganz der alte.«

»Wir kommen morgen wieder vorbei.« Mit diesen Worten machte Meister Li kehrt und ging aus dem Haus.
Wieder in der Sänfte, kam es mir vor, als würden wir auf dem Rückweg durch ein Meer phantastischer Farben schwimmen – im Sonnenuntergang sind Sandstürme wirklich herrlich –, und Meister Lis Gesicht färbte sich erst golden, dann zinnoberrot, dann hellrot und schließlich rosig, während tiefe Sorgenfalten die Palette mit schwarzen, schroffen Linien überzog.
»Ich habe Angst um meinen geliebten alten Lehrer«, sagte er. »Wir dürfen nicht vergessen, daß er auf irgendeine Weise einen Mandarin überlistet hat, der im Besitz eines der Käfige ist, und daß er das Ding benutzt hat, um den anderen eine Gardinenpredigt zu halten. Diese Kerle sind gefährlich. Wenn seine Gedanken abschweiften, während er mit ihnen in Verbindung stand, könnten wir alle übel in der Klemme sitzen. Wir sollten die Verbrecher also so schnell wie möglich hinter Schloß und Riegel bringen.«
»Meister, habt Ihr nicht genug gegen sie in der Hand?« fragte ich. »Wir wissen über die Höhle Bescheid, und Ihr habt herausgefunden, wie sie den Tribut-Tee fälschen.«
»Wir wissen aber auch, daß der Anführer der Bande Li die Katze ist, und er verfügt über genügend Macht, um eine Höhle unter dem Kohlenhügel verschwinden zu lassen«, entgegnete Meister Li grimmig. »Er kann eine Untersuchung um sechs Monate verzögern, und in dieser Zeit fallen alle Zeugen, die gegen ihn aussagen können, uns selbst eingeschlossen, mit irgendwelchen geheimnisvollen Krankheiten tot um. Nein, unser nächster Schritt muß sein, die restlichen, an der Verschwörung beteiligten Mandarine zu enttarnen, das schwächste Glied unter ihnen herauszufinden und diesen zu zwingen, gegen die anderen als Zeuge auszusagen.«
Er breitete die Arme aus und hob den Blick zum Himmel.
»Aber, zum Teufel, die Skandale der Mandarine sind nicht *wichtig*«, sagte er niedergeschlagen. »Diese Käfige sind es, und die Gestalten, die damit im Zusammenhang zu stehen scheinen und ein Dieb, der ein in Neid verwandelter Abenteurer sein kann oder auch nicht. Wenn der Himmlische Meister nur wieder in den Vollbesitz seiner geistigen Kräfte gelangt! Niemand weiß so viel über die Götter und Dämonen aus einer 3000 Jahre vergangenen Zeit wie er,

und wenn überhaupt irgend jemand, so ist er in der Lage, der Sache auf den Grund zu gehen.«

Wir hatten die Brücke des Himmels an der Kreuzung zwischen der Straße der Augen und der Gasse der Fliegen erreicht, und Meister Li wies die Sänftenträger an, uns bei der Spelunke des Einäugigen Wong abzusetzen.

Er heuerte ein paar verschlagene Gestalten an, die den Aufenthaltsort von Ho Chang-yu, dem Mandarin, dessen Bild im Käfig des Himmlischen Meisters erschienen war, aufzuspüren. Zwei Stunden später erfuhren wir, daß er zum Kaiserlichen Palast in Ch'ang-an gereist war und erst in etwa zwei Tagen zurückerwartet wurde. Nachdem wir zu Abend gegessen hatten, kehrten wir zu Meister Lis Hütte zurück. Diesmal begrüßte uns Großmutter Ming nicht mit ihrem Gezeter über Menschenaffen. Wir schliefen beide tief und fest, aber mir wäre es lieber gewesen, unruhig zu schlafen und von Yu Lan zu träumen.

15

Am dritten Tag des fünften Mondes, als der Gelbe Wind sich vorübergehend gelegt und der Himmel sich mit blassem Blau überzogen hatte, ruderten wir gleich nach Sonnenaufgang zur Hortensien-Insel hinüber. Sonnenstrahlen fielen auf das Wasser des Nördlichen Sees und schoben sich über das Heck unseres Bootes, und ich sah zu meinem Erstaunen, daß sich bereits die ersten Hitzeschwaden über dem Rand der steil aufragenden Klippe, die den Yu beherbergte, wie durchscheinende Echsen kringelten. Es würde wieder ein glühendheißer Tag werden. Als ich am Steg anlegte, hob sich meine Stimmung. Yen Shih war schon da und hatte die Fackeln mitgebracht, um die Meister Li gebeten hatte.

»Ich hatte den Eindruck, daß du zu kurz gekommen bist«, wandte sich Meister Li munter an den Puppenspieler. »Ochse und ich haben all die abenteuerlichen Ereignisse im Palast miterlebt, während du mit deinen Puppen auf der Bühne warst. Wenn wir ein bißchen Glück haben, wirst du heute dein Abenteuer haben.«

»Wird mir ein Vergnügen sein«, entgegnete Yen Shih, und seiner Stimme nach zu urteilen war das sein voller Ernst.

»Ich hätte schon früher daran denken müssen«, sagte der alte Mann reumütig. »Wir brauchen eine Liste der Mandarine und der anderen vornehmen Herren, die mit der Schmugglerbande in Verbindung stehen. Außerdem brauche ich jede Information über die merkwürdigen Käfige, von denen Ochse und ich erzählt haben. Der Schlüssel dazu könnte der Mann sein, der die Käfige offensichtlich entdeckt hat, der verstorbene Ma Tuan Lin.«

Wir waren unterwegs zu dem Ort, an dem der erwähnte Würdenträger sein Ende gefunden hatte, und Meister Li deutete zu dem Pavillon hinüber.

»Wir haben alles, was von Interesse war, in seiner Inselklause gefunden, und ich habe sowohl sein Haus und seinen Amtssitz als auch sein Anwesen auf dem Land durchsucht. Ich dachte, wir wären in einer Sackgasse angelangt, aber jetzt bin ich mir da nicht mehr so sicher. Hast du vor dem ganzen Durcheinander je von Ma gehört?«

»Ich hatte nie die Ehre«, antwortete Yen Shih.

»Da hattest du Glück«, fuhr Meister Li fort. »Ma zu kennen, war wie ein Geschwür, dem man Tür und Tor öffnet. Er war einer der Wissenschaftler, die mit einem hervorragenden Gedächtnis gesegnet sind, ein Talent – in seinem Fall eine Begabung für Sprachen –, aber nicht ein Fünkchen Verstand und Urteilsvermögen. Seine Sprachbegabung brachte ihn als Experten für die Angelegenheiten unserer Minderheitenvölker ins Innenministerium, und es ist nicht übertrieben, wenn ich behaupte, daß Ma Tuan Lin schon bald zur lebenden Legende avancierte.«

Meister Li schien eine sonderbare Bewunderung für den seligen Mandarin zu hegen, dessen Laufbahn sich erstaunlich geradlinig entwickelt hatte.

»Als ersten Posten trat er das Amt eines Verwalters bei den Hu Peh an. Er kam dort zu einer Zeit an, als gerade eine Grippe-Epidemie grassierte und die Mitglieder dieses bemerkenswert auf Hygiene bedachten Stammes Gazemasken herstellten und trugen«, erzählte Meister Li. »In seinem offiziellen Bericht stand zu lesen, daß seine Untertanen menschlichen Wesen ähnelten, jedoch zwischen Nase und Kinn nur eine leere Fläche hatten; ihre Münder, mutmaßte er, befanden sich nämlich oben auf dem Schädel. Man belohnte ihn durch eine Beförderung ins Land der Kuang Tung, die das haarsträubende Glück hatten, daß er zu dem Zeitpunkt bei ihnen eintraf, als sie gerade ihre Schöpfungsmythen feierten. Im offiziellen Bericht konnte man lesen, daß sie weder bestellbare Felder noch Fischereirechte brauchten, weil sie sich von Schlamm ernährten.«

»Klingt nach einem angenehmen Zeitgenossen«, bemerkte Yen Shih trocken.

»Es wurde noch besser«, fuhr Meister Li fort. »Ma Tuan Lin wurde nun ausersehen, die Oberaufsicht über die Chiao zu übernehmen,

was zum Gemetzel an unzähligen verdutzten Großmüttern führte, weil er die Geschichte, die sie ihren Kleinen erzählten, für bare Münze nahm und berichtete, die alten Damen des Stammes würden sich bei Nacht in Fledermäuse verwandeln und chinesischen Kindern das Gehirn aussaugen. Danach wurde er nach Hainan versetzt. Er erreichte die Insel bei Vollmond, und man kann sich vorstellen, was das Mondlicht bei Ma Tuan Lin bewirkte. In seinem offiziellen Bericht schrieb er, daß die Mädchen dort in Wirklichkeit Meerjungfrauen seien, die Perlen anstelle von Tränen weinten, worauf sich Heerscharen von Herren nach Hainan einschifften, um die Mädchen einzufangen und zum Weinen zu bringen. Die widerwärtigen Einzelheiten erspare ich mir lieber.«
Der Pavillon war in Sicht gekommen, und Meister Li blieb stehen. Er winkte mit der Hand zum Haus hin.
»Was ich damit sagen will, ist, daß Mas Mitverschwörer einem solchen Mann kaum wichtige Dokumente anvertraut haben werden. Ich vermute, daß er immer noch einen Nutzen für sie hatte, so daß sie, anstatt ihm die Kehle aufzuschlitzen, dafür sorgten, daß er alle Arbeiten, die etwas mit dem Unternehmen zu tun hatten – und dazu gehörten auch die Käfige –, an einem Ort erledigte, den *sie* im Auge hatten. Sein Pavillon befindet sich direkt neben dem Tunnel, dadurch hatte er ungehinderten Zugang zu der Höhle unter dem Kohlenhügel, und genau dort, darum möchte ich wetten, richteten sie ihm einen Arbeitsplatz ein und sorgten dafür, daß ihn jemand nach verwertbaren Papieren durchsuchte, bevor er hinausging.«
»Dann gehen wir also zur Höhle zurück und suchen Ma Tuan Lins Arbeitsplatz?« fragte Yen Shih.
»Ganz genau.«
Der Puppenspieler sagte nichts, aber tief in seinen Augen tanzten die wohlbekannten kleinen Funken. Ich half ihm, die Schneise im Gestrüpp, das den Tunneleingang verbarg, wieder zu öffnen, dann traten wir hinein und zündeten unsere Fackeln an. Soweit ich sehen konnte, war der Gang seit unserem letzten Besuch nicht mehr betreten worden, was leicht zu erkennen war, da dort, wo man ein Stück von der Wand abgeschlagen hatte, immer noch weißer Staub auf dem Boden lag, der keine frischen Sandalenspuren aufwies. Wir stiegen den Pfad zum See hinunter. Ich hörte nichts weiter als

das Geräusch des Wassers, das von der Decke tropfte und meinen eigenen hämmernden Herzschlag. Dann begann der Weg zum Kohlenhügel hin wieder anzusteigen. Als wir uns der Höhle näherten, hörte ich ein Geräusch, das bald als Gelächter zu erkennen war, und zwar das Gelächter von Männern, die einen Sieg davongetragen haben über die Probleme, die die Menschen als Erbe mit sich herumtragen, indem sie in die bestialischste Barbarei zurückgefallen sind. Ich kann es nicht beschreiben: entweder man kennt diesen Ton, oder man kennt ihn nicht. Wir löschten unsere Fackeln. Je näher wir kamen, um so lauter wurde das Lachen, und als wir in die Höhle spähten, sahen wir zehn Männer um einen Tisch, die gebratenes Fleisch zum Frühstück aßen. Hundeknochen lagen auf dem Boden verstreut, Hundefett triefte ihnen über das Kinn, und sie grölten unter brüllendem Gelächter eine Zote nach der anderen. Die drei Wortführer der Gesellschaft waren uns nur zu gut bekannt: Wildschwein, Hyäne und Schakal, die drei Männer, die den kleinen Buchhalter so grausam ermordet hatten. Ich nahm zur Kenntnis, daß alle Männer Dolche trugen, und neben den Anführern lehnten drei Armbrüste am Tisch.
Sie waren so beschäftigt mit ihrem schmierigen Hundefleisch und den noch schmierigeren Witzen, daß sie nichts sonst bemerkten. Meister Li schlüpfte, ohne zu zögern, in die Höhle und kroch zwischen den Kistenstapeln herum. Ich folgte ihm mit Yen Shih. Mehrmals wechselte Meister Li die Stellung und betrachtete immer wieder prüfend die Decke und die Winkel der Wände, um die Akustik zu beurteilen, dann befahl er uns im Flüsterton, kleine Steine zu sammeln und uns so zu postieren, daß wir sie im Schutz dunkler Schatten durch den Tunneleingang zurückwerfen konnten. Auf sein Zeichen hin warfen wir unsere Steine, und das Prasseln bewirkte, daß die Männer im Raum die Köpfe herumrissen und zum Tunnel hinüberblickten.
Meister Li legte die Hände wie einen Trichter um den Mund. Er hat schon oft versucht, mir dieses Kunststück beizubringen, aber ich habe keine Begabung für solche Dinge, obwohl mir klar ist, daß das Geheimnis zu neunzig Prozent darin besteht, die Aufmerksamkeit des Zuhörers auf die Stelle zu lenken, von der das Geräusch scheinbar kommt. Der Effekt war wirklich bemerkenswert. Eine hohe,

zittrige Stimme schien aus der Schwärze des Tunnels zu hallen, eine Stimme, die Yen Shih zwar noch nie gehört hatte, an die ich mich jedoch sehr gut erinnerte.
»Gebt... mir... meine... Ohren... wieder«, heulte die unheimliche Stimme des ermordeten Buchhalters.
Die Verbrecher erstarrten, Hundeschenkel und Keulen halb abgenagt zwischen den Zähnen. Hyäne spuckte einen Brocken Fleisch auf den Tisch und fuhr zu Wildschwein herum.
»Das war die Grille, so sicher, wie du hier vor mir sitzt«, flüsterte er.
Einer der anderen Männer sprang auf. Dabei stieß er einen Weinkrug um und riß eine Platte zu Boden.
»Grille? Grille? Ihr habt doch gesagt, ihr hättet den elenden kleinen Kerl umgebracht!« brüllte er.
»Gebt... mir... meine... Nase... wieder.«
Schakal erhob sich mit fahlem Gesicht und griff nach seinem Dolch.
»Das ist der Geist der Grille«, stieß er tonlos hervor. »Die kleine Wanze ist zurückgekommen, um sich an uns zu rächen.«
Alle anderen waren jetzt aufgesprungen und warfen sich gegenseitig hilfesuchende Blicke zu. Nur Wildschwein war an seinem Platz am Kopfende der Tafel sitzengeblieben und nagte an einem Knochen.
»Geist? Hat dir deine Mutter denn nicht mehr beigebracht?« grinste er höhnisch. »Weißt du nicht, daß ein Toter drei Jahre in der Hölle bleiben muß, bevor er als Geist zurückkehren kann?«
»Was zum Teufel war das dann?« schrie Schakal.
»Gebt... mir... meine... Augen... wieder.«
»Das ist die Grille. Seine Hun-Seele hat sich verirrt«, flüsterte Hyäne. »Hörst du es nicht? Sie sucht ihren Körper, nur haben wir ihm das alles abgeschnitten.«
»Warum konntet ihr den Mistkerl nicht erwürgen!« rief einer der Männer.
»Hun-Seele, Hun-Seele«, äffte Wildschwein verächtlich nach. Betont würdevoll erhob er sich und nahm seine Armbrust zur Hand. »Hört zu, ihr unwissenden Affenärsche, die Hun-Seele hat ihren Sitz in der Leber, und wir haben die Leber der Grille nicht ange-

rührt. Ich habe die *Lunge* des Miststücks herausgeschnitten, und es ist die *niedere* Seele, die in der Lunge beheimatet ist, und wenn ihr euch einbildet, daß ich vor der Seele einer solchen Laus Angst habe...«

»Gebt... mir... meine... Lunge... wieder.«

Hyäne und Schakal machten Anstalten, sich davonzustehlen, doch Wildschwein gebot ihnen Einhalt und sammelte seine Männer um sich.

»Tot oder lebendig, die Grille hat nicht mal so viel Mumm in den Knochen wie ein Spatz!« rief er. »Kommt schon, Leute, wir geben diesem Miesling etwas, worüber er wirklich jammern kann!«

Er riß eine Fackel von der Wand und stürmte dann zur Tunnelöffnung. Nach kurzem unentschlossenem Zögern folgten ihm Hyäne, Schakal und die übrigen Mordgesellen, die sich mit Johlen und Fluchen Mut zu machen versuchten und mit ihren Dolchen in der Luft herumfuchtelten. Als sie im Tunnel verschwanden, hallten ihre Rufe nach: »Zeig dich, du Feigling!« und: »Wir jagen deine wurmzerfressene Seele bis nach Tibet!« Das Sirren und Aufschlagen eines Armbrustbolzens ließ ahnen, daß ihnen die Phantasie Bilder vorgaukelte, auf die sie schossen. Meister Li brummte zufrieden vor sich hin, während er aus seinem Versteck hervortrottete und durch das Höhlengewölbe zu der rückwärtigen Tür ging.

»Es würde mich nicht wundern, wenn sie weiterlaufen, bis sie auf der Insel sind!« bemerkte er erfreut.

Das alchimistische Labor schien unverändert, aber daran war Meister Li jetzt nicht interessiert. Er ging zielstrebig zu einer gegenüberliegenden Tür, und als er sie öffnete, blickten wir in einen langen Gang, in dem sich zu beiden Seiten kleine Erker befanden, die als Arbeitsplätze dienten.

»Ochse, Yen Shih, ich kannte Ma Tuan Lin und seine Arbeitsweise, ich werde also die Suche übernehmen«, sagte Meister Li. »Ihr beide geht zurück in die Haupthöhle und haltet Wache, auch wenn ich unsere Freunde so schnell nicht zurück erwarte.«

Einige Minuten später standen wir in der Mitte der Höhle und betrachteten die Kisten. Wir waren sicher, daß uns die Stimmen, die Schritte und das Fackellicht rechtzeitig vor der Rückkehr der Mörderbande warnen würden, als plötzlich ein Klicken und gleich darauf Schritte zu hören waren. Bevor wir uns verstecken konnten, kam aus einer Tür, die wir nicht gesehen hatten, ein anderer Haufen finsterer Gestalten. Sie blieben wie angewurzelt stehen und starrten uns an. Ihr Anführer war dunkelrot vor Wut und Blutgier. Er riß den Mund auf, um seinen Männern etwas zuzubrüllen, dann faßte er sich mit einem Gurgeln an die Kehle und stürzte zu Boden.

Yen Shih hatte, bevor ich mich überhaupt bewegen konnte, blitzschnell eine Armbrust, die am Tisch zurückgelassen worden war, an sich gerissen, angelegt, gezielt und geschossen. Da es keine weiteren Bolzen für die Waffe gab, schleuderte Yen Shih sie nach einem der Männer und nahm dann eine Fackel in die eine und seinen Dolch in die andere Hand. Mittlerweile hatte ich auch eine Fackel gegriffen, aber dann waren die Ganoven auch schon über uns.

Ich kann besser mit einer Keule umgehen als mit einer Waffe, die besondere Fingerfertigkeit erfordert, und ich schlug und drosch mit meiner Fackel recht wirkungsvoll um mich, aber die anderen waren in der Überzahl, und wenn Yen Shih nicht gewesen wäre, hätten sie uns ganz sicher den Garaus gemacht. Wie ein Wirbelwind hieb der Puppenspieler eine Schneise des Todes durch die Bande, dann brachte er mit einem Fußtritt Stapel Kisten zum Einsturz, um den Rest an unserer Verfolgung zu hindern. Eine Kiste brach auf, und Tausende kleiner harter Plättchen des falschen Tribut-Tees fielen auf den Boden. Während die Kerle darauf ausrutschten und schlitterten, machte der Puppenspieler auf dem Absatz kehrt und preschte zwischen ihnen hindurch wie das Transzendentale Schwein im Blutrausch. Die Überlebenden, die unter Entsetzensschreien davonstoben, gerieten unweigerlich in meine Reichweite. Es gelang mir, mit einem Wurf meiner Keule einen Mann niederzustrecken, der Yen Shih gerade mit dem Messer angreifen wollte, worauf die Klinge durch die Luft flog und einem Mann in die Kehle fuhr, der mir seinen Speer auf die Brust gesetzt hatte. Und dann war alles vorbei. Ich konnte kaum fassen, daß wir es geschafft hatten, aber da lagen die Männer vor uns, und keiner von ihnen rührte sich mehr.

Nachdenklich betrachtete der Puppenspieler das Chaos. »Es dürfte nicht leicht sein, die Leichen verschwinden zu lassen und alles hier wieder in Ordnung zu bringen«, sagte er.

»Vergiß es«, warf eine Stimme ein, und als ich mich umdrehte, erblickte ich Meister Li, der das Blutbad betrachtete und dabei fast bewundernd den Kopf schüttelte. »Wichtiger ist, daß ich Mas Papiere gefunden habe. Wenn wir die Leichen verstecken, würden wir mehr Probleme schaffen als lösen, also lassen wir alles, wie es ist. Oder fast.«

Rasch durchwühlte er Taschen, Börsen und Geldgürtel, bis er ein Häufchen Silbermünzen hatte, die er auf den Tisch legte, sowie ein Spiel gezinkter Karten, die er über die Münzen und auf dem Fußboden verstreute. Meine Keule drückte ich einem der Toten in die blutige Hand, die von Yen Shih legten wir neben einen anderen, und die Armbrust schoben wir unter den Körper eines dritten.

»Ein geübtes Auge würde bei der Untersuchung an diesem hübschen Bild in zehn Minuten zehn Fehler entdecken, aber es ist unwahrscheinlich, daß sie die Ermittlung einem geübten Mann übertragen«, sagte der alte Mann zuversichtlich. »Die Männer von der Wachablösung tauchten auf und entdeckten den Wein und das Hundefleisch auf dem Tisch. Sie ließen sich die Gelegenheit nicht entgehen, fingen an Karten zu spielen, bis einer von ihnen es zu weit trieb, und einmal in ihrem Leben verfehlten die Tölpel nicht ihr Ziel, als sie übereinander herfielen. Es fehlt nichts, warum also nicht die einfachste Erklärung akzeptieren?«

Ich hatte nicht vor, mich auf eine Diskussion mit ihm einzulassen, denn nun blieb noch das Problem, wie wir wieder hinauskommen sollten. Der Tunnel kam nicht in Frage. Meister Li stand an der Tür, durch die die Wachablösung gekommen war, und was er sah, gefiel ihm offenbar nicht besonders.

»Der Gang endet zweifellos im Keller eines Hauses auf dem Kohlenhügel, das einem der Mandarine gehört, und wir müßten zaubern können, um durch den Keller und aus dem Haus zu gelangen, ohne gesehen zu werden«, sagte er nachdenklich.

»Hier herüber!« rief Yen Shih.

Der Puppenspieler hatte etwas entdeckt, das uns offensichtlich entgangen war. Die Reste eines Erdrutsches waren an der westlichen Höhlenwand noch zu erkennen, und durch ein Loch in der Decke fiel ein Lichtschimmer herein. Mit Yen Shihs Hilfe erweiterte ich den Spalt, bis wir sehen konnten, daß der Erdrutsch einen Schacht gerissen hatte, der zu einem blauen Fleckchen Himmel hinaufführte. Mit Meister Li auf dem Rücken wand ich mich nach oben in einen Hohlraum, der aussah wie das Innere eines sehr merkwürdigen Schrankes aus knorrigem alten Holz. Licht strömte durch eine Öffnung, die so groß war, daß Meister Li bequem hinausklettern konnte, und dann tat ich so, als sei ich wieder neun Jahre alt und quetschte meinen massigen Körper hindurch. Yen Shih kam als letzter und gesellte sich zu uns. Wir befanden uns auf bekanntem Gelände. Es war das Familiengrab der Familie Lin auf dem Gipfel des Kohlenhügels, nicht weit von dem Grab entfernt, in dem der Vampir gehaust hatte, und der Schrank erwies sich als das Innere eines hohlen Baumes.

»Aha! Der Ch'ih-mei hat diesen Baum demnach während seiner nächtlichen Streifzüge als Ruheplatz benutzt, und der Erdrutsch hat ihn in die Höhle hinunter befördert, von wo aus er versehentlich mit der Erde zur Hortensien-Insel gekarrt wurde«, sagte Meister Li mit glücklicher Miene. Zweifellos hatten die Mandarine beschlossen, den Schacht nicht aufzufüllen, weil er ein bequemer Notausgang war.

Nie würde ein Gärtner Hand an diesen Baum legen, und ich fröstelte, während ich ihn betrachtete: knorrig, geduckt, wuchtig und feindselig – ebenso grausig und bedrohlich wie die entsetzlichen Totenbäume auf dem Berg der Falken und Krähen, und er würde unangetastet bleiben, bis ihn am Ende der Wind umriß.

16

Offiziell beauftragt, den Tod Ma Tuan Lins zu untersuchen, hatte Meister Li jede Berechtigung, sich auf dem Friedhof aufzuhalten, den das Unwesen bewohnt hatte. Während er also den Hügel hinunterschlenderte, zog er einen Stapel Papiere unter seinem Gewand hervor. Es waren Reibedrucke, die er vom Tisch des seligen Mandarins genommen hatte, und sie waren von so vorzüglicher Qualität, daß Meister Li bereit war, darauf zu wetten, daß Ma das Relief an der Tunnelwand zerstört hatte, damit niemand an seiner Entdeckung teilhaben konnte. Nicht einmal Ma war so dumm, daß er nicht hätte herausfinden können, auf welche Weise die Käfige zur Verständigung benutzt wurden.

Sogar ich konnte wieder die verhüllten Gestalten, die auf den Wänden des Yu abgebildet waren, erkennen: die acht Gelehrten Herren. Es waren überaus deutliche Abdrücke, auf denen etwas zu sehen war, was wir vorher nicht entdeckt hatten: Jeder der Käfige enthielt einen Gegenstand, der aussah wie ein Schreibpinsel, dessen Stiel dort, wo die Gitterstangen oben zusammenliefen, herausragte, und jede Bilderfolge war wie eine Lektion für Begriffsstutzige. Bild eins: Einer der Herren zieht den Pinsel aus seinem Käfig. Bild zwei: Er berührt mit dem Pinsel die auf den Stäben abgebildeten Symbole der fünf Elemente. Bild drei: Sein Gesicht erscheint im Innern des Käfigs. Bild vier: Wellenlinien symbolisieren das Überqueren von Wasser und Entfernungen. Bild fünf: Ein zweiter Herr betrachtet ein Abbild des Gesichts des ersten in seinem eigenen Käfig.

»Selbst Spatzenhirn Chou aus meinem Dorf würde das verstehen!« rief ich aus.

»Hör zu«, entgegnete Meister Li scharf. »Mas Entdeckung, daß die Käfige als Verbindung benutzt wurden, führte ihn zu der An-

nahme, er hätte das wirklich Wesentliche gefunden, und vielleicht stimmt das auch, aber er ging nicht weiter. Nun wäre jedem Wissenschaftler sofort klar, daß er den einzigen bekannten Hinweis auf ein Ereignis in Händen hält, das noch heute in abgewandelter Form begangen wird, nämlich das Drachenboot-Rennen am fünften Tag des fünften Mondes.« Er schnitt eine wütende Grimasse und schüttelte den Kopf, als wollte er einen Sinn, zäh wie Honig, herausschleudern. »Das heißt übermorgen«, sagte er. »Es wird allgemein angenommen, daß das Rennen zu Ehren des großen Staatsmannes und Dichters Ch'u Yuan veranstaltet wird, der sich aus Protest gegen eine korrupte Regierung ertränkte, aber in Wahrheit fand das Rennen bereits tausend Jahre vor Ch'us Geburt statt – wenn nicht gar zweitausend. Das Relief, das Ma entdeckte, war zweifellos eine bildhafte Darstellung des Ereignisses, das ursprünglich zum Rennen der Drachenboote geführt hat, obwohl es des Himmlischen Meisters in seinen besten Tagen bedürfte, den Bildern die volle Wahrheit zu entringen.«
Ich habe den alten Mann selten so mutlos gesehen. Während sein rechter Zeigefinger über die Reibedrucke strich, entzifferte er die alten Symbole schnell und sicher und band sie in eine Geschichte ein, doch seine lästerlichen Flüche und die Art, wie er mit der Hand über das Papier fuhr, zeugten von Lektionen, die er vermutlich vor ungezählten Jahren auf den Knien des Himmlischen Meisters gelernt hatte; Lektionen, die der Heilige vielleicht jetzt nicht mehr zu wiederholen in der Lage war. Als erstes nahm er sich jedoch etwas anderes vor als die Piktogramme. Einer der Reibedrucke stammte von einer alten Schrift gleich zu Anfang des Reliefs, und der alte Mann deutete auf den kurzen Text.
»Die Geschichte ist offensichtlich ein Sonnenwend-Mythos, der bis zu einem gewissen Maße auf historischen Ereignissen beruht, und diese Überschrift wurde vermutlich ungefähr ein Jahrhundert nach der Entstehung des eigentlichen Reliefs durch einen Wissenschaftler oder Priester hinzugefügt.« Er wandte sich um und zwinkerte Yen Shih zu. »Ein bißchen dick aufgetragen, aber ganz hübsch anschaulich, findest du nicht?«
Der Puppenspieler warf ihm einen durchdringenden Blick zu. Die Kenntnis der alten Schriftzeichen war den Privilegierten vorbehal-

ten, und Meister Li hatte nie zuvor eine Anspielung auf Yen Shihs vornehme Herkunft gemacht. Dann zuckte der Puppenspieler die Achseln und übersetzte die Worte für mich.

»›*Himmelsflamme Todesvögel Geister Boot Regen Rennen*‹, und die einzige Sprache, die außer dem Chinesischen dazu neigt, undeklinierte Substantive zu Gedichtzeilen aneinanderzureihen«, fuhr Yen Shih in einer großartigen Imitation des schulmeisterlichen Tonfalls eines wichtigtuerischen Gelehrten fort, »ist die Barbarensprache Latein.«

Meister Li nahm den Faden der Erzählung auf und las in groben Zügen die Geschichte, die er aus den alten Bildern und Symbolen zu entziffern in der Lage war, weiter:

Vor langer Zeit, als man die Schrift noch nicht entwickelt hatte, um die Ereignisse aufzuzeichnen, kämpften barbarische Eindringlinge, aus denen später die Chinesen hervorgehen sollten, mit den eingeborenen Bewohnern des Reiches der Mitte um die irdische Vorherrschaft, und zur selben Zeit lieferten sich im Himmel die Götter des alten und die des neuen Volkes eine Schlacht. Irgendwie schafften es die Bewohner der Erde, beide himmlischen Parteien gegen sich aufzubringen. Deshalb zogen sich die Götter, die normalerweise das irdische Tun bestimmen, zu den himmlischen Schlachtfeldern zurück und überließen die Menschen sich selbst, mit dem Erfolg, daß im Handumdrehen Chaos auf der Welt herrschte. Da die Menschen wußten, daß sie in harmonischer Übereinstimmung mit den Kräften der Natur leben müssen, schlossen sich die kriegführenden Könige zusammen und baten die größten aller Zauberer und Schamanen, die *Pa Neng Chih Shih*, aus allen Ecken der zivilisierten Welt herbeizukommen und die Angelegenheit in die Hand zu nehmen.

»Die Acht Gelehrten Herren begannen ihr Wirken damit, daß sie die Könige anwiesen, etwas zu bauen«, fuhr Meister Li fort. »Seht ihr das große Quadrat? Das bedeutet Erde oder aus Erde gemacht. Ein Schnörkel ist eingeritzt, der auf einen Hohlraum darin hindeutet, eine Höhle zum Beispiel, und diese dünnen Linien, die oben herausragen ...«

»Pfeifen!« rief ich aufgeregt. »Sie ließen sich von den Königen das Musikinstrument des Yu bauen!«

»Das hoffe ich aufrichtig, denn es ist eine reizende Vorstellung«, gab Meister Li mit sanfter Stimme zurück. »Außerdem gaben sie zwei wundervolle Boote in Auftrag, eines davon Yang, das andere Yin. Um den Pakt zu besiegeln – die Stelle ist mir nicht ganz klar, aber es scheint sich um ein Gelöbnis zu handeln, das Mensch und Natur in harmonischer Übereinstimmung verbinden sollte –, veranstalteten die Acht Gelehrten Herren das aufsehenerregendste Bootsrennen der Geschichte.«

Mit den tödlichsten Einsätzen, wie es schien. Der Yu wurde dazu benutzt, einen magischen Wasserstrom zu erzeugen, auf dem das Rennen stattfand. Ein flammenglühender Himmel deutete an, daß die Luft so heiß war, daß sie Feuer fing, wie in den Zeiten, bevor der Schütze Yi neun der zehn Sonnen heruntergeschossen hatte. Offenbar war der Einfluß des Yang unnatürlich stark. Wenn nun die Natur derart im Ungleichgewicht ist, brechen Krankheiten aus, und die furchtbaren Seuchenraben kreisten über den Booten. Unter den Acht Gelehrten Herren brodelte das Wasser, die Wellen drohten sie zum Kentern zu bringen, grauenvolle Ungeheuer griffen von den Ufern nach ihnen, und Seeschlangen bedrohten sie aus der Tiefe. Das Yang-Boot war an der Spitze zu sehen, und die pestbringenden Todesvögel stürzten sich herab . . .

»Und gerade an der Stelle, an der es richtig spannend wird, bricht das Ganze ab«, bemerkte Meister Li entrüstet.

Dort, wo sich die letzten Reliefplatten befanden, hatte der Stein dem Zahn der Zeit nicht standgehalten. Er war derartig verwittert, daß sich die Tinte auf dem Reibedruck in kleinen Pfützen sammelte, verlief und sich verwischte, und an manchen Stellen deutete nur noch eine Furche oder Kerbe an, was einmal in den Stein gemeißelt worden sein mochte. Ganz am Ende dann ging die weiche, verwitterte Fläche wieder in festeres Gestein über, und der Fries wurde wieder sichtbar.

»Yin hat am Ende den Sieg davongetragen«, erklärte Meister Li. »Seht ihr die schrägen Linien? Regen fällt herab, die gebärende Kraft und das Symbol der Erneuerung, und das Boot hat an einer Art Kai angelegt, wo es von *Kuei*-Geistern wimmelt. Was geschieht, ist nicht ganz klar. Die Flammen am Himmel sind gelöscht, und die pestbringenden Todesvögel ergreifen die Flucht. Es ist also anzunehmen, daß die Acht Gelehrten Herren die Unterstützung von Geistern gewonnen haben, die das Gleichgewicht verschoben. Immerhin bezeichnet der unbekannte Berichterstatter die Schiffe als ›Geisterboote‹. Wenn der Himmlische Meister die Kraft seines Verstandes nur für ein paar Stunden noch sammeln könnte!« stieß der alte Mann leidenschaftlich hervor. »Er wäre imstande, die Verbindung zwischen dieser Geschichte und den Dämonengöttern, die mit den Käfigen im Zusammenhang stehen, herzustellen, vielleicht sogar zu ihrem Bruder Neid. Darüber hinaus könnte er uns vielleicht erklären, warum Teile einer 3000 Jahre alten Geschichte gerade jetzt zum Vorschein kommen, warum gewisse Monstergestalten Realität sind und was hier überhaupt passiert.«

»Viel Glück«, sagte der Puppenspieler.

Yen Shih hatte Gefallen gefunden an dem »höchst interessanten Morgen«, wie er es ausdrückte, und bot Meister Li weiterhin seine Dienste zu jeder Tages- und Nachtstunde an. Für den Augenblick entschuldigte er sich jedoch, weil er zu Hause einige Dinge zu erledigen habe. Das war ausgesprochen taktvoll von ihm. Meister Li würde als nächstes dem Himmlischen Meister ausführlich Bericht erstatten, und es mochten dabei Einzelheiten zur Sprache kommen, die nicht für die Ohren des Puppenspielers bestimmt waren. Darum zog sich Yen Shih höflich zurück, bevor jemand in Verlegenheit geraten konnte. Meister Li bestand darauf, eine Sänfte für den Puppenspieler zu mieten, und wir bestiegen eine zweite. Kurze Zeit später erreichten wir die Verbotene Stadt und begaben uns ohne Umwege zum Amtssitz des Himmlischen Meisters. Er war nicht anwesend, hatte aber in einer versiegelten Tasche eine Nachricht für Meister Li hinterlassen. Meister Li nahm die Tasche mit zur Sänfte und öffnete sie dort, während wir die Verbotene Stadt durch das Tor des Mittags verließen.

›Kao,
ich bin müde, verblödet und senil.
Ich habe einen Mandarin zur Rede gestellt,
der über die Höhle im Kohlenhügel Bescheid wissen mußte.
Ich habe ihn dazu gebracht, mir seinen Käfig zu zeigen

und zu erklären, wie die Verbindung funktioniert.
Ich habe ihn benutzt, um ein bißchen herumzubrüllen,
aber dann setzte mein Verstand aus.
Mir fiel nichts Besseres ein,
als dem Schweinehund das Ding über den Schädel zu ziehen.
Ich muß es dir überlassen, konstruktivere
Schritte zu unternehmen. Einen der Käfige
habe ich bei Yang Ch'i aufgespürt. Er bewahrt ihn in einer
Vitrine in seinem Treibhaus auf, und wenn
irgend jemand mit den Wachen fertig werden kann, dann du.
Ich lasse es dich wissen, wenn mein Hirn wieder mehr verdauen
kann als vorgekaute Säuglingskost.
Chang.‹

»Wie sehe ich aus?«
»Mm...Meister Li...«
»Ochse, nicht über mein Gewand!«
»Verzeihung«, brachte ich, von Brechreiz geschüttelt, hervor.
Die zivilisierten unter meinen Lesern werden das berühmte Porträt kennen, das Tusche Wang von Meister Li angefertigt hat, und ich war dabei, als er es malte. Nachdem er das Gesicht des Weisen von allen Seiten betrachtet hatte, warf er seine Pinsel in die Ecke, löste sein langes, glattes Haar, tauchte es in Töpfe mit Tusche und sprühte sie dann, indem er herumhüpfte und den Kopf von einer Seite zur anderen warf, auf die Seidenfläche. Das Ergebnis war ein unglaublich kompliziertes Muster miteinander verschlungener Linien. Darauf zeichnete Tusche Wang die Umrisse eines Kopfes, schwärzte alles, was außerhalb der runden Fläche lag, malte ein strahlendes Augenpaar, und schon sah ich Meister Li so lebensecht vor mir, daß ich fast erwartete, er würde vom Blatt heruntersteigen und nach Wein rufen. Tusche Wang erklärte, daß er nur auf diese Weise die Landschaft aus Falten, die das Gesicht von Meister Li prägen, wiedergeben konnte. Ich erwähne das deshalb, weil es dem Leser vielleicht eine vage Vorstellung davon gibt, welchen Effekt es hatte, wenn diese Falten mit grünem, phosphoreszieren-

dem Ton ausgefüllt wurden. (Neokonfuzianer, die nicht mitgekommen sind, werden zum Nachdenken aufgefordert: unvorstellbar alter Mann, klapperdürr, ein Labyrinth von Falten, in die Ton gestrichen wird, der im Dunklen glüht.)

Ich lenkte einen vornehmen, blau verhängten Eselskarren, und über uns schien ein heller Mond, vor den sich gelegentlich Sandwolken schoben. Der Gelbe Wind pfiff durch die Plane, und die metallenen Fackelhalter, die die elegante Promenade auf dem Kohlenhügel säumten, schienen die knirschenden Töne des Sandes wie ein langgezogenes Lautentremolo von einem zum anderen weiterzureichen. Als wir am Tor zum Anwesen des Mandarins Yang Ch'i zum Stehen kamen, scharten sich die Wachposten um uns und verlangten Parolen oder gedruckte Einladungskarten von uns, worauf sich die seidenen Vorhänge teilten und der Kopf einer sechs Monate alten Leiche sich Zentimeter für Zentimeter hervorschob.

»Guten Abend«, sagte Meister Li.

Die Wachen waren im Nu verschwunden, nur spitze Schreie hallten noch eine Weile durch die Luft. Gelassen setzten wir unseren Weg zum Haus fort. Im Hof erwartete uns eine weitere Reihe von Soldaten, wachsam, schneidig und auf Beförderung versessen.

»Entschuldigt bitte. Wir sind gerufen worden, um einen Herrn abzuholen. Wer von euch ist...« Ich kramte nach einer Liste.

Hände schoben einen Sarggriff durch den blauen Vorhang, gefolgt von Meister Lis Gesicht.

»Guten Abend.«

Als der Hof menschenleer war, stiegen wir aus und näherten uns dem Haus, wo uns ein Hausdiener beim Anblick von Meister Lis Amtstracht automatisch Einlaß gewährte und sich dann umdrehte. Als er die weiße, hölzerne Visitenkarte in Empfang nehmen wollte, fiel er wie ein Brett nach hinten um und wippte dreimal unter vernehmlichem Gepolter nach. An jeder Tür und an jeder Treppe tauchten Diener, Wachposten und andere Lakaien auf.

»Hallo allerseits!« rief ich verzweifelt. »Mein geliebter Ururgroßvater hat sich irgendeine alberne Krankheit zugezogen, die die hirnlosen Scharlatane als hoch ansteckend bezeichnen, und wir sind lediglich auf der Suche nach...«

»Guten Abend«, sagte Meister Li.
Da niemand mehr im Haus zu sein schien, der uns gebührend begrüßen wollte, setzten wir unseren Weg durch den Innenhof zu einem zentral gelegenen Turm fort und betraten einen riesigen Raum, über den sich eine fast ausschließlich aus Fenstern bestehende Kuppel wölbte. War draußen die Hitze schon schlimm genug gewesen, so war sie hier im Innern erdrückend. Und die Luft war so feucht wie in den südlichen Regenwäldern. Meister Li erklärte mir, daß Yang Ch'i ein begeisterter Gärtner war, der sich auf die Zucht exotischer Tropenblumen spezialisiert hatte. Unter dem Fußboden befand sich ein großer Behälter mit Wasser, das durch Kohlefeuer ständig auf dem Siedepunkt gehalten wurde. Durch Tausende von kleinen Löchern stieg der Dampf auf, und die Feuchtigkeit sammelte sich an der Decke, die mit kleinen Tropfgeräuschen herunterfielen. Es roch nach Dung und Verwesung, vorherrschend war jedoch der Duft fleischiger Orchideenpflanzen von gewaltiger Höhe: klebrig süß und von innen heraus modernd.
»Yang rühmt sich auch seiner Kenntnisse primitiver Kunst, und in dieser Hinsicht ist sein Stolz gerechtfertigt«, bemerkte Meister Li. »Er ist einer der wenigen, der die künstlerischen Fertigkeiten der Ureinwohner wirklich zu schätzen weiß, und aus diesem Grund hat der Himmlische Meister auch berichtet, daß er seinen Käfig in einer Vitrine aufbewahrt. Yang Ch'i könnte einen solchen Schatz unmöglich verborgen halten; er würde das Juwel seiner Sammlung sein.«
Die Wege zwischen den Pflanzungen waren mit Schaukästen gesäumt, die alles nur Erdenkliche, vom kostbaren, juwelenbesetzten Kamm bis zur Puppe aus billigem Teakholz, enthielten. Es lehrte mich immerhin, daß Materialien im Mondlicht ihre Bedeutung verlieren, und wenn die Kunstfertigkeit das Kriterium der Bewertung war, so war die Puppe das wertvollste Stück. Die Wege liefen in der Mitte des Raumes zusammen, wo ein einzelner Kasten auf einem runden Platz stand. Hier war die Luft voller Dampf, der die Umrisse verschwimmen ließ, und alles, was ich aus den Augenwinkeln sah, schien sich zu heben und zu senken wie auf einem wogenden Meer. Der Mond stand senkrecht über der Kuppel. Im Gehen stellte

ich fest, daß er, durch verschiedene Glasvierecke betrachtet, Farbe und Form wechselte: einmal rund und golden wie ein sagenumwobener Pfirsich aus Samarkand, dann wieder länglich und gelb wie ein Kürbis – so mußte eine Krabbe den Mond sehen, wenn sie im Wasser über Sand und Algen huschte und nach oben spähte.
Das Glas allein mußte soviel gekostet haben wie das Lösegeld für einen Kronprinzen. Ich hatte noch nie so viel und von so guter Qualität in einer einzigen Sammlung gesehen.
Wir fanden die Vitrine in der Mitte, und da stand er vor uns, ein alter Käfig, genau wie diejenigen, die wir zuvor gesehen hatten. Meister Li runzelte die Stirn. »Verdammt. Kein Pinsel«, sagte er, und wahrhaftig, da war kein solcher Pinsel, wie wir ihn auf dem Reibedruck gesehen hatten. Er glich demjenigen, den wir vor Ma Tuan Lins Pavillon gefunden hatten, doch diesmal bemerkte ich das Loch in der Mitte, durch das ein Pinselstiel gepaßt hätte. Ich streckte die Hand danach aus, doch Meister Li hielt mich zurück.
»Vorsicht.«
Prüfend musterte er den Boden, den Sockel, die Vitrine und die Decke, und erst als er sicher war, daß keine erkennbare Falle und keine Alarmvorrichtung vorhanden war, hob er mißtrauisch den Glasdeckel. Dampf wirbelte in dicken Schwaden um uns herum und nahm mir die Sicht. Als er sich ein wenig lichtete, sah ich, wie Meister Li nickte. Ich holte den Käfig aus dem Kasten, und Meister Li legte den Deckel sachte wieder an seinen Platz zurück.
»Werfen wir einen Blick darauf«, sagte er.
In einer entlegenen Ecke stand eine Werkbank, über der eine starke Lampe für helleres Licht sorgte als der Mondschein. Ich spürte ein starkes Kribbeln im Hals und mußte husten, dann hustete auch der alte Mann. Das Geräusch schien in der Kuppel nachzuhallen, während wir uns langsam durch die feuchte Schwüle bewegten. Unter der Lampe untersuchte Meister Li die Oberseite des Käfigs und machte sich Anmerkungen zu den Symbolen auf den Gitterstangen, Symbole, die die Acht Gelehrten Herren auf den Reibedrukken mit dem Pinsel berührt hatten. Dann drehte er den Käfig um und betrachtete den Boden. Er wurde sehr still.

»Ochse«, sagte er nach langem Schweigen leise, »siehst du das winzige Kreuz, das hier am Rand eingeritzt ist?«
»Ja, Meister«, erwiderte ich.
»Es stammt von mir.«
»Meister?«
»Ich habe es dort eingeritzt, Ochse, aus alter Gewohnheit, als Erkennungszeichen auf einem Beweisstück. Das hier ist derselbe Käfig, den wir auf der Insel gefunden haben und den uns der Affenmann aus der Hütte gestohlen hat«, erklärte Meister Li.
Ich starrte ihn verständnislos an. Seine Worte ergaben für mich keinen Sinn, und ich wollte eben zu törichten Fragen ansetzen, als eine Flöte zu spielen begann. Der Ton war unheimlich in der drückenden, schwülen Stille des Treibhauses, und ich zuckte zusammen. Augenblicklich hielt Meister Li sein Wurfmesser in der Hand, während ich, tief hinter große, üppige Pflanzen geduckt, dem Geräusch nachzugehen begann. Es war eine seltsame, dissonante Musik mit einem fast achtlosen Rhythmus, wie die monotonen Klänge, mit denen schamanische Trommler ihre Zuhörer in Trance versetzen, und es war schwer zu bestimmen, woher sie kam: Einmal glaubte ich, sie zur Rechten zu vernehmen, dann wieder zur Linken. Ich bewegte mich wie in Zeitlupe, und während ich mich zwischen den fleischigen Orchideen vorwärts schob, hatte ich den Eindruck, mich wie die Krabbe meiner Phantasie unter Wasser zwischen Algen und den schlaffen Gliedmaßen Ertrunkener hindurchzuwinden.
Mit aufgerissenen Augen blieb ich stehen, und mein Herz hämmerte, als wollte es zerspringen. Ich hatte eine Lücke zwischen riesigen Blättern erreicht und starrte auf einen von hellem Mondlicht beschienenen Fleck. Dort im Mondschein stand ein Hocker, auf dem eine kleine Gestalt mit überkreuzten Beinen saß. Ein Kind. Ein wunderschönes Kind, das Flöte spielte. Aber irgend etwas stimmte nicht an ihm, und ich hörte im Geiste die leise Stimme des Himmlischen Meisters.
»Die erste Dämonengottheit ist *Fang-liang*«, hatte der Heilige gesagt. »Sie sieht aus wie ein dreijähriges Kind mit roten Augen, langen Ohren und herrlichem Haar, und sie tötet, indem sie ihr Opfer zwingt, sich selbst zu strangulieren.«

Ich stellte fest, daß das Kribbeln in meinem Hals stärker geworden war und versuchte zu husten, brachte aber nicht mehr heraus als ein krampfhaftes Würgen. Hastig fuhr ich zu Meister Li herum. Er hatte das Messer fallen gelassen, drehte sich, die Hände an den Hals gepreßt, torkelnd im Kreis und machte Anstalten, sich zu erwürgen.

Ich wollte zu ihm eilen, überlegte es mir dann aber anders und versuchte, das Kind mit der Flöte anzugreifen, stolperte jedoch über meine eigenen Füße und stürzte. Ich bekam keine Luft. Das Prikkeln im Hals wurde immer unerträglicher, und ich umklammerte ihn krampfhaft. Die Welt verschwamm vor meinen Augen, und ich konnte gerade noch erkennen, wie Meister Li an irgend etwas hochkletterte, das aus den Orchideen aufragte und aussah wie ein kleiner Baum. Behende wie ein Jüngling schob er sich hinauf, und dann verlor ich ihn aus den Augen. Ich wälzte mich hilflos auf dem Rücken und umklammerte immer noch meinen Hals.

Die Flötenmusik war verstummt. Etwas hatte sich vor den Mond geschoben. Das Kind hatte sich über mich gebeugt und blickte auf mich herunter. Ein glückliches Lächeln spielte in seinem unschuldigen Gesicht. Seine Augen waren tatsächlich rot, und seine Ohrläppchen reichten fast bis auf die Schultern. Herrliches Haar schimmerte im Mondlicht, und ein niedliches Zünglein schob sich heraus und leckte die niedlichen kleinen Lippen. Plötzlich schleuderte eine dunkle Gestalt das Kind beiseite, daß es in hohem Bogen durch die Luft flog. Hände packten meinen Kopf und zwangen meinen Mund auf, eine scharfe Säure brannte ein Loch durch meine zusammengeschnürte Kehle. Meine Lunge füllte sich plötzlich mit Luft. Ich atmete tief und gierig ein, würgte und setzte mich auf. Gleich darauf begriff ich, daß die Säure in meinem Mund Zitronensaft und die dunkle Gestalt über mir Meister Li war.

»Ihm nach, Ochse!«

Das unheimliche Kind hatte sich in einem Pflanzengewirr verfangen, aber jetzt war es wieder frei, riß den Käfig an sich und rannte hastig zur Tür. Ich konnte es unmöglich erreichen – meine Beine bemühten sich, zu laufen, gaben den Versuch jedoch wieder auf –, aber dicht neben mir lag ein schwerer, mit Erde gefüllter Blumen-

topf. Ich griff danach, schleuderte ihn dem Kind nach, so fest ich konnte und bereute es gleich darauf.
»Ich wollte seine Beine treffen«, keuchte ich.
»Es ist eine gute Leistung, daß du überhaupt getroffen hast«, tröstete mich der alte Mann. –
Er würde keine Autopsie vornehmen müssen, um zu erkennen, was geschehen war, als der Topf mit voller Wucht am Hinterkopf des Kindes zerschellte. Wir konnten die Knochen splittern hören, und noch bevor der Körper auf dem Boden aufkam, wußten wir, daß Meister Li diesem Geschöpf keine Fragen mehr würde stellen können. Ich erhob mich mit wackligen Knien, ging hinüber und betrachtete das am Boden liegende Kind. Die Perücke aus herrlichem Haar war fünf Fuß weit weggeflogen, und eines der falschen Ohrläppchen war abgerissen. Rote Augen starrten blicklos zu uns auf.
»Irgendein Mittel, das so wirkt wie eine Bindehautentzündung«, bemerkte Meister Li sachlich. »Ich erkenne ihn wieder. Einer der Zwerge, die die Eunuchen in der Verbotenen Stadt unterhalten, und ich glaube, mich zu erinnern, daß ich ihn in der Begleitung von Li der Katze gesehen habe.«
Er hob den heruntergefallenen Käfig auf und schwenkte ihn hin und her.
»Jemand hat sich schrecklich viel Mühe gemacht«, sagte er. »Als wir den Käfig aus dem Kasten nahmen, setzte eine Feder eine Wolke von einer Substanz frei, die aussah wie Dampf. War es aber nicht. Es war ein Puder, das aus *Yuan ha* gewonnen wird. Die Barbaren nennen es Spanischen Flieder, und er ist mit Lorbeer und Seidelbast verwandt. Er enthält ein ungeheuer starkes Reizmittel, das den Kehlkopf so sehr beeinträchtigen kann, daß die Luftzufuhr unterbrochen wird, und da das Opfer sich unwillkürlich an den Hals greift, sieht es so aus, als würde es sich selbst strangulieren. Ein Gegenmittel ist die Zitronensäure, und wir hatten wirklich Glück, daß hier zwischen den Orchideen ein Zitronenbaum wächst.«
Der Weise blickte zornig auf den winzigen Leichnam hinunter.
»Aber wozu eine so lächerlich komplizierte Mordverschwörung?« fragte er, ohne eine Antwort zu erwarten. »Es hätte tausend sicherere Methoden gegeben, uns ins Jenseits zu befördern. Auf diese Weise haben wir lediglich erfahren, daß Li die Katze einen Spitzel

im Hause des Himmlischen Meisters hat. Jemand hat die Nachricht an mich gelesen und versucht, uns eine Falle zu stellen. Wir sollten besser sehen, ob sie dem Himmlischen Meister selbst nicht etwas angetan haben.«

»Ja, Meister«, sagte ich und bückte mich. Er hüpfte auf meinen Rücken, und ich stürmte im Galopp davon.

17

Wir machten gerade so lange Pause, daß Meister Li den Ton aus seinem Gesicht entfernen und sich wieder frisch machen konnte. Dann lenkte ich den Eselswagen in die Einfahrt zum Haus des Himmlischen Meisters. Als ich sah, daß es im Hof nur so wimmelte von Soldaten der Schwarzen Wache, wie die Miliz genannt wurde, deren Aufgabe die Bewachung bedeutender Eunuchen in der Verbotenen Stadt ist, sank mir der Mut. Offensichtlich war irgend etwas Schlimmes geschehen. Meister Li aber verlor keine Zeit. Er kletterte ohne Umstände aus dem Wagen, schrie Befehle nach rechts und links, als wäre er gekommen, um die Sache in die Hand zu nehmen, schritt auf die Tür zu, und wir betraten das Haus wie siegreiche Generäle.

Als wir im Innenhof anlangten, wurde eben ein Leichnam auf einer Bahre hinausgetragen. Ein Fuß lugte unter einem Umhang hervor. Es genügte mir, um zu erkennen, daß es nicht die Leiche des Himmlischen Meisters, sondern die einer Frau war, und dann wurde mir plötzlich klar, um wen es sich handelte. Der Fuß steckte in einem albernen bestickten Pantöffelchen mit einem Muster von Streifenhörnchen, die durch eine Blumenwiese hüpften, und in Gedanken sah ich das junge Mädchen vor mir, das seinen kranken Hund auf einem Seidenkissen herausgetragen hatte. Meister Li hob die Hand und brachte den Leichenzug zum Stehen.

»Der Himmlische Meister?«

»Er ist nicht hier, Herr. Er ist ausgegangen und ist hiervon noch nicht unterrichtet.«

Ein unterwürfiger Eunuch war aus dem Haus getreten, hatte Meister Li entdeckt und schlurfte in dem Augenblick auf den alten Mann zu, als dieser den Umhang anhob, um einen Blick auf die

Leiche zu werfen. Sein Rücken versperrte mir die Sicht. Ich sah nichts weiter, als daß er sich straffte und dann den Umhang behutsam wieder zurücklegte. Seine Augen wanderten zu dem Eunuchen, der hier der verantwortliche Beamte zu sein schien.
»Das Blut ist nicht frisch. Wann ist das passiert?« erkundigte sich Meister Li mit ruhiger, unbeteiligter Stimme.
Der Eunuch leckte sich nervös über die Lippen. Eine alte Frau drängte sich zwischen den Soldaten hindurch, und ich erkannte in ihr die Dienerin wieder, die uns am Vorabend fortgeschickt hatte. Ihre Augen waren gerötet, und ihre Stimme war belegt.
»Sie ist gestern ermordet worden«, sagte sie. »Wir dachten, sie wäre zu ihrer Familie nach Hause gegangen und haben ihren Leichnam erst vor ein paar Stunden entdeckt. Aber die Männer, die sie getötet haben, waren gestern hier. Ich weiß es. Ich habe sie selbst hereingelassen. Sie zeigten einen Brief vom Himmlischen Meister.«
»Adoptivtochter, kannst du lesen?« fragte Meister Li freundlich.
»Nein, Ehrenwerter Meister, aber der Himmlische Meister zeichnet immer einen kleinen Vogel auf seine Nachrichten, die hier ins Haus kommen, und ich habe den Vogel gesehen«, entgegnete die alte Dienerin. »Sie haben die arme kleine Närrin in den Garten hinausgerufen, aber dann hatte ich alle Hände voll zu tun und habe sie vergessen. Und erst jetzt haben wir ihre Leiche im Bootshaus unten am See gefunden.«
»Würdest du die Männer wiedererkennen?« wollte Meister Li wissen.
»Ja!« erklärte die alte Frau hitzig. »Wie könnte ich sie je vergessen? Ihr Anführer sah aus wie ein Wildschwein, und die beiden anderen sahen aus wie eine Hyäne und ein Schakal.«
Mir drehte sich der Magen um beim Gedanken an diese Kreaturen. Wie sie damals, als sie in der Höhle den Buchhalter umgebracht und später über ihre Zoten gelacht hatten, während ihnen das Hundefett über die Kinnbacken getropft war. Meister Li hatte, wie wir wissen, inzwischen kombiniert, daß es einen Spion im Hause des Himmlischen Meisters geben mußte. War es nicht möglich, daß das Dienstmädchen, das die Alte als kleine Närrin be-

zeichnet hatte, den Spitzel entlarvt hatte und daß dies ihr Lohn dafür war? Meister Li warf dem Eunuchen einen nachdenklichen Blick zu.

»Das Haus und der Amtssitz des Himmlischen Meisters unterstehen der kaiserlichen Gerichtsbarkeit. Habt Ihr die offizielle Befugnis, den Mordfall zu untersuchen?«

Plötzlich war der Eunuch sehr selbstsicher und triefte vor Liebenswürdigkeit. »Diese Ehre wurde mir Nichtswürdigem tatsächlich zuteil«, sagte er und verbeugte sich dabei bis zum Boden. Dann zog er ein Schriftstück hervor, das über und über mit kaiserlichen Siegeln bedeckt war.

Meister Li überflog das Dokument und gab es seinem Besitzer zurück. Füchse würden nun den Tod einer Henne untersuchen, aber was konnte er schon dagegen tun? »Nun gut. Laßt Euch nicht aufhalten«, bemerkte er kühl. Damit machte er auf dem Absatz kehrt, und ich folgte ihm hinaus zum Eselswagen.

»Meister, war es sehr schlimm?« erkundigte ich mich, während der Wagen anfuhr.

»Der Mord? Man hat sie in Stücke geschnitten«, entgegnete der Weise schroff.

»Hundesöhne!«

»Wenn du Wildschwein, Hyäne und Schakal meinst, hast du zwar recht, aber sie haben das Mädchen nicht umgebracht«, sagte Meister Li.

»Was?« krächzte ich.

»Sie haben sie vielleicht in ihre Gewalt gebracht, und sie haben sie vielleicht festgehalten, aber sie haben sie nicht getötet. Diese Tiere hätten wie die Schlachter auf sie eingehackt und eingeschlagen, aber der Mann, der die kleine Närrin tötete, war ein Meister seines Fachs.«

»Wollt Ihr damit sagen, daß wir es auch noch mit einem geistesgestörten Chirurgen zu tun haben?« erkundigte ich mich mit schwacher Stimme.

»Ganz und gar nicht«, sagte der Weise. »Wir haben es mit einem sehr fähigen Zeitgenossen zu tun, dessen Kunst beim Schlachten ebenso unverwechselbar ist wie seine meisterhafte Kalligraphie, aber zuallererst statten wir dem Puppenspieler einen Besuch ab.

Ochse, vergiß nicht, daß der Spitzel im Haus des Himmlischen Meisters vielleicht in Erfahrung gebracht hat, daß Yen Shih und seine Tochter uns geholfen haben. Und es kann sehr ungesund sein, uns zu helfen.«

Yen Shih war erfolgreich in seinem Metier, und so war sein Haus groß und behaglich, wenn es auch auf der falschen Seite des Goldfischteichs südöstlich der Brücke des Himmels lag. Der Vorplatz war menschenleer, und mir wurde das Herz schwer, bis ich von der Rückseite des Hauses Hammerschläge und fröhliches Pfeifen vernahm. Wir fanden Yen Shih bei seinem Wagen neben dem Stall. Er hämmerte im Schein einer Laterne am Mechanismus für eine neue Puppe.

»Yu Lan ist wieder in Schamanenangelegenheiten unterwegs, und ich konnte nicht schlafen«, erklärte er, nachdem er uns begrüßt hatte. »Sie wird die ganze Nacht fortbleiben. Irgendwelche interessanten Neuigkeiten?«

Meister Li berichtete in kurzen Worten, was passiert war, und Yen Shih hing gebannt an seinen Lippen. Wie ich schon erwähnt habe, konnten seine furchtbar entstellten Züge keine normalen Gefühle ausdrücken, aber seine Augen und sein Körper waren sehr beredt. Er wurde wütend, als Meister Li von dem eigenartigen Mordplan berichtete, und er konnte seinen Zorn kaum beherrschen, als er vom Schicksal der kleinen Närrin hörte.

»Ihr sagt, daß es nicht diese drei Tiere waren, die sie umbrachten«, sagte er scheinbar ruhig. Doch seine Hände zitterten vor Verlangen, jemandem die Gurgel umzudrehen. »Wer war es dann?«

»Wir werden gleich hingehen und mit ihm darüber reden, wenn du mitkommen möchtest«, entgegnete Meister Li. »Es gibt dort noch etwas, das ich erledigen möchte, es wird also ein Weilchen dauern.«

»Ich habe die ganze Nacht Zeit«, erklärte Yen Shih finster. Bald darauf nahm er auf dem Kutschbock neben mir Platz.

Eine halbe Stunde später betraten wir einen düsteren Raum in einem noch düstereren Turm am Ende der Klagemauer hinter dem Richtblock auf dem Gemüsemarkt. Teufelshand war rot angelaufen, in Schweiß gebadet und betrunken. Als er Meister Li

einen Krug hinüberschob, schwappte der Wein auf den großen Holztisch.
»Eine höllische Zeit, in der wir leben, Kao«, brummte er. »Die ganze Welt ist verrückt geworden. Ungeheuer tauchen auf und verderben mir meinen Schlag, die Schwerter verzeihen mir nicht, daß ich danebengeschlagen habe, die Leute lassen mich grauenvolle Befehle ausführen, und ich muß – hör nur! Hör sie dir an! So geht es nun schon, seitdem mir dieser Vampir den Rekord vermasselt hat!«
Hör dir die Schwerter an, hatte er gemeint, und mir gefror das Blut in den Adern, als ich das harte, höhnische Klirren des Stahls vernahm. Der oberste Scharfrichter von Peking hat die vier größten Schwerter, die es je in der Welt gab, in seiner Obhut: Erster bis Vierter Gebieter, Kinder der inzestuösen Verbindung zwischen dem männlichen Schwert Gan-jiang und seinem Schwesterschwert Mo-ye, die aus Leber und Nieren des sagenumwobenen, metallfressenden Hasen des Kun-Lun-Gebirges geschmiedet waren. Wenn sie nicht in Gebrauch sind, hängen die Schwerter an Samtbändern in einem kleinen Turmgemach, dessen Fenster auf den Richtblock hinausgeht, und in stürmischen Nächten hören die Leute, die an der Klagemauer vorübergehen, wie die Klingen von ihren blutigen Triumphen singen. Auch jetzt sangen sie ihr spöttisches Lied, und der Scharfrichter vergrub das Gesicht in den Händen.
»Mach, daß sie aufhören, Kao, ist das nicht möglich? Sag ihnen, daß es nicht meine Schuld war, daß ich nicht getroffen habe. Ich wollte keine Schande über sie bringen«, schniefte Teufelshand.
»Natürlich nicht«, sagte Meister Li. »Du hast vergessen, daß man sich an Königliche Hoheiten schriftlich wenden muß; nur Personen von gleichem Rang dürfen Prinzen direkt ansprechen. Ochse, denk an deine Manieren und bitte um die Erlaubnis, dieses Gnadengesuch vorlesen zu dürfen. Ich bin sicher, daß die Schwerter unserem Freund vergeben werden.«
Er kritzelte ein paar Worte auf einen Zettel und gab ihn mir, worauf ich die Treppe hinauf zu der kleinen Turmkammer trabte, in der die mächtigen Schwerter an Haken hingen. Dort faltete ich den Zettel auseinander.
»Mach das gottverdammte Fenster zu.«

Die blitzenden Klingen schabten mit leise knirschenden Geräuschen an der Mauer hinter mir. Mit einem Schaudern blickte ich aus dem Fenster, das einen Spalt offenstand, auf den Richtblock hinunter, und als ich es geschlossen und den Riegel vorgeschoben hatte, hörten die Schwerter auf, sich zu beklagen.

»Und, haben sie Teufelshand verziehen?« fragte Meister Li, als ich wieder unten ankam.

»Ja, Meister. Sie sagen, daß die Umstände seiner Entgleisung außergewöhnlich waren und daß sie keinen Protest mehr erheben werden«, antwortete ich.

»Buddha sei Dank«, flüsterte der Scharfrichter. Er schüttete einen halben Liter Alkohol in sich hinein, dann öffnete er den nächsten Krug. »Damit habe ich nur einen Dämon vom Hals, Kao. Es gibt noch andere«, fuhr er düster fort.

»Ja. Zum Beispiel das dumme kleine Dienstmädchen. Lautete das Urteil auf Langsamer Hieb?«

»Was für eine Welt, Kao, was für eine Welt«, murmelte Teufelshand. »Langsamer Hieb ist kein Scherz, und dazu mußte ich noch diese drei Tiere als Zuschauer ertragen. Die Hundesöhne haben gekichert und gealbert, als wären sie auf dem Jahrmarkt, aber ich habe sie trotzdem drangekriegt. Nach den ersten paar Sekunden hat das arme Mädchen nichts mehr gespürt, und sie haben den Unterschied gar nicht gemerkt.«

Yen Shih hatte schweigend und reglos zugehört. Jetzt hob er mit einem Ruck den Kopf. »Du hast die Blase benutzt?« fragte er.

»Verdammt richtig«, erwiderte der Henker.

»Braver Mann«, sagte Meister Li. »Erklär es Ochse. Er hat Fragezeichen in den Augen.«

»Ich werde noch mehr tun.« Teufelshand richtete sich torkelnd auf, wühlte in einer Schublade und zog etwas hervor, das aussah wie eine Schweinsblase, die an manchen Stellen eigenartig verknotet war. Er klemmte sie unter den linken Arm. Seine rechte Hand zuckte, und wie durch Zauberei hielt er plötzlich ein Schwert darin. Wieder ein Zucken, und die Klinge war verschwunden. »Der Scharfrichter lenkt die Aufmerksamkeit der Zeugen für eine halbe Sekunde ab, und das Opfer hat ausgelitten«, erklärte er mit feierlich belehrender Stimme, die vom Alkohol leicht vernuschelt war. »Die

Zeugen merken den Unterschied nicht, weil der Scharfrichter den Heulbalg unter dem Arm hat. Und wenn er den nächsten Langsamen Hieb ausführt...«

Selbst Meister Li und der Puppenspieler zuckten zusammen, obwohl sie auf das, was jetzt kam, gefaßt waren. Ich sprang fast an die Decke, als erst ein gräßlicher Schrei, dann ein zweiter mir das Trommelfell zerriß.

»Kurzes, schnelles Pressen bei einem Mann, langsames, allmähliches Pressen bei einer Frau«, erklärte Teufelshand. »Ich will euch ein Geheimnis verraten. In den zehn Jahren habe ich bei Langsamer Hieb ausnahmslos den Heulbalg benutzt, ob mich die Familien bestochen haben oder nicht.«

»Du machst deine Arbeit großartig, sei's mit dem Schwert, mit der Blase oder sonstwie«, sagte Meister Li. »Ich beklage mich gewiß nicht, aber wenn es dir nichts ausmacht, würde ich gern einen Blick auf den Hinrichtungsbefehl werfen.«

»Warum sollte es mir etwas ausmachen? Es ist, wie ich schon sagte, Kao: die Welt ist verrückt geworden. Alle sind wahnsinnig, und das hier ist der Beweis dafür, selbst wenn es sonst keinen gäbe.«

Er kramte in einer anderen Schublade und warf Meister Li ein amtliches Dokument zu. Der Weise hielt es ans Licht und betrachtete es lange. Dann faltete er es zusammen und gab es zurück.

»Mein Freund, ich bin drauf und dran, mich deinem Urteil über den Geisteszustand der Welt anzuschließen«, sagte er. »Ich möchte mich mit einem bedeutenden Herrn unterhalten, und habe mir auf dem Weg hierher sogar die Mühe gemacht, ein Dokument zu entwerfen, um der Sache einen amtlichen Charakter zu geben. Du kannst es deiner Sammlung von Verrücktheiten zufügen.«

Er zog ein Papierstück aus dem Gewand und reichte es dem anderen. Teufelshand starrte es an, als hätte er eine Kobra vor sich.

»Das kann nicht dein Ernst sein.«

»Aber ja doch.«

»Kao, ebensogut könntest du die Schwarze Pest zum Tee einladen! Oder ein Bad in siedendem Öl nehmen! Ich bin Scharfrichter, Kao. Das ist mein Beruf, und ich mache meine Sache gut, aber ich werde bleich, und meine Knie zittern, wenn ich *dieses* Ungeheuer...«

»Würdest du jetzt bitte?« unterbrach Meister Li ihn, indem er seiner Stimme einen leichten Anflug von Autorität gab.
Teufelshand drehte sich um und torkelte zur Tür hinaus. Während er den Gang hinunterstapfte, hörte ich ihn brabbeln: »Verrückt! Die ganze verdammte Welt!« Meister Li wandte sich an den Puppenspieler.
»Yen Shih, ich hielte es für eine gute Idee, wenn du dich darum kümmern würdest, wo sich deine Tochter aufhält, und bei ihr bliebest«, sagte er ruhig. »Ich weiß zwar nicht genau, welchen Reim ich mir darauf zu machen habe, aber eins steht fest: Die Angelegenheit kommt in ein unangenehmes Stadium.«
Der Puppenspieler zog eine Augenbraue hoch.
»Der Hinrichtungsbefehl für das Dienstmädchen lautet auf Langsamer Hieb«, erklärte Meister Li. »Ich kenne die Unterschrift, und sie ist echt. Der Befehl stammt vom Himmlischen Meister selbst.«
Benommen und verständnislos starrte ich ihn an. Yen Shih blieb wie angewurzelt auf der Stelle stehen. Dann atmete er tief durch und breitete die Arme weit aus. »Der Henker hat recht. Die ganze Welt ist verrückt geworden«, sagte er, dann drehte er sich um und eilte zur Tür hinaus. Als seine Schritte verklangen, wurde auch sein weicher Bariton immer leiser, mit dem er zum sandgeschlämmten Himmel sang.

»Blaue Waschbären weinen blutige Tränen,
Und zitternd sterben die Füchse,
Eulen mit tausendjährigem Leben
Lachen hysterisch.
Ein weißer Hund, der den Mond anbellt,
Ist der Hahnenschrei des Toten;
Auf seinem Grab singt ein grauer Geist
Das Lied eines Götterboten.«

Ich ging zum Tisch, hob einen der Krüge an die Lippen und nahm einen tiefen Zug von dem puren Alkohol, den Teufelshand und Meister Li Wein nennen. Als der Husten sich gelegt hatte, fühlte ich mich nur wenig besser. Der Scharfrichter kam zurück, und es hörte sich so an, als würde er einen Gefangenen in Ketten hinter sich her schleppen.

»Du bist zehnmal verrückter als der Rest der Welt, Kao«, brüllte Teufelshand.
»Warum? Weil ich die Gesellschaft eines prachtvollen Burschen suche, der so süß ist wie ein Lämmchen und zweimal so sanft?« fragte Meister Li unschuldig.
Als der Henker mit seinem Gefangenen zur Tür hereintrat, kam ich ins Wanken. Der weiche, gedrungene Körper, die Froschhaltung, die Art, wie ihm der Speichel von den dicken, wulstigen Lippen tropfte...
»Dreimal so sanft«, berichtigte der Wirt Sechsten Grades Tu.

18

Jeder Chronist sieht sich einmal mit einem Kapitel konfrontiert, in dem er nicht gewinnen kann. Wenn er die bedeutenden Geschehnisse aufnimmt, rennen seine Leser schreiend in die Nacht davon, wenn er sie ausläßt, schreibt er keine Geschichte. So müssen die Historiker, die sich mit den Kriegen der Drei Königreiche herumschlagen, zähneknirschend geistreiche Kommentare zu den Sieben Sakrilegen von Tsao Tsao mitliefern, während ich vor der Aufgabe stehe, die Worte eines grausigen Wirts wiederzugeben. Denjenigen, die ihn das erste Mal hörten, drängte sich leicht der Verdacht auf, daß sein Reden schlichtweg eine weitere Waffe in einem überreichen Arsenal war, aber nein, sie gab lediglich die zweite seiner Besessenheiten wieder – deren erste bekanntlich das Morden war.

»Ochse«, sagte Meister Li einmal zu mir, »du darfst nie vergessen, daß Wirt Sechsten Grades Tu zur Hälfte von den Ureinwohnern abstammt. Unsere Vorfahren stahlen seinem Volk das fruchtbare Land und vertrieben die Menschen in die Berge, wo es kaum Nahrung gab. Dann wurden Bodenschätze entdeckt und die Überlebenden in malariaverseuchte Sümpfe getrieben, wo es noch weniger Nahrung gab. Der Hunger wurde zum Erbe der Ureinwohner dieses Landes, ihr Geburtsrecht sozusagen, und in psychologischem Sinne wurde Wirt Sechsten Grades *hungernd* geboren.«

Heute, da der Wirt seiner Vergöttlichung immer näher rückt, wird jede noch so unbedeutende Veröffentlichung seiner Äußerungen als Ketzerei betrachtet. Wenn ich auch nur ein Adjektiv auslasse, laufe ich Gefahr, von einem heulenden Mob in Stücke gerissen zu werden, doch ich plädiere auf mildernde Umstände. Als ich das gespenstische Gesicht im Büro des Scharfrichters sah, verschwamm mir alles vor den Augen, und eine Zeitlang hörte ich nichts weiter als ein Summen in den Ohren. Als das Summen nachließ, war die Befragung bereits in vollem Gang.

»...ja, ja, o ja, der Yu wurde von den Acht Gelehrten Herren so angelegt, daß er Musik hervorbrachte, die zu Wasser wurde. ›Wasser der untergehenden Sonne‹ nannte es meine Großmutter, obwohl der Name wahrscheinlich ebenso irreführend ist wie ›Drei-Fisch-Lamm-Suppe‹, die keinen Fisch enthält. Sie enthält auch kein Lamm. Wenn man die Schriftzeichen für ›Lamm‹ und ›Fisch‹ zusammenzieht, bedeuten sie ›Köstlichkeit‹, der Name lautet also in Wirklichkeit auf ›Drei-Köstlichkeiten-Suppe‹, und sie wird aus Hühnerbrust, Abalonen, Schinken, Bambussprossen, Schnee-Erbsen, Sesamöl, Hühnerbrühe und Reiswein bereitet. Ich reiche sie gern vor Su Tung-pos Karpfen, einem ausgesprochen einfachen Gericht, wie es sich für die Schöpfung eines Genies gehört. Man wäscht den Karpfen bloß in kaltem Wasser, füllt ihn mit Kohlherzen, reibt ihn mit Salz ein, und dann...«

»Wirt Tu«, unterbrach ihn Meister Li, »jeder der Acht Gelehrten Herren trug...«

»...brät man ihn mit Zwiebeln in der Pfanne. Wenn er halb gar ist, fügt man ein paar Scheiben Ingwer und schließlich etwas Orangenschale und Kürbissoße hinzu. Su Tung-po ist auch der Erfinder des Armer-Mann-Salats, der hervorragend zu dem Karpfen paßt: Sungkohl, Kohlraps, wilder Daikon und Hirtentäschel. Man füge ein bißchen...«

»Wirt Tu...«

»...Reis und etwas kochendes Wasser hinzu, und schon wird eine Suppe daraus, allerdings muß man sehr vorsichtig sein mit dem Wasser. Der große Chia Ming schrieb in seinem Werk ›Grundlagen des Essens und Trinkens‹, daß das Wasser für die Armer-Mann-Suppe aus Schnee oder Eis gewonnen sein muß, alles zusammen mit einer Hühnerfeder im Topf geschmolzen. Eine Enten- oder Gänsefeder zu benutzen, würde zu Magenkrämpfen führen, die man sich, wie er schrieb, auch zuziehen kann, indem man Schweinefleisch, Aal oder Bachschmerle über Maulbeerholzfeuer brät. Und beim Thema Spinat geriet Chia Ming ganz außer sich.«

»Wirt Tu! Die Acht Gelehrten Herren trugen Käfige, mit deren Hilfe sie gelegentlich miteinander kommunizierten, aber ich glaube, sie enthielten außerdem irgend etwas, worüber acht Dämonengottheiten zu wachen hatten. Erzählt man sich in deinem Volk etwas darüber?« warf Meister Li ein.

»Ja, ja, o ja, Käfige – meine Güte, ja. In den Käfigen befanden sich die Schlüssel.«

»Die Schlüssel wozu?«

»Die Schlüssel zu der Musik, die zu Wasser wurde, natürlich. Die Wächter sollen sehr eigenartig gewesen sein und fast so gefährlich wie Spinat, von dem Chia Ming sagte, daß es eine fremdartige Pflanze sei, die aus Nepal, einem unangenehmen, von heimtückischen Menschen bewohnten Land, eingeführt wurde. Spinat ist von kalter, schleimiger Beschaffenheit, und wenn man ihn ißt, bekommt man zittrige Knie und Magenverstimmung. Wenn junge Hunde oder Katzen Spinat fressen, knicken ihnen die Beine ein, so daß sie nicht mehr laufen können. In diesem Fall kann man die Hunde immer noch für *k'eng hsien* verwenden, das Schmorgericht, das Konfuzius so liebte, daß er es im Buch der Sitte aufnahm, aber ich weiß wirklich nicht, was man mit einer Katze mit eingeknickten Beinen anfangen soll.«

»Wirt ...«

»Außer natürlich, es handelt sich um eine säugende Mutterkatze. Ich habe gelesen, daß der Kindkaiser Ching Tsung versessen war auf ›Klarer-Wind-Reis‹, der aus Reis, Drachenhirn, Pulver vom Augapfel des Drachen und Katzenmilch besteht, aber um die Wahrheit zu sagen, glaube ich, daß ›Katze‹ ein Schreibfehler ist – abgesehen davon könnte es ein gefährliches Gericht sein, wenn es sich um eine weiße Katze handelt, weil weiße Katzen nämlich auf Dächer klettern und Mondstrahlen essen, und das kann bei den Menschen zum Wahnsinn führen. Natürlich essen die Leute im Süden Katzen und alles mögliche andere, dort essen sie sogar riesige Wasserw ...«

»Wirt Tu!« brüllte Meister Li. »Die acht Dämonengottheiten, die die Schlüssel in den Käfigen bewachten, hatten einen in menschlicher Gestalt geborenen Bruder, aus dem ein großer Edelmann wurde. Weiß dein Volk irgend etwas über ihn?«

»Einen Bruder? Ich wußte nicht, daß sie einen menschlich geborenen Bruder hatten. Sie waren höchst merkwürdig, und ein Bruder hätte bestimmt ausgesehen wie die riesigen Wasserwanzen, die sie im Süden essen. Angeblich sollen sie wie Hummer schmecken, aber in Wirklichkeit schmecken sie wie überreifer Weichkäse, und sie werden mit getrockneten Regenwürmern serviert, die nur nach Salz schmecken. In Hupeh im Süden ißt man das geröstete Fleisch der Weißblüten-Kettenviper und geschmorte Murmeltiere, und in Lingnan gelten Rattenjunge als Delikatesse. ›Honigpiepser‹ werden sie genannt, weil man die kleinen Viecher erst mit Honig vollstopft und dann auf der Festtafel freiläßt. Sie krabbeln darauf herum und machen ›Piep-piep-piep‹, bis die Speisenden sie am Schwanz hochheben, in den Mund fallen lassen und roh essen. In den vornehmeren Häusern werden die Tiere passend zum Geschirr mit Pflanzenfarbe eingefärbt: smaragdgrüne kleine Ratten zum Beispiel, die um purpurrote Porzellanschüsseln herumpiepsen, aus denen leiser Schluckauf tönt.«

»Wirt Tu ...«

»Der Schluckauf kommt von weichen Einsiedlerkrebsen, die in mit Meersalz, schwarzem Szetschuan-Pfeffer und Anis gewürztem Reiswein schwimmen und so besoffen sind, daß es ihnen nicht das geringste ausmacht, wenn die Leute sie aus der Schale löffeln und roh verspeisen. Wie die Ratten. Am anderen Ende der Skala finden sich Elefanten, versteht sich, und die Elefantenfüße des Südens gehören zu den großen Delikatessen der Welt, sofern man sich vor der Galle in acht nimmt. Bei den Elefanten befindet sich die Galle in den Füßen, und sie wechselt mit den Jahreszeiten von einem Fuß in den anderen. Ein Fuß, der frei von Gallensaft ist, wird mit Datteln gefüllt und in einem süßsauren Gemisch aus Essig und Honig gebacken. Das einzige, was die Leute im Süden nicht essen, ist ...«

»Wirt Sechsten Grades Tu!« donnerte Meister Li. »Was ist mit einem Wesen, das halb wie ein Mensch und halb wie ein Affe aussieht, eine silbergraue Stirn, blaue Wangen, eine rote Nase und ein gelbes Kinn hat und Neid genannt wird?«

»Neid, o ja, ja. Neid war natürlich an allem schuld. Seinetwegen kehrten die Götter der Erde den Rücken, war die Sonne bereit, den Himmel zu entflammen, und die Pestvögel waren gerüstet, herunterzustoßen. Wegen der Sonnenwende, versteht Ihr. Wenn die Sonnenwende nicht stattfand und die Erde immer heißer wurde – aber an dieser Stelle traten die Acht Gelehrten Herren auf den Plan, und als sie fertig waren mit Neid, war er so zahm wie ein Lamm, und genau das ist es, was sie im Süden nicht essen. Ich glaube, es handelt sich dabei um eine Verwechslung mit der Lamm*leber*, die giftig sein kann, wenn man sie mit Schweinefleisch ißt. Genauso, wie gewöhnlicher Ingwer giftig sein kann, wenn man ihn mit Hasen- oder Pferdefleisch zubereitet – wobei Pferdefleisch auch ohne diese Zugabe giftig wirken kann. Kaiser Ching schwor darauf, daß Pferdenieren tödlich sind, und Kaiser Wu-ti erzählte Luan Ta, dem kaiserlichen Geisterbeschwörer, daß sein Vorgänger nach dem Verzehr von Pferdeleber das Zeitliche gesegnet hatte. Wenn man allerdings ein Pferdeherz trocknet, zu Pulver zerreibt und mit Wein vermischt, bewirkt es die Wiederherstellung des Gedächtnisses, und man kann Schlaflosigkeit heilen, indem man auf einem Pferdeschädel als Kissen schläft...«

»Wirt...«

»...und eine andere Verwendung für Pferde führt uns zum Lamm zurück. Im unzivilisierten Rom wachsen die Lämmer aus der Erde wie Rüben, und wenn sie anfangen, auszutreiben, errichten die Bauern Zäune um die Felder, um Raubtiere fernzuhalten. Die kleinen Lämmer sind noch durch die Nabelschnur mit der Erde verbunden, und es wäre gefährlich, sie durchzuschneiden. Darum holen die Bauern Pferde und lassen sie um den Zaun herumgaloppieren.«

»Wirt...«

»Die Lämmer bekommen Angst und trennen die Nabelschnur selbst durch. Dann schwärmen sie aus, um Gras und Wasser zu suchen, und wenn ich ein Lamm bekomme, hebe ich gern ein paar Stücke aus der Keule für ›Erlesene-Acht-Löwenkopf‹ auf, ein Gericht, das natürlich keine Faser Löwenfleisch enthält: Lamm, Lychee, Flußmuscheln, Schweinefleisch, Wurst, Schinken, Garnelen und Seegurke. Der Name ist eigentlich lächerlich, denn ›Löwenkopf‹ ist in der Sprache der Feinschmecker nichts weiter als eine große Wurst. Ich nehme an, daß der Irrtum durch einen beschwipsten Schreiber zustande kam, der *shi-zi*, also ›Löwe‹ verstand, während der Koch in Wirklichkeit *li-zi,* also ›Lychee‹ gesagt hatte, genau wie im Falle des Fischgerichts, das ...«

»*Wirt Tu!*« Meister Lis Stimme überschlug sich.

Und jetzt muß ich gestehen, daß ich an dieser Stelle abschaltete. Ich sah, wie sich der gräßliche Mund des Wirts öffnete und schloß, hörte aber nichts als ein Zirpen, als säße eine Grille in meinem Schädel, und ich glaube nicht, daß ich damit der einzige war. Der oberste Henker Pekings saß mit einem albernen Lächeln und glasigen Augen am Tisch und lauschte offenbar dem Zwitschern der Vögelein im Wald. Er wirkte nicht erfreut, als Meister Li ihn schließlich aus seinen Träumen riß.

Meister Li hatte nichts Nützliches erfahren. Er ging zu Teufelshand und beredete etwas mit ihm, das ich nicht verstehen konnte, aber dem Henker weitere Ausrufe wie: »Ihr seid verrückt!« und »Die ganze Welt ist wahnsinnig geworden!« entlockte. Schließlich schickten wir uns zum Gehen an. Teufelshand zerrte den Gefangenen unter Kettengerassel davon, und in den letzten Worten, die der Wirt an Meister Li richtete, lag etwas seltsam Mitleiderregendes.

»Wartet! Es ist sehr wichtig! Ich wollte Euch noch sagen, daß die besten Lotoswurzeln die aus den Teichen von Nanking sind! Von der Ta-pan-Brücke müßt Ihr die rotgezackten Nüsse holen! Jujubefrüchte sollten vom Yao-fang-Tor stammen und Kirschen vom Ling-ku-Tempel! Ihr müßt die Seepferdchen aus Kwantung in safrangewürztem Wein probieren, und mit Honig glasiertes Schweinefleisch, auf Zedernholz gegart im Stil von ...«

Die Eisentür fiel hinter ihnen ins Schloß, und das würde hoffentlich, so betete ich, das letzte sein, was ich je von Wirt Sechsten Grades Tu hörte oder sah.

19

Der vierte Tag des fünften Mondes begann mit dem Krachen von Feuerwerkskörpern. Anhaltendem, ohrenbetäubendem Krachen, genauer gesagt.

Es war das Fest der Giftigen Insekten, das die Leute in Stimmung bringt für das große Drachenboot-Rennen am Doppelfünften. Normalerweise ist es eine fröhliche Angelegenheit, aber nicht so dieses Mal. Die Hitze hatte nicht nachgelassen, und es war noch kein Tropfen Regen gefallen, und wie jeder weiß, bringt das Ausbleiben eines Wetterwechsels über einen längeren Zeitraum hinweg eine ungesunde Atmosphäre mit sich, in der sich Krankheiten ausbreiten wie Schwärme von Wanderheuschrecken, in der große Epidemien um sich greifen und schlimme Vorzeichen sich mehren: Fleisch und Frösche fallen vom Himmel, oder Hennen verwandeln sich in Hähne.

Die Kinder hatten natürlich ihren Spaß. Sie waren monatelang damit beschäftigt gewesen, Tiger auf ihre Pantoffeln zu sticken, und ihre Mütter steckten sie in schwarz und gelb gestreifte Tigerkostüme. Kreischend vor Begeisterung hüpften sie auf den Straßen herum und zertraten imaginäre Skorpione, Tausendfüßler und Spinnen, oder sie kämpften mit den langen Blättern des *Ch'ang-p'u*-Grases in der Form von Schwertklingen gegen Spaßvögel, die als Kröten, Schlangen und Echsen verkleidet waren. Die Eltern entzündeten pflichtschuldig ihre Feuerwerkskörper und bestrichen die Ohren und Nasen der Kinder mit Schwefelstreifen zum Schutz gegen Insektenstiche und -bisse, doch sie betrachteten dabei mit ängstlichen Augen und sorgenvoller Miene die flimmernde Hitze, die von den Straßen aufstieg. In den Tempeln drängten sich die Großeltern und beteten zu Kuan-yin, der Göttin der Barmherzigkeit.

Es herrschte eine gereizte Stimmung. Ein blutiger Kampf entspann sich, als eine Herde Schafe mit rotgefärbten Schwänzen, woran man erkennen konnte, daß sie am Altar des Himmels geopfert werden sollten, in eine Schar Kamele geriet, die auf dem Weg zum Karawanenverladeplatz am anderen Ende der Stadt waren, worauf zwei Stunden lang keiner mehr vom Fleck kam. Die mongolischen Schafhirten mußten aus alter Tradition schwere, fettbeschichtete Schaffellmäntel tragen, und die türkischen Kameltreiber waren durch ihre dicken, speckigen Gewänder und die riesigen mit Filz gesäumten Stiefel in ihrer Bewegungsfreiheit eingeschränkt, und allen gemeinsam war, daß sie vor Hitze zerflossen, wütend auf die ganze Welt und ungemein streitlustig waren. Ich erwähne den Zwischenfall, weil Meister Li und ich in dem Gewühl steckenblieben, als wir am frühen Morgen unterwegs zum Haus des Himmlischen Meisters waren. Wir mußten uns, nachdem wir die Sänfte verlassen hatten, gewaltsam einen Weg durch die Menge bahnen und schließlich eine andere Sänfte mieten. Als wir endlich am Ziel anlangten, erfuhren wir von einem Soldaten, der am Tor Wache hielt, daß der Heilige tatsächlich spät in der Nacht heimgekehrt, jedoch bereits wieder zur Verbotenen Stadt aufgebrochen war.
Ich wußte nicht, was ich davon halten sollte. Meister Li hatte sich in dem Augenblick, als wir am Vorabend das Büro des Scharfrichters verlassen hatten, in seine eigene Gedankenwelt zurückgezogen und war immer noch wenig mitteilsam.
Wir gelangten ohne Zwischenfälle in die Verbotene Stadt, wo Meister Li, anstatt geradewegs zum Amtssitz des Himmlischen Meisters zu gehen, erst einmal der Einfuhrbehörde einen Besuch abstattete. Als er kurze Zeit später wieder heraustrat, schloß ich aus seinem Gesichtsausdruck, daß sich zumindest ein Gedankengang ausgezahlt hatte.
»Ochse«, sagte er, während er zu mir in die Sänfte kletterte, »das hätte ich schon früher tun sollen, aber es sind ständig Dinge passiert, die mich abgelenkt haben. Erinnerst du dich an die Ingredienzen, die ich verwendet habe, um aus billigem Bohea-Tee Tribut-Tee zu machen?«
Ich lief rot an. »Nein, Meister«, antwortete ich.
»Preußischblau, Gips und Pulver aus der Frucht der Tamarinde«,

sagte er geduldig. »Letzteres ist ein seltener Stoff. Er wird nur in kleinen Mengen eingeführt, und man braucht eine Konzession, um ihn zu kaufen. Ein Vermächtnis des unbeklagt verblichenen Legalismus ist die Vorschrift, daß ein Betrieb, der eine solche Konzession beantragt, die Namen aller Vorstandsmitglieder auflisten muß. Dennoch kann Diskretion bewahrt bleiben, da diese Listen unter dem Firmennamen abgelegt werden. Ein Prüfer muß diesen Namen wissen, bevor er die Akte verlangen kann, und manche der Namen sind wirklich genial. Nimm einmal an, du wärest Mandarin und würdest zu einer Teefälscherbande gehören. Nimm an, ihr könntet mit Hilfe alter Käfige miteinander in Verbindung treten, nimm an, der Zweck dieser Käfige wurde durch einen Reibedruck von einem uralten Relief offenbart, und nimm außerdem an, ihr wolltet verhindern, daß irgend jemand deine Akte in die Hände bekommt. Welchen Namen würdest du deiner Firma geben?«
Er wußte sehr wohl, daß ich ihm darauf keine Antwort geben konnte. Eine Weile ließ er mich in meiner Ahnungslosigkeit schmoren, dann zog er ein Stück Papier hervor, auf das ein Buchhalter zuvorkommend eine Liste der Vorstandsmitglieder unter den Firmennamem gesetzt hatte, den Meister Li angegeben hatte: *Himmelsflamme Todesvögel Geister Boot Regen Rennen Teegesellschaft mbH*.
»Und das ist die ganze Bande?« fragte ich anerkennend.
»Genau. Alle Kerle, die ihre Hände im Spiel haben, einschließlich Li die Katze und zwei weitere Eunuchen im Ministerrang«, antwortete Meister Li. »Ich hoffe nur...«
Er sprach den Satz nicht zu Ende. Was er sagen wollte, war: ›Ich hoffe nur, der Himmlische Meister ist heil und bei Sinnen und in der Lage, uns zu helfen.‹ Die Sorge nahm wieder Besitz von ihm, und er schwieg den Rest des Weges bis zur Halle der Literarischen Weisheit. Dort erklärte man uns, daß wir den Himmlischen Meister knapp verfehlt hatten, da er soeben zu seinem Morgenspaziergang aufgebrochen war, daß wir ihn jedoch sicher auf dem Weg finden würden, der zum Palast der jungen Prinzen führte. Meister Li schickte die Sänftenträger fort, um zu Fuß den Heiligen zu suchen. Wir stießen einen tiefen Seufzer der Erleichterung aus, als wir vor uns die unverwechselbare Gestalt des Himmlischen Meisters er-

kannten, der sich mühsam auf seinen Krücken zur Neun-Drachen-Wand schleppte. Er hatte sich nicht verändert, seit wir ihn das letzte Mal gesehen hatten.

»Ich hatte Folterungen befürchtet«, bemerkte Meister Li leise.

Das hatte ich auch, denn nur das oder schieren Wahnsinn konnte ich mir als Grund für die Unterschrift des Heiligen unter jenem entsetzlichen Hinrichtungsbefehl vorstellen. Jetzt mußte Meister Li die Möglichkeit ins Auge fassen, daß er sich in der Beurteilung einer Handschrift zum ersten Mal geirrt hatte und die Unterschrift gefälscht war, doch diese Vorstellung schien ihn nicht zu beunruhigen. Er war fast fröhlich gestimmt, während wir die Abkürzung nahmen, die am Schützengarten vorbeiführte, doch als wir die Neun-Drachen-Wand erreichten, war der Himmlische Meister nicht dort.

»Ha! Das war eine erstaunliche optische Täuschung«, bemerkte Meister Li. »Ich hätte schwören können, daß er hier war, aber sieh nur, dort.«

Er deutete nach rechts, und mir fielen fast die Augen aus dem Kopf, als ich in weiter Ferne eine kleine, gebückte und schwer auf Krücken gestützte Gestalt sah, die sich wie eine arthritische Schnecke vom Tor der Preisverleihung zum Tor des Friedlichen Alters schleppte.

»Trag mich lieber. Jemand muß ihm geholfen haben, und es ist viel zu heiß für meine wackligen Beine.«

Ich nahm den alten Mann auf den Rücken und setzte mich in Bewegung, aber bald hatten wir, da wir uns zwischen hohen Hecken hindurchschlängeln mußten, den Heiligen aus den Augen verloren. Die Parkanlagen in der Verbotenen Stadt sind für Aristokraten bestimmt, nicht für Bauern, darum sind die Aussichtspunkte in Augenhöhe für diejenigen angelegt, die sich behaglich in einer Sänfte fortbewegen. Fußgänger können nicht viel sehen, wenn sie nicht gerade eine Lichtung erreicht haben, und als ich auf einer solchen anlangte, blieb ich so plötzlich stehen, daß ich Meister Li um ein Haar über meinen Kopf nach vorn katapultiert hätte. Nachdem er seinen Platz wieder eingenommen hatte, fragte ich ihn mit unsicherer Stimme: »Meister, ist es möglich, daß es mehr als einen Himmlischen Meister gibt?«

Der greisenhafte Heilige hatte das Tor des Friedlichen Alters bereits weit hinter sich gelassen und tatsächlich das Große Theater erreicht. Selbst im Laufschritt hätte es mir einige Mühe bereitet, diese Strecke in dem Zeitraum zurückzulegen.
»Konzentrieren wir uns lieber auf diesen einen«, gab Meister Li mit finster zusammengebissenen Zähnen zurück. »Hol ihn ein, Ochse.«
Ich rannte in großem Bogen los, so daß ich weit vor ihm ankommen mußte, hetzte weiter über Wege, die mit blühendem Oleander und Granatapfelbäumen gesäumt waren, bis ich schließlich keuchend am Brunnen der Perlenkonkubine zum Stehen kam. Dort drehte ich mich um und blickte in die Richtung, aus der der Heilige kommen mußte. Aber da war keine langsam schlurfende Gestalt zu sehen, und auch zur Rechten konnte ich nichts entdecken. Vor mir lag die Begrenzungsmauer der Verbotenen Stadt, also blieb nur noch die linke Seite. Dorthin wandte ich mich und wäre vor Schreck fast umgefallen. In weiter, weiter Ferne, zwischen der Halle des Kaiserlichen Friedens und dem Pavillon der Zehntausend Quellen mühte sich eine winzige gebückte Gestalt an zwei Krücken, auf schleppenden Füßen voranzukommen.
Meister Li hockte noch auf meinem Rücken. Er drückte mit beiden Händen meine Schultern. »Laß uns etwas versuchen«, sagte er ruhig. »Kehr um und nimm den Weg zwischen den Palästen der Stillen Erde und der Wohlwollenden Harmonie, als würden wir aufgeben und auf das Westliche Blumentor zuhalten.«
Ich tat, was er mir gesagt hatte, und wenige Augenblicke später rannte ich erneut durch ein Labyrinth von Sträuchern und Bäumen. Nach ein paar Minuten befahl mir Meister Li, anzuhalten, kehrtzumachen und den ersten Weg zur Linken einzuschlagen. Ich stieg eine kleine Anhöhe hinauf, dann legte ich mich auf den Bauch und kroch durch niedriges Gehölz. Meister Li streckte die Arme aus und schob ein paar Zweige auseinander. Vor uns lag die ausgedehnte, samtige Rasenfläche, an die sich der Palast des Unerschütterlichen Glücks anschloß, und als ich den Blick darüberschweifen ließ, wurde meine Leber kalt wie ein Klumpen Eis.
Der Himmlische Meister rannte über den Rasen wie ein Panther, tief geduckt, anmutig alle Hindernisse überspringend. Sein

schlichtes Tao-shih-Gewand bauschte sich hinter ihm wie ein Drachen, und er rannte so schnell, daß die zehn Bänder der Robe und der wolkenbestickte Gürtel durch die Luft flatterten wie die flirrenden Flügel einer Renntaube. Er setzte über einen riesigen Felsbrokken, über den ich hätte klettern müssen, schwebte, die Beine gespreizt wie ein Tänzer, sekundenlang in der Luft und stieß sich, als er auf dem Boden aufkam, mit den Krücken ab, um sich zusätzlich Schwung zu verschaffen. Der Heilige eilte weiter, bis er die Halle der Geistigen Nahrung erreicht hatte. Wären wir auf dem Weg weitergelaufen, den wir eingeschlagen hatten, so wären wir jetzt aus dem Gebüsch hervor und in Sichtweite der Halle und des Himmlischen Meisters gekommen. Er blieb abrupt stehen, streckte unsicher die Krücken aus, und ein greisenhafter, verkrüppelter Mann schleppte sich qualvoll über den Rasen.

»Meister... Meister... Meister...«

»Warum diese Verwunderung in der Stimme? Wir haben kein Wunder mehr gesehen, seitdem der körperlose Hundekopf den Großen Gouverneur gefressen hat, wir waren demnach überfällig«, sagte Meister Li mit scharfer Stimme. »Ochse, zurück zur Halle der Literarischen Weisheit, und zwar schnell.«

Bei der Halle angelangt, befahl er mir, durch ein Gewirr kleiner Gärten zur Seite des Gebäudes zu gehen. Dort drückte er ein Fenster auf, durch das wir in das Innere des Hauses kletterten. Er brach ein Schloß auf, ging mir durch eine leere Kammer voraus und ließ sich durch das Seitenfenster wieder hinaus und über einen Balkon tragen. Durch ein weiteres Fenster kletterten wir dann in die Amtsstube des Himmlischen Meisters.

»Erinnerst du dich an das pinselartige kleine Ding, mit dessen Hilfe die Acht Gelehrten Herren die Käfige aktivierten? Ich nehme an, daß der Himmlische Meister eines davon hatte, als er den Mandarinen seine Botschaft schickte. Such es«, befahl Meister Li.

Der Raum war überfüllt mit Erinnerungsstücken aus einer mehr als ein Jahrhundert dauernden Amtszeit, und es hätte uns einen Monat kosten können, alles zu durchsuchen, aber manchmal zahlt sich die Entscheidung für das Nächstliegende aus. Meister Li kippte einen Behälter mit Schreibpinseln aus und kramte darin herum, bis seine Hand plötzlich innehielt. Bedächtig nahm er einen Pinsel auf

und hielt ihn ins Licht. Er hatte einen steinernen Griff und eine Spitze, die aus dem Schwanz eines Moschushirsches gefertigt war.
»Dieselbe Entstehungszeit, dieselbe Kunstfertigkeit, und es fühlt sich genauso an«, murmelte Meister Li.
Wir verließen das Gebäude und kehrten zu den stillen, schattigen Winkeln des Bibliotheksgartens zurück. Es war niemand in der Nähe. Meister Li wollte kein Risiko eingehen mit dem Käfig, dessentwegen wir im Gewächshaus des Mandarins beinahe unser Leben gelassen hatten. Er hatte ihn unter dem Gewand an seinem Gürtel festgebunden. Jetzt holte er ihn hervor und betrachtete ihn mit nachdenklichem Blick.
»Wir wissen, daß man ihn aktiviert, indem man die Symbole der fünf Elemente mit einem Pinsel berührt«, sagte er, in Gedanken versunken. »Ich hoffe nun, daß in ihm auch Botschaften gespeichert sind. Wenn ja, würde man logischerweise annehmen, daß die Lehre der Fünf darin enthalten ist, und dazu zählen die fünf Farben, Himmelsrichtungen, Jahreszeiten, Himmelsstützen, Gebirge, Planeten, Tugenden, Gefühle, Tiere, Öffnungen, Stoffe oder Aromen.«
Mein Wissen über die Fünf beginnt und endet mit der Tatsache, daß der Geruch, der dem Planeten Merkur zugeordnet wird, ›faulig‹ ist und der Ton ›stöhnend‹, also hielt ich lieber den Mund.
Es dauerte eine Weile, weil die Gitterstäbe ein Gewirr von eingeschnitzten Symbolen aufwiesen, aber schließlich entschied er sich, es mit den Tieren, die den Jahreszeiten zugeordnet sind, in umgekehrter Reihenfolge zu versuchen. Als der Pinsel den Kopf einer Schildkröte berührte, machte ich einen Satz in die Höhe. Plötzlich erfüllte ein Lichtschein den Käfig, und ich blickte in das Gesicht eines Mandarins, den ich nicht kannte. Offensichtlich rang er, außer sich vor Furcht und Zorn, um Fassung.
»Warum haben wir den alten Trottel nicht umgebracht?« stieß er hervor. Seine linke Wange zuckte nervös. »Ich will wissen, ich verlange, zu erfahren, warum wir ihn nicht umgebracht haben? Ist euch Idioten nicht klar, daß wir Leichen auf dem Gewissen haben, seitdem die Katze sich um diesen Buchhalter gekümmert hat? Wenn wir Li Kao nicht die Kehle durchschneiden, wirft er uns den Hunden zum Fraß vor!«

Die Berührung des Tigers bescherte uns einen weiteren Mandarin, der Meister Lis Kopf forderte, während der Wasserbüffel und der Phönix nur langweilige Informationen über Handelswege und Verkaufszahlen von sich gaben. Dann streifte Meister Li den Drachen mit dem Pinsel, und das Gesicht, das im Käfig auftauchte, war das des Himmlischen Meisters. Gleich bei den ersten vernichtenden Worten wurde mir klar, daß das die Botschaft war, auf die Meister Li gewartet hatte, die Nachricht an Li die Katze und den Großen Wächter vom Gänsetor, die wir in Bruchstücken mitangehört hatten.

»*... steckt euch die kotverschmierten Fingerspitzen in die Ohren und pult die Mistkäfer heraus, denn ich bin im Begriff, euch die Fehler eures schwachsinnigen Unternehmens vorzuführen!*«

Oh, er setzte ihnen gehörig zu. Er kehrte ihr Innerstes nach außen. Die Luft war mit beißender Schärfe geschwängert, als er ihnen vor Augen führte, wie unklug es war, sich auf eine Schmuggelgeschichte einzulassen, die die Tausend Schnitte zur Folge haben konnte oder die Beschlagnahme sämtlicher Besitztümer, den Verlust von Rang und Privilegien ganzer Familien und die sichere Gewißheit, daß verarmte Ehefrauen, Konkubinen und Kinder zum Auktionsblock geführt und als Sklaven verkauft werden würden.

»Wenn ihr Trottel schon stehlen müßt, warum stehlt ihr dann nicht etwas, das sich lohnt?« donnerte der Heilige. »Dabei könntet ihr vielleicht, ohne es zu beabsichtigen, Gutes tun und zur Wiederherstellung der Moral beitragen! Hört mir zu, meine widerspenstigen Kinder, dann führe ich euch zum Licht.«

Und er führte sie zum Licht, während ich erst ungläubig, dann entsetzt, dann so tief verzweifelt, wie ich es nie zuvor gewesen war, lauschte. Die Vorstellung des Himmlischen Meisters war, den Geisterplan des Konfuzius zum Leben zu erwecken.

Die Barbaren unter meinen Lesern müssen wissen, daß die Toten in einem zivilisierten Land einen gewaltigen Einfluß haben. Die Lebenden sind viel zu sehr damit beschäftigt, am Leben zu bleiben, um auf irgend etwas sonst zu achten. Die Sinne des Menschen sind in Wahrheit »Die Sechs Übel«, weil Sehen, Hören, Fühlen,

Schmecken, Riechen und Denken die Botschaften des Himmels abwehren. Nur die Toten sind frei von diesen Fesseln, und wenn der Geist eines Vorfahren im Mondschein oder im Traum erscheint, um eine mysteriöse Botschaft zu überbringen, so ist das ein überaus bedeutsames Ereignis im Leben einer Familie. Manchmal handelt es sich um eine höchst dramatische Warnung: Der Schwarze Hirschgott ist erzürnt, darum müssen die betreffenden Personen aus dem Tal fliehen, bevor die Grippe-Epidemie wütet, und prompt werden zehn Leute, die dageblieben sind, von der Grippe dahingerafft. Ein andermal ist es eine Urgroßmutter, die im Traum erscheint, um den idealen, beschützenden Namen für ein Neugeborenes zu offenbaren. Wenn wir schon von Kindern sprechen, wer kennt nicht die Geschichte von dem Geist eines Kindes, das bei der Geburt gestorben ist und nun plötzlich auftaucht und einen seiner Brüder so erschreckt, daß er einen Satz rückwärts macht – gerade in dem Augenblick, als er im Begriff war, den Fuß auf eine giftige Schlange zu setzen? Die Macht der Geister ist gewaltig, und ihre Entscheidungen sind unanfechtbar.

Konfuzius wußte das, und es inspirierte ihn zu einem genialen Plan. Er riet seinen aristokratischen Klienten, die Angehörigen der Unterschichten ein für allemal in den Staub zu treten, indem sie strenge Geistergesetze erließen. Es wurden nur diejenigen Geister in ihrer Gültigkeit bestätigt, die den Anstand und die Höflichkeit besaßen, in einem gebührend geheiligten Schrein in einem Familientempel zu erscheinen, und wer konnte sich schon einen gesegneten Schrein im eigenen Familientempel leisten? Die Adeligen natürlich, und ein Bauer brauchte sich gar nicht erst zu Wort zu melden. Nahm jemand, der nicht über einen anständigen Familienbesitz verfügte, Verbindungen zu den »Vorfahren« für sich in Anspruch, so wurde das mit Stockschlägen geahndet, kam es ein zweites Mal vor, folgte Verstümmelung, und beim dritten Mal verdiente er den Tod. Behauptete ein Mensch, der zu gering war, um im Sinne des feudalen Konfuzianismus eine ›Familie‹ zu haben, er hätte eine Botschaft von einem Familiengeist erhalten, so rechtfertigte das seinen Verkauf in die Sklaverei.

Was den Geisterplan besonders auszeichnete, war die Tatsache, daß er keinerlei Grenzen setzte. Gelüstete es einen Adeligen nach einem fruchtbaren Stück Land, das einem Nichtadeligen gehörte, so mußte er lediglich kundtun, daß ihm der Geist seines Ururgroßonkels erschienen war und erklärt hatte, daß das betreffende Ackerstück in Wahrheit der Familie gehörte und daß sich die Urkunden, die das belegten, in einer Messingschachtel im Keller befanden. (Wenn nötig, konnte der Geist noch einmal erscheinen und erklären, daß die Urkunden auf Papier niedergeschrieben waren, das zum Zeitpunkt der Transaktion noch gar nicht erfunden war, was aber nur für die Erde galt. Im *Himmel* war das Papier bereits erfunden, und die Götter hatten dem Ururgroßonkel großzügigerweise einige Exemplare davon zur Verfügung gestellt.) Jede Gesetzesklage wurde an den feudalen Gerichtshof verwiesen, der sich ebenfalls aus adeligen Großgrundbesitzern zusammensetzte, und wie Konfuzius selbst es so liebenswürdig formuliert hat: »Der erhabene Mensch ist wie der Wind, und der gemeine Mensch ist wie das Gras. Wenn der Wind weht, neigt sich das Gras.«

Zur Zeit des Konfuzius gab es kein Kaiserreich. China war ein Sammelsurium untereinander zerstrittener Feudalstaaten, und der einzige, ausschlaggebende Grund, warum der Geisterplan nie zur vollen Wirkung kam, als das Kaiserreich erst einmal entstanden war, lag im Taoismus. Die Tao-shih kämpften mit allen Mitteln, um die Rechte des Bauernstandes zu verteidigen, und nun schlug der Himmlische Meister, Führer des Taoismus und der größte lebende Heilige im ganzen Reich, den Mandarinen vor, die Erträge aus ihren ungesetzlichen Geschäften in wohlüberlegte Bestechungen zu investieren, so daß der Geisterplan mit Hilfe seines gewaltigen Einflusses und seiner aktiven Unterstützung doch noch in ganz China Verbreitung finden konnte. Ab sofort würden nur noch Adelige Macht, Grundbesitz und den Schutz des Gesetzes für sich in Anspruch nehmen können, was einen ›unvorstellbaren Fortschritt für die Moral und Kultur der Öffentlichkeit‹ mit sich bringen würde, wie es der Himmlische Meister formulierte.

Ich sollte vielleicht erwähnen, daß der Heilige im Verlauf dieser unglaublichen Ansprache keine Spur von Altersschwäche zeigte. Im Gegenteil, noch nie hatte ich ihn so kraftvoll und klar erlebt. Als er seinen Vortrag schließlich beendete und der Käfig dunkel wurde, wandte ich mich hilflos an Meister Li.

»Meister, hat er vielleicht so eine Art Schlaganfall erlitten?« fragte ich.
Selten habe ich den alten Mann mit so sorgenvoller Miene gesehen wie in diesem Augenblick. Während er nachdachte, kaute er wütend auf den Spitzen seines schütteren Bartes herum, dann sagte er, indem er sie ausspuckte: »Ich habe noch nie von einem Schlaganfall gehört, der einen arthritischen Hundertjährigen in die Lage versetzt, wie ein tibetanischer Schneeleopard über den Rasen zu springen. Nein, Ochse, es ist etwas weitaus Dramatischeres als eine geistige Verwirrung geschehen, und die Folgen könnten geradezu unvorstellbar sein.«
Er hatte mit überkreuzten Beinen vor dem Käfig gesessen. Jetzt sprang er auf und blickte zu dem sengenden messingfarbenen Himmel hoch. Der Gelbe Wind strich wie eine gewaltige Hand über den Horizont; gierige lange Finger griffen nach der blutroten Sonne, die sich in einem pulsierenden Nebel dem Untergang zuneigte – ich hatte gar nicht bemerkt, wieviel Zeit vergangen war. Feine Sandkörner legten sich auf Zweige und Blätter, fauchend und knirschend: Eine riesige, unsichtbare Katze, die am Kratzbaum spielerisch ihre Krallen ausfuhr.
»Etwas Dramatisches liegt in der Luft«, wiederholte Meister Li. Dann schüttelte er sich und drehte sich zu mir um. »Mein Sohn, es gibt nur wenige wissenschaftliche Gebiete, die so trostlos sind wie die Theologie, aber es könnte wichtig sein, die Lehre von den Katastrophen, der Hauptbeitrag der Han-Dynastie zu diesem Thema, in Betracht zu ziehen. Sowohl das *I-ching* als auch das *Huai-nan-tzu* versichern, daß Naturkatastrophen nicht vom Himmel verursacht werden, sondern daß der Himmel sie zuläßt. Wenn die Menschen die Ordnung der Dinge mutwillig stören, weigern sich die Götter, helfend einzugreifen, und die Natur muß sich, gewöhnlich auf gewaltsame Weise, selbst von dem Gift reinigen. Wenn dabei die Unschuldigen ebenso wie die Schuldigen leiden – nun, die Menschen lernen eben nur etwas, wenn man es ihnen mit der Axt ins Hirn drischt.«
Er hob den Käfig auf, band ihn wieder am Gürtel fest und zog sein weites Gewand darüber.
»Nach den Worten von Wirt Sechsten Grades Tu glauben die Urein-

wohner des Landes, daß Neid beinahe eine Sonnenwendkatastrophe herbeigeführt hätte, die nur durch die Acht Gelehrten Herren verhindert wurde«, sagte er gedehnt. »Wir wissen zu gut, daß entweder Neid oder ein unglaublich begabter Imitator immer noch unter uns ist und irgend etwas im Schilde führt. Das Problem mit den chinesischen Mythen ist, daß man nie weiß, wo der Mythos aufhört und die Realität beginnt. Der Erhabene Jadekaiser wird nicht erfreut sein, wenn ihm der Führer der Taoisten ein Gesuch zur Verbreitung des Geisterplanes zukommen läßt, aber das allein dürfte nicht...«

Er verstummte, dann befahl er mir, mich zu bücken und ihm auf meinen Rücken zu helfen.

»Wir können nichts weiter tun, als diese Liste der beteiligten Mandarine durchzugehen und das schwächste Glied herauszufinden. Vielleicht mußt du dem Kerl die Knochen brechen, mein Sohn. Aber wie dem auch sei, mit seiner Hilfe wird es möglich sein, den Rest der Bande ins Gefängnis zu bringen«, sagte der Weise grimmig. »Zurück zur Stadt zum Einäugigen Wong, und zwar schnell.«

»Ja, Meister«, sagte ich und preschte davon wie ein Rennpferd.

20

Im Weinlokal des Einäugigen Wong sammelte Meister Li ein paar Müßiggänger um sich und schickte sie mit dem Auftrag los, alle Mandarine und Eunuchen, die auf der Liste standen, aufzuspüren. Dann ging er durch die Hintertür hinaus in die Fliegengasse, wo dichtgedrängt windschiefe Häuser aneinanderlehnten. Verbindungswege verliefen in alle Richtungen, und bevor hier ein Gerichtsvertreter den Weg in ein Haus gefunden hat, ist der Gesuchte höchstwahrscheinlich bereits in Tibet.

»Die Vorfahren des Wiesels waren Ureinwohner«, erklärte Meister Li. »Ich bezweifle zwar sehr, daß er viel zu dem hinzufügen kann, was wir von Wirt Tu erfahren haben, aber ich würde ihn gern befragen. Weißt du, wo er wohnt?«

Ich war glücklich, einen Beitrag leisten zu können. »Immer links herum«, sagte ich. »Ob Ihr es glaubt oder nicht, Ihr werdet nicht dort herauskommen, von wo Ihr ausgegangen seid.«

Wir bogen links, links, links und wieder links ab und wären wieder am Ende der Gasse angelangt, wäre da nicht ein winziger, parallel verlaufender Weg gewesen, der nach rechts hinauf und hinüber führte. Das Wiesel wohnte im oberen Stockwerk. Als wir jedoch die Gebetszettel sahen, die an seine Tür geheftet waren, und gleichzeitig den Geruch von Räucherwerk wahrnahmen und Klagelaute hörten, blieben wir wie angewurzelt stehen. Ich stieß die Tür auf, und es war offenkundig, daß Meister Li seine Fragen nicht würde stellen können. Das Wiesel war in sehr schlechter Verfassung und wälzte sich im Fieberwahn auf seiner Matte, während seine junge Frau sich so gut es ging um ihn bemühte. Sie war überglücklich beim Anblick von Meister Li.

»Rettet Ihn, Ehrenwerter Meister«, flehte sie. »Wenn ihn überhaupt einer retten kann, dann seid Ihr es. Alle anderen fürchten sich vor Ansteckung und haben das Weite gesucht. Ich weiß wirklich nicht, was ich tun soll.«

Meister Li wies mich an, das Wiesel festzuhalten. Dann untersuchte er die geröteten Augen, die trockene Zunge, die von einem eigenartigen gelben, pelzigen Belag überzogen war, und tastete die kleinen Schwellungen ab, die wie Furunkel in den Achselhöhlen und Leisten des Mannes saßen.

»Hat er sich über Kopfschmerzen und Erschöpfung beklagt?«

»Ja, Ehrenwerter Meister.«

»Gefolgt von Fieber und einer heftigen Reaktion auf Helligkeit?«

»Ja, Ehrenwerter Meister! Er schrie, das Licht würde ihn verbrennen!«

Meister Li richtete sich auf und straffte die Schultern. »Meine Liebe, ich verspreche nichts«, sagte er freundlich. »Wir müssen hoffen und beten, und dazu brauche ich Speise, Wein, ein wenig Papiergeld, zwölf rote Fäden und einen Weißer-Tiger-Todbringender-Großer-Donner.«

Ich wußte, daß es zu Ende ging mit dem Wiesel. Meister Li nimmt nur dann zur Glaubensheilung Zuflucht, wenn er den trauernden Angehörigen etwas geben will, womit sie sich beschäftigen können. Jetzt öffnete er das winzige Fenster, das über das Dächergewirr Pekings hinausblickte und murmelte: »Eintausend Weißer-Tiger-Todbringender-Großer-Donner, und das wäre vielleicht immer noch nicht genug.«

»Meister?« sagte ich.

»Nicht genug, Ochse. Nicht, wenn es nach Neid geht.« Dann schüttelte er sich wie ein Hund, der aus dem Wasser kommt und fügte hinzu: »Teufel, ich phantasiere vermutlich. Los, tun wir, was in unserer Macht steht.«

Das hieß, daß wir aus einem Blatt Papier einen Tiger ausschneiden und daraufschreiben mußten: ›Das Einhorn ist hier!‹ Damit appelliert man an den günstigen Stern, der verderblichen Einflüssen entgegenwirkt. Dann machte ich am Arm des Kranken einen Schnitt, aus dem wir genügend Blut auffangen konnten, um den Tiger rot zu färben. Die Frau des Wiesels hatte die übrigen Dinge

herbeigebracht, und wir knieten zum Gebet nieder, während Meister Li die Arme über dem Patienten ausbreitete.
»Wiesel, indem du an einem *jen-hsu*-Tag krank geworden bist, stießest du im Norden mit dem Todbringenden-Göttlichen-mit-Offenem-Haar-Der-Im-Himmel-Fliegt zusammen«, intonierte der alte Mann wie eine Litanei. »Im Süden bist du dem Ungeziefervogel begegnet, und im Westen hast du die Fünf Gespenster getroffen, aber der Westen ist es, in dem Gefahr droht, denn dort hast du den Tiger erzürnt, der das Ende des Herbstes, die Schneide von Metall, das Weiße der Trauer und das Ende des Großen Mysteriums ist.«
Meister Li sprühte Wasser und Weihrauch über den Kranken, dann hob er Augen und Arme gen Westen.
»Oh, Göttlicher Weißer Tiger der Plündernden Dämonen der Fünf Richtungen, der Magier der Krankheit und des Unterganges des Jahres, des Tores der Wehklagen und des Trauergastes und der Seelen der Toten, der Himmlischen Gebiete und Irdischen Wälder, der Erde und des Himmels, der Zweiundsiebzig *Hou* und der Acht Trigramme, der Neun Paläste und des Hauptpalast-Donners, oh, Großer Tigerprinz, der in die Häuser eindringt und gewaltige Blutbäder anrichtet. Oh, Tiger, der am Rande der Straße und hinter Brunnen auf der Lauer liegt, oh, Tiger, der hinter dem Herd und in der Diele kauert, oh, Tiger, der neben dem Bett und hinter den Türen einer jeden Behausung steht, oh, Tiger, der im Schicksal aller Menschen Einzug hält. Oh, Weißer Tiger, Großer Weißer Tiger, dein demütiger Diener, das Wiesel, hat dich schwer beleidigt, und wir bringen dir seine Speise! Wir bringen dir seinen Wein! Wir bringen dir sein Geld! Wir bringen dir sein Blut!«
Meister Li gab der Frau des Wiesels ein Zeichen, aufzustehen und Speise, Wein und Geld darzubieten, nachdem er die Dinge zuerst mit dem blutgetränkten Tiger berührt hatte.
»Oh, Tiger, iß die Speise des Wiesels und nimm mit seiner Speise den Todbringenden Göttlichen des Aufstiegs und des Falls, des Anfangs und des Endes aller Wege fort! Oh, Tiger, trink vom Wein des Wiesels, und nimm mit seinem Wein den Großen Toten König und den Kleinen Toten König-Der-Die-Eingeweide-Herauszieht-Und-Den-Magen-Aussaugt fort! Oh, Tiger, nimm das Geld des Wiesels und nimm mit ihm den Todbringenden Göttlichen-Dem-

Man-Begegnet-Wenn-Man-Das-Bett-Verrückt-Und-Die-Matten-Erneuert und Den Todbringenden-Der-Pfähle-Einsetzt-und-Zäune-Errichtet! Oh, Tiger, Großer Weißer Tiger, iß vom Blut auf diesem Talisman deines heiligen Bildes, denn es ist das Blut deines Dieners, der dich beleidigt hat, und wenn dein Zorn immer noch seinen Tod fordert, dann bieten wir dir seinen Körper als Opfergabe dar.«

Meister Li zog Strohhalme aus der Matte des Kranken und formte daraus mit flinken Fingern eine Puppe in Menschengestalt. Dann berührte er die Puppe überall mit dem blutgetränkten Tigerabbild.

»Du, der du nichts bist als ein Leib aus Stroh, du bist berührt worden vom Weißen Tiger, Todbringender Großer Donner, und siehe da! du bist zum Körper des Wiesels geworden«, intonierte Meister Li.

Er gab der jungen Frau des Wiesels ein Zeichen. Sie befestigte die zwölf roten Fäden an der Strohpuppe, berührte mit den anderen Enden den Körper ihres Mannes, und Meister Li beschwor unter rituellen Gesten die letzten Krankheitsdämonen, über die Fäden aus dem Wiesel in die Puppe überzugehen. Dann entfernte Meister Li die Fäden, indem er symbolisch jeden einzelnen durchschnitt. Er strich mit der Puppe dreimal über den Bauch des Wiesels, dann viermal über seinen Rücken, dann hob er sie schließlich hoch in die Luft und durchbohrte sie mit seinem Messer.

»Sieh her, der du der Anfang allen Endes und das Ende allen Anfangs bist, der dich beleidigt hat, ist tot! Großer Weißer Tiger, Herr des Universums, dein Triumph ist jetzt vollkommen!« rief der Heilige.

Das Wiesel hatte sich die ganze Zeit über in tiefem Delirium befunden, aber das Bewußtsein ist ein seltsames Ding. Auf irgendeine Weise drang etwas zu dem Kranken durch, und er wurde ruhiger, sein Atem ging gleichmäßiger, und das Fieber war fast verschwunden, als wir uns verabschiedeten. Dennoch ging Meister Li unverzüglich zu den Nachbarn, um sicherzustellen, daß Hilfe bereitstand, wenn es zum Schlimmsten kommen würde. Er hatte große Achtung vor der Heilkraft des Glaubens, aber alles hat seine Grenzen.

Als wir das Labyrinth der engen Straßen hinter uns gelassen und die Fliegengasse erreicht hatten, hielt der Weise vor dem Abfallhaufen des Einäugigen Wong, der in der Hitze vor sich hin stank, inne. Die Sonne ging gerade unter. Wieder machte der Gelbe Wind das Fehlen jeder Spur von Bewölkung mit einem farbenprächtigen Himmel wett. Die Farben des Regenbogens spielten in den Furchen und Falten auf Meister Lis Hand, mit der er Fliegen verscheuchte und dann eine tote Ratte aufhob, die er am Schwanz baumeln ließ. Er warf mir den Kadaver zu.

»Irgendeine erkennbare Todesursache?« fragte er.

Ich betrachtete das Tier von allen Seiten. »Nein, Meister«, antwortete ich.

Er stieß einen verfaulten Kürbis zur Seite und warf mir eine zweite tote Ratte zu. »Und die hier?«

»Nichts zu finden«, sagte ich, nachdem ich sie untersucht hatte.

Nachdem er den Müll auseinandergeschoben hatte, brachte er drei weitere tote Ratten zum Vorschein, die alle keine Spuren von Verletzungen aufwiesen, soweit ich sehen konnte.

»Was haben wir hier also?« fragte Meister Li. »Fünf aufeinanderfolgende Fälle von Herzinfarkt? Fünf gleichzeitige Selbstmorde? Fünf allergische Reaktionen auf Bienenstiche zur selben Zeit in derselben Gasse?«

Er klaubte einen Gegenstand aus dem Müllhaufen und betrachtete ihn finster.

»Wie wäre es mit fünf ersten Opfern einer Krankheit, die die Eigenschaft besitzt, sich sehr rasch auszubreiten?« sagte er. »Ochse, wir neigen dazu, uns über die medizinischen Kenntnisse unserer Vorfahren lustig zu machen. In anderen Dingen vielleicht großartig, aber kindisch, wenn es um die Wissenschaft ging. Als sie sich beispielsweise ein geschriebenes Wort für ›Pest‹ überlegten, fiel ihnen nichts Besseres ein, als die Grundbuchstaben des Wortes ›Ratte‹ an das Schriftzeichen des Wortes ›Krankheit‹ anzuhängen. Kindisch, oder?«

Er betrachtete immer noch den Gegenstand, den er in den Händen hielt. Es waren die Überreste eines zylindrischen Pergamentschirms, der in den Ring einer Öllampe paßte. Darauf waren acht Pferde in verschiedenen Stadien der Bewegung, die Füße jeweils in einer anderen Stellung, abgebildet. Wenn die Hitze der Flamme den Schirm zum Drehen brachte, entstand der verblüffende Eindruck von Lebendigkeit.

»Trabendes Pferd Lampe«, murmelte Meister Li. »Trabendes... Pferd... Lampe...« Als ihm nichts dazu in Erinnerung kam, zuckte er die Achseln und warf das Ding auf den Abfallhaufen zurück. »Teufel noch mal. Ich hatte von Ratten gesprochen, und da wir schon beim Thema sind, laß uns hören, was über unsere Mandarine in Erfahrung gebracht worden ist.«

Was wir erfuhren, war nicht gut. Alle, die Wongs Männer schon hatten ausfindig machen können, hatten sich ausnahmslos am unerreichbarsten Ort in ganz Peking verkrochen: in den Quartieren der Schwarzen Wache. Sie befinden sich innerhalb der Mauern der Verbotenen Stadt, von dem geheiligten Boden durch eine weitere Innenmauer getrennt, durch deren Tor die Soldaten dem Kaiser oder den Eunuchen zu Hilfe eilen können. Von der Kaiserlichen Stadt aus gelangt man durch einen abschüssigen Tunnel, der unter dem Wassergraben hindurchführt, zu dem Gebäude, und es gibt kein Fleckchen, das strenger bewacht ist.

»Li die Katze versammelt seine Kätzchen um sich«, murmelte Meister Li. »Verflucht! Etwas Großes ist geplant, und zwar bald, und ich weiß nicht genug, um die richtigen Fragen zu stellen. Selbst wenn es jemanden gäbe, dem ich Fragen stellen könnte«, knurrte er. »Nun ja, zwei Mandarine sind noch nicht gefunden, und Wongs Männer sind auf der Suche. Wir ruhen uns besser ein bißchen aus, Ochse. Es wird eine lange Nacht werden.«

Yen Shih war schwarz gekleidet und trug den geflügelten Hut eines vornehmen Herrn und um die Taille eine scharlachrote Schärpe. Sein schwarzer Umhang bauschte sich im schneidenden Gelben Wind, während er würdevoll auf eine rissige, ausgedörrte Landschaft zuschritt, die flimmernd in der Hitze brannte.

»Dieses Puppenspiel erfordert eine angemessene Kulisse, Ochse«, sagte Yen Shih mit weicher, wehmütiger Stimme. »Eine Kulisse für kreischende Phönixe, zitternde Hasen, zahnlose Tiger, lärmende Maulwurfsgrillen, halbverhungerte Pferde, geifernde Drachen, blinde Eulen, tranige Kamele und alte, schmerzgepeinigte Schildkröten, die in Brunnenschächten unendlich langsam vor sich hin sterben.«

Yen Shih schritt in der wabernden Hitze voran. Ich bemühte mich, mit ihm Schritt zu halten, aber er löste sich in Luftspiegelungen auf. Ich blieb wie angewurzelt stehen, als ich vor mir eine alte Hütte sah, die verlassen in der unfruchtbaren, zerborstenen Einöde stand. Es war mein Elternhaus, und es war das einzige, was von meinem Dorf übriggeblieben war. Meine Augen waren tränenblind. Doch es gab noch irgendwo Leben. Ich hörte etwas und taumelte schweißüberströmt durch die Trugbilder, die mir die aufsteigende Hitze vorgaukelte, darauf zu. Plötzlich trat ich durch das Miasma in das klare Licht hinaus, wo sich auf grünem Gras Gestalten bewegten.

»Ziege, Ziege, spring über den Wall,
Rupf Gras und füttere deine Mutter;
Ist sie nicht auf dem Feld und im Stall,
Gib es deinen hungrigen Brüdern:
Eins ... Zwei ... Drei ... Vier ... Fünf ... Sechs ... Sieben ...
Acht!«

Die lachenden Kinder rannten über den kleinen Hügel davon, und ich wandte mich aufgeregt zu Yu Lan. Die schöne Schamanin klimperte auf den Gitterstäben eines Käfigs herum. Ein Licht blitzte auf, und ich schloß mit einem Zucken die Augen. Als ich sie wieder aufschlug, hob sie ihre Hand zu der zeremoniellen Geste. Ich berührte meine Augenbrauen und meine Nase, dann öffnete Yu Lan die Hand, in der wieder eine winzige zweigezackte Gabel lag.

Beim Näherkommen bemerkte ich Schweißperlen auf ihrer Stirn, und ich hätte schwören können, daß ein Ausdruck der Verzweiflung in ihren Augen lag. Yu Lan faßte mich an der Hand und zog mich eilig zu dem Brunnen hin. Wieder ließ ich uns in dem Eimer hinunter, wieder hörte ich in der Tiefe ein Knurren, und wieder nahm ich den Gestank von verwesendem Fleisch wahr. Ich schwenkte zu dem Loch in der Wand hinüber, und wir gelangten in den engen Tunnel, aber diesmal machte Yu Lan nicht halt.

Die Schamanin nahm mich wieder bei der Hand und rannte los. Wir liefen durch gewundene Gänge, die von grünem, phosphoreszierendem Licht erhellt waren, bis wir eine Felsplatte erreichten und ich plötzlich in eine riesige Höhle hinunterschaute. Mir stockte der Atem, und ich sprang erschrocken zurück, denn dort wimmelte es von riesigen zusammengerollten Schlangen. Doch Yu Lan zog mich zu sich und begann, eine Steintreppe hinunterzusteigen. Dann bemerkte ich, daß das keine Schlangen waren, sondern miteinander verschlungene Pfeifen irgendwelcher Art, die an bestimmten Knotenpunkten in immer dünnere übergingen, bis am Ende acht winzige Pfeifen in acht Kästen mündeten, die in zwei Gruppen angeordnet waren, vier zur Linken, vier zur Rechten.
Yu Lan öffnete den Deckel eines der Kästen. Im Innern befand sich ein kleines Gestell. Sie blickte zu mir auf und hob die zweigezackte Gabel an die Lippen. Dann blies sie sanft zwischen den Zinken hindurch und legte die Gabel dann auf das Gestell. Sie paßte wie angegossen. Yu Lan schloß den Deckel.
Nebel umwogte uns. Kühle, erfrischende Regentropfen prasselten herunter, Regenbogen hüllten uns ein, und ich streckte die Arme aus, um die Schamanin an mich zu ziehen. Sie lächelte mich an, ihre Lippen öffneten sich, ihre Lider senkten sich über die Augen. Dann riß sie die Augen weit auf und rang nach Luft. Während sie in den Nebel zurückwich, war ihre Stimme voller Schmerz, Verlorenheit und Angst.
»Nein! Bitte nicht!«
Etwas Furchtbares bedrohte die Schamanin. Im Nebel war alles nur undeutlich zu erkennen, aber ich sah raubtierhafte Zähne neben ihrem Kopf aufblitzen und Klauen an ihrer Taille. Eine große, dicke, glitschige Scheußlichkeit legte sich um ihre Beine. Ich wollte zu ihr, aber ich schaffte es nicht. Blindlings rannte ich in Dunstwolken, die so drückend waren wie Hitzeschwaden, und vor meinen Augen war alles verzerrt und verschwommen. Yu Lans Stimme drang aus weiter Ferne zu mir.
»Ochse, die Boote! Beide Boote müssen an dem Rennen teilnehmen! Es darf nicht ein Boot unangefochten an den Start gehen!«
Dann war die Stimme verklungen, die Schamanin war fort, der Nebel hatte sich verzogen, und ich lag auf einer Matte im Weinlokal

des Einäugigen Wong neben Meister Li. Heller Mondschein strömte durch das Fenster herein, und der Gelbe Wind knirschte über die Ziegeldächer von Peking wie eine große Katze, die sich die Krallen schärfte. Ich drehte mich zur Seite und rüttelte den alten Mann an der Schulter. Er war augenblicklich wach.

»Meister, ich kann es nicht erklären, aber es muß etwas mit Yu Lan geschehen sein«, sagte ich aufgeregt. »Ich weiß nicht, wo sie ist, aber sie ist in großer Gefahr, und wenn Ihr keinen anderen Vorschlag habt, würde ich gern so schnell wie möglich zum Haus ihres Vaters gehen.«

Er sah mich einen Augenblick lang an. Dann sprang er behende auf und schickte sich an, auf meinen Rücken zu klettern. »Warum nicht? Hier kommen wir ohnehin nicht weiter«, knurrte er.

In Yen Shihs Haus war alles dunkel und still, als wir durch das Tor bogen. Meister Li rutschte von meinem Rücken herunter und versteckte sich, sein Wurfmesser hinter das Ohr geklemmt, hinter einem Pfeiler, während ich im Mondschein zur Tür schritt und dagegen hämmerte. Es war nichts weiter zu hören als ein Echo.

»Yen Shih!« rief ich. Wieder antwortete mir ein Echo. »Yu Lan! Ist jemand zu Haus?«

Etwas bewegte sich, und als ich einen Schritt zurücksprang und nach oben blickte, sah ich eine neugierige Katze, die von einer Ecke des Dachs auf mich herunteräugte. Plötzlich brach ein Höllenlärm los; Räder rasselten, Pferdehufe donnerten los wie ein Bambushain, der in einem Buschfeuer explodiert, und ich mußte zur Seite springen, um nicht von der schwarzen Kutsche überrollt zu werden, die, von einem Vierergespann gezogen, in den Hof gerast kam. Zehn Reiter bildeten die Eskorte, schwarz verhüllt, die Hüte tief in die Stirn gezogen, die Schwerter im Mondschein glitzernd. An den Seiten und am hinteren Ende des Wagens hingen weitere Männer, die sich überaus gekonnt mit einer Hand festhielten und mit der anderen einen kurzen Speer schwangen. In Sekundenschnelle waren sie gekommen und wieder verschwunden, zum Tor hinaus und die Straße hinunter. Meister Li streckte ein Bein aus und brachte mich zu Fall, als ich ihre Verfolgung aufnahm.

»Ochse, du kannst sie nicht einholen, und du weißt, daß du ihnen dorthin, wohin sie gehen, nicht folgen kannst«, redete er laut auf mich ein. Dann packte er mich am Arm und hielt mich fest. »Man würde dich umbringen, und was hätte das für einen Sinn? Wir können nichts weiter tun, als bis zum Morgen zu warten, wenn die Tore der Verbotenen Stadt geöffnet werden.«

Er hatte natürlich recht. Ich hatte die Insignien erkannt. Das waren die Männer der Schwarzen Wache gewesen, und ihre Kutsche würde bald durch den Tunnel unter dem Festungsgraben zu den Quartieren rollen, in denen die Mandarine Zuflucht gesucht hatten, und jeder Versuch, sich dort einzuschleichen, würde einem Selbstmord gleichkommen.

»Aber, Meister ... Meister ...«

Er drückte meine Schulter. Er hatte dasselbe gesehen wie ich, als der Wind die Vorhänge zur Seite geweht und der Mond in die Kutsche geschienen hatte. Vier Menschen hatten darin gesessen. Die drei, die lachend mit ihrer Beute davongefahren waren, waren Wildschwein, Hyäne und Schakal. Der vierte Passagier war Yu Lan.

»Komm. Vielleicht war ihr Vater hier, und wenn er hier ist, braucht er möglicherweise Hilfe«, sagte Meister Li.

Also machten wir uns auf die Suche nach Yen Shih oder seiner Leiche, aber der Puppenspieler war nicht im Haus. Statt dessen fanden wir einen versiegelten Brief, der auf einem Tisch in der kleinen Eingangshalle lag, und er war nicht an Yen Shih, sondern an Meister Li adressiert, der ihn öffnete. Er war in feiner Gelehrtenkurzschrift verfaßt und für mich nicht zu entziffern, doch Meister Li las ihn laut vor.

»Wertester Li-tzu, Höchster unter den Gelehrten, unangefochten unter den Wahrheitssuchenden, seid gegrüßt. Dieser Unwürdige bittet um die Ehre Eures Besuches, um die Zukunft der jungen Dame zu bereden, die versucht hat, ihre Stellung zu verbessern, indem sie sich unserem Haushalt anschloß. Sollten Eurem jungen Assistenten und dem begnadeten Vater der Dame daran gelegen sein, sich Euch anzuschließen, so sind sie mehr als willkommen, und so sehr sehne ich mich danach, mich in Eurem glorreichen Licht zu sonnen, daß jede Stunde der Dunkelheit höchste Qualen bedeutet.«

Der alte Mann blickte auf. »Es ist von Li der Katze unterzeichnet«, sagte er ruhig. »Ochse, mach dir keine Sorgen! Eunuchen lieben es, mit ausgeklügelten Drohungen zu spielen, und Yan Lu ist nicht nur eine Schamanin, sie ist eine der besten, denen ich je begegnet bin. Sie ist nicht wehrlos. Jetzt laß uns in der Scheune nachsehen, ob ihr Vater dort ist, und wenn wir ihn nicht finden, treiben wir bei Wong noch ein paar Männer auf, die die Stadt nach ihm durchsuchen.«

Die Scheune lag still und verlassen da. Der Mond schien sehr hell, und ich vermutete, daß er vorher von einer Sandwolke verdeckt gewesen sein mußte. Der Schatten eines Zweiges bewegte sich über die schimmernde Leinwand des mächtigen Puppenspielerwagens, daß man glaubte, ein Mädchen, würde den Boden wischen. Hin und her, hin und her.

»Trabendes Pferd Lampe«, sagte Meister Li, der sehr still dastand.

Dann lief er zum Wagen und sprang hinauf. Ich folgte ihm, um nach Yen Shih zu sehen, aber Meister Li suchte etwas anderes. Er war auf die Balustrade über die Bühne geklettert und untersuchte das Gewirr von Drähten, Hebeln und Rädern. Unter ihm baumelten die Puppen und schaukelten sanft hin und her, wenn der Wind sie erfaßte. Ich erkannte, daß die Szenerie für Bauer Hong noch aufgebaut war. Plötzlich drehte Meister Li an einem Rad, worauf sich ein Pendel in Bewegung setzte, und ich fuhr herum, als eine Tür in der Kulisse aufflog. Heraus kamen zwei Halunken mit einem Schwein, gefolgt von Bauer Hong, gefolgt von der Gattin des Gouverneurs, gefolgt von den Benutzern eines Schlafzimmers, die keine Kleider anhatten und Augen machten wie Untertassen. Meister Li setzte ein zweites Pendel in Schwingbewegung, worauf die Gouverneurmarionette zum Leben erwachte, sich zu einem Schlüsselloch hinunterbückte, entsetzt zurückwich und den Unterarm vor die Augen schlug, während die aberwitzige Prozession hinter ihrem Rücken in das nächste Schlafzimmer und wieder hinaus stürmte. Daß sich die Puppen zum Heulen des Windes bewegten, statt zu fröhlichem Gelächter, war unheimlich. Nachdem der Weise heruntergeklettert war, bewegten sie sich noch eine Weile weiter, dann baumelten sie wieder schlaff an ihren Drähten und schaukelten sachte hin und her.

Meister Li holte tief Luft. »Tja, Ochse, du hast immer gewußt, daß es ein furchtbares Ende mit dir nehmen wird, wenn du weiter mein Assistent bleibst«, sagte er.

»Ja, Meister«, entgegnete ich. Mir war so elend vor Angst um Yu Lan, daß mir alles andere gleichgültig war, doch ich tat, als wäre ich interessiert. »An welches furchtbare Ende denkt Ihr dabei?« fragte ich.

»Das hängt von Li der Katze ab«, antwortete er. »Mir ist gerade klargeworden, daß uns nichts anderes übrigbleibt, als einen Hechtsprung ins kochende Öl zu versuchen. Wir werden also seine freundliche Einladung annehmen. Sobald die Tore der Verbotenen Stadt öffnen, werden wir ihm einen Besuch abstatten, und wenn du in den Stunden, die uns bis dahin bleiben, schlafen kannst, wirst du durch P'u Sung-ling, den Chronisten Seltsamer Begebenheiten, Unsterblichkeit erlangen.«

21

Der Vormittag des Doppelfünften ist traditionell einer der lebhaftesten Tage des Jahres. Schon vor Sonnenaufgang wimmelte es in den Straßen von Peking von Menschen, und ich kannte einige von ihnen.

Frau Wu aus der Bäckerei stand vor dem Laden des persischen Alchimisten an, um Arsen, Schwefel und Zinnober zu kaufen, das zu einer insektenabweisenden Lösung vermischt wurde; als nächstes würde sie am Stand eines Schreibers haltmachen und eine Schablone des Schriftzeichens für das Wort ›König‹ erstehen. Dann würde sie nach Hause eilen und ihren schlafenden Kindern mit der Schablone und der Lösung das Zeichen auf die Stirn prägen. Es ähnelt den Linien auf der Stirn des Tigers. Da selbst Krankheit und Pech vor Tigern die Flucht ergreifen, ist es für Kinder morgens am fünften Tag des fünften Mondes überaus segensreich.

Die alte P'i-pao-ku, »Lederbeutel-Knochen«, war Frau Wus Großmutter, und sie wartete beim Konditor, um Nachbildungen der fünf giftigen Insekten (Hundertfüßer, Skorpion, Eidechse, Kröte und Schlange) aus Zucker zu erstehen, mit denen sie ihren *Wu tu po po*-Kuchen zu verzieren gedachte, den sie absichtlich so ungenießbar wie möglich machte, ohne daß er tatsächlich tödlich wirkte. Jedes Familienmitglied ißt am fünften Tag des fünften Mondes ein Stück davon, und die Krankheitsdämonen können es nicht fassen, daß es Menschen gibt, die ein solches Zeug essen und unbeschadet davonkommen.

Feng Erh, »Phönix«, die Konkubine des Kerzenmachers, begab sich mit dem ersten zaghaften Sonnenstrahl zu einem Grasstück, das sie im Park abgesteckt hatte. Dort pflückte sie hundert Halme, legte sie in einen Krug und ging auf schnellstem Weg nach Hause, ohne sich

nach rechts, links oder hinten umzusehen. Zu Hause angekommen, würde sie kochendes Wasser in den Krug gießen und Hundert-Gräser-Saft herstellen, der der ganzen Familie bis zum nächsten Doppelfünften als Heilmittel dienen würde.
Ko Sheng-erh hatte immer Pech. Sein Name bedeutet »Reste von einem Hund«, und er war törichterweise vor drei Tagen auf sein Dach gestiegen, um es an einigen Stellen auszubessern. Nun wartete er darauf, daß ein mittelloser Schamane seinen Laden öffnete und seinen Kopf mit der Formel »Wachse, wachse, wachse!« beschwor, was ihm allerdings auch nichts nützen würde, da doch jeder weiß, daß ein Mann, der im fünften Monat auf dem Dach arbeitet, unweigerlich eine Glatze bekommt.
T'ien-chi, »Ackerhuhn«, war ein Götterjunge, ein männlicher Prostituierter, der nicht gerade jünger wurde. Er wartete gemeinsam mit seiner besten Freundin Lan-chu, »Faules Schwein«, eine alternde Kurtisane. Sie hatten jahrelang gespart, und nun standen sie, in Bettlerlumpen verkleidet und goldgefüllte Säcke umklammernd, vor der Tür von Szu Kui, »Toter Geist«, einem geheimnisvollen, dreimal aus dem Grab auferstandenen Magier, der ihnen Stücke polierten, ausgehöhlten Zedernholzes verkaufen würde, das am fünften Tag des fünften Mondes mit vierundzwanzig wohltuenden und acht giftigen Ingredienzen gefüllt wurde. Wenn sie diese Holzstücke dann in einhundert aufeinanderfolgenden Nächten als Kopfkissen benutzten, würden sich die Falten in ihren Gesichtern glätten, und nach vier Jahren würden sie wieder im Vollbesitz ihrer Jugend sein. Die Ingredienzen sind ein streng bewahrtes Geheimnis, doch Meister Li verriet mir einmal, daß Sennesblätter, Ginseng, getrockneter Ingwer, Magnolie, Sommerwurz, Engelwurz, Ungefiederte Distel, Kikiowurzel, chinesischer Pfeffer, Kamelie, die Samen und Wurzeln vom Eisenhut, Sumpfgras und Korallenbaum dazu gehörten.
Auf der Kaiserlichen Straße stand von den Phönix-Türmen bis fast zum Altar der Erde und des Korns eine dichtgedrängte Menschenmenge, die darauf wartete, daß das Tor des Mittags geöffnet und sie in die Verbotene Stadt eingelassen wurde: Es waren Aristokraten in Sänften und blaugestrichenen Kutschen; Kaufleute in Eselswagen, auf deren Leinwandplanen die Künste ihrer Insassen in ro-

ten, verschnörkelten Sprüchen gepriesen wurden; Gelehrte, die demonstrativ kleinen Singvögeln lauschten, die sie in Bambuskäfigen an langen Stöcken mit sich trugen; Bittsteller aller Art, die kunstvoll zerfetzte Lumpen am Leib hatten, die die Gefahren ihrer Reise dokumentieren sollten und Büffelhornlaternen schwenkten, um zu zeigen, daß sie Tag und Nacht ohne Unterbrechung gereist waren; Legionen von Ministern, Heerscharen von Beamten, Armeen von Buchhaltern. Gerüchte schwirrten durch die Luft wie die Schwärme von Aasgeiern, die über einer Friedenskonferenz kreisen, und führend auf der Liste war die Neuigkeit, daß es zum ersten Mal in tausend Jahren vielleicht kein Drachenboot-Rennen geben würde. Dafür gab es vier gewichtige Gründe.

1. Sechs glaubwürdige Mitglieder der Gerberzunft hatten einen weißen Vogel gesehen (Weiß ist die Farbe der Trauer), der mit einem brennenden Kandelaber im Schnabel, genau der Route, die das Rennen nehmen sollte, folgend, über den Nördlichen See geflogen war.
2. Zum selben Zeitpunkt war am Kai der Bäckerzunft eine riesige Eidechse erschienen und hatte Flammen auf ihr Boot gespien, so daß es bis auf ein Häufchen Asche heruntergebrannt war.
3. Der Geist von Kaiser Wen war in die Lagerhalle der Salzmonopolgesellschaft marschiert, war geradewegs durch den Rumpf ihres Drachenbootes geschritten und hatte dabei geheult: ›Hütet euch vor dem fünften Tag des fünften Mondes!‹
4. Die Ärztezunft hatte eine Erklärung abgegeben, in der alles oben Genannte als blühender Aberglaube abgetan wurde. Kein Aberglaube dagegen waren die siebzehn Todesfälle in den vergangenen sechsundneunzig Stunden, zurückzuführen auf eine Krankheit, die einer Form der Pest verdächtig ähnlich war, und die Behörden würden gut daran tun, alle Veranstaltungen abzusagen, die große Menschenansammlungen mit sich brachten, wie zum Beispiel das Drachenboot-Rennen, bei dem sich die Zuschauer dicht an dicht an den Ufern drängten.

Und schließlich waren da noch Meister Li und ich, die auf das Öffnen der Tore warteten, damit wir hineingehen und uns auf gräßliche Weise von Li der Katze ins Jenseits befördern lassen konnten.

Es war kein angenehmes Warten. Schmerz ist erträglich, weil er seine Grenzen hat. Der Körper erträgt nur ein bestimmtes Maß, dann rettet er sich in den Schock. Aber ich hatte genügend Zeit, um über schlaue Eunuchen und ihre kleinen Spielchen nachzudenken, und ich konnte mir nicht vorstellen, daß ich es aushalten würde, mit den verstümmelten Überresten Yu Lans zusammen in einem Sack eingenäht zu werden. Meister Li behielt, wie üblich, seine Gedanken für sich. An seiner Miene war nicht zu erkennen, ob er Höllenqualen litt oder ob er sich langweilte, und als die Tore endlich geöffnet wurden und wir in unserer Sänfte zum Palast der Eunuchen getragen wurden, beschloß er, mich mit einem geistreichen Reisebericht zu unterhalten und mich auf Dinge aufmerksam zu machen, die mich eigentlich hätten interessieren müssen, da ich vermutlich in diesem Leben nicht mehr viel zu sehen bekommen würde. Ich muß zugeben, daß nur wenig hängenblieb, obwohl ich mich immerhin an das »schönste und traurigste Gefängnis der Welt« erinnere, den Garten der Vertriebenen Lieblingsfrauen, in dem die kaiserlichen Konkubinen, die nicht über die Mittel verfügten, die Eunuchen anständig zu bestechen, ein Leben der Enthaltsamkeit fristen mußten, nachdem sie verleumdet worden und in Ungnade gefallen waren. Einsame Frauen, die im Schatten des Turmes der Herabregnenden Blüten schmachten mußten, einem hohen, weißen, zylindrischen Bauwerk mit hellrotem Kuppeldach, von dessen Spitze eine Kaskade weißer Oleanderblüten herunterströmt. »Die Feinsinnigkeit der Eierlosen wird irgendwie überschätzt«, bemerkte Meister Li.
Was sonst noch geschah, bis der Palast der Eunuchen in Sicht kam, weiß ich nicht mehr. »Sieh dir das an, mein Sohn! Wie schlau es die Eunuchen eingerichtet haben, daß ihre Behausung den benachbarten Palast des Südlichen Dufts, in dem die Porträts der Kaiser ausgestellt sind, um fünfzig Fuß überragt. Auf diese Weise thronen in China die Kastrierten über den gekrönten Häuptern«, sagte der Weise, doch ich war nicht in der Stimmung, seinen Scherz mit einem angemessenen Kichern zu honorieren.
Ich bezweifle, daß eine kaiserliche Audienz beeindruckender hätte sein können. Ein Trompetenchor und ein dröhnender Trommelwirbel kündeten das Öffnen des mächtigen vergoldeten Tores an,

dann schritt ein zauberhaftes Wesen mit einem goldenen Räuchergefäß vor uns her über einen Drachenläufer. Zu beiden Seiten standen Soldaten in Uniformen aus rotem, perlenbesetzten Brokat Spalier, deren goldgesprenkelte Turbane mit dem Emblem des Doppelphönix geschmückt waren. Die Wände des Audienzsaals waren mit Türkisen, Turmalinen, Topasen, Malachiten und Opalen übersät, und auch vor ihnen standen Soldaten aufgereiht: rote Rüstung und gelbes Banner mit grünem Drachen an der Westwand, blaue Rüstung und weißes Banner mit gelbem Drachen an der Ostwand. Li die Katze saß wie ein Kaiser auf einem Thron, der nach Süden blickte, und der Thron zeigte wie der eines Kaisers auf der Rückenlehne das Muster der sieben Edelsteine, und an den Armlehnen fünf Klauen. Der Eunuch selbst war allerdings ganz schlicht gekleidet in ein rotes, mit Blumen und Sternen besticktes Gewand und einen Hut mit einer einzigen geraden Feder, die einen Eunuchen des Kaisers kennzeichnete. Wie es einem Mann geziemte, dem es erlaubt war, dem Kaiser aufzuwarten, war sein Gesicht glänzend von Zeremonienseife, und sein Atem duftete süß nach Hühnerzungen-Aroma, also Nelken. Der einzige Schmuck, den ich an ihm entdecken konnte, war die Kristallphiole, die an einer goldenen Kette um seinen Hals hing und seine konservierten Teile enthielt. (Kastration bedeutet in China die vollkommene Entmannung, die mit einem speziellen Instrument, einer kleinen Sichel ähnlich, durchgeführt wird, und die geschlechtslose Person bewahrt ihre Organe auf, damit sie mit ihnen begraben und in der Hölle wieder vollständig gemacht werden kann.) Als Meister Li nähertrat, ging ein aufgeregtes Verneigen durch die Reihen der niederen Würdenträger, während Li die Katze würdevoll vom Thron herabstieg und den Besucher mit einer höflichen Begrüßung wie einen Ebenbürtigen empfing. Man konnte unmöglich den Charme seines Lächelns übersehen, betont noch durch seine vollkommenen Grübchen, dennoch bemerkte ich, daß das Lächeln seine Augen nicht erreichte. Sie waren völlig ausdruckslos und so kalt wie Muscheln im ersten Mond.

»Nun, Hochgepriesener – meinen Glückwunsch zu der kürzlichen Beförderung –, wie steht es mit Euren wissenschaftlichen Forschungen zur Kraft der quadratischen Löcher?« erkundigte sich Meister Li, der sich mühelos der höfischen Phrasen bediente.

Mit quadratischen Löchern meinte er natürlich Geld, und der Eunuch hob bescheiden seine unberingten Hände. »Arme Schlukker und Prahlhänse sind gezwungen, Wolken herauszuwürgen und Dunst auszuspucken, und da das Gold meine Finger immer noch meidet, bemühe ich mich nach Kräften mit Nebel.«
»Und kein Mensch im ganzen Reich kann eine Sache besser vernebeln«, entgegnete Meister Li herzlich. »Ich bin offensichtlich einem Irrtum aufgesessen, da man mir sagte, Ihr hättet es mir gleichgetan und im Teegeschäft investiert.«
»Ach, wirklich? Und wieviel habt Ihr investiert?« erkundigte sich der Eunuch höflich.
»Zu viel«, entgegnete Meister Li. »Tatsächlich habe ich mir gerade überlegt, ob ich meine Anteile nicht gegen einen entsprechenden Wert im Blumengeschäft eintausche, obwohl man die Ware, wenn man Geld in Blumen anlegt, zuerst nach Läusen und anderem Ungeziefer untersuchen muß. Es ist empörend, sich vorzustellen, wieviel beschädigte Ware zum Verkauf geboten wird.«
»Empörend und dumm«, warf Li die Katze verständnisvoll ein. »Man hört immer wieder von derartigen Dingen, dabei ist es eine wirklich törichte Geschäftspraxis! Schließlich kann man für Blumen, deren Schönheit unbeeinträchtigt ist, einen viel höheren Preis erzielen. Der Tauschhandel, an den Ihr dachtet, beinhaltet keine weiteren Bedingungen?«
»Nein. Vorausgesetzt, die Ware ist unbeschädigt«, erklärte Meister Li. »Vielleicht gebe ich sogar noch einen Bonus zu, aus dem einfachen Grund, daß ich mich seit einiger Zeit für gewisse ungewöhnliche Teesorten begeistere und einige Ideen zur Verbesserung des Geschmacks habe.«
»Es wird immer besser«, sagte der Eunuch wohlwollend. »Der Geschmack, den wir bisher erreichen konnten, ist nur einen Deut besser als grauenhaft.«
Ich wußte nicht, was ich davon halten sollte. Zweifellos war die Blume, von der sie sprachen, Yu Lan (»Magnolie«), offensichtlich versicherte Li die Katze, daß sie noch wohlauf sei, und machte wohl Meister Li das Angebot, sie zurückzukaufen und als Gegenwert zu vergessen, was er über den Teeschmuggel wußte – aber würde Meister Li wirklich so etwas tun? Durfte man Li der Katze einen ehr-

lichen Handel zutrauen? Es war zu viel für mich, und in meinem Kopf schwirrten die Gedanken im Kreis, als uns der Eunuch durch eine Seitentür hinausführte und eine Treppe hinunterstieg. Er und Meister Li schienen sich prächtig zu verstehen. Völlig ungezwungen diskutierten sie die Schwierigkeit, gefälschtem Tribut-Tee einen Geschmack zu geben, der besser war als Eselspisse.

»Ließ Eure Profitspanne die Ausgabe für eine genügende Menge an echtem Hyson nicht zu, um einen merklichen Unterschied zu erzielen?« erkundigte sich Meister Li.

»Es war unser Ruin. Ihr dürft nicht vergessen, Li Kao, daß wir gewaltige Gewinne erzielen und uns schnellstens aus dem Geschäft zurückziehen müssen. Die Gefahr, als *Tsang shen Yu* zu enden, ist einfach zu groß«, bemerkte der Eunuch beiläufig.

Das heißt »Leichen in Fischbäuchen begraben«, und Meister Li nickte verständnisvoll. »Was ich im Sinn hatte, ist nicht annähernd so kostspielig wie reiner Choo cha. Genauer gesagt, es ist eine Mischung aus leichtem, aber säurereichem Yunnan, wie zum Beispiel Beschwipste Konkubine Wang und einem halbfermentierten Oolong, wie zum Beispiel Eiserne Göttin der Barmherzigkeit.«

»Zu teuer!« wandte Li die Katze ein.

»Nicht, wenn man nur geringe Mengen nimmt, und ich glaube, ich sehe eine Möglichkeit, das zu erreichen. Aber Ihr habt recht, ich habe die besten Sorten gewählt, die mir einfielen, und es wäre sicherlich erforderlich, Versuche mit etwas weniger guten Sorten zu machen.«

Sie setzten ihr Gespräch über gefälschte Tees wie Geschäftspartner fort, erwogen, welchen Vorzug es haben würde, Hosenboden als Gegengewicht zu Augenbrauen des Alten Mannes hinzuzufügen oder eine Verbindung aus Purpurfell und Pelzige Krabbe mit der gleichen Menge Weißhaariger Affe, und ich war ganz verzaubert von den Lachgrübchen des Eunuchen, als er plötzlich stehenblieb und sich mit einer entschuldigenden Geste an mich wandte. »Nummer Zehn der Ochse, würde es dir etwas ausmachen? Ich bin außerstande, das Ding zu bewegen.«

Er sprach von einer schweren Eisentür. Ächzend stemmte ich sie auf, dann stiegen wir eine steile Steintreppe hinunter.

»Ich bitte um Entschuldigung für diese Umgebung, aber die Archi-

tekten haben an eine andere Behausung für überraschende Gäste nicht gedacht«, erklärte der Eunuch sarkastisch.
Er spielte auf den Kerker an, und mir schoß kurz der Gedanke durch den Kopf, daß ich allmählich nur zu vertraut wurde mit feuchten, tropfenden, moderüberzogenen Steinmauern, klirrenden Metalltüren, Wachen, die in schweren Nagelstiefeln umherstampften, schluchzenden Lauten aus dunklen Verliesen und dem übrigen Drumherum der Atmosphäre, die denjenigen umfing, der sich in Meister Lis Gesellschaft befand. Li die Katze hielt sich mit spitzen Fingern die Nase zu. Ich hätte gern nach Yu Lan gefragt, aber was sollte ich sagen, ob sie nun heil und gesund war oder nicht, auf jeden Fall befand sie sich hier unten. Am Ende des Ganges standen zwei Soldaten vor einer Eisentür Wache. Auf ein Zeichen des Eunuchen machten sie sich keuchend daran zu schaffen, bis sie schließlich aufschwang. Dunkelheit empfing uns.
Ein Lichtschein flackerte, ein Docht flammte auf, und wir sahen uns von einem Kreis blitzender Speerspitzen umringt.
»Was soll das heißen?« fragte Meister Li.
»Li Kao, wie kommt es, daß ein Mann, der so viele Monde gesehen hat, mit einem Mund spricht, der noch nach Muttermilch riecht?« entgegnete der Eunuch verächtlich. »Habt Ihr wirklich geglaubt, ich würde mit einer Mumie verhandeln? Ich bin ehrlich gesagt enttäuscht, einen senilen Bittsteller vor mir zu sehen anstelle des ernstzunehmenden Widersachers, den ich erwartet hatte. Immerhin werde ich dem Mann, der Ihr einst wart, meine Ehre erweisen.«
Ja, Muschel im ersten Mond, dachte ich, während ich die Augen des Eunuchen im Lampenschein beobachtete. Nicht mehr Gefühle als ein Meeresgeschöpf, das in die Nahrungskette gelangt. Aber dann merkte ich, daß ich mich irrte.
»Ihr habt mich verärgert und mir Unannehmlichkeiten bereitet«, sagte Li die Katze leise. »Das gelingt nicht vielen Menschen, und darum werde ich dich mit den bemerkenswertesten letzten Minuten beehren, die sich die Menschheit vorstellen kann.«
Das war keine Muschelkälte. Einen Augenblick lang störte ein Zucken die vollkommenen Grübchen, dann machte Li die Katze auf dem Absatz kehrt und marschierte hinaus. Der Kreis der Sol-

daten schloß sich um uns, und Sekunden später waren wir an zwei schwere Pfosten in der Mitte einer runden Zelle gekettet. Die Soldaten stampften hinaus, schlugen die Eisentür krachend ins Schloß. Sie hatten die Lampe mitgenommen, und undurchdringliche Dunkelheit umfing uns jetzt. Ich lauschte auf die hämmernden Schläge meines Herzens, dann auf das langsame Tropfen des Wassers von den modrigen, flechtenbewachsenen Steinmauern.

»Teufel noch mal«, brachte Meister Li endlich heraus. Seine Stimme klang ein wenig fassungslos. »In meinen kühnsten Träumen hätte ich nicht anzunehmen gewagt, daß wir so ein Glück haben würden. Soll das irgendein Trick sein?«

Was sollte ich darauf sagen? Ich bemühte mich, meine Zunge vom Gaumen zu lösen, und das konnte noch Tage dauern.

»Ich dachte, er würde uns zumindest mit den Füßen an der Decke aufhängen, obwohl er gute Gründe hat, den Höhepunkt nicht zu verderben, indem er uns die Schnüre um die Eier wickelt«, erklärte Meister Li. »Weißt du, Ochse, ich habe diesen Kerl unterschätzt. Ich dachte, nur ein Künstler könnte begreifen, daß die wirksamste Folter keine ist, da der Schmerz seine eigene Welt erschafft, in der weitere Überlegungen unmöglich sind. Viel größere Qualen erzeugen die Gedanken, die Phantasien – die Vorstellung, die mit jedem Tropfen von dem feuchten Gemäuer immer wildere Blüten treibt; und wenn dann die grauenvolle Wirklichkeit endlich in Erscheinung tritt und viel schlimmer ist, als es sich die Phantasie ausmalen kann – ah, das ist eine wahre Meisterleistung! Ja, ich habe Li die Katze aufs ärgste unterschätzt, und ich hoffe, daß mir das nicht noch einmal passiert.«

Noch einmal? Was meinte er mit noch einmal? Wenn er auf irgendeine dürftige buddhistische Vorstellung von einem späteren Leben als Moskito anspielte, war ich nicht daran interessiert. Sehr wohl interessierte mich dagegen, welches Schicksal noch schlimmer sein konnte, als an den Eiern aufgehängt zu werden. Was um alles in der Welt hatte der Eunuch mit uns im Sinn? Ich mußte zugeben, daß Meister Li mit seiner Bemerkung über die Raffinesse der Folter ins Schwarze getroffen hatte, als ich merkte, daß es, meinem Pulsschlag nach zu urteilen, sechshundertsechzehn Schläge dauerte, bis ich mit meinem Daumen zu den drei Zoll entfernten Handfes-

seln gelangt war. Ich hatte das Gefühl, die Wassertropfen in Abständen von Monaten zu hören.
Ich stelle keine Vermutungen an, wie lange es währte. Ich weiß nur, daß ich nicht 306 Jahre alt war – obwohl ich darauf gewettet hätte –, als die Stille unseres Verlieses von einem unvorstellbaren Schrei zerrissen wurde. Darauf folgte eine gespenstische Serie von Schreien, ein Brüllen, gedehntes Jaulen, scheußliches Schmatzen und eine weitere Folge von Schreien, so grauenvoll, daß ich das Gefühl hatte, meine Knochen würden wie Porzellan zerspringen. Dann Stille. Eine Stille, die nach kurzer Zeit ebenso entsetzlich war wie die Schreie, und endlich abgelöst wurde von schmatzenden, mahlenden, glitschenden Geräuschen, die langsam auf unsere Zellentür zugekrochen kamen.
Knarrend ging die Tür auf. Einen kurzen Augenblick lang war im düsteren Lichtschein, der vom Gang hereinfiel, eine bullige, gedrungene schwarze Gestalt zu erkennen, dann fiel die Tür quietschend wieder ins Schloß. Die Dunkelheit lastete so schwer auf uns wie ein blutgetränktes, samtenes Leichentuch. Schlurfende Schritte näherten sich langsam den Pfählen, an denen wir festgekettet waren, und ich konnte jetzt so etwas wie ein feuchtes Keuchen hören. Ich nahm undeutlich einen gelben Strich wahr, der sich allmählich zu einem Paar winziger, glitzernder Augen entwikkelte. Auf einen sabbernden Ton folgte schweres, keuchendes Atmen, ein erregtes irrwitziges Fauchen und ein sprühender Speichelnebel. »*... und muß euch von den getrockneten Austern von Kantung erzählen! Und den Fröschen von Kuei-yang! Dem Sommerknoblauch aus dem südlichen Shensi und den Limonen aus dem Jangtsetal! Die Muscheln von der Küste von Shantung, die Zuckerkrabben aus dem Süden von Kanton, der getrocknete Ingwer und der Dornenhonig von Tschekiang!*« *kreischte Wirt Sechsten Grades Tu.*

22

Mein Mund brannte wie Galle, und Magensäure umspülte meine Zähne. Ein roter Nebel verdrängte die Dunkelheit, und ein hoher Summton brauste in meinen Ohren. Dann durchströmte mich der glückliche Gedanke, daß dies einer der wiederkehrenden Alpträume sein mußte, in denen ich dem Wirt Tu wehrlos ausgeliefert war, mein Bewußtsein schwemmte den Schrecken fort, und ich lachte fast vor Erleichterung, als der rote Nebel verblaßte und der Summton verklang. Ich wurde von einem Paar schimmernder, blaßgelber Augen belohnt, die noch näher kamen, während weiche Finger wie Würmer über meine Wange krochen und Spucketröpfchen wie Meeresgischt durch die Luft flogen.

»Der Sagokuchen aus Mittelhonan und Wüstenweißdornhonig mit Mandeln aus...«

»Wirt Sechsten Grades Tu...«

»Aber Ihr müßt es wissen! Es muß für die Nachwelt erhalten bleiben! Der feinste Kaviar ist der Rogen vom Yangtsestör, in einem Sud aus den Samen des Johannisbrotbaums gegart!«

»Wirt Tu!« brüllte Meister Li. »Du weißt, daß du unzurechnungsfähig bist und in Geschmacksorgasmen zusammenbrichst, nachdem du auf deine unnachahmliche Weise gemordet und verstümmelt hast, und ich habe dir schon hundertmal gesagt, daß das noch einmal dein Tod sein wird! Jetzt reiß dich zusammen, bevor dich endgültig der Schlag trifft! Du könntest endlich diese verdammten Ketten aufschließen.«

Ich hatte den Verstand verloren, das war's. Die Angst hatte mich in den Wahnsinn getrieben. Und zwar so gründlich, daß ich mir einbildete, zu hören, wie ein Schlüssel in einem Schloß klickte und Meister Lis Ketten auf den Steinboden rasselten. Ich hielt den Atem

an, als gespreizte Froschfinger über meine Knöchel zum untersten Schloß glitten.
»Entschuldige, Ochse«, sagte Meister Li reumütig. »Ich dachte, dir bekommt es besser, wenn du nichts von dieser kleinen Vorsichtsmaßnahme weißt. Weißt du, bevor wir das Haus des Himmlischen Meisters verließen, nachdem wir von dem Mord an dem armen kleinen Dienstmädchen erfahren hatten, erkundigte ich mich nach dem Hund.«
»M-m-m-meister?«
»Der Hund, Ochse. Erinnerst du dich nicht? Als wir das Mädchen das erste Mal sahen, trug es einen kranken Hund. Nun, der Hund ist gestorben.«
»Gestorben?«
Der alte Mann seufzte verzweifelt, dann bereute er seine Ungeduld und sagte mit freundlicher Stimme: »Ja, mein Sohn: Der... Hund... ist gestorben. Die Mörder des Mädchens hatten eine offensichtlich vom Himmlischen Meister geschriebene Legitimation bei sich, die ihnen Zutritt zum Haus verschaffte. Das ging mir durch den Kopf, als ich zu Teufelshand ging, um herauszufinden, wer eine solche Hinrichtung angeordnet hatte. Als ich dabei wieder die Unterschrift des Himmlischen Meisters erkannte, bereitete ich mich auf das Schlimmste vor.«
Ich kam zu dem Schluß, daß seine Worte vielleicht in ein paar Monaten einen Sinn für mich ergeben würden, wenn ich noch so lange am Leben blieb.
»Die Eunuchen«, fuhr Meister Li fort, »liegen Teufelshand ständig in den Ohren, wirklich monströse Henker für ihre Kerker aufzutreiben, also habe ich dafür gesorgt, daß Wirt Sechsten Grades Tu freigelassen und in das Verlies des Eunuchenpalastes gebracht wurde. Ich nahm an, daß es ihm nicht schwerfallen würde, als König der Schlächter das Zepter zu schwingen, und ich hatte offensichtlich recht.«
Eine Folge schmatzender Kicherlaute ließ vermuten, daß Wirt Tu seinen Spaß hatte. »Die anderen waren zwar eifersüchtig, aber am Ende haben sie die Wirksamkeit meiner Methoden doch erkannt«, erklärte er.
»Und zweifellos auch zu spüren bekommen«, sagte Meister Li. »Ich

nehme an, daß sie es waren, die gerade aus vollem Halse geschrien haben?«

»Ach, ich hätte es noch besser machen können!« warf Wirt Tu ein. Ich hörte das weiche, feuchte Schnalzen seiner langen Froschzunge an den wulstigen, feuchten Lippen. »Für so etwas braucht man Zeit, wenn man der Kunst Genüge tun will.«

»Wirt Tu, du predigst vor den Bekehrten«, bemerkte Meister Li trocken. »Weißt du nicht mehr, daß wir einmal in deinem höchst sonderbaren Keller zu Gast waren? Ochse, jetzt kannst du ebensogut den Rest erfahren. Wirt Sechsten Grades Tu wird alles in seiner Macht Stehende tun, um uns zur Flucht aus dem Verlies der Eunuchen zu verhelfen, und wir werden unser Bestes tun, damit er den Polizeibehörden entkommt. Er hat drei Monate Zeit, sich niederzulassen, wo er will und wieder ins Geschäft zu kommen, und dann nehmen wir wieder seine Verfolgung auf.«

»Oh, nein. Nicht noch einmal«, flüsterte ich kraftlos.

»Aber, Ochse, es war doch so aufregend!« zischelte der Wirt.

Aufregend? War diese grausige Jagd für ihn so unterhaltsam wie ein Pferderennen oder eine Schlittenfahrt über einen vereisten Hang gewesen? Plötzlich war ich frei von Ketten. Ich fühlte mich wie ein Hund, der von der Leine gelassen wird, sauste los und wäre um ein Haar gegen eine Mauer gerannt, doch in diesem Augenblick schoß mir das Bild von einem Hund durch den Kopf. Einem kleinen kranken Hund, der von einem Dienstmädchen mit albernen Pantoffeln auf einem Seidenkissen getragen wurde. Und dann hörte ich die Stimme des Himmlischen Meisters, der archaische Worte wie eine Litanei intonierte. »Wenn es sich weiterhin krank fühlt, dann reib es mit dem ausgelassenen Fett vom Bein eines Schneeleoparden ein. Gib ihm den mit drei Prisen gemahlenen Rhinozeroshorns vermischten Saft des Zimtapfels aus den Eierschalen der Singdrossel zu trinken. Leg ihm gescheckte Blutegel an, und wenn es dann immer noch darniederliegt, dann erinnere dich daran, daß kein Geschöpf unsterblich ist und auch du sterben mußt.«

Meister Li hatte es überprüft. Der Hund war nicht mehr gesund geworden. »Und auch du mußt sterben«, hatte der Himmlische Meister gesagt. Und auch du mußt sterben ... auch du mußt sterben ...

Ich schreckte aus meiner Träumerei auf, als sich die Zellentür knarrend öffnete. Wirt Sechsten Grades zog daran, und der schwache Schein von Fackellicht huschte über seine unangenehmen Züge und Meister Lis Gesicht. Ich folgte den beiden in den Gang hinaus. Meister Li nahm den schweren Schlüsselring von einem Haken an der Wand und schloß Zellentür um Zellentür auf, doch die Gefangenen strömten nicht heraus. Sie hatten sich wie Embryos in den Winkeln zusammengekauert und hielten sich die Ohren zu, um die Schreie nicht hören zu müssen, die die Hilfsschergen unter den Händen des Wirts ausgestoßen hatten, und ich bezweifelte, daß auch nur einer von ihnen es wagen würde, sich vom Fleck zu rühren.

»Wirt, gestern nacht hat die Schwarze Wache eine neue Gefangene gebracht. Eine junge Frau namens Yu Lan. Weißt du irgend etwas über sie?« erkundigte sich Meister Li.

»Nein, ich habe nichts von einer jungen Frau gehört.«

»Irgendwelche ungewöhnlichen Vorkommnisse?«

»Ja«, entgegnete der Wirt nachdenklich. »Ein paar zum Tode verurteilte Gefangene sind aus ihren Zellen zu einem andern Ort gebracht worden, wo sie für eine Zeremonie bestimmt sind, die irgendwann heute stattfinden soll.«

»Wirklich? So wie Tiere zum Schlachten, meinst du?« fragte der Weise.

»Ich nehme es an. Es geht das Gerücht, daß die Zeremonie zum Zeitpunkt der Sonnenwende im Hof der Eunuchen stattfinden soll«, erklärte Wirt Tu.

Meister Li schwieg eine Weile. Dann flüsterte er: »Ja, das könnte gehen. Der Erhabene Jadekaiser hat ein aufbrausendes Temperament, und wenn der Himmel sich abkehrt...« Dann fuhr er aus seiner Träumerei auf und bellte: »Schnell. Wir müssen zu dem Hof, in dem die Zeremonie geplant ist.«

Wirt Tu kannte das unterirdische Labyrinth zum Teil, und was er nicht wußte, konnte Meister Li aus der Erinnerung ergänzen, nach Architektenzeichnungen, die er vor fünfzig Jahren einmal gesehen und nie vergessen hatte. Wie vieles andere in der Verbotenen Stadt ist der Goldene Fluß künstlich angelegt, und ein höchst wirkungsvolles System macht es möglich, daß er sich anmutig in einem Wasserfall ergießt, um dann bergauf zu fließen, damit er an anderer Stelle erneut in die Tiefe rauschen kann. Das Wasser rauscht durch Felsspalten in ein miteinander verbundenes Höhlengeflecht, wo es mit Hilfe von riesigen Wasserrädern Stufe um Stufe bis zu der gewünschten Höhe geschafft wird und dann wieder an der Oberfläche austritt. Durch Seitengänge schlichen wir aus dem Kerkertrakt in Höhlen, die mich irgendwie an die Sechste Hölle erinnerten. Fluchend schwangen Aufseher ihre Peitschen gegen Sklaven, die in langen Reihen mächtige horizontale Räder antrieben. Die horizontalen Räder waren mit vertikalen verbunden, und Wasser sprudelte unaufhörlich in riesige Schaufeln, die sich aufwärts bewegten und durch Spalten in der Höhlendecke verschwanden. Vorteilhaft für uns war der Höllenlärm, der verhinderte, daß man uns hörte, als wir uns auf einem schmalen Weg dicht an den Aufsehern vorbeischoben. Auch der Sprühnebel, der über dem Wasser hing, trug dazu bei, daß wir in seinem Schutz ungehindert vorankamen, und mir ging gerade durch den Kopf, welches Glück wir doch hatten, als sich einer der Aufseher an einen anderen wandte.

»Hast du schon das Neueste gehört?« rief er. »Die Zünfte haben es jetzt offiziell verkündet! Sie haben das Drachenboot-Rennen und sogar ihre Bankette abgesagt!«

Ich hätte ihn erwürgen können.

»Tragisch, wenn auch das Bankett der Bettlerzunft absolut einfallslos ist«, bemerkte Wirt Sechsten Grades Tu. »Elf Gänge für die Bettler ersten und zweiten Grades; sieben Gänge, zwei Krüge Wein und eine Schachtel gepökeltes Fleisch zum Mitnehmen für die Bettler dritten Grades; fünf Gänge, zwei Krüge Wein und eine Schachtel konservierte Früchte für die Bettler vierten Grades, und die Bettler vom fünften bis zum siebten Grad bekommen drei Gänge, einen Krug Wein und keine Schachtel zum Mitnehmen.«

Je mehr er in Fahrt kam, um so lauter und lauter wurde seine Stimme, und ich versuchte, ihm den Mund zuzuhalten. Das Problem war jedoch, daß wir im Gänsemarsch laufen mußten, so daß er mich mit Leichtigkeit abwehren konnte, wenn ich vermeiden wollte, mich auf einen Ringkampf mit ihm einzulassen, der uns dann wirklich verraten hätte.

»Die Zunft der Kaufleute dagegen gereicht der zivilisierten Welt zur Ehre, und die Absage ihres Banketts ist eine nationale Tragödie«, fuhr der Wirt mit lauter Stimme fort. »Selbst die niedrigsten Grade, vom siebten bis zum fünften hinunter, erhalten Vogelnester, Schweinsfüße, Hausente, Hühnchen und drei Sorten Schweinefleisch. Den Kaufleuten vierten und dritten Grades steht dasselbe zu und außerdem Haifischflossen, Lachs und Lammbraten. Diese Gerichte werden auch den Kaufleuten zweiten und ersten Grades gereicht, die zudem aber noch Bärentatzen, Hirschschwänze, Gänsebraten, Krabben und Miesmuscheln erhalten. Die Mitglieder der mongolischen Kaufmannsgilde dagegen ...«

»Wirt Tu«, zischte Meister Li.

»Aber Ihr müßt es doch wissen!« kreischte Wirt Tu in höchsten Tönen. *»Es muß festgehalten werden, daß es den Zünften erlaubt ist, heimische Delikatessen zu servieren, und bei den Mongolen gibt es für die Kaufleute aller Grade zusätzlich in Scheiben geschnittenes Hammelfleisch, das in eine Mischung aus rohen, mit Ingwer verrührten Eiern getaucht und dann über Holzkohlefeuer gegrillt wird!«*

Das war's. Aufseher wirbelten herum und schrien nach den Soldaten, worauf ein Offizier mit zehn Männern aus dem Nichts auftauchte. Sie griffen uns mit Speeren an, und dann wurde die Lage äußerst verwirrend. Wir waren an eine Wand zurückgewichen, die sich fast genau unter einem der mächtigen, aufsteigenden Wasserräder befand. Der Sprühregen, der uns einnebelte, war undurchdringlich, und der Lärm, den das Rad und das Wasser machten, verschluckte nahezu alle anderen Geräusche. Li die Katze hatte sich nicht die Mühe gemacht, Meister Li die Wurfmesser abzunehmen – man hatte uns schließlich an Pfosten gekettet –, daher konnte er sich selbst verteidigen. Ich verlegte mich darauf, einen der Soldaten hochzuheben und als Rammbock gegen die anderen zu benutzen, aber damit blieb dem Wirt die Hauptarbeit überlassen, und ich gebe gerne zu, daß von allen Mordgesellen, die mir im Leben begegnet sind, sich nur wenige auch nur annähernd mit Wirt Sechsten Grades Tu messen konnten. Diese langen, wie mit Schwimmhäuten verbundenen Finger, diese spitzen, scharfen Zähne in einem Mund, der weit genug aufklaffen konnte, um eine ganze Melone zu verschlingen, Füße, deren zum Würgen bestimmte Greifzehen sichtbar wurden, wenn sie aus den Sandalen schlüpf-

ten, dieser weiche, nachgiebige Körper, der die härtesten Schläge schluckte wie ein Federkissen, um dann faltenschlagend sein Opfer zu überlappen und ihm die Luft abzudrücken wie ein widerliches Leichentuch aus schwabbeligem Fett. Und die ganze Zeit über kicherte der Wirt wohlgemerkt vor sich hin, und seine Reptilienzunge zuckte genüßlich über seine lüsternen Lippen – aber nicht einmal Wirt Tu ist unempfindlich gegen Dolchstöße.
Als ich mich endlich taumelnd vor einem Berg von Leichen aufrichtete, sah ich, daß Meister Li offenbar unverletzt war und der Wirt soeben die Arme um den letzten, den Offizier, geschlungen hatte und versuchte, ihn in tödlicher Umklammerung zu zerquetschen. Der Soldat hieb dem Wirt immer wieder seinen Dolch in den Rükken, bis die beiden in ihrer letzten blutigen Umarmung neben dem Wasser zu Boden stürzten. Dann hörten wir ein Keuchen und ein knackendes Geräusch, der Offizier zuckte ein letztes Mal und rührte sich nicht mehr. Meister Li kniete bei dem Wirt nieder und untersuchte ihn.
»Nicht zu fassen. Er lebt noch.«
Der Wirt schlug die Augen auf.
»Wirt Tu, ich muß dich etwas sehr Wichtiges fragen«, sagte Meister Li langsam und sehr deutlich. »Ich habe Gründe, anzunehmen, daß Ochse wiederholte Male eine Botschaft erhalten hat, deren Bedeutung jedoch verschlüsselt war, weil sie geheim ist und nicht weitergegeben werden darf.«
Ich? Eine verschlüsselte Botschaft?
»Ich habe außerdem Gründe, anzunehmen, daß die Verschlüsselung aus speziellen, mit dem ersten Drachenboot-Rennen in Verbindung stehenden Ausdrücken besteht, Ausdrücken, deren Bedeutung in deinem Volk vielleicht noch erhalten sein könnte«, bemerkte Meister Li. »Das erste dieser Wörter ist ›Mutter‹.«
Wirt Tus Blick war teilweise in die gegenwärtige Welt gerichtet und teilweise schon in die nächste. »Mutter? Bootsrennen?« flüsterte er. »Die Mutter ist dasselbe wie *t'ou*, das Haupt, das heißt der Kapitän des Bootes. Die Mutter steht oben auf der Bugspitze und erteilt Kommandos mit langen, flatternden Schärpen, aber ihr müßt wissen, daß die Kaufmannszunft aus Kanton ihren Mitgliedern aller Grade einen zusätzlichen Gang aus *fo siu u*, ›gebackenem Schwei-

nefisch‹, anbietet, der tatsächlich so ähnlich schmeckt wie Schweinefleisch, jedoch giftig ist, wenn man ihn mit Brokkoli zubereitet.«
»Wirt Tu, das nächste Wort ist ›Gras‹«, warf Meister Li drängend ein.
»Gras ist der Ausdruck für die Schärpen, die Mutter benutzt, um die Kommandos zu geben. Sie sind grün mit weißen Spitzen und sehen aus wie Grashalme, die im Wind schaukeln, und in Schanghai serviert die Gilde zusätzlich Heringe, die man ›Des kleinen Vaters älteste Schwestern‹ nennt, und...«
»›Brüder‹, Wirt Tu, das dritte Wort lautet ›Brüder‹«, unterbrach ihn Meister Li.
»Brüder, ja, oh, ja. Es sind acht. Vier vor dem Wall und vier dahinter. Erste Ruderer, die den Schlag angeben. Sie tragen rote Halstücher, und ihre Rudergriffe sind mit roten Bändern umwickelt, und in Schanghai bieten sie außerdem noch ein köstliches Gericht mit Namen ›Vornehmer Pferdefreund-Fisch‹ an, das...«
»Wirt Tu, du hast gerade den ›Wall‹ erwähnt. Was ist das?« erkundigte sich Meister Li.
»Der Wall ist das erhöhte Podest in der Mitte des Bootes, wo der Trommler sitzt, der die Befehle der Mutter entgegennimmt und mit seinem Schlag weitergibt«, flüsterte der Wirt.
Seine Kräfte schwanden jetzt rasch. Meister Li hob die Stimme und brüllte ihm direkt ins Ohr.
»Wirt, ich nehme an, es wurde das alte *Wu hing*-System der Parallelen angewandt, ›Feld‹ würde demnach für Osten und ›Stall‹ für Westen stehen, aber ich muß wissen, was es mit der Ziege auf sich hat!« schrie der Weise. »Was... ist... die... Ziege?«
Ich hielt den Wirt schon für tot, doch als er noch einmal die Augen öffnete, waren sie vollkommen klar, und seine Stimme hatte einen festen Klang.
»*Shao*, der Steuermann des Drachenboots, wird aus zwei Gründen Ziege genannt«, erklärte er, als würde er einen Vortrag halten. »Zum einen muß er, während er mit seinem Ruder kämpft, im ganzen Heck herumspringen, und zum zweiten ist er ein Außenseiter, von dem man erwartet, daß er die Schuld auf sich nimmt, wenn das Boot verliert. Die Ziege ist ein professioneller, angeheuerter Rude-

rer. Kein Amateur kann mit einem Holzklotz umgehen, der vierzig Fuß lang ist und mehr als eine Tonne wiegt, und kein Amateur kann für die Zunft von Nam Viet kochen, wenn das zusätzliche Gericht aus den Lippen des *Hsiang-hsiang* besteht, was soviel heißt wie Gibbon, und sie werden in Bier geschmort, das aus dem Saft der Arekanuß gebraut ist.«

Seine Augen traten aus den Höhlen, und er starrte zu etwas auf, das für die Lebenden unsichtbar war. Ein Krampf ließ ihn nach hinten zucken, und dann rutschte Wirt Sechsten Grades Tu, den toten Offizier mit sich ziehend, die Böschung hinunter. Sie landeten im Wasser und verschwanden. Rote Schaumblasen zerplatzten an der Oberfläche, und ein roter Fleck breitete sich langsam aus und trieb auf die riesigen Schaufeln des Rades zu.

»Leb wohl, Wirt Tu«, sagte Meister Li leise, und die Schaumblasen antworteten: »Blubb ... blubb ... blubb.«

23

Zwar begegneten wir auf unserem Weg zu einer der Treppen, die zu den Gärtnerhütten hinaufführte, keinen Soldaten mehr, aber als ich den alten Mann auf den Rücken nahm und mit ihm hinaufstieg und neben einem brodelnden Becken, in das sich das Wasser aus einem der Räder ergoß, ins Freie trat, waren wir beide wie vor den Kopf geschlagen. Diesmal durch die Natur selbst. Ich war überzeugt, daß der Tag vergangen war und daß es mindestens Mitternacht sein mußte, aber es war erst Nachmittag, und was für ein Nachmittag! Der Gelbe Wind war mit Macht über Peking hereingebrochen. Windböen wirbelten und fegten durch die Stadt und rissen Wolken von Müll mit sich, die hierhin und dorthin flogen und dann wieder zur Erde schwebten wie Schneeflocken aus zerrissenen Planen, Schilfmatten, gesplittertem Bambus, Unrat und toten Ratten. Sand peitschte uns ins Gesicht. Der Wind, der um die vornehmen Paläste tobte, heulte wie ein Rudel Wölfe, und von den sturmgepeitschten Blättern und Dächern klang Fauchen und Kratzen herüber. Der Goldene Fluß war überzogen mit einer Wolke feiner Gischt vom Aufschlag von Milliarden winziger gelber Sandkörner, und die Sonne wirkte hinter diesigen Nebeln monströs aufgebläht und blutrot. Amseln zeichneten sich, bewegungslos aufgereiht auf Türmen und Brüstungen, vor einem flammenden Himmel ab.

»Himmelsflamme«, murmelte Meister Li dicht an meinem Ohr. »Was einmal geschieht, kann sich auch ein zweites Mal ereignen, selbst wenn es sich um ein Totenvögel Geisterboot Regenrennen handelt. Ochse, der schnellste Weg zum Park der Eunuchen führt über den Goldenen Fluß. Also, treib ein Floß und eine Stange auf und laß uns aufbrechen.«

Ich brach das Scherblatt von der Spitze einer langen Stange zum Stutzen von Bambusgehölz, riß die Holztür aus einer Gärtnerhütte heraus und warf sie ins Wasser. Das Floß hatte Tragkraft für uns beide, und ich stieß es mit der Stange ab, um das bißchen Strömung, die es gab, zu nutzen. Mit kräftigen, rhythmischen Stößen betätigte ich die Stange, bis wir eine beachtliche Geschwindigkeit aufgenommen hatten. Ein paarmal rauschten wir über Wasserfälle abwärts, die aber eher schön anzusehen als gefährlich waren, und bald konnten wir vor uns das Ziel unserer Fahrt sehen. Mein Herz krampfte sich zusammen, als ich erkannte, daß die riesige Basilika vor meinen Augen das Quartier der Schwarzen Wache war, zu der Wildschwein, Hyäne und Schakal Yu Lan gebracht hatten. Davor befand sich eine niedrige Mauer, die gleichzeitig die hintere Begrenzung des Parks der Eunuchen zwischen ihrem prunkvollen Palast und dem Palast der Südlichen Düfte bildete. Der Goldene Fluß trug uns einen Wasserfall hinunter, der über eine niedrige Felsklippe, einen der wenigen natürlichen Wälle in der Verbotenen Stadt und die vordere Begrenzung des Eunuchenparks, führte. Ich möchte das Bild, das sich uns von dieser kleinen Klippe aus bot, gern deutlich zeichnen. Man blickte in einen großen, runden, mit Marmor gepflasterten Hof hinunter, in dessen Mitte um einen alten Brunnen, der früher bei religiösen Zeremonien zu Opferzwecken gedient hatte, eine erhöhte Plattform aus Stein verlief. Ein zweites Podest befand sich am Fuße der Klippe, so daß der Wasserfall eine beeindruckende Kulisse bildete. Dort saßen die Würdenträger bei offiziellen Gelegenheiten. Zur Linken erhob sich der Palast der Kaiserporträts, zur Rechten der Palast der Eunuchen und im Hintergrund die Basilika der Schwarzen Wache.
Je näher wir kamen, desto deutlicher konnte ich erkennen, daß sich an jedem Fenster und auf jedem Balkon die Menschen drängten und in den Hof hinunterstarrten, in dem es wiederum von Eunuchen und Soldaten wimmelte. Als wir dicht genug heran waren, um zu sehen, wie der Fluß über der Felsenkante verschwand, wies mich Meister Li an, zum Ufer zu stoßen und das Floß aus dem Wasser zu ziehen. Dann setzten wir unseren Weg zu Fuß fort, und als wir die Köpfe durch das Schilf, das am Rande der Böschung wuchs, streckten, blickten wir fast senkrecht auf die Empore der Würden-

träger hinunter, auf der eine Reihe thronähnlicher Stühle aufgebaut war. In der Mitte saß Li die Katze, flankiert von zwei mächtigen Eunuchen, deren Namen sich auf der Liste der Vorstandsmitglieder befunden hatten. Daneben waren zu beiden Seiten die Plätze der übrigen Mandarine, die der Teeschmuggelbande angehörten, und Meister Lis Finger bohrten sich in meine Schultern, als der Weise die fünf alten Käfige sah, die neben den Stühlen standen.
»Es sind die Käfige«, sagte Meister Li unbewegt. »Jetzt bleibt nur zu hoffen, daß wir die Käfige erreichen, bevor Neid dort ist. Wenn ich mich nicht irre, fehlt ihm nur noch ein einziger, und wir müssen verhindern, daß er ihn bekommt.«
Offensichtlich waren wir während einer Pause irgendeiner Zeremonie angekommen. Mir war nicht aufgefallen, wie ungewöhnlich still es war, bis ein gewaltiges Seufzen durch die Menge ging, mit dem die Hauptperson der Feierlichkeit begrüßt wurde, die hinter einem mit heiligen Symbolen verzierten Schirm hervortrat. Es war der Himmlische Meister. Sein Gewand war mit Totenschädeln geschmückt, und hinter ihm tauchte ein Hohepriester auf, der auf einem goldbesetzten Kissen eine altertümliche Steinkeule trug. Langsam schritten sie die Stufen zu der Plattform um den alten Brunnen hinauf. Es folgte ein langes, rituelles Gebet, von dem ich nichts hören konnte und höchstwahrscheinlich ohnehin nichts verstanden hätte, und dann teilte sich das Spalier der Soldaten, um zwei rangniedrigere Priester durchzulassen, die eine Reihe aneinandergeketteter Gefangener herbeiführten. Der erste Gefangene wurde von der Kette befreit, aber noch an den Händen gefesselt, die Stufen hinaufgezerrt und mit einem Fußtritt vor den Himmlischen Meister auf die Knie gestoßen.
Der Hohepriester breitete die Arme aus, erhob die Stimme zu einem Gesang zum Himmel, und der Himmlische Meister hob die Keule hoch über den Kopf. Mir blieb vor Erstaunen der Mund offenstehen, als die Keule gnadenlos heruntersauste und den Schädel des Gefangenen zerschmetterte. Mit einem kraftvollen, verächtlichen Tritt beförderte der heilige Greis die Leiche zum Rande des Brunnens, und sie kippte hinunter in die dunkle Tiefe. Ein Freudenschrei stieg von der Menge auf, und die Mandarine klatschten Beifall. Ich starrte den Heiligen ungläubig an.

»Sie haben gebetet, daß ihnen der Himmel seine Aufmerksamkeit zuwendet, und es ist nicht anzunehmen, daß der Kaiser des Himmels allzu erfreut sein wird«, sagte Meister Li mit harter, gepreßter Stimme. »Wenn der Erhabene Jadekaiser einen Fehler hat, so ist es sein aufbrausendes Temperament, und wir sollten besser etwas unternehmen, bevor die Lehre vom Unheil eine unglückliche Bestätigung findet.« Er bearbeitete meinen Arm mit schnellen, harten Schlägen. »Die Käfige, Ochse. Wir müssen die Käfige an uns bringen, und wir haben keine Zeit, uns über die Gefahren Gedanken zu machen. Gehen wir.«

»Ja, ehrwürdiger Meister«, sagte ich.

Ein zweites Opfer wurde eben vor den Himmlischen Meister geschleppt, was bedeutete, daß niemand zur Klippe hin blickte, als ich mit Meister Li auf dem Rücken hinuntereilte. Ich hörte das Jubelgeschrei, als die steinerne Keule den zweiten Schädel zertrümmerte, und begann innerlich um Beistand zu beten. Inständig, aber nicht blind. Ich hatte eine überaus klare Vorstellung im Kopf. Wo war der Puppenspieler? Wenn nur Yen Shih jetzt erschiene mit den tanzenden, herausfordernden Funken in den Augen, in jeder Hand ein Schwert, das schneller auf und nieder blitzte als die Flügel eines Nachtschwärmers ...

Wir erreichten das flache Becken hinter der Tribüne und schickten uns an, hindurchzuwaten, als Meister Li einen leisen Schrei ausstieß und nach links hinauf starrte. Seinem Blick folgend, sah ich, wie eine Gestalt am Palast des Südlichen Dufts hinunterkletterte, und mir stockte der Atem. Es war nicht derjenige, um dessen Erscheinen ich gebetet hatte, aber dieser andere war ebenso kraftvoll gebaut und strebte geradewegs auf die Tribüne und die Käfige zu. Die blauen Wangen, die rote Nase, das gelbe Kinn und die silberne Stirn schienen der Umgebung, von der sie eingerahmt waren, durchaus angemessen: dem Sturm, der Wolken von Unrat in der Luft aufwirbelte, dem fauchenden Gelben Wind, der blutroten, riesig aufgeblähten Sonne, den Böen, die um die Paläste heulten.

»Beeil dich, Ochse! Er darf keinen weiteren Käfig an sich bringen!« schrie Meister Li.

Ich tat mein Bestes. Mit dem alten Mann auf dem Rücken sprang ich vorwärts und schwang mich auf die Empore. Ich kniete noch am

Rande der Plattform und wollte mich eben aufrichten und zum Sprung ansetzen, als der große Affenmensch leicht wie ein Blatt zwischen den Thronstühlen landete. Er brach mit einem mühelosen Hieb einem der Mandarine das Genick und schnappte seinen Käfig, und als das Geschöpf mir und Meister Li einen Augenblick lang direkt ins Gesicht sah, glaubte ich so etwas wie Belustigung in seiner Miene zu erkennen. Dann war Neid mit zwei Sätzen von der Tribüne herunter und rannte zur Mauer. Einem aufgeweckten Mann unter den Soldaten gelang es, einen Speer zu schleudern, der aber fünf Fuß hinter dem Affenmenschen, der sich jetzt anschickte, die Mauer hinaufzuklettern, zu Boden fiel. Ich konnte kaum so schnell laufen, wie Neid eine Mauer erklomm, und nach wenigen Sekunden war er mitsamt dem Käfig verschwunden.
Wir dagegen waren unseligerweise noch da. Die Mandarine zeigten kreischend auf uns, Soldatentrupps stürzten in unsere Richtung, und lediglich die Tatsache, daß sie auch Mandarine und Eunuchen getroffen hätten, bewahrte uns davor, von einem Pfeilhagel in Nadelkissen verwandelt zu werden. Aber es war nur ein kurzer Aufschub. Li die Katze lechzte nach Blut, die Schwarze Wache rückte näher, und in diesem Augenblick geschah etwas, das alle Köpfe herumfliegen ließ. Ich hatte geglaubt, die entsetzlichsten Schreie zu hören, die ein Mensch nur von sich geben kann, als Wirt Tu seine Kunst unten im Kerker zum besten gegeben hatte, doch weit gefehlt. Die Schreie, die ich jetzt hörte, waren noch viel furchtbarer, und sie drangen von der Basilika der Schwarzen Wache herüber. Mir sprangen die Augen aus dem Kopf, genau wie allen anderen.
Unmittelbar über dem Rand der Mauer verlief in einem der oberen Stockwerke vor einer Zimmerflucht ein langgestreckter Balkon, auf dem Hyäne und Schakal entlangtaumelten. Sie waren splitternackt und schrien in unvorstellbarem Schmerz, während sie sich die Haare rauften und die Haut mit den Nägeln aufrissen. Als dritter folgte Wildschwein, ebenfalls nackt, und auf seinem Rücken hockte ein nacktes Mädchen. Es war Yu Lan. Wildschwein brüllte ebenso grauenerregend wie die anderen und versuchte dabei, sich die Augen auszukratzen. Mir wurde schlagartig bewußt, daß die drei Männer verrückt waren. Hoffnungslos, grauenhaft wahnsinnig. Die Hitze, die flimmernd um sie aufstieg, erzeugte Trugbilder wie in

einem Traum, und wie im Traum sah ich blitzende Reißzähne in dem verschwommenen Nebel, der Yu Lans liebliches Gesicht umwogte, ich sah furchtbare Krallen an ihrer Taille und etwas Schuppiges, Geringeltes dicht bei ihren Beinen. Die Luftspiegelung gaukelte vor, daß die schöne Schamanin vor Vergnügen jauchzte, während sie auf dem Rücken eines Wahnsinnigen ritt. In diesem Augenblick hämmerte Meister Li auf meine Schulter, riß mich am Arm und sprang von meinem Rücken herunter.
Er stürzte sich auf die Käfige. Während Li die Katze und die Soldaten wie angewurzelt dastanden und zu dem Balkon hinaufstarrten, zog Meister Li einen Käfig unter einem der Thronsitze hervor und riß den Pinsel heraus. Blinzelnd betrachtete er die Symbole, die in die Gitterstäbe eingeritzt waren, dann tippte er das Bild eines rudernden Mannes zweimal mit der Spitze des Pinsels an.
»Ziege, Ziege, spring über den Wall«, intonierte er und berührte dabei mit dem Pinsel das Bild einer Trommel, »Rupf Gras und füttere deine Mutter.« Der Pinsel strich über ein Tuch und einen Kopf. »Ist sie nicht auf dem Feld und im Stall«, der Pinsel bewegte sich zum blauen Drachen des Ostens und zum weißen Tiger des Westens, »dann gib es deinen hungrigen Brüdern.« Der Pinsel fuhr eilig über eine Reihe von Ruderern. »Eins... Zwei... Drei... Vier... Fünf... Sechs... Sieben... Acht!«
Ein greller Blitz blendete mich, und als ich wieder klar sehen konnte, starrte ich *Tuan hu*, ein großes krötenartiges Geschöpf an, das in der Mitte der Tribüne hockte. Furchterregende Augen glotzten mich an, ein riesiges Maul klappte auf.
»Ochse!«
Meister Li berührte mit der Spitze seines rechten Zeigefingers die linke Augenbraue, die rechte Augenbraue und dann die Nasenspitze, und ich beeilte mich, die rituelle Geste, die ich im Traum gesehen hatte, nachzuahmen. Die gräßlichen Augen bewegten sich von uns fort. Das Maul öffnete sich, eine riesige Zunge schoß hervor, und Ströme ätzender Säure ergossen sich über Mandarine und Soldaten und fraßen sich ohne Unterschied durch Stoff und Haut.
»Ochse, das ist es, was die Käfige enthalten! Und genau das brauchen wir!« schrie Meister Li.

Im Boden des Käfigs hatte sich ein kleines Fach geöffnet, und Meister Li schob seine Finger zwischen die Gitterstäbe durch, um etwas herauszuziehen, das ich ebenfalls aus meinen Träumen kannte: ein winziges Ding, das die Form einer Heugabel mit nur zwei Zinken hatte. Rasch steckte er es in seinen Geldgürtel und griff nach dem nächsten Käfig, doch an dieser Stelle schlug eine Reihe verblüffender Ereignisse über uns zusammen.
Mandarine und Soldaten schrien in höchsten Tönen, Säure spritzte über die Tribüne, und ein wütender Heiliger sprang brüllend und heulend zwischen den Körpern, die sich am Boden wanden, auf. Der Himmlische Meister war außer sich vor Wut. Er stürzte sich mit seiner Steinkeule auf Meister Li, ohne den furchterregenden Dämon auch nur eines Blickes zu würdigen. Einem Mandarin, der ihm im Weg stand, schlug er kurzerhand den Schädel ein. Ich hechtete nach den Beinen des Himmlischen Meisters, als er versuchte, Meister Li den Kopf zwischen die Schultern zu drücken, und wir stürzten alle drei über den hinteren Rand der Tribüne in das Becken am Fuße des plätschernden Wasserfalls.
Mein Kopf schlug auf einen Felsblock unter der Oberfläche, doch zum Glück hatte das Wasser meinen Fall gemildert, so daß ich nicht vollkommen die Besinnung verlor. Jedoch war ich noch so betäubt, daß ich meinen Körper nicht unter Kontrolle hatte und hilflos zusehen mußte, wie der Himmlische Meister meinen alten Lehrer angriff. Der Heilige hatte im Fallen seine Keule verloren, aber unglaublich kräftige Hände schlossen sich um Meister Lis Hals, und ich wußte, daß er keine Chance hatte. Unaufhörlich drehten sich die Wasserräder und ergossen den Inhalt ihrer mächtigen Schaufeln in den Goldenen Fluß, und das Wasser sprudelte und schäumte pausenlos rings um uns herunter. Plötzlich stieß etwas gegen mein Bein. Es war die Leiche eines Offiziers, dessen Rückgrat gebrochen war. Dann streckten sich zwei Hände aus der Gischt, faßten um mich herum nach den Händen des Himmlischen Meisters und lösten sie langsam von Meister Lis Hals.
»In Singapur serviert die Kaufmannszunft ein bemerkenswertes Gericht namens ›Neun-Stein-Fäuste‹, womit Babybarsche gemeint sind«, tönte die belegte, gurgelnde Stimme von Wirt Sechsten Grades Tu an mein linkes Ohr. »Es gilt, festzuhalten, daß die Barsche

mit Papageifischen, Gelbbauchunken und Schweinefett-Butterkuchen-Fisch gedünstet werden, wenn auch manche Kapazitäten behaupten, daß ein zu reichlicher Genuß von ›Neun-Stein-Fäuste‹ Haarausfall, Blindheit und Knochenschwund zur Folge hat. Ich glaube jedoch, daß es sich dabei um ein Mißverständnis handelt, ausgelöst durch die Tatsache, daß das Schriftzeichen für den Fisch leicht zu verwechseln ist mit dem für ›Aprikose‹, und Aprikosen haben natürlich die genannten Wirkungen, wenn man sie im Übermaß genießt.«
Meister Li bekam wieder Luft, und mit der Luft kehrte die Kraft in ihn zurück, sein Messer herauszuziehen. Er stieß es dem Himmlischen Meister in die Brust und brachte ihm eine lange, klaffende Wunde bei. Dann zog er die Klinge heraus und versetzte ihm einen zweiten Schnitt, der diagonal zum ersten quer über die Brust verlief. Es kam kein Blut. Nicht ein einziger Tropfen. Plötzlich schoben sich vor meinen entsetzten Augen zwei kleine, grünliche Hände aus der Öffnung und spreizten die Rippen auseinander, und aus der Brust des Heiligen trat ein Affenkopf hervor. Haßerfüllte Augen starrten uns an. Das Tier klapperte mit den Zähnen und spuckte nach Meister Li, dann kletterte es aus der leeren Hülle, die einmal der Himmlische Meister gewesen war, platschte durch das Wasserbecken zur Felsenklippe hin, schwang sich sekundenschnell dann hoch und war verschwunden, bevor ich recht begriffen hatte, wo ich es schon einmal gesehen hatte: ein Gastgeschenk, ein niedliches Äffchen, das vor dem Himmlischen Meister eine Verbeugung gemacht hatte und von einer begeisterten alten Dienerin ins Haus geführt worden war.
Meister Li kniete in dem Becken und hielt weinend seinen alten Freund und Lehrer im Arm. Als ich aufblickte, sah ich Li die Katze von der Tribüne zu uns herüberstarren, dann drehte er sich um und gab den Soldaten ein Zeichen. Mit einem Satz sprang ich zu Meister Li, riß seinen Käfig an mich und zog den Pinsel aus dem Loch in der Mitte heraus.
»Ziege, Ziege«, keuchte ich, »spring über den Wall... Rupf Gras und füttere es deiner Mutter... Ist sie nicht auf dem Feld und im Stall... Dann gib es deinen hungrigen Brüdern. Eins... Zwei... Drei... Vier... Fünf... Sechs... Sieben... Acht!«

Ich blinzelte, als der Blitz aufflammte, dann machte ich hastig die erforderliche Handbewegung, und über mir versuchten Li die Katze und die Soldaten unter entsetztem Geschrei, sich in Sicherheit zu bringen. Als ich wieder klar sehen konnte, erblickte ich vor mir die furchtbare, aber irgendwie auch rührende Wei-Schlange mit ihren zwei menschlichen Köpfen, den albernen Hütchen und der kleinen purpurroten Jacke. Sie war jedoch riesengroß, aus ihren zwei Mündern ragten Fangzähne, und ihr Leib wand sich in schimmernden Bögen. Keuchender Atem kündigte das Auftauchen von Wirt Sechsten Grades Tu hinter meinem Rücken an. Er wankte mit ausgebreiteten Armen auf die Dämonengottheit zu. Seine Augen waren glasig vor Verzückung, und seine Stimme war von Ehrfurcht erfüllt.

»Oh, ruhmreiche Wohlschmeckende Schlange von Serendip, du sollst in Wein und Honig baden, den Säuglinge mit ihrem Atem gewärmt haben! Du sollst in der getrüffelten Milch säugender Seeschlangen gedünstet werden! Du sollst mit dem Saft von Perlen begossen werden, die in Einhorntränen aufgelöst wurden! Man wird dich verehren! Man wird dich anbeten!«

Wirt Sechsten Grades Tu breitete seine Arme aus, so weit es nur ging und zog die Schlange in liebender Umarmung an die Brust. Die Wei-Schlange ringelte ihren Leib um den Wirt, und einen Augenblick lang standen die beiden in stiller Entrückung da. Dann wurde ich von einem grellen Blitz geblendet, und als mein Blick sich wieder klärte, schwang sich ein großer weißer Kranich mit einer Windbö empor und flog vor der aufgeblähten, blutroten Sonnenscheibe davon.*

* Wirt Sechsten Grades Tu wurde nie wieder gesehen. Drei Monate später entdeckte der Polizeibeamte, dem die Aufgabe übertragen worden war, die Leichen im Keller des Wirts auszugraben, die 214 Notizbücher mit Rezepten, kulinarischen Anmerkungen und Aufsätzen zur Ästhetik, die das Rückgrat der zweitgrößten je bekannten Küche bilden sollten. In Jahresfrist hatte sich eine mächtige Interessengemeinschaft zusammengetan, die auf die angemessene Anerkennung drang, und innerhalb kürzester Zeit waren alle Anklagen gegen einen wahnsinnigen Gastwirt aus den Akten verschwunden. Wirt Sechsten Grades Tu wurde in den Pantheon erhoben, wo er in der göttlichen Gestalt eines hellen Sterns im Sternenhaufen der Hyaden leuchtet, und in weiten Teilen Chinas wird er immer noch als Tu K'ang, Schutzpatron der Köche und Gastwirte, verehrt.

»Ochse!«
Ich riß den Blick von dem davonfliegenden Kranich los und wandte mich Meister Li zu, der zu einem weiteren Käfig hastete. Ich ließ den Käfig, den ich noch in der Hand hielt, fallen, stieß einen heiseren Schrei aus, der einer Gans alle Ehre gemacht hätte, bückte mich eilig wieder danach, griff hinein und zog die kleine zweigezackte Gabel heraus. Als ich mich auf den nächsten Käfig stürzen wollte, stellten sich mir die beiden letzten Mandarine und Li die Katze in den Weg. Das Problem war, daß sie drei oder vier Soldaten bei sich hatten, und als ich sie mit einer Lanze, die ich einem toten Soldaten weggenommen hatte, abzuwehren versuchte, wurde ich zwischen zwei umgestürzten Thronstühlen festgeklemmt.
Der Krötendämon spie immer noch Säure, achtete aber darauf, diejenigen, die die richtige Geste machten, nicht zu verbrennen, von dieser Seite hatte ich also keine Schwierigkeiten zu erwarten. Während ich zu verhindern suchte, daß der Speer eines Gegners mein zweites Rückgrat wurde, vernahm ich die Worte: »... Vier... Fünf... Sechs... Sieben... Acht!«
Diesmal schloß ich die Augen, bevor mich der Blitz blendete, und als ich sie geöffnet und die entsprechende rituelle Handbewegung gemacht hatte, sah ich vor mir das einzige weibliche Wesen unter den Geschwistern, *Nu Pa*, die aussah wie eine tiefhängende Wolke von nicht mehr als zwei Fuß Höhe. Endlos lange Nebelarme reckten sich daraus immer weiter hervor, riesige Hände aus wogendem Sumpfnebel öffneten sich und griffen mit ihren Fingern nach aufheulenden Soldaten und kreischenden Eunuchen, auf deren Gesichtern und Körpern sich entsetzliche schwarze Beulen ausbreiteten. Sie griffen nach den Schwären, rannten kopflos durcheinander, und schließlich stürzten sie zu Boden, wo sie sich in Krämpfen wanden und starben.
Ein mit schwarzen Blasen übersäter Eunuch wälzte sich schreiend zwischen den Füßen der Männer, die mich eingekreist hatten. Dadurch gelang es mir, den Pinsel aus dem letzten Käfig zu reißen.
»Ziege, Ziege, spring über den Wall, rupf Gras und füttere deine Mutter; ist sie nicht auf dem Feld und im Stall, gib es deinen hungrigen Brüdern: Eins, Zwei, Drei Vier, Fünf, Sechs, Sieben, Acht!«
Ich preßte die Augen fest zu, machte die erforderlichen Gesten und

sah gerade rechtzeitig wieder klar, um das Ende von Li der Katze mitzuerleben.

Ch'i ist eine der merkwürdigsten Dämonengottheiten. Er verströmt einen moderigen Duft, seine Farbe ist das grauschimmernde Weiß der Trauer, er gibt ein leises, seufzendes Klagen von sich und hat die Gestalt eines sich schlängelnden Leichentuchs. Das weiche Tuch glitt über die Tribüne wie eine Schlange, und als es ein Beinpaar erreichte, wand es sich darum. Li die Katze hörte auf, mich anzuschreien und blickte auf seine Füße hinunter. Er schwang sein Schwert, schaffte es aber lediglich, sich den linken Schenkel aufzuschlitzen. Mit einem spitzen Schrei ließ er die Waffe fallen und griff mit beiden Händen nach dem Tuch. Es leistete keinen Widerstand, sondern löste sich, wenn er daran zog, von seinen Beinen, begann sich aber sogleich wieder an ihm hochzuwinden, sobald er es losgelassen hatte. Jetzt glitt das andere Ende am Rücken des Eunuchen hoch, und ein Zipfel des grau-weißen, moderigen, seufzenden Leichentuchs wickelte sich um seinen Oberkörper, so daß er die Arme nicht mehr bewegen konnte. Der Eunuch stieß unaufhörlich gellende Schreie aus, und seine Augen traten vor Entsetzen aus den Höhlen. Die anderen Enden des Tuchs rankten jetzt schneller empor, kletterten über seine Knie, seine Hüften bis zu Brust und Schultern und wanden sich dann um den Hals und um das Kinn von Li der Katze. Das Kristallfläschchen, in dem er seine kostbaren Teile aufbewahrte, wurde vor sein Gesicht geschoben, und das Tuch wickelte sich immer fester um ihn, bis seine Schreie verstummt und seine entsetzten Augen verschwunden waren. Nur seine von Zeremonienseife glänzende Stirn und seine Schädeldecke waren noch zu sehen, und dann verschwanden auch sie unter dem Leichentuch. Ein grau-weißer Kokon kippte um und lag zuckend auf der Empore, doch seine Bewegungen wurden immer langsamer. Und das war das Letzte, was ich je von Li der Katze gesehen habe.

Ich riß die letzte der kleinen Gabeln aus dem Käfig. Meister Li rannte auf mich zu und landete mit einem Satz auf meinem Rücken, dann schrie er mir ins Ohr: »Zum Brunnen! Schnell, zum Brunnen!« Ich sprang in den Hof hinunter, setzte über zuckende Leiber hinweg und nahm die Stufen zu dem Podest um den Brunnen wie

im Flug. Meister Li rutschte von meinem Rücken hinunter. Säure und giftiger Sumpfhauch waren noch immer auf der Suche nach Opfern, und das Geschrei war so laut, daß sich der Weise dicht zu mir beugen und aus vollem Halse brüllen mußte.
»Ochse, schau in den Brunnen hinunter und sag mir, was du siehst!«
Ich legte mich auf den Bauch und beugte mich so weit über den Rand, wie es ging. Meine Augen wurden noch größer, als sie ohnehin schon waren. Dann sprang ich auf und rief: »Die Frösche! Rund um die Innenwand befindet sich ein Froschmuster, genau wie in meinem Traum!«
»Wir müssen hinunter! Schnell!« schrie er.
Es gab, anders als in meinem Traum, weder eine Winde noch einen Eimer. Als ich suchend um mich blickte, sah ich, daß die Wachen das Weite gesucht hatten, doch die Kette, die die Gefangenen miteinander verband, war um einen Pfosten geschlungen, damit sie nicht fliehen konnten. Der Schlüsselring lag auf dem Marmorpflaster. Ich schloß die Kette auf und ließ die Gefangenen um ihr Leben laufen, dann schleppte ich das schwere Eisen zum Brunnen und befestigte das eine Ende an einem Metallpfosten, an dem sich vielleicht früher einmal eine Winde befunden haben mochte.
Das Folgende gestaltete sich wesentlich schwieriger, als im Traum einen Eimer in die Tiefe zu lassen, aber andererseits fehlte der entsetzliche Gestank nach verwesendem Fleisch – obwohl er sich bald einstellen würde, wenn die Menschenopfer zu riechen anfingen –, und ich hörte kein beängstigendes Knurren von unten.
»Da!«
Das Licht, das durch die Brunnenöffnung zu uns herunterdrang, reichte aus, um den kreisrunden Fleck an der Wand auszumachen. Ich versetzte die Kette in immer weitere Schwingungen, bis ich mich von der hinteren Wand abstoßen konnte, und schließlich fanden meine Zehen Halt in dem Loch. Ich schwang mich über den Rand in einen engen, niedrigen Tunnel. Nachdem ich das Kettenende für den Fall, daß wir zurückkommen mußten, um einen Felsblock geschlungen hatte, machten wir uns auf den Weg durch den schmalen Gang, der von einem grünlich phosphoreszierenden Schein schwach erleuchtet war.

Ein Beben bewirkte, daß sich kleine Steinchen aus der Felsendecke lösten. Das Beben wurde stärker und stärker, und dann strömte uns Luft entgegen und traf uns wie ein Faustschlag. Ein gewaltiger Ton schwoll an, der mir die Knie weich werden ließ, und gipfelte in einer Lautstärke, die mich buchstäblich gegen die Wand schleuderte. Noch während mich der Ton durchrüttelte, erkannte ich ihn. Es war der geheimnisvolle Klang, der die Sonnenwende stets ankündigte, seit Acht Gelehrte Herren ein gewaltiges Instrument gebaut hatten, und ich hatte, ehrlich gesagt, vollkommen vergessen, daß es der Tag der Sonnenwende war. Voller Entsetzen wurde mir bewußt, daß wir uns tatsächlich im *Innern* des Yu befinden mußten. Der Tunnel, durch den wir uns bewegten, war eine der Pfeifen. Der Ton, den wir gehört hatten, war nur ein Vorspiel, ein Räuspern gewesen, und ich mochte nicht daran denken, was passieren würde, wenn uns der volle Klang erreichte, während wir in einem winzigen Tunnel feststeckten.

»Das ist Neid! Er hat den ersten Yang-Schlüssel fixiert!« rief Meister Li. »Schnell, Ochse, beeil dich!«

Den alten Mann auf dem Rücken, hastete ich vorwärts, obwohl ich keine Ahnung hatte, was vor mir lag. Mir blieb nichts anderes übrig, als beinahe blind vor mich hin zu stolpern, so schnell ich eben konnte, und als der zweite Ton aufbrauste, wirbelte er mich um die eigene Achse wie einen Kreisel.

»Es kommen noch zwei weitere! Schnell! Schnell!« schrie Meister Li.

Die nächsten beiden Töne waren schlimmer, da wir uns näher an ihrer Quelle befanden, doch meine Befürchtung, daß mein Trommelfell platzen würde, erwies sich als unbegründet. Ich war bis jetzt abwärts gelaufen, aber jetzt wurde der Weg eben. Der phosphoreszierende Schein wurde heller, und das war ein Segen, denn auf diese Weise konnte ich sehen, was vor mir lag und rechtzeitig anhalten. Atemlos kam ich am Rande eines Felsvorsprungs, der eine weiträumige Höhle überragte, zum Stehen, und dort waren sie: mächtige, gewundene Formen, Pfeifen, die aussahen wie Schlangen und in kleinere und immer kleinere Pfeifen übergingen. Ich entdeckte Treppenstufen und sprang hinunter, und endlich standen wir vor acht winzigen Pfeifen, die in acht kleine Kä-

sten mündeten, die in zwei Reihen, vier Stück auf jeder Seite, angeordnet waren.
Meister Li hüpfte von meinem Rücken. »Links ist Yang, und die männlichen Kästen müßten gefüllt sein«, murmelte er. Er versuchte, die Deckel der Kästen zur Linken zu öffnen, aber sie waren buchstäblich mit ihrer Fassung verschmolzen. »Yin wartet«, bemerkte er, während er sich der rechten Seite zuwandte. Der erste Deckel ließ sich mühelos öffnen.
In dem Kasten befand sich eine kleine Halterung, wie ich sie im Traum gesehen hatte, und ich konnte ein Loch im Boden erkennen, das durch massiven Fels zu einer darunter liegenden Windlade führen mußte. Meister Li hatte seine zwei kleinen Gabeln hervorgeholt, und ich reichte ihm meine beiden.
»Eine Art Stimmgabeln, die aber etwas höchst Ungewöhnliches mit den Klangwellen anstellen«, sagte er. »Wenn man doch bloß mit den Acht Gelehrten Herren sprechen und ihnen ein paar Fragen stellen könnte.«
Er schob die erste Stimmgabel in die Halterung, die wie angegossen paßte, dann schloß er den Deckel, der sich ohne Zutun fest versiegelte. Dasselbe wiederholte der alte Mann mit den übrigen drei Gabeln und Kästen, dann machte er kehrt und entfernte sich in die Dunkelheit. Als ich ihn eingeholt hatte, sah ich die Tore. Es waren zwei gewaltige, nebeneinander angeordnete zweiflügelige Tore, von denen das linke offenstand, während das rechte geschlossen war. Meister Li trat zu dem geschlossenen Tor auf der weiblichen Seite. Ein mächtiges Beben setzte ein, und dann brauste uns die erste Yin-Note entgegen. Ich mußte Meister Li festhalten, um zu verhindern, daß er weggeblasen wurde, und als der Ton verklang, schwangen die Torflügel auf.
Wir schritten hindurch, und beim Anblick, der sich mir darbot, blieb ich wie angewurzelt stehen. Wir bewegten uns auf einem steinernen Pfad zwischen zwei Kanälen. Der Kanal zur Linken war mit Wasser gefüllt, aber was für ein Wasser! Es schien aus pulsierender, durchscheinender Luft zu bestehen, die von Regenbogenfarben durchwoben war. Der Anblick entlockte Meister Li einen entzückten Schrei.
»Erinnerst du dich an Wirt Tu, Ochse? ›Der Yu wurde von den Acht

Gelehrten Herren so gebaut, daß er Musik machte, die zu Wasser wurde.‹ Tja, hier haben wir es nun, und gleich kommt noch mehr.«

Der Kanal zur Rechten war trocken gewesen, aber jetzt schienen die Schwingungen im Yu zu sichtbarer Materie zu verschmelzen, und ein Wasserstreifen, der wie ein Regenbogen schimmerte, wurde sichtbar.

»Beeile dich.«

Wir rannten zu einem weiteren Torpaar, offen auf der linken, geschlossen auf der rechten Seite (»Schleusen?« fragte ich mich. »Wie in einem höchst merkwürdigen Kanal?«), und der Ton, den die zweite Stimmgabel erzeugte, bewirkte, daß auch hier die mächtigen Flügel aufschwangen und zur Rechten sich ein Wasserlauf bildete, der dem zur Linken glich. Zwei weitere Tore öffneten sich vor uns, und Wasser floß, wo vorher keines gewesen war. Die vierte und letzte Wasserlinie reichte bis zu einer Anlegestelle, deren Spiegelbild auf der linken Seite zu finden war, und dort warteten zwei große Drachenboote, die sich nur dadurch unterschieden, daß das linke mit dem Yang-Symbol und das rechte mit dem Yin-Symbol gekennzeichnet war.

Die Boote waren mindestens einhundertfünfzig Fuß lang, aber so schmal, daß zwischen den Plätzen für die Ruderer zu beiden Seiten nur ein schmaler Gang freiblieb. Auf der Plattform in der Mitte warteten Trommeln und Schlaghölzer auf ihre Benutzer, und auf der Bugspitze lagen die grünen und weißen Tücher, mit denen die Kommandos gegeben wurden. Jedes der beiden gewaltigen Steuerruder war vierzig Fuß lang, und ich bemerkte, daß der Bug der beiden Boote die traditionelle Form des Drachenkopfes hatte, von dessen Stirnmitte jedoch ein langes, spitz zulaufendes Horn ragte.

Die Mannschaften warteten aufmerksam an den Anlegeplätzen. Achtundachtzig Ruderer für jedes Boot, und ich konnte die roten Tücher um die Köpfe der Brüder, der Ersten Ruderer, erkennen. Ich sah noch weitere Gestalten, die ich nicht einordnen konnte, und dann trat ein vornehmer Herr in einem einfachen weißen Gewand vor und verneigte sich. Vor diesem Hintergrund wirkten die blauen Wangen, die rote Nase, die silberne Stirn und das gelbe Kinn vollkommen passend, und seine Stimme war klar und klangvoll.

»Ob Ihr's glaubt oder nicht, Li Kao, ich hatte gehofft, daß Ihr das Unmögliche vollbringen und die Sonnenwende heute mit mir begehen würdet«, sagte Neid.

Entgegen den Behauptungen meiner Kritiker bin ich kein Vollidiot. Ich war nicht überrascht – traurig, ja, sogar zutiefst deprimiert beim Gedanken daran, was es bedeutete –, aber nicht im geringsten überrascht, daß Neids Stimme die Stimme eines Puppenspielers war.

24

Meister Li betrachtete Yen Shih mit spöttischem Blick und verneigte sich beinahe ebenso würdevoll.

»Und mir ist es eine Ehre, den begnadetsten und auch gefährlichsten aller Ritter zu begrüßen«, sagte er. »Es war unverzeihlich von mir, daß ich das Gesicht hinter der Maske nicht vom ersten Augenblick an oder wenigstens sehr bald erkannt habe.«

Neid zuckte die Achseln. »Unverzeihlich? Das menschliche Wesen ist dafür bestimmt Entschuldigung genug.« Er hob die Maske ein bißchen an, und schon sah ich das furchtbare Zerstörungswerk der Pocken wieder. »Niemand sieht bei Entstellungen genau hin«, sagte er freundlich.

»Es war eine mutige Verkleidung für einen Ritter«, bemerkte Meister Li mit Hochachtung. »Und ebenso mutig war es, als Puppenspieler durch die Welt zu ziehen, dessen gesellschaftliche Stellung so gering ist wie die einer Prostituierten oder eines Schauspielers. Es hätte dir freigestanden, der größte Fechtmeister des Landes oder der unfehlbarste unter den Kaiserlichen Ratgebern zu sein. Aber andererseits zieht es die Edelleute immer wieder zu Tätigkeiten, die es mit sich bringen, daß sie die Fäden in der Hand halten, und hier spreche ich mit der Kompetenz dessen, der eine der Marionetten war«, sagte Meister Li mit einer neuerlichen Verbeugung.

»Eine Zeitlang, Li Kao, eine Zeitlang«, entgegnete Neid. Er tat diese Nebensächlichkeit mit einer beiläufigen Geste aus dem Handgelenk ab, die ich mit tausend Jahren Übung nicht hätte imitieren können, und das Lächeln, das sich früher wie ein Sonnenaufgang über eine Landschaft von Pockennarben ausgebreitet hatte, erstrahlte jetzt in den grotesk bemalten Zügen, die eine Göttin ihm gegeben hatte. »Es hätte übernatürlicher Kräfte bedurft, um von

Anfang an zu erraten, wer ich war und welche Absichten ich im Sinn hatte, und wenn ich bedenke, welche Flut von Ereignissen und Monsterwesen von allen Seiten auf Euch eingestürmt sind, muß ich ehrfürchtig staunen, daß Ihr es überhaupt geschafft habt, das Rätsel zu entwirren und überdies rechtzeitig hier zu sein. Eine außergewöhnliche Leistung, und Ihr werdet es mir nachsehen, wenn ich anfange, mich zu fragen, wer der Drahtzieher und wer die Marionette ist.«

Yen Shih trat einen Schritt auf Meister Li zu. Als ich dem alten Mann schützend zur Seite sprang, lächelte er.

»Keine Angst, Ochse. Wenn mir der Sinn nach Morden stünde, hätte ich euch beide in dem Augenblick getötet, als Meister Li die übrigen Mandarine ausfindig machte, womit er auch die noch fehlenden Käfige gefunden hatte, die meine merkwürdigen Geschwister immer noch als Wächter bewohnten. Meister Li hat sich das Recht erworben, mich herauszufordern, und ich wäre ein trauriger Ritter, würde ich die Herausforderung nicht freudig annehmen. Wir werden das Rennen austragen, er und ich«, sagte er. »Die Boote warten, und ebenso die Mannschaften, wie sie es schon vor dreitausend Jahren taten, und es wird Zeit, daß ihr sie kennenlernt.«

Die Gestalten, denen wir uns nun näherten, waren in dem Dunst, der tief über den beiden Wasserkanälen hing und dem Rauch, der von den Fackelreihen aufstieg, nur undeutlich zu erkennen. Doch als wir dicht bei ihnen waren, merkte ich, daß es nicht nur Dunst und Rauch waren, die die Umrisse der Mannschaft verwischten. Sie selbst waren wie Wachspuppen, die man zu dicht ans Feuer gestellt hatte, teilweise geschmolzen, verrenkt und auseinandergelaufen wie die alten Statuen der sterbenden Gottheiten in den oberen Höhlengängen des Yu. Sie strahlten zwar immer noch einen Hauch ehrfurchtgebietender Kraft aus, rochen aber wie verlassene Gräber, trocken, staubig, bröselig vor Alter, so daß ich mich fragte, wie lange sie ihre Wache an den Drachenbooten noch halten konnten.

Sechzehn Männer, acht von jedem Boot, traten vor und verneigten sich. Es waren diejenigen, die die roten Tücher der Ersten Ruderer trugen.

»Gestattet mir, Euch diejenigen vorzustellen, die den Schlag im Yang-Boot angeben«, sagte Neid. »Die acht zu meiner Linken sind die Vier Umherstreifenden Lichter, *Yu-kuang*, und die Vier Jüngeren Brüder der Einöde, *Yeh-chung*, die in unzähligen alten Überlieferungen fälschlicherweise beschuldigt werden, Pestilenz zu verbreiten. Sie tun nichts dergleichen. Alles, was sie tun, ist Rudern, und wenn Pestilenz auf ihre Siege folgt, so ist das nicht ihre Schuld.«
Die acht Ruderer verbeugten sich noch einmal und traten dann in die Reihe zurück. Neid deutete mit einer Handbewegung zu den acht Gestalten zur Rechten hin, die, eine nach der anderen, den Kopf hoben.
»Eure Ersten Ruderer, *Pa-ling*, die ›Acht Geistermächte‹, und wahrhaft große Ruderer des Yin sind es«, intonierte Neid in einem feierlichen Singsang. »Von links nach rechts sind es der Erste Macher, Lunge und Magen, Angestammte Klugheit, Aufstieg und Erhabenheit, der Alles Ergreifende, der Schleifende und Amputierende, der In-Saft-und-Kraft-Stehende und, schließlich und endlich, der Aus-dem-Rahmen-Fallende, dem die Ehre einer kurzen Beschreibung im *Klassiker der Berge und Ozeane* zuteil wurde: ›Auf dem Shensi-Berg haust eine Kreatur, die die Gestalt eines Bullen, die Borsten eines Stachelschweins und die Stimme eines jaulenden Hundes hat. Sie frißt Menschen.‹«
Auch diese Ruderer verneigten sich ein zweites Mal und traten in die Reihe zurück. Dann lösten sich zwei aus jeder Mannschaft und traten nach vorn.
»Die Leute an der Trommel und dem Schlagholz, die die Befehle der Tücher annehmen und an die Rudermannschaft weitergeben«, erklärte Neid. »Für Yang schlagen den Takt: Männlicher Ahne zur Linken und Außerordentlicher Ahne zur Rechten. Für Yin schlagen der Springende und Vorwärtsdrängende zur Linken und der Gleitende und Ziehende zur Rechten.«
Die vier wichen mit einer Verbeugung in die Reihe zurück. Dann trat eine schlanke Gestalt vor, und mein Herz tat höchst eigenartige Sprünge. Einen Moment lang war ich sicher, Yu Lan vor mir zu sehen, doch dann wurde mir bewußt, daß das Mädchen wie alle anderen leicht verschwommene Züge hatte. Ihre Augen waren kalt

und beängstigend und lagen tief in den Höhlen, und wo sie ging, bildeten sich Pfützen am Boden. Der furchterregende Affenmann, den ich als Yen Shih immer noch liebte, der aber Neid war, wandte sich zu mir um.

»Nummer Zehn der Ochse, paß gut auf«, sagte er mit ruhiger Stimme. »In den alten *Beschreibungen der Weißen Sümpfe* findet sich eine bezaubernd unschuldige Eintragung: ›Das Wesen der Brunnen aus alter Zeit nimmt die Gestalt eines wunderschönen jungen Mädchens namens Kuan an, das es liebt, auf Felsen zu sitzen und Flöte zu spielen, und wenn man es beim Namen ruft, läuft es davon.‹ Dies hier ist wirklich Kuan, das Wesen der Alten Brunnen, und du mußt zwei Dinge über sie wissen. Zum einen, daß ihre Kraft noch nie bezwungen wurde und wahrscheinlich auch nie bezwungen werden wird, da die Brunnen ihre Stärke sowohl aus der Erde, als auch aus dem Wasser beziehen. Zum zweiten war sie in der Zeit meiner Verbannung auf der Erde meine treue Gefährtin. Als solche wird sie ihre Kraft am Steuerruder des Yang-Bootes einsetzen, während du, als Meister Lis treuer Begleiter, das Steuer des Yin-Bootes übernehmen wirst, und die Aufgabe desjenigen, der die Ziege genannt wird, ist schwierig und gefährlich. Hast du mich verstanden?«

»Ja, Herr«, flüsterte ich.

Meister Li und Neid gingen gemeinsam zum Yang-Boot auf der linken Seite, und während ich ihnen half, das läuternde Feuer auf der Plattform in der Mitte zu entzünden, berührte mich der Text ihres uralten Sonnwendgesanges zutiefst: »Die Funken der Sonne versengen den Himmel! Das Feuer der Erde verbrennt die fünf Reiche! Flammen vernichten alles, das nicht unter einem günstigen Stern steht!« Dann begaben wir uns über einen Laufsteg auf das Yin-Boot, wo wir die Läuterungszeremonie wiederholten. Es folgten andere Zeremonien und Gesänge, die ich weder kannte, noch verstand, und schließlich kehrte Neid allein zum Yang-Boot zurück, und die Laufplanken wurden eingezogen. Meister Li war jetzt völlig entspannt und die Ruhe selbst. Er musterte seinen Gegner mit forschendem Blick.

»Nur aus theoretischem Interesse gefragt, gehe ich richtig in der Annahme, daß das Auftauchen dieses Leichenfressers nichts als ein merkwürdiger Zufall war?« erkundigte er sich.

»Das hoffe ich inständig, da ich es vorziehe, nicht im Sumpf metaphysischer Spekulationen umherzuirren«, entgegnete Neid ebenso ungezwungen. »Ich vermute, daß das Ding in einen Haufen Erde fiel, der zur Hortensien-Insel gebracht wurde. Nicht lange danach berührte Ma Tuan Lin wohl zufällig die Perlen am Käfig in der richtigen Reihenfolge und befreite damit den ersten meiner Brüder. Unwesen wie der Ch'ih-mei beten Dämonengottheiten an. Als dieser aus seinem Erdhaufen kroch, kam er zwar zu spät, um meinen Bruder zu begrüßen, fand aber immerhin wenigstens eine Mahlzeit.«

»Und wo liegt deine ursprüngliche Verbindung zu dem Fall?« wollte Meister Li wissen.

»Ich war ebenso ahnungslos wie der Ch'ih-mei«, entgegnete Neid. »Ich wußte auch nicht, daß die Käfige erhalten geblieben waren, bis ich den ›Pi-fang!‹-Schrei hörte und den weißen Kranich im Mondschein davonfliegen sah. Es war ein erhebender Augenblick. Wenn einer meiner Brüder überlebt hatte – was sicherlich bedeutete, daß auch die Käfige noch existierten –, warum dann nicht auch die anderen? Vor langer Zeit hätte ich einmal fast eine ungewöhnliche Meisterleistung vollbracht, die nur von unglaublich hartnäckigen Schamanen vereitelt wurde. Wenn es mir nun gelänge, diese Käfige in meinen Besitz zu bringen, könnte ich sie mit ihren eigenen Waffen schlagen und mein Werk zu Ende bringen. Aber wie konnte ich in den Besitz der Käfige kommen?«

»Indem du eine Marionette ins Spiel brachtest«, bemerkte Meister Li säuerlich.

»Ihr wart ein Geschenk des Himmels. Der große Meister Li begibt sich für mich auf die Suche nach Mandarinen und Käfigen!« rief Neid begeistert und ohne die geringste Spur von Hohn oder Ironie aus. »Ich war überzeugt, daß Ihr den Mechanismus entdecken würdet, durch den die Puppen sich mit der kaum nennenswerten Hilfe von Yu Lan bewegen konnten, während ich ungehindert umherstreifte, aber ich war auch sicher, daß Ihr es zu spät entdecken würdet.«

Meister Li hatte die Kapitänsposition im Bug eingenommen und ordnete jetzt seine Tücher. Zur Linken tat Neid es ihm gleich, und ich begab mich mit einem Knoten im Hals, der mir fast die Luft abschnürte, zu der erhöhten Plattform im Heck des Bootes, wo sich das riesige Steuerruder mit seinem langen Griff befand. Es war in vollkommener Balance. So sehr, daß ich es mühelos aus dem Wasser heben konnte, indem ich es mit meinem Körpergewicht herunterdrückte. Als viel schwieriger erwies sich, es sachte wieder hinunterzulassen, und als die Taue gelöst wurden und das Boot ein ganz klein wenig schaukelte, riß es mich fast von den Füßen. Seitliche Bewegungen des Ruders waren der reinste Mord, und ich mochte gar nicht daran denken, was geschah, wenn das Boot in schwerem Wellengang auf und ab schaukeln würde.

Die beiden Schiffe glitten jetzt Seite an Seite durch die beiden Kanäle und nahmen Fahrt auf, obwohl noch kein Ruderer die Riemen berührt hatte. Ich konnte den Dunst jetzt weit genug mit den Blikken durchdringen, um vor uns einen Lichtstreifen zu erkennen, der vollkommen gerade und scharf wie eine Messerklinge unseren Weg schnitt.

»Wie eine Startlinie«, dachte ich, und im selben Moment spürte ich eine Reihe mächtiger Erschütterungen: Eins... Zwei... Drei... Vier... Fünf... Sechs... Sieben... Acht...

Die acht Stimmgabeln, Yin und Yang, machten es möglich, daß der Yu ein Lied anstimmte, das seit dreitausend Jahren nicht mehr erklungen war. Volle, resonante Töne – trotz aller Kraft, die darin lag, samtweich – ließen Wasser und Luft ineinanderfließen, als würden sie die Elemente miteinander verschmelzen, und dann schwoll eine gehaltene, pulsierende Note an und überlagerte die anderen. Sie war vollkommen gleichmäßig, ruhig und doch von unvorstellbarer Kraft. Das war das vollständige Lied des Yu, das Musik zu Wasser verwob, und das Wasser zog sich in gerader Linie vom Horizont bis zu den Booten und verband die beiden Kanäle zu einem Fluß, der für ein Rennen wie geschaffen war. Meister Li wandte sich mit staunenden Augen an den Puppenspieler.

»Ist es möglich, daß diese bemerkenswerten Männer eine Rennstrecke geschaffen haben, an der auch die Sonnenwende gemessen wird, die sie zu erhalten suchten?« fragte er.

»Die Strecke ist dauerhaft angelegt wie der Schatten eines gewaltigen Gnomon, ja«, entgegnete Neid. »Ich habe nicht die leiseste Ahnung, wie sie es geschafft haben, obwohl ich einmal gelesen habe, daß ein Barbar namens Oenopides von Chios ein ähnliches Wunderwerk vollbracht hat. Überflüssig, zu sagen, daß der Gnomon sekundengenau auf die Sonnenwende eingestellt ist.«

Meister Li stieß einen schweren, wehmütigen Seufzer aus.

»Es ist ein Jammer. Der einzige Mann im Land, der in seinen besseren Tagen in der Lage gewesen wäre, es uns zu erklären, kann es nicht sehen«, sagte er. »Ich kann vieles verzeihen, aber das Schicksal des Himmlischen Meisters kann ich nicht verzeihen.«

»Li Kao, er war ein sterbender Mann! Sein Geist war fast erloschen«, wandte Neid ein. »Ich mußte einen Weg finden, den Himmel gegen die Menschheit aufzubringen. Eure Entdeckung des Schmuggler- und Fälscherrings brachte mich auf die Idee, die Habgier adeliger Leute zu nutzen, um den Geisterplan wiederaufleben zu lassen, aber das allein hätte nicht genügt. Doch wie wir alle wissen, hat der Erhabene Jadekaiser ein hitziges Temperament. Ich war überzeugt, daß er der Erde seinen Schutz entziehen würde, bevor die Untersuchung der Angelegenheit abgeschlossen war, wenn der Himmlische Meister den Himmel dadurch beleidigen würde, daß er Menschenopfer im Namen der Gerechtigkeit und des Glaubens brachte, was nur möglich war, wenn Bosheit vom Körper des Himmlischen Meisters Besitz ergriff. Wie sich herausstellte, hätte mein jämmerlicher Sohn um ein Haar alles vermasselt.«

Zum ersten Mal zeigte Neid eine starke Gefühlsbewegung, und die grellen Farben seines Gesichts leuchteten noch intensiver in seinem Zorn.

»Dieser kleine Idiot und sein armseliger Plan, Euch damals in dem Treibhaus umzubringen«, sagte er mit gifttriefender Stimme. »Euch umbringen! Und Ihr hattet die restlichen Mandarine und ihre Käfige noch nicht aufgespürt! Dann ließ er ein Dienstmädchen ermorden, weil sie einen Hund sterben ließ, wie er behauptete. Aber der eigentliche Grund war der, daß er die Macht, die ihm der jetzt von ihm bewohnte Körper verlieh, in vollen Zügen auskosten wollte, und ihm fiel nichts Besseres ein, um von seiner Macht Gebrauch zu machen, als ein Mord. Um das Maß vollzumachen, mußte er sich damit amüsieren, quer durch die halbe Verbotene Stadt Fangen mit Euch zu spielen. Ich weiß wirklich kein überzeu-

genderes Argument für das Zölibat als meinen mißratenen Sohn Bosheit!«
»Aber dann wäre Euch auch eine Tochter verwehrt«, entgegnete Meister Li leise. »Und sie entschädigt Euch sicher reichlich dafür.«
»Oh, ja«, sagte Neid mit weicher Stimme. »Kein Mann hat je eine lieblichere und wohlgeratenere Tochter gehabt, obwohl es nur wenige Töchter gibt, die mit einem solchen Fluch auf den Schultern geboren wurden.«
Das leuchtendbunte Gesicht wandte sich mir zu, und ich halte es bis heute nicht für einen Fehler, daß ich mich geehrt fühlte, von ihm mit einem Kopfnicken bedacht zu werden.
»Wenn ich nicht wüßte, daß diese Dinge nicht von unserem Willen abhängig sind, würde ich sagen, daß meine Tochter einen höchst unpassenden Augenblick gewählt hat, um die Liebe zu suchen«, sagte er. »Armes Mädchen, ich hatte tiefes Mitleid mit ihr. Flüchtete sich in die versprengten Splitter der Leidenschaft in der Welt der Träume – dem einzigen Gebiet, in dem Wahnsinn sich freier bewegen konnte als ihre Mutter, und man bleibt ihrer Mutter nicht den Gehorsam schuldig –, doch selbst in den Träumen suchte sie die Verwandlung unweigerlich heim. Sie weinte lange und bitterlich, und obwohl sie mir nichts erzählte, wußte ich, daß sie sich Nummer Zehn dem Ochsen nicht mehr im Schlaf nähern konnte, denn sonst hätte sie ihre Fänge in sein Bewußtsein geschlagen und mit ihren Klauen sein Herz umklammert. Man kann das göttliche Wesen nicht ablegen«, schloß Neid, und seine Miene und seine Stimme ließen ahnen, daß er nicht Yu Lan meinte, als er hinzufügte: »Aber man braucht es auch nicht zu erstreben.«
Meister Li sah Neid lange nachdenklich an.
»Du hast ein Maß an Größe und Erniedrigung erfahren, das sich menschlichem Ermessen entzieht, und man muß sich darum fragen, was du dir davon erhoffst, wenn du den Himmel dazu bringst, eine Massenvernichtung auf der Erde geschehen zu lassen. Die Götter werden einfach das Schicksal dafür verantwortlich erklären und sich umgehend an das angenehme Werk des Wiederaufbaus machen, weißt du«, sagte Meister Li. »Und was das irdische Gemetzel betrifft, würdest du wirklich so tief sinken, zu handeln wie

der legendäre König, der alle Elefanten der Welt zu sich rief, um die Ameise zu zertrampeln, die ihn in den königlichen Zeh gebissen hatte?«

Neid warf ihm ein feines Lächeln zu. Die helle gerade Linie war jetzt sehr viel näher gerückt. Die Boote gewannen immer mehr Geschwindigkeit, die Ersten Ruderer spuckten in die Hände und banden ihre Tücher fester um den Kopf. Wasser klatschte gegen das Boot, und der Griff des Steuerruders stieß mir in die Rippen.

»Li Kao, Ihr wißt bereits, daß ich so handle, wie ich es tue, weil ich muß«, erklärte Neid.

Er wandte sich zu mir, und in seinen Augen leuchtete ein seltsames Licht, das ich nicht deuten konnte, beinahe, aber nicht ganz, wie der Mondschimmer in den Augen von Kuan, die mir an ihrem Steuerruder gegenüberstand und, mühelos mit den Bewegungen des Bootes sich wiegend, die trägen, tiefen Gedanken alter Brunnen dachte.

»Nummer Zehn der Ochse«, sagte Neid ruhig, »es war einmal ein großer König, der von einem hohen Turm auf einen Gärtner hinunterblickte, der bei der Arbeit sang. Und der König rief: ›Ach, hätte ich doch ein Leben ohne Sorgen! Könnte ich doch nur dieser Gärtner sein.‹ Und die Stimme des Erhabenen Jadekaisers hallte vom Himmel herunter und sagte: ›So soll es sein‹, und siehe da, der König war ein Gärtner, der in der Sonne sang. Mit der Zeit wurde es heiß in der Sonne, und der Gärtner hörte auf zu singen. Dann zog eine zarte, dunkle Wolke auf und brachte Kühlung mit sich und schwebte weiter. Es wurde wieder heiß, viel Arbeit war noch zu tun, und der Gärtner rief: ›Ach, könnte ich Kühlung bringen, wohin ich gehe und hätte keine Sorgen! Könnte ich doch nur diese Wolke sein.‹ Und die Stimme des Erhabenen Jadekaisers hallte vom Himmel herunter und sagte: ›So soll es sein‹, und siehe da, der Gärtner war eine Wolke, die am Himmel schwebte. Der Wind wehte, und die Luft wurde kalt, und die Wolke hätte gern hinter einem Berg Schutz gesucht. Aber sie konnte nur dorthin gelangen, wohin der Wind sie brachte. So sehr sie sich auch anstrengte, in eine Richtung zu fliegen, der Wind trug sie in eine andere, und über der Wolke schien hell die Sonne. ›Ach, flöge ich doch durch den Wind, wäre warm und hätte keine Sorgen! Könnte ich doch die

Sonne sein‹, rief die Wolke, und die Stimme des Erhabenen Jadekaisers hallte vom Himmel herunter und sagte: ›So soll es sein‹, und siehe da, er war die Sonne. Es war ein großartiges Gefühl, die Sonne zu sein, und es gefiel ihm, Strahlen hinunterzuschicken, die das eine wärmten und das andere verbrannten, aber es war so, als würde er einen Anzug aus Feuer tragen, und er fing an, sich wie ein Brot im Backofen zu fühlen. Über ihm funkelten die kühlen Sterne, die Götter waren, in heiterer Ruhe und Gelassenheit, und die Sonne rief: ›Ach, wäre ich göttlich und ohne Sorgen! Könnte ich doch nur ein Gott sein.‹ Und die Stimme des Erhabenen Jadekaisers hallte vom Himmel herunter und sagte: ›So soll es sein‹, und siehe da, er war ein Gott, und er ging soeben ins dritte Jahrhundert des Kampfes gegen den Steinernen Affen, der sich gerade in ein hunderttausend Fuß großes Ungeheuer verwandelt hatte und einen Dreizack schwang, der aus den Drillingsgipfeln des Berges Hua gemacht war. Wenn er nicht gerade den Schlägen ausweichen mußte, konnte er hinunter auf die friedliche Grüne Erde blicken, und der Gott rief: ›Ach, wäre ich doch ein Mensch, der sicher und behütet lebt und keine Sorgen hat!‹ Und die Stimme des Erhabenen Jadekaisers hallte vom Himmel herunter und sagte: ›So soll es sein‹, und siehe da, er war der König, der von einem hohen Turm auf einen Gärtner hinunterblickte, der bei der Arbeit sang.«

Als Neid eine Schulter hob und kaum merklich die Achsel zuckte und sich dann abwandte, dämmerte mir, daß an seinem Gleichnis nichts Amüsantes war. Das Licht in seinen Augen hatte nicht die Kälte eines tiefen Gewässers wie die Augen von Kuan, sondern die grausame Kälte des Hasses. Denn Neid konnte niemals ruhen, niemals rasten, niemals sich an etwas freuen, niemals erlangen, was er sich wünschte und niemals aufhören, zu wünschen, niemals das furchtbare Verlangen stillen, das seinen Körper und Geist zerstörte. Er war ein großer Edelmann, der dazu verdammt war, nicht nur Vögel, Wolken, Sonne und Götter zu beneiden, sondern sogar arglose Gärtner von so einfachem Gemüt wie Nummer Zehn der Ochse, und für diese Kränkung mußten die Nummer Zehn die Ochsen dieser Welt nun sterben.

25

Die Startlinie war jetzt sehr nah. Meister Li hob die linke Hand, und die weiße Spitze des grünen Seidenschals flog nach hinten. Darauf streckte der Springende und Vorwärtsdrängende mit der mächtigen, knorrigen Gestalt seine stoffumwickelten Schlegel über das straff gespannte Fell der riesigen Trommel auf dem Mittelpodest und begann einen ruhigen, gleichmäßigen Rhythmus zu schlagen. Drüben auf der anderen Seite des Regenbogengewässers tat Männlicher Ahne es ihm auf dem Yang-Boot gleich. Einhundertsechsundsiebzig Ruder schoben sich auf den vier Seiten der beiden Boote heraus und schwebten über die Wasseroberfläche. Ein dunkler Schattenstrich legte sich über die Hornspitzen, die von den Drachenköpfen am Bug der Schiffe waagerecht nach vorn ragten. Als er die Pfosten erreicht hatte, an denen sich die Kapitäne abstützten, ließen Neid und Meister Li die Tücher in ihrer Rechten hochfliegen. Der Gleitende und Ziehende hob seine Schlaghölzer und ließ sie, ebenso wie der Außerordentliche Ahne auf der anderen Seite, scharf zusammenklatschen. Die beiden Mannschaften zogen ihre achtundachtzig Ruderpaare langsam und weich durch das Wasser. Das Boot machte unter meinen Füßen einen Satz vorwärts. Gleichmäßig und ohne Hast gaben Schlaghölzer und Trommeln den Rhythmus an: Klack, rat-tat-tat, klack, rat-tat-tat, klack . . .

Wenn Steuerruder, die so groß sind wie diejenigen an Rennbooten, auf das Wasser treffen, haben sie eine gewaltige Bremswirkung, vergleichbar mit den Bremsen eines Räderwagens, und die Person am Steuer ist die meiste Zeit damit beschäftigt, sich halb in der Luft hängend über die Pinne zu werfen und zu versuchen, das riesige, schlüsselförmige Ruderblatt so auszubalancieren, daß es knapp über der Wasseroberfläche schwebt, ohne es zu berühren. Wenn die Tücher eine Richtungsänderung anzeigen oder eine Strömung ausgeglichen werden muß, erweist es sich, ob die Ziege ihr Geld wert ist. Runter-Schub-hoch! Die geringfügigste Verlängerung des Steuervorgangs bedeutet zusätzliche Bremswirkung. Bruchteile einer Sekunde am Start können sich zu ebensoviel Fuß Abstand am Ende summieren, und das übernatürliche Wesen im anderen Boot beherrschte sein schweres Steuer mit einem Finger. Ich hatte jetzt schon mit meinem zu kämpfen, und mir war klar, daß ich mich unmöglich messen konnte mit einem Brunnengeist, der in vollkommenem Einklang lebte mit unsterblichen Rittersmännern, Halbgöttern aus alter Zeit und aus Wasser gewobener Musik. Mir blieb nur, mein Bestes zu geben und auf Meister Li zu vertrauen.

Der Springende und Vorwärtsdrängende hielt seinen Trommelrhythmus unerschütterlich, doch der Gleitende und Ziehende gab jetzt mit seinen Schlaghölzern einen anderen Ton an. Zuerst verstand ich das nicht. Dann sah ich, wie das lange, fließende Ende von Meister Lis Tuch auf und ab zuckte, und fast gleichzeitig bäumte sich das Ruder gegen mich auf. Ich begriff, daß die Schlaghölzer von nun an Warnungen und Kommandos weitergeben würden. Es war wahrhaftig kein beschaulicher Teich, den wir befuhren. Die Schlaghölzer kündigten Wellen an, die uns hoch in die Luft hoben und wieder fallen ließen. Als wir das nächste Mal hochgehoben wurden, wurde der Trommelrhythmus etwas schneller, und die Ruderer beschleunigten ihre Schläge.

Ich sah die Bewegung des rechten Tuchs einen Augenblick bevor die Schlaghölzer das Kommando aufnahmen. Warte... warte... jetzt! Ich senkte das Blatt ins Wasser und verlagerte mein Gewicht nach links: Eins... zwei... drei... hoch! Es war nicht so einfach, das Ruder glatt herauszuziehen, aber ich schaffte es, ohne mir etwas Schlimmeres als eine blutige Nase zu holen, als mir der Rudergriff ins Gesicht schlug. Warte... warte... runter! Nach rechts drücken. Eins... zwei... drei... hoch! Nicht sehr schön, aber wir hatten es geschafft, einen Bogen zu fahren und waren jetzt wieder auf Kurs. Mit großen Augen betrachtete ich die schwarze Klippe, die beide Boote, durch Regenbogenwellen schießend, umschifft hatten. Sonnen- und Mondsymbole waren darin eingemeißelt, Yang und Yin, und ich fragte mich, ob es im Zusammenhang mit

der Gnomonfunktion der Rennstrecke stand, ob es so etwas wie ein Meßstrich war.
Meister Li gab ein Kommando, die Schlaghölzer wiederholten den Befehl, und die Ersten Ruderer beschleunigten ihre kraftvollen Schläge wieder einen Deut: Bumm! Rat-tat-tat, bumm! Rat-tat-tat, bumm! Rat-tat-tat. Uns gegenüber hatte Neid denselben Befehl zum gleichen Zeitpunkt gegeben, und die Boote waren exakt auf derselben Höhe.
Der Kapitän ist natürlich das wichtigste Mitglied der Mannschaft. Die Ziege hat ihren Platz so weit hinten, daß derjenige, der diese Position innehat, unmöglich die Gefahren sehen kann, die auf dem Weg liegen, die Welt der Ruderer beginnt und endet mit den Riemen, und die Trommler haben die Aufgabe, anzufeuern, den Rhythmus anzugeben und Befehle zu übermitteln, nicht aber schöpferisch zu gestalten. Der Kapitän fungiert von seinem Pfosten im Bug aus als Augen und Gehirn, und ein einziges falsches Kommando mit dem wehenden Tuch kann das Ende des Rennens bedeuten. Mein Vertrauen in Meister Li ist grenzenlos, aber ich mußte mir eingestehen, daß er sich in einer ähnlichen Lage befand wie ich. Ihm gegenüber stand ein Ritter, der es gewagt hatte, die mächtigste und gefährlichste unter den Göttinnen zu lieben und zu verraten, der dieses selbe Rennen einstmals gegen Acht Gelehrte Herren ausgetragen hatte und der sogar ein Drachengespann auf einer Bahn zwischen den Sternen hindurchgejagt hatte – oder etwas ähnlich Spektakuläres, wenn man die dichterische Übertreibung berücksichtigt. Der Puppenspieler sah aus, als würde ihn nichts in der Welt bekümmern, wie er sich so mühelos mit den Bewegungen des Bootes wiegte und darauf verzichtete, sich an einem Pfosten anzulehnen.
Bumm, rat-tat-tat, bumm, rat-tat-tat, bumm, rat-tat-tat. Die Boote kämpften jetzt, auf und ab schaukelnd, gegen die Wellen an, und mir wurde der erste Grund für den Namen Ziege klar. In rauhem Gewässer muß der Steuermann durch Seitwärtsbewegungen seines Ruders das Boot in Balance halten, indem er die Strömungen mit Hilfe des Luftzuges ausgleicht, ohne zum wesentlich stärkeren Wasserdruck des herkömmlichen Steuerns Zuflucht zu nehmen. Ich flog die meiste Zeit durch die Luft und stieß mit allem zusam-

men, das mir in den Weg kam, während ich mich mit dem riesigen, schweren Gerät abmühte, doch als ich einen Blick durch den Sprühnebel zur Linken warf, sah ich, daß Kuan ihr Ruder mit nur einem Druck oder einem Ruck ihrer Hand dirigierte. Wie machte sie das? Kraft konnte nicht die einzige Erklärung sein. Irgendwie ahnte sie jede Welle, jede Böe voraus, sie wußte, wann das Boot hochstieg und wieder herunterklatschte und stand immer in der richtigen Position. Um uns herum schwollen die Schwingungen der Yu-Musik an. Die Höhle schien verschwunden zu sein. Der Himmel (war es überhaupt ein Himmel?) hatte sich tiefdunkel gefärbt, und die Regenbögen, die das Wasser durchwoben, leuchteten wie Feuer. Ich glaubte, zu beiden Seiten Uferböschungen zu erkennen, die mit Bäumen und wild wucherndem Gesträuch bewachsen waren, und dann erkannte ich Menschen am rechten und große, schreckliche Kreaturen am linken Ufer.

Die Tücher gaben das Signal, die Trommelschläge wurden schneller, und die acht Ersten Ruderer nahmen den Rhythmus auf. Die Boote schossen davon wie fliegende Pfeile, und Gischt spritzte auf. Die Schlaghölzer klapperten ihr drängendes Kommando. Warte... warte... runter, Schub, hoch... warte... warte... runter, Schub, hoch! Wir umschifften sicher die zweite aufragende Klippe mit den Sonnenwendmarkierungen, aber diesmal hatte ich das Ruder einen Moment zu spät aus dem Wasser gehoben. Vermutlich bemerkte niemand, daß das Yang-Boot nach vorne zog, als Kuan die Wende perfekt ausführte, aber mir entging es nicht. Sie war jetzt einige Zentimeter vor mir, und wenn diese schroffen Felsen wirklich Gnomonmarkierungen waren, mußten noch vier weitere folgen. Ich mochte gar nicht daran denken, wie weit sie vorn liegen würde, wenn wir den letzten passierten. Tücher flatterten, Schlaghölzer drängten, Trommeln nahmen den Rhythmus auf, und die Riemen flogen immer schneller: Bumm, rat-tat-tat, bumm, rat-tat-tat, aber ich hatte alle Mühe, mich auf mein Ruder zu konzentrieren. Zur Linken nahm ich eine Böschung wahr, und dort rangen riesige blutrünstige Kreaturen brüllend miteinander, Vulkane spieen Flammen und Lava aus, und in der bebenden, geschüttelten Erde taten sich furchtbare Spalten auf. Zur Rechten sah ich in Felle gekleidete, geduckte und furchtsame Menschen und Priester in Bärenhäuten, auf die vier goldene Augen aufgestickt waren. Sie hoben betend die Arme zum Himmel, dann wurde ein Mädchen herbeigeschleppt und ein Steinbeil gehoben, und genauso, wie ich es beim Himmlischen Meister gesehen hatte, sauste die Waffe nieder, und eine Seele wurde den Göttern geopfert.

Warte ... warte ... runter, Schub, hoch ... warte ... warte ... runter, Schub, hoch!

Das Yang-Boot führte jetzt mit einem Fuß Vorsprung. Der schroffe Felsen schoß vorüber, und in diesem Moment sah ich, wie die Menschen angstvoll zu einer winzigen Sonnenscheibe hinaufstarrten, die so matt war wie eine verlöschende Kerze. Sie schickten ihre Kinder aus dem Schutz der Höhlen ins Freie hinaus und ließen sie, mit einer besonderen Kappe auf dem Kopf, spielen und toben, so wie es in meinem Heimatdorf während des ersten Mondes immer noch gehalten wird: leuchtend bunte Kappen in der Form von Blumen und Grashüpfern, die sich lebhaft vom Weiß des Schnees abheben, um die Augen der herabblickenden Götter auf sich zu lenken. Feuer wurden gelöscht, um alle Wärme für die Sonne aufzusparen. Hartgekochte Eier, die so bunt und fröhlich gefärbt waren wie Frühlingsblumen, wurden unter dem dunklen, kalten Himmel feierlich geschält, und die Menschen hielten die gelben Dotter hoch.

Schneller, kommandierten die Tücher und Schlaghölzer, und schneller flogen die Riemen. Die Boote tauchten mit erschütternder Wucht in die dicht aufeinanderfolgenden Wellen. Ich wurde wie eine Stoffpuppe herumgeschleudert, während ich mich nach Kräften mühte, die Strömungen der Luft, nicht die des Wassers zu nutzen, doch Kuan war immer einen Deut schneller als ich, ahnte immer den nächsten Schritt voraus, war immer ruhig und unerschütterlich. Der Vorsprung des Yang-Bootes betrug jetzt mehr als sieben Fuß.

Durch den dichten Sprühnebel konnte ich nur schemenhafte Bilder an den Ufern erkennen. Ich sah ein Dorf, das meinem eigenen sehr ähnlich war, und ich spürte einen Stich im Herzen beim Anblick der schönen jungen Mädchen in ihren bunten Kleidern, wie sie, angestoßen von den jungen Männern, auf ihren Schaukeln immer höher flogen, wie liebliche Blumen, die sich dem Himmel entgegenschwingen, und der älteren Frauen in ebenso fröhlichen Kleidern, die leuchtendbunte Bänder in den Händen hielten, während sie wie Blütenblätter um eine mastähnliche Stange tanzten. Väter drängten ihre Söhne, Federbälle, die leuchtend gelb gefärbt waren wie die Sonne, immer länger in der Luft zu halten. Das letzte Eis wurde feierlich aufgebrochen, die Gräber wurden gereinigt, und die Geister der Toten eingeladen, am Fest des ersten Bades im Fluß teilzunehmen, bei dem Wein in schwimmenden Gefäßen von Hand zu Hand gereicht wurde.

Ich hatte den Überblick über die Gnomon-Markierungspunkte verloren. Die Schwingungen des Yu waren jetzt außerordentlich stark, und plötzlich erkannte ich, auf welche Weise der Geist der Alten Brunnen imstande war, die Kommandos im voraus zu wissen. Kuan beobachtete nicht das Wasser, sondern sie lauschte auf die Töne, die es formten. Wenn ich einfach nur mit dem Körper auf die Musik des Yu reagierte, war ich bereits in der richtigen Position, wenn mich die Kommandos des Tuches und der Schlaghölzer erreichten. Aber die Entdeckung kam zu spät. Der Abstand betrug jetzt schon zehn Fuß und würde sich weiter vergrößern, sofern Neid nicht einen falschen Befehl gab. Ich konnte nur noch seinen Rücken in weiter Ferne sehen, ein kurzes Aufblitzen im Nebel, und selbst aus dieser Entfernung strahlte er die heitere Gelassenheit eines Edelmannes während einer sonntäglichen Ruderpartie auf einem Teich aus.

Meister Li tat das einzige, was ihm zu tun blieb, nämlich beten. Ich sah ihn mit hocherhobenem Kopf auf dem Podest im Bug stehen, und der Wind trug Wortfetzen an mein Ohr: »Herrin der Mysterien... Führerin der Verlorenen Seelen... Die du Heiß und Kalt, Naß und Trocken, Getanes und Ungetanes vereinst...« Die rechte Hand hob sich und gab ein Kommando mit dem Tuch. Aber ich hatte in den Schwingungen der Musik bereits gespürt, daß etwas vor uns lag und war vorbereitet: runter, Schub, hoch, warte... warte... runter, Schub, hoch! Ich hätte weinen können vor Enttäuschung. Aber diesmal gewann Kuan keinen Vorsprung vor mir. Wir umschifften im Gleichklang die Klippe, aber zu spät, zu spät. Der Abstand von zehn Fuß blieb.

»Herrin der Ersten Stunde... Wächterin über das Größte Opfer... Trost aller Kranken und Sterbenden...«

Wir waren an einer Klippe vorbei in sengendes Sonnenlicht geflogen, das den Himmel in Feuerschein tauchte. Schwarze Wasserspeier schoben sich aus gischtigen Regenbogenwellen, und ein Drachen bäumte sich vor meinen Augen aus dem Wasser auf, ein *Kiao lung*, der zu den fürchterlichen, nicht zu den wohltätigen Wasserdrachen gehört. Gräßliche Wesen hatten vom linken Ufer Besitz ergriffen. Am rechten Ufer riß der unbarmherzige Gelbe Wind Hütten auseinander, der Sand begrub alles unter sich, und das Getreide welkte und verbrannte.
»Herrin der Trauer... Herrin des Trostes... Herrin, die Alles Lebende beschützt«, intonierte Meister Li.
Ich hörte Schreie aus der Luft, und als ich aufblickte, erkannte ich die schrecklichsten aller Geschöpfe, die dreigeflügelten Diener der Schutzpatronin der Pestilenz, die einst einem Ritter erlaubt hatte, sie zu lieben, die Göttliche Königinmutter des Westens. Diejenigen, die diese Dame kennen, würden sagen, daß ihre Klauen den Ritter nur sehr zart berührt hatten. Vom Berg der Drei Gefahren waren der Große Pelikan herbeigekommen, der auf dem Rücken Yu Hau-lung, die pestilenzbringende Hexe, trug und der Kleine Pelikan, der Tou-shen Niang Niang, die Pestkönigin, trug und der Große Vogel, auf dessen Rücken Ma Shen, die Patronin der Pusteln und Pockennarben, ritt. Die drei Todesvögel stürzten sich kreischend herab, und einen Augenblick lang setzte mein Herzschlag aus, als ich glaubte, eine riesige Tigerkralle zu sehen, die den Himmel von Horizont zu Horizont aufriß, doch dann erkannte ich, daß es die Klaue des Gelben Windes war.
Das Tuch gab sein Kommando, und die Schlaghölzer dröhnten. Runter, Schub, hoch. Warte... warte... runter, Schub, hoch. Die beiden Boote beschrieben den Bogen gleichzeitig, doch das Yang-Boot hatte immer noch zehn Fuß Vorsprung, und mir krampfte sich der Magen zusammen. Diese letzte Felsenklippe war über und über mit Yang-Symbolen bedeckt. Es war die letzte Gnomon-Markierung, und die Kraft des Yang mußte jetzt Yin weichen, sollte die Erde nicht verbrennen und sollten nicht Pest und Seuche ihr Unwesen treiben. Da unser Boot in weitem Bogen herumgeschwungen war, hatte ich einen Blick nach vorn werfen können. Ich hatte einen weißen Lichtstreifen gesehen, der quer über dem Band des aus Mu-

sik entstandenen Stromes lag. Dort, wo die Ziellinie näher rückte, verengte sich der Fluß, und genau in der Mitte schwebte ein schimmernder Ring in der Luft. Es war *Pi*, das Symbol der himmlischen Harmonie, der nahtlose ewige Ring des Yang und Yin, und die langen, schlanken Drachenhörner am Bug der beiden Boote glühten im selben Schimmer auf. Meister Li und Neid ließen ihre Tücher mit weitem Schwung flattern, Trommeln und Schlaghölzer hämmerten wie gewaltige Herzschläge, und die Ruderer legten unter lautem Keuchen auch noch das letzte Quentchen Kraft in ihre Schläge.

»Herrin des Trostes, Herrin der Läuterung...«

Welche Göttin Meister Li auch im Sinn haben mochte, sie sollte sich besser beeilen, denn die Ruderer im Yang-Boot standen unseren an Kraft nichts nach, doch der Abstand wurde nicht geringer. Ich flog förmlich in der Bemühung, das Boot mit dem Steuerruder in vollkommener Balance zu halten, während es über gewaltige Wellen hüpfte, klatschte und dahinschoß, und als das Wasser zwischen unserem und Neids Boot zu brodeln begann und etwas aus der Tiefe auftauchte, war ich viel zu beschäftigt, um genau zu erkennen, was es war. Doch dann sah ich es. Schlagartig wurde mir klar, daß Meister Li überhaupt nicht zu einer Göttin gebetet hatte. Vom ersten Moment an hatte er eine Priesterin, eine Heilerin, eine Schamanin angerufen, und dort, aus dem Regenbogenwasser, tauchte jetzt der Kopf von Yu Lan auf.

Die schöne Tochter des Puppenspielers blickte mich lange an. Ihre Lippen öffneten sich über glitzernden Fängen, und eine Krallenhand hob sich aus dem Nebel und fiel wieder zurück. Zwei der Tropfen, die ihr über das Gesicht rannen, waren kein aus Musik entstandenes Wasser. Dann tauchte sie. Yu Lan verschwand in den Wellen, und ich sollte ihr Gesicht nie wiedersehen, aber etwas anderes sah ich. Zu unserer Linken schäumte das Wasser vor dem Yang-Boot auf, und ein mächtiger glänzender Fischschwanz tauchte auf. Die Schuppen funkelten im grellen Sonnenlicht, als er mit enormer Wucht ausschlug und gegen den Bug des Bootes krachte.

Einen Augenblick lang stand das Yang-Boot still, als hinge es an einer Leine, an der jemand gezogen hatte, und als es mit einem Satz nach vorne schoß, hatte es seinen Vorsprung eingebüßt. Wir befanden uns auf gleicher Höhe, und wir hatten vielleicht sogar einen kleinen Vorteil, da unsere Ruderer im gleichmäßigen Rhythmus ihrer Schläge nicht unterbrochen worden waren. Meister Lis Stimme donnerte jetzt wie ein Vulkan:

»Auf, Erster Macher! Auf, Angestammte Klugheit! Auf, Lunge und Magen! Hao! Hao! Aufstieg und Erhabenheit, Alles Ergreifender, Schleifender und Amputierender! Auf, In-Saft-und-Kraft-Stehender! Auf, Du-Aus-dem-Rahmen-Fallender! Hao! Hao! Hao!«

Der Springende und Vorwärtsdrängende drosch mit aller ihm zur Verfügung stehenden Kraft auf seine Trommel ein, der Gleitende und Ziehende schmetterte seine Schlaghölzer aneinander, und die Männer an den Riemen mühten sich, mit den Schlägen der Ersten Ruderer mitzuhalten. Meister Li hob die Hand, und ich wartete darauf, daß sich das Tuch ausrollte und zurückschnellte. Das Kommando kam. Runter, Schub, gerade halten, zielen, knapp aus dem Wasser bringen und auf das Zeichen des Tuchs warten... Runter, hart nach links, hoch... runter, leicht nach rechts, hoch...

Wir waren jetzt leicht in Führung und hatten uns dem Yang-Boot in den Weg geschoben. Riemen kratzten an Riemen, Holz traf knirschend auf Holz, das lange, schlanke, glänzende Drachenhorn an unserem Bug reckte sich nach vorn – und dann stieß es durch den schimmernden *Pi*-Ring, der sich eng darum schmiegte. Im selben Augenblick waren die Ziellinie und die Uferböschungen verschwunden, die Ruderer ließen sich zurücksinken und zogen ihre Riemen ein, und zwei majestätische Drachenboote glitten Seite an Seite durch den zarten Nebel.

Meister Li drehte sich bedächtig zu dem Puppenspieler um. Neid wandte sich ihm im selben Augenblick zu, die beiden musterten sich eine Weile wortlos, und dann breitete sich – mit einer Qual, die jenseits meines Begriffsvermögens lag – das wundervolle Lächeln, das einem strahlenden Sonnenaufgang glich, auf dem grellen Affengesicht aus.

»Ausgleichende Gerechtigkeit ist ein bißchen zu gefällig für meinen Geschmack, aber ich muß zugeben, daß ihre Wirksamkeit bewundernswert ist«, sagte Neid. Ich stellte fest, daß sein Boot durchsichtig wurde und auch seine Mannschaft im Nebel verblaßte. Nur der Puppenspieler behielt seine Gestalt. Er bückte sich und hob den letzten Käfig, den er an sich gebracht hatte, auf. »Es gibt einen Weg, an den Schlüssel zu gelangen, ohne das Wesen im Innern freizusetzen«, erklärte er beiläufig. »Es wird Zeit, daß Ihr den letzten meiner Brüder kennenlernt, aber habt keine Angst. Das wäre ein armseliger Ritter, der eine Herausforderung annimmt und zur Mordwaffe greift, wenn er verliert.«

Er machte eine Bewegung mit der linken Hand, und gleich darauf flammte ein greller Blitz auf. Als ich wieder sehen konnte, fiel mein Blick auf den letzten der Dämonengötter. Der Gott der Säcke war zweifellos das letzte Geschöpf eines aussterbenden Geschlechts und, wie Meister Li später bemerkte, der deutlichste Hinweis darauf, was es bedeutet, eine gesamte Zivilisation zu verlieren. Es war ein formloser Sack, nichts weiter. Sein Vater war Chaos, seine Mutter die Leere, und er hat keine Existenzberechtigung, keinen Anfang und kein Ende. Der große Ritter, den ich als Yen Shih gekannt hatte, breitete zärtlich die Arme aus und umfing seinen Bruder, und der Sack öffnete sich für ihn. Gemeinsam schwebten sie hoch in die Lüfte, flatterten und taumelten wie eine blinde Motte hierhin und dorthin; Neid und Anarchie – ziellos und untrennbar flogen sie davon, um das Nichts im Nirgendwo zu suchen.

Vom Yang-Boot und seiner Mannschaft war nichts mehr zu sehen. Das Yin-Boot, auf dem ich stand, schien durchsichtig zu werden, aber ich hatte seltsamerweise keine Angst, mich aufzulösen. Ich verließ das Steuer und ging an den Reihen der Ruderer vorbei zu Meister Li.

»Sieh dir das an, Ochse«, sagte er leise.

Durch den sich lichtenden Nebel vor uns glitten wir sachte an einen langen, düsteren Landungssteg, wo wir mit einem leichten Ruck zum Stehen kamen und wo die Geister uns erwarteten.

Die Toten waren in festlicher Stimmung, als sie an Bord kamen. Sie schienen keinen Platz einzunehmen, gleichgültig, wie viele über die Laufplanke kamen, die der Gleitende und Ziehende und der Springende und Vorwärtsdrängende auslegten. Ich begriff, daß meine Aufgabe beendet war, ebenso wie Meister Lis, und daß von jetzt an die erfahrenere Mannschaft übernehmen würde. Schließlich hatte sich der Landungssteg geleert. Die Ersten Ruderer stießen das Boot vom Land ab, und es glitt wieder in den Nebel davon. Ich stand neben Meister Li im Bug und blickte nach hinten zum Heck, an meinem Steuerruder vorbei, wo Geister sich weit über das Wasser hinauslehnten, winkten und riefen. Mit fragendem Blick wandte ich mich zu Meister Li um.

»Die Toten versuchen, Lungen-Drachen anzulocken, damit sie dem Boot folgen und Regen bringen«, erklärte er nüchtern. »Ochse, das ist ein Pakt, der vor langer Zeit geschlossen wurde. Zum Fest der Gräber bringen wir den Toten Sommerkleidung, Nahrung und Wein, säubern die Gräber und machen es ihnen gemütlich. Zum Fest der Hungrigen Geister geben wir den Geistern zu essen, die nicht so glücklich sind, eine Familie zu haben, die für sie sorgt, und wir beten für ihre Seelen. Zum Fest Aller Seelen bringen wir den Toten Papiergeld, damit sie ihre Winterkleider in den Pfandhäusern im Land der Schatten auslösen können, und wir bringen ihnen, wenn nötig, neue Kleider und Vorräte, die sie vielleicht für den Winter brauchen. Zum Dank bringen uns die Geister Regen, und helfen uns dabei, Krankheiten und Siechtum zu bekämpfen, die keine Macht mehr über sie haben.«

Wir hatten die Nebelbank passiert und glitten nun auf den Nördlichen See hinaus. Die Angst hatte die Menschen von den Ufern ferngehalten, aber die alte Frau mit Namen Niao-t'ung, »Nachttopf«, und der alte Mann mit Namen Yeh-lai Hsiang, »Duft-der-bei-Nacht-Kommt«, womit der Geruch gemeint war, der sich ausbreitete, wenn er seine Sandalen auszog, ließen sich nicht um eine Zeremonie bringen, die sie schon von Kindesbeinen an begangen hatten, und so humpelten sie unter Qualen ans Wasser. Ihre Haltung drückte höchstes Erstaunen aus, als sie die Augen mit den Händen beschatteten und zu uns hinüber und durch uns hindurch blickten. Die Behörden hatten verkündet, daß in diesem Jahr kein Bootsrennen stattfinden würde, aber ihr Gefühl hatte den beiden Greisen das Gegenteil gesagt, und so nickten sie sich unbeirrt zu und setzten ihre kleinen, papierenen *Sung wen*-Schiffchen ins Wasser. In den Schiffchen steckten die Krankheiten, die ihre Familien in den nächsten sechs Monaten befallen konnten, und Duft-der-bei-Nacht-Kommt warf noch eine Handvoll winziger, aus Ton geform-

ter Hündchen hinterher. Die Hunde würden die Krankheiten, die sich aus den Papierschiffchen hinausstahlen, beißen und daran hindern, ans Ufer zurückzuschwimmen.
Die Papierschiffchen wurden vom Sog der Rennboote mitgerissen, und als die Geister riefen und ihnen zuwinkten, segelten die kleinen Dinger schaukelnd hinaus und drehten sich gehorsam in die schwappende Wellenspur, die unser Boot durchs Wasser zog.
Das Boot vibrierte wie eine Stimmgabel. Am Ufer bebten die Häuser, und lockere Dachziegel fielen herunter. Der große Yu stimmte die letzten Noten an, um auf die Sekunde genau den Augenblick der Sonnenwende zu verkünden. Auf der Hafenseite stieg eine feine, anmutige Wasserfontäne auf, höher und höher, bis sie sich zu Drachenflügeln ausbreitete und eine Wolke bildete. Es folgte ein zweiter Drachen, dann ein dritter, und sie wandten sich gegen die schmutzigen Finger des Gelben Windes und trieben sie in die Mongolei zurück. Wolken dehnten sich gerade rechtzeitig über den Himmel aus, um die Strahlen der untergehenden Sonne aufzufangen, Regen begann zu fallen, und eine kühle, frische Brise durchwehte die Stadt. Menschen strömten aus ihren Häusern und liefen mit den Papierschiffchen ihrer Familien ans Wasser..
»Ochse...«
Ich drehte mich um und schrie auf, als ich zwei Geister aus der Schar der Toten auf mich zukommen sah. Meine Mutter umarmte mich, und mein Vater lächelte und knetete verlegen seine Finger.
Hunderte von Geistern begrüßten Meister Li. Eine riesige Flotte von Papierbooten, die auf den sanften Wellen auf und ab hüpften und in der untergehenden Sonne glühten, folgte uns jetzt, und als ich den Blick an meinen Eltern vorüberschweifen ließ, sah ich so etwas wie einen dunklen Wall, wie eine tiefhängende Nebelbank, in deren Mitte sich ein leuchtendes Tor öffnete, und das Wasser, das hineinfloß, war aus den Farben des Himmels gewoben.
»Aber weißt du, Mutter«, sagte ich, »in Peking ist es auch nicht viel anders als in unserem Dorf. Du solltest nicht alle Schreckensgeschichten glauben, die du hörst...«
Die Geister, die Meister Li umringt hatten, waren zurückgewichen und verneigten sich jetzt bis zum Boden. Der Weise trat mit einem breiten Lächeln der Begrüßung vor, acht verhüllte Herren sammel-

ten sich um ihn, und ich sah, wie sie in angeregter Unterhaltung mit den Händen gestikulierten.

Ich zeigte lachend auf ihn. »Siehst du, das ist Meister Li«, sagte ich. »Wie könnte ich je in Schwierigkeiten geraten, solange ich für einen so reizenden alten Herrn arbeite?«

Das Boot glitt ruhig durch den funkelnden Torbogen. Vor uns ragten hoch die Umrisse des Jo-Baumes auf, an dem die Göttin Kanshui die Sonne auffangen und baden und mit dem unterirdischen Fluß zur anderen Seite der Erde schicken würde, damit sie dort über die Äste des Fu-sang-Baumes wieder zum Himmel hinaufsteigen konnte. Die Blüten des Jo-Baumes begannen sich zu öffnen und die ersten Nachtsterne zu bilden, und um uns herum erschien das Wasser wie aus der Glut der untergehenden Sonne gewoben.

»Ochse!« rief Meister Li. »Komm mit deinen verehrten Eltern und begrüße einige alte Freunde!«

»Ja, Ehrwürdiger Meister«, sagte ich.

James Hilton

Der verlorene Horizont

Roman

Aus dem Englischen von Herberth E. Herlitschka

Band 10916

Die Mönche im Lama-Kloster von Schangri-La, im ›Tal aller heiligen Zeiten‹, halten ihre Gemeinschaft für die letzte Oase, in der die geistigen Schätze der Menschheit aufbewahrt und lebendig erhalten werden, geschützt vor Kriegen und Katastrophen und vor der Hast und den Zwängen der technischen Welt. Durch eine List wollen sie ihr einsames Kloster im Himalaya vor dem Aussterben bewahren und entführen mit Hilfe eines Flugzeugs eine kleine Gruppe von Engländern und Amerikanern in diesen entlegenen Winkel Tibets... James Hiltons berühmter Roman *Der verlorene Horizont*, gehört heute zu den klassischen utopischen Romanen. Er entwirft das Idealbild einer menschlichen Gesellschaft und liest sich spannend wie ein Kriminalroman. In den unsicheren Jahren zwischen den beiden Weltkriegen geschrieben, entspricht diese romantische Utopie dem Wunsch unzähliger Menschen nach Frieden und konfliktfreiem Zusammenleben und hat auch heute noch nichts von ihrer Anziehungskraft verloren.

Fischer Taschenbuch Verlag

fi 1099 / 2

James Hilton

Gefundene Jahre

Roman

Aus dem Englischen von Hans R. Wyss

Band 12745

Der englische Industrielle Charles Rainier
hat vieles erreicht, wovon andere träumen. Aber ihn quält
ein rätselhafter Gedächtnisverlust: 1919 erwachte er auf einer
Parkbank mitten in Liverpool aus einer Ohnmacht, seine
Erinnerung aber hört 1917 auf, im Schützengraben vor Arras.
Was ist in jenen zwei Jahren mit ihm geschehen?
Durch ein Theaterstück aufgewühlt, fährt er eines Tages,
am Vorabend des Zweiten Weltkriegs, aufs Land nach
Melbury... Die Entdeckung, die er dort macht,
ist so überraschend wie wunderbar für den
happyendsüchtigen Leser.

Fischer Taschenbuch Verlag

fi 1100 / 2

Tad Williams

Der Drachenbeinthron
Roman
Aus dem Amerikanischen von Verena C. Harksen
960 Seiten. Geb.

Der Abschiedsstein
Roman
Aus dem Amerikanischen von Verena C. Harksen
879 Seiten. Geb.

Die Nornenkönigin
Roman
Aus dem Amerikanischen von Verena C. Harksen
876 Seiten. Geb.

Der Engelsturm
Roman
Aus dem Amerikanischen von Verena C. Harksen
886 Seiten. Geb.

Wolfgang Krüger Verlag

fi 1922 / 2

Tad Williams

Die Insel des Magiers

Roman

Aus dem Amerikanischen von Oliver Koch

Band 12683

Eine poetische, phantasievoll ausgeschmückte Neuerzählung von Shakespeares ›Sturm‹ aus der Sicht des »wilden« Caliban. Mitten in der Nacht steht ein Fremder in Mirandas Schlafgemach in Neapel. Der Fremde ist niemand anderer als Caliban, dessen Zuneigung und Liebe Miranda, die Tochter des Zauberers Prospero, einst verschmäht hatte, nachdem sie mit ihrem Vater auf Prosperos Insel gestrandet war. Das ist 25 Jahre her. Caliban hat einen Weg gefunden, die Insel zu verlassen, und er sinnt auf Rache.

Fischer Taschenbuch Verlag

fi 1935 / 2

Marion Zimmer Bradley

Die Feuer von Troia
Roman
Aus dem Amerikanischen von
Manfred Ohl und Hans Sartorius. Band 10287

Luchsmond
Erzählungen
Aus dem Amerikanischen von V.C. Harksen und Lore Straßl
Band 11444

Lythande
Erzählungen
Aus dem Amerikanischen von V.C. Harksen und Lore Straßl
Band 10943

Die Nebel von Avalon
Roman
Aus dem Amerikanischen von
Manfred Ohl und Hans Sartorius. Band 8222

Tochter der Nacht
Roman
Aus dem Amerikanischen von
Manfred Ohl und Hans Sartorius. Band 8350

Die Wälder von Albion
Roman
Aus dem Amerikanischen von
Manfred Ohl und Hans Sartorius
687 Seiten. Geb. Wolfgang Krüger Verlag

Fischer Taschenbuch Verlag

fi 1588 / 5

Herausgegeben von

Marion Zimmer Bradley

Schwertschwester
Magische Geschichten I
Aus dem Amerikanischen von Günter Panske
Band 2701

Wolfsschwester
Magische Geschichten II
Aus dem Amerikanischen von Hans J. Schütz
Band 2718

Windschwester
Magische Geschichten III
Aus dem Amerikanischen von V. C. Harksen
Band 2731

Traumschwester
Magische Geschichten IV
Aus dem Amerikanischen von V. C. Harksen
Band 2744

Fischer Taschenbuch Verlag

fi 1610 / 2

Barbara Wood

Bitteres Geheimnis
Roman
Band 10623

Der Fluch der Schriftrollen
Roman
Band 12031

Haus der Erinnerungen
Roman
Band 10974

Herzflimmern
Roman
Band 8368

Lockruf der Vergangenheit
Roman
Band 10196

Das Paradies
Roman
Band 12466

Rote Sonne, schwarzes Land
Roman
Band 10897

Seelenfeuer
Roman
Band 8367

Die sieben Dämonen
Roman
Band 12147

Spiel des Schicksals
Roman
Band 12032

Sturmjahre
Roman
Band 8369

Traumzeit
Roman
Band 11929

Barbara Wood/
Gareth Wootton
Nachtzug
Roman
Band 12148

Fischer Taschenbuch Verlag

fi 1720 / 9